Julie Dubois
Traubenfest

Weitere Titel der Autorin

Trüffelgold
Kalte Blüten
Lorbeerglanz

Julie Dubois

TRAUBEN
FEST

EIN PÉRIGORD-KRIMI

Lübbe

Dies ist ein Roman. Die Handlung und alle handelnden Personen sind frei erfunden. Jegliche Ähnlichkeit mit lebenden oder realen Personen wäre rein zufällig und unbeabsichtigt.

NACHHALTIG PRODUZIERT

Die Bastei Lübbe AG verfolgt eine nachhaltige Buchproduktion. Wir verwenden Papiere aus nachhaltiger Forstwirtschaft und verzichten darauf, Bücher einzeln in Folie zu verpacken. Wir stellen unsere Bücher in Deutschland und Europa (EU) her und arbeiten mit den Druckereien kontinuierlich an einer positiven Ökobilanz.

FSC www.fsc.org MIX Papier | Fördert gute Waldnutzung FSC® C014496

Originalausgabe

Umschlaggestaltung: www.buerosued.de
Einband-/Umschlagmotiv: © www.buerosued.de;
© mauritius images: Nando Lardi | imageBROKER | Zoonar GmbH | Alamy | Alamy Stock Photos
Satz: Dörlemann Satz, Lemförde
Gesetzt aus der [Schrift]
Druck und Verarbeitung: GGP Media GmbH, Pößneck

Printed in Germany
ISBN 978-3-7577-0021-8

2 4 5 3 1

Sie finden uns im Internet unter luebbe.de
Bitte beachten Sie auch: lesejury.de

«J'accepte la grande aventure d'être moi.»

»Ich wage das große Abenteuer, ich selbst zu sein.«

Simone de Beauvoir, *«Cahiers de jeunesse»*

«Je suis un mensonge qui dit toujours la vérité.»

»Ich bin eine Lüge, die immer die Wahrheit sagt.«

Jean Cocteau, *«Le Menteur»*

Prolog

Niemand sieht mich – als wäre ich durchsichtig.

Dass keiner mich richtig wahrnimmt, ist bisweilen praktisch, ja, fast befreiend, doch oft macht es mich auch traurig und wütend. Das würde ich mir jedoch niemals anmerken lassen.

Meine Gedanken kehren immer wieder zurück zu diesem fatalen Augenblick.

In den letzten Sekunden, bevor alles Leben aus ihnen erloschen ist, haben mich die weit aufgerissenen Augen angeschaut – voller Entsetzen und so eindringlich, wie sie wahrscheinlich noch nie jemanden angestarrt hatten. Für sie war ich das letzte Bild vor dem ewigen Nichts. Für sie war ich einen Moment lang die wichtigste Person der Welt.

Tja, so schnell können sich Beziehungen und Verhältnisse zwischen Menschen ändern. Das vergisst man nur zu gern.

Aber nicht nur die Augen, sondern auch die widerlichen metallenen Geräusche verfolgen mich.

Gern wäre ich noch eine Weile bei dem leblosen Körper geblieben. Es heißt ja, dass die Seele noch ein bisschen verweilt, wenn das Herz aufgehört hat zu schlagen. Vielleicht hätten wir doch noch irgendwie kommunizieren können.

Für einen Moment wirkte alles so friedlich, obwohl mein Puls in meinen Schläfen raste. Aus der Ferne hörte ich die fröhlichen Töne des Volksfestes. Gedämpfte Musik, nicht mein Geschmack, aber dennoch Musik. Und ein Ausdruck von gelebtem Leben.

Aber ich musste zusehen, dass ich den Ort jenes tödlichen Geschehens schleunigst verließ.

Kapitel 1

Saint-André-du-Périgord, Freitag, 30. Juni

Marie Mercier war auf dem abendlichen Heimweg vom Polizeipräsidium in Périgueux nach Saint-André-du-Périgord. Entgegen ihrer Gewohnheit fuhr die Kriminalkommissarin langsam und ließ ihre Gedanken schweifen. Sie war die ganze Woche ständig in Hetze gewesen und von einem Ort zum anderen geeilt, da es im Norden von Périgueux seit fast einem Monat eine Serie von Einbrüchen gab, die von einer gut organisierten Bande durchgeführt wurden. Nachdem ihre Kollegen und sie die Anführer und Hehler der Gang schließlich hatten fassen können und der damit einhergehende Schreibkram erledigt war, genoss sie nun ihre Fahrt ins Wochenende.

Gerade hatte sie auf kurvenreichen Straßen einen wildromantischen Wald durchquert, den die Sonne mit leuchtenden Tupfern durchdrang. Zahlreiche Esskastanien standen hier in Blüte, und durch die weit geöffneten Fenster des Wagens roch sie den herrlich süßen Duft der grün-weißen Kätzchen. Was für ein Privileg, hier leben zu dürfen, dachte sie.

Seit drei Jahren wohnte sie nun im Périgord. Und inzwischen war ihre Zeit in Paris, wo sie aufgewachsen war und später für die Brigade Criminelle gearbeitet hatte, in weite Ferne gerückt. Damals, als ihr kein anderer Wohnort als die Hauptstadt denkbar erschien, hatte sie manchmal im Winter auf den Pariser Grands Boulevards geröstete Kastanien gekauft und sich dabei keine weiteren Gedanken über diese Bäume gemacht. Doch seit sie hier lebte, hatte sich ihre Wahrnehmung der Natur grundlegend verändert. Allein durch die morgendlichen Spaziergänge mit ihrem Mischlingshund César hatte sie nach und nach die jeweils einzigartige Schönheit der Jahreszeiten entdeckt. Vor ein paar Jahren noch hätte sie sich gar nicht vorstellen können, dem so viel Wert beizumessen – ja, das vielleicht sogar belächelt. Heute wusste sie, wie gut ihr das Landleben und der gemächlichere Lebensrhythmus taten.

Im Licht der Abendsonne fuhr Marie jetzt durch ein von sanften Hügeln gesäumtes Tal und erreichte das Ortsschild von Saint-André-du-Périgord, unter dem ein brandneues Schild prangte. *Un des plus beaux villages de France.* Der Bürgermeister hatte mit dem ihm eigenen Durchsetzungsvermögen unermüdlich für diese besondere Auszeichnung gekämpft, die inzwischen mehr als hundertsiebzig Dörfern in ganz Frankreich verliehen worden war. Die Aufnahme von Saint-André in diesen erlesenen Kreis besonders idyllischer Ortschaften war absolut gerechtfertigt, denn das ins Vézère-Tal gebettete, mittelalterliche Dreihundertseelendorf mit seinen engen Gassen, der Schlossruine und der romanischen Kirche war wirklich eine Augenweide. Marie gefiel auch, dass es dabei nicht über die Maßen restauriert und herausgeputzt wirkte.

Sie lebte dort, seitdem sie das Haus ihrer verstorbenen Großmutter Madeleine auf dem alten Familienhof der Merciers geerbt und mit viel Herzblut renoviert hatte. Dieser wunderschöne Ort ist jetzt meine Heimat, dachte sie voller Freude, als sie die um diese Jahreszeit belebte Hauptstraße entlangfuhr.

Plötzlich fiel ihr etwas ins Auge, das sie überraschte. Die Épicerie, der kleine Lebensmittelladen, der eigentlich sieben Tage die Woche geöffnet hatte, war wegen Hochzeit geschlossen, wie sie einem Schild an der Eingangstür entnahm. Obwohl sich hier an den malerischen Gebäuden nichts geändert hatte und viele fröhlich aussehende Menschen spazieren gingen, war das Straßenbild für Marie nun nicht mehr ganz vollkommen. Wie auch das etwas weiter entfernt gelegene Café de la Place war der Tante-Emma-Laden ein Herzstück des Dorflebens – ob Ferienzeit oder nicht. Marie würde ihr Brot morgen ausnahmsweise im Nachbardorf kaufen müssen.

Von der Hauptstraße bog sie in eine enge Gasse und parkte einen Moment später neben einer alten Sandsteinmauer, an der entlang dunkelrote Stockrosen wuchsen. Nachdem sie ausgestiegen war und das gerade einmal drei Meter breite, mit Naturstein gepflasterte Gässchen überquert hatte, stand sie vor dem Eingang des alten, großen ehemaligen Bauernhofs. Sie öffnete die kleine Tür, die in das schwere Holztor eingelassen war, und betrat ihr Zuhause.

Die tief stehende Sonne strahlte noch in den Hof hinein und tauchte ihn in warmes Licht. César kam sogleich auf sie zugelaufen und begrüßte sie mit freudigem Bellen, als hätte sie ihr Heim nicht am frühen Morgen, sondern vor Ewigkeiten verlassen. Sie streichelte ihn, sprang und rannte ein bisschen mit ihm herum. Kater Gaston hingegen machte kein großes Aufheben und döste einfach weiter in einem Blumenbeet.

Dann entschied Marie, nicht zu ihrem Haus, sondern direkt zu dem ihrer Großtante Léonie zu gehen, der jüngeren Schwester ihrer Großmutter. Auch sie wohnte auf dem weitläufigen, von einer Mauer eingefassten Familienanwesen: Es gab hier drei Wohngebäude, einen Schuppen, ein Schweinegehege, eine Wiese mit Obstbäumen, einen beeindruckenden Gemüsegarten sowie einen großen Innenhof.

Während sie sich dem Haus ihrer Großtante näherte, nahm Marie einen besonderen Geruch wahr. Sie blickte kurz zurück zu den rosafarbenen Kletterrosen, die sich um ihre eigene Eingangstür rankten und in den Stunden vor dem Sonnenuntergang einen besonders intensiven Duft verströmten. Nach den Pfeifensträuchern blühten die Lindenbäume und jetzt die Spindelsträucher, die eine niedrige Hecke zum Gemüsegarten bildeten. Marie mochte ihren Duft genauso wie den der blühenden Kornfelder, an denen sie morgens mit César entlangspazierte. Doch neuerdings joggte sie meistens – das Gefühl, dabei körperlich an ihre Grenzen zu gehen, gab ihr zusätzlich Kraft für den oft anstrengenden Arbeitstag.

Die Außentür zu Léonies Küche stand weit offen. Marie meldete sich mit einem munteren »*Coucou*« und betrat den weitläufigen Raum.

Wie erwartet, fand sie Léonie in ihrem Reich vor: In ihrer gemütlichen Wohnküche beschäftigte sie sich im geblümten Hauskittel gerade mit den Zutaten fürs Abendessen. Das war ein wichtiger Bestandteil ihrer Routine – sie bereitete täglich ein Festessen für Georges vor, ihren Lebensbegleiter und ihre heimliche große Liebe. Georges war der ehemalige Knecht, der seit über sechzig Jahren mit auf dem Hof lebte und in einem Nebengebäude nahe am Gemüsegarten wohnte. Marie kannte ihn, solange sie zurückdenken konnte. Auch wenn er und Léonie nie offiziell ein Paar sein durften – aus irgendeinem Dünkel heraus hatte Léonies strenge Mutter sich zu Lebzeiten vehement dagegen ausgesprochen –, gehörte er längst fest zur Familie. Die beiden hielten sich fast immer in Rufweite voneinander auf, und die wenigen Male, da sie mehr als einen Tag voneinander getrennt gewesen waren, konnte man an einer Hand abzählen. Marie wusste nicht, ob sie jemals darüber gesprochen hatten, was sie füreinander empfanden – eine derart persönliche Frage hätte sie ihrer Großtante niemals zu stellen gewagt, auch wenn Léonie sich unter anderem durch ihre Offenheit auszeichnete.

Georges war sicherlich nicht weit entfernt; er hatte, wie Léonie stets sagte, eine Uhr im Magen und war der größte Fan ihrer Kochkünste. Wahrscheinlich hielt er sich gerade im Gehege der beiden Hängebauchschweine Augustine und Joseph auf, um ihnen wie jeden Tag mitzuteilen, dass er nach dem Abendessen noch auf einen Gute-Nacht-Gruß vorbeikommen würde. Er war tatsächlich der Ansicht, die Tiere schliefen sonst nicht gut. Marie hielt es für wahrscheinlicher, dass er selbst keine Ruhe finden würde, ohne sich vor dem Zubettgehen noch einmal zu vergewissern, dass das Gatter ihres Geheges auch wirklich verriegelt war, denn Joseph war immer wieder zu Streichen aufgelegt. Besonders folgenreich war der letzte gewesen, als der Eber es eines Nachmittags geschafft hatte, aus seinem Gehege auszubrechen und auf das angrenzende Grundstück zu gelangen – vermutlich angelockt vom betörenden Duft der Himbeeren, aus denen Rose, die achtzigjährige Nachbarin, bei offener Tür Marmelade gekocht hatte. In der Küche war er dann zwischen ihre Beine geraten, woraufhin Rose vor Schreck gestürzt war und sich unglücklicherweise die Hüfte gebrochen hatte. Die reinste Katastrophe! Zum Glück war die anschließende Operation gut verlaufen, und jetzt befand sich Rose in einer Rehaklinik in Domme, wo sie reichlich Zuspruch erhielt und die Zeit mit vielen neuen Gesprächspartnerinnen genoss. Da sie herzensgut und nicht nachtragend war, hatte sie Joseph und seinem Besitzer den Vorfall gleich verziehen. Georges war seitdem allerdings mehr als wachsam, wenngleich der schlimme Vorfall seine Liebe zu dem verfressenen Hängebauchschwein nicht beeinträchtigt hatte.

Kaum hatte Marie Léonies Küche betreten, überkam sie der Heißhunger. Wie schon während der ganzen zurückliegenden Woche hatte sie auch heute keine Zeit gefunden, tagsüber etwas Vernünftiges zu essen. Aber jetzt war endlich Wochenende, und das wollte sie genießen. Ihr Freund Michel würde morgen aus Bordeaux kommen, und seit vergangenem Montag sehnte sie ihr Wiedersehen inständig herbei. Da er in Bordeaux das Drogendezernat leitete und sie im Kommissariat von Périgueux arbeitete, fand ihre Beziehung vor allem an den Wochenenden statt. Und morgen früh musste Michel leider noch einen Vertreter des Innenministeriums empfangen. Dass der Termin an einem Samstag stattfand, war Pech. Marie konnte nur hoffen, dass Michels Gesprächspartner auch ein Privatleben hatte und möglichst schnell wieder in den Zug nach Paris steigen würde.

Léonie saß an dem großen Eichentisch und schnitt Kräuter, die sie über einen appetitlich aussehenden Salat streute – natürlich alles aus dem eigenen Garten.

»Isst du mit uns?«, fragte ihre Großtante, nachdem Marie ihr einen Kuss auf die Wange gedrückt hatte. »Wenn du müde bist und lieber abschalten möchtest, kann ich dir auch gern später eine Portion vorbeibringen«, fügte sie hinzu – obwohl in ihrer Stimme mitschwang, wie sehr sie sich wünschte, Marie würde dieses zweite, nur höflich gemeinte Angebot nicht annehmen. Sie schaute Marie mit ihren blauen, wachen Augen hoffnungsvoll an.

»Nein! Ich setze mich gern zu euch!«

Marie war froh über die Einladung. Ein gemütlicher Abend mit Léonie und Georges war genau das, worauf sie jetzt Lust hatte. Sie hatten schon so lange nicht mehr gemeinsam gegessen, da Marie in letzter Zeit immer erst spät nach Hause gekommen war. Durch den langen Vaterschaftsurlaub von Inspektor Richard Martin – ihrem engsten Mitarbeiter, für den sie keine würdige Vertretung gefunden hatte – war sie oft gezwungen gewesen, Aufgaben zu erledigen, die für gewöhnlich er übernahm. Aber diese Durststrecke hatte nun ein Ende gefunden: Seit Anfang der Woche war Richard wieder im Dienst. Endlich! Sie hatte ihn in den letzten vier Monaten wirklich sehr vermisst.

Und das nicht nur wegen seines unermüdlichen Einsatzes bei der Ermittlungsarbeit. Auch seine besonnene und liebenswürdige Art hatte ihr gefehlt – ja sogar sein Putzfimmel! Sie hatte zuvor noch keinen Kollegen gehabt, der von zu Hause Fleece-Tücher in fröhlichen Farben mitbrachte, um dann in bester Laune das Büro sauber zu machen. Und zwei, drei Mal hatte sie sogar der kleine plätschernde Zimmerbrunnen zum Lächeln gebracht, den er seinerzeit in ihrem gemeinsamen Dienstzimmer aufgestellt hatte – in guter Absicht und nicht ahnend, dass sie für diese Art der Entspannung von Geist und Seele so gar nichts übrig hatte.

Die Auszeit hatte Richard sichtlich gutgetan, wie Marie in den vergangenen Tagen aufgefallen war. Vieles an ihm hatte sich zum Positiven hin verändert: Er strahlte oft förmlich vor Glück, hatte sich in der Zwischenzeit einen pfiffigeren Haarschnitt zugelegt und bewies mit seinen neuen Oberhemden ungewohnten Mut zur Farbe.

Das musste der Einfluss von Sophie sein. Seine Partnerin war acht Jahre jünger als er und ein lebensbejahender Mensch. Marie kannte sie schon seit vielen Jahren, und bis zum fünften Schwangerschaftsmonat von Sophie hatten sie sich einmal die Woche zum Yogakurs getroffen. Danach waren sie meistens noch irgendwo etwas trinken gegangen – am liebsten im Café de la Place gleich bei Marie um die Ecke. Hoffentlich wäre Sophie nach den Sommerferien wieder dabei.

»So, der Salat ist fertig«, verkündete Léonie. »Jetzt muss ich nur noch nach dem Hauptgang schauen.«

Es roch verführerisch nach gedünsteten Tomaten mit Zwiebeln, Paprikaschoten und Knoblauch.

»Was gibt's denn eigentlich?« Marie hing der Magen bis in die Kniekehlen.

Léonie stand auf, trocknete sich gewohnheitsmäßig die Hände an ihrer Schürze ab und ging zum Herd. Sie hob den Deckel des schweren gusseisernen Kochtopfes hoch, der seit Jahrzehnten regelmäßig im Einsatz war.

»Ein altes Rezept meiner Mutter: *Poulet basquaise.*«

Marie folgte der Großtante und schaute ihr neugierig über die Schulter, um zu sehen, ob das baskische Gericht bald fertig war. Das einst glückliche Huhn vom Nachbarhof lag in Stücken in einer sämigen Tomatensoße und köchelte leise vor sich hin. Léonie schaltete den Gasherd aus und entfernte mit dem Holzlöffel ein paar Lorbeerblätter und Thymianzweige, die ihre Schuldigkeit getan hatten.

»Das kann jetzt noch ein bisschen ruhen«, stellte sie zufrieden fest.

Eine Aussage, die Marie nicht so stehen lassen wollte. »Sollte ich nicht vorsichtshalber mal probieren?«, fragte sie in scheinbar arglosem Ton und griff nach dem Holzlöffel.

Sie wusste, dass Léonie es gar nicht mochte, wenn man an ihre Töpfe ging, hoffte aber, dass sie diesmal Erbarmen haben würde.

»Nix da! Gegessen wird am Tisch.« Léonie nahm ihr energisch den Löffel aus der Hand und legt ihn wieder auf den dafür vorgesehenen Ablageteller. »Und bestimmt nicht mit dem Kochlöffel! Warum nicht gleich mit den Fingern?«

Sie war ansonsten eher nachsichtig und entspannt, aber in ihrer Küche herrschten strenge Regeln. Wenn Marie kochte, goss sie sich zum Beispiel gern ein Gläschen Wein ein und hörte laut Musik – für Léonie kam so etwas nicht infrage. Es war, als sei sie in der Küche im Dienst.

Marie hob ergeben die Hände, beugte sich aber dennoch über den Topf.

»Da sind ja gar keine grünen Paprika drin«, wunderte sie sich. »Als du es das letzte Mal gekocht hast, habe ich mir das Rezept aufgeschrieben. Ich erinnere mich, wie du darauf beharrt hast, dass sie da reinkommen, weil sie dem Ganzen eine herbe Note geben. Das habe ich noch extra unterstrichen.«

»Das stimmt auch, aber Georges verträgt sie nicht mehr so gut. Deshalb habe ich nur gelbe und rote Paprika genommen. Die sind bekömmlicher. Aber keine Sorge, es wird schon schmecken.«

»Ich bin ganz zuversichtlich!« Das kam aus tiefstem Herzen. Léonie war die beste Köchin weit und breit, und Marie hütete ihr *Les-recettes-de-Tante-Léonie*-Heft wie einen Schatz. »Ich springe nur noch schnell unter die Dusche und zieh mich um. Dann decke ich draußen den Tisch.«

Vor Léonies Küche stand ein alter, runder Metalltisch, an dem man auch gut zu dritt sitzen und speisen konnte. Weil es bequemer war, aßen Léonie und Georges trotzdem meistens in der Küche.

»Gut. Dann bis gleich.«

Kaum war Marie hinausgegangen, fiel ihr der Prospekt in ihrer Tasche wieder ein, den sie ihrer Großtante hatte geben wollen. Sie zog ihn heraus, ging zurück und gab ihn Léonie. »Schau mal. Ich habe dir das Programm von der Félibrée mitgebracht.«

Die Félibrée war ein besonderes Festival im Périgord, das heute im Nachbarort Montignac begonnen hatte. Drei Tage lang standen dort Musik, Tanz und volkstümliche Traditionen aus dem Périgord im Mittelpunkt. An zahlreichen Ständen präsentierten sich alte Berufe und traditionelle Gastronomie. Marie hatte Léonie versprochen, sie gemeinsam mit Michel am Wochenende dorthin zu begleiten. Sie selbst kannte es nur vom Hörensagen und hoffte, dass es keine allzu folkloristische Veranstaltung sein würde.

»*Merci!*« Léonie überflog das Faltblatt mit einem glücklichen Lächeln. »Ist lange her, dass ich eine Félibrée besucht habe. Madeleine und ich sind da immer so gern hingegangen! Natürlich nur, wenn die Arbeit auf dem Hof es zuließ. Ich erinnere mich sogar noch an unseren ersten Besuch: 1962 war das, damals übrigens auch in Montignac. Herrje, da waren wir noch junge, hübsche Dinger.« Versonnen blickte sie in die Ferne und gab sich offenbar kurz glücklichen Erinnerungen an ihre Schwester Madeleine hin. »Und dieses Jahr werde ich zum ersten Mal ohne sie hingehen«, fuhr sie dann fort. »*C'est la vie!*«

1962! Damals hatte Maries Mutter noch »die Wolken gekehrt«, wie man es in ihrer Kölner Familie ausdrückte, wenn jemand zu einer bestimmten Zeit noch nicht geboren war. Maries Familie väterlicherseits lebte im Rheinland, und sie selbst war zweisprachig aufgewachsen. Marie stellte sich die zwei Schwestern vor, die damals viel jünger gewesen waren als sie selbst heute – wie sie sich hübsch machten und auf der Félibrée mit den jungen Männern flirteten. Marie hatte ihre eigentlich herzensgute Großmutter tendenziell eher als streng erlebt, ganz nach dem Motto: harte Schale, weicher Kern. Der Gedanke, dass Madeleine als junge Frau fröhlich, ausgelassen oder auch leichtsinnig gewesen sein mochte, berührte sie.

»Ist doch schön, dass diese Tradition sich über die Jahrzehnte gehalten hat«, sagte sie.

»Ja, stell dir vor, die Félibrée ist noch älter als ich mit meinen zweiundachtzig.« Léonie lachte. »Die gibt es seit über hundert Jahren.«

»Und schon immer an wechselnden Orten?«

»Ja, jedes Jahr in einem anderen, und zwar quer durch das Département! In Belvès, Sarlat, Brantôme, Ribérac, Le Bugue, Montpazier … und dieses Mal endlich wieder gleich bei uns um die Ecke. Ich kann's kaum erwarten.« Léonie strahlte und sah in ihrer Begeisterung fast wie ein junges Mädchen aus.

Erst jetzt bemerkte Marie, dass ihre Großtante beim Friseur gewesen war. Ihr Kurzhaarschnitt war aufgefrischt, und ihr weißes Haar glänzte. Für dieses besondere Ereignis wollte sie natürlich gut aussehen – vor ein paar Wochen hatte sie sich mit Maries Hilfe sogar noch ein geblümtes Kleid und einen Strohhut bei einem Versandhaus bestellt.

»Okay, dann schau das Programm in Ruhe durch, und heute Abend entscheiden wir, wann wir dorthin gehen. Sieht übrigens gut aus, deine Frisur.«

Während Léonie zufrieden nickte, konnte Marie nicht der Versuchung widerstehen, ein Blatt Salat aus der Schüssel zu stibitzen. Das vorwurfsvolle Seufzen ihrer Großtante ignorierte sie geflissentlich.

Kapitel 2

Saint-André-du-Périgord, Freitag, 30. Juni

Marie kam gerade aus der Dusche, als es an der Hoftür laut klopfte. César als guter Wachhund reagierte sofort. Wobei er immer nur bellte – gebissen hatte er noch niemanden. Marie runzelte die Stirn. An diesem Abend erwartete sie keinen Besuch. Vielleicht waren es wieder Touristen, die sich für den Hof interessierten. Alles schon da gewesen. Neulich hatte Georges ihr empört erzählt, dass ein Pärchen in Shorts plötzlich mitten auf dem Hof gestanden hatte, ohne zuvor auch nur anzuklopfen, und dann in aller Seelenruhe Fotos gemacht hatte. Als wäre ihr schönes Dorf das Gelände eines Freilichtmuseums, wo die Besucher jedes Gebäude und Anwesen einfach betreten konnten! Vermutlich waren auf Instagram längst Bilder von ihrem Zuhause zu finden.

Marie zog rasch ein Ringel-T-Shirt und Jeans an, ging die Treppe hinunter und lief barfuß zum Tor. Dabei fiel ihr auf, wie gut der neue lindgrüne Nagellack zu ihren leicht gebräunten Füßen passte. Sie hatte gezögert, aber die Farbe war wirklich perfekt.

Sie öffnete die Hoftür, und vor ihr stand kein Geringerer als Bruno Dubosc, der Bürgermeister von Saint-André-du-Périgord. Als Erstes fiel ihr auf, dass sein Mecki frisch gestutzt war. Wie üblich trug er ein Polohemd mit Krokodilemblem, heute in leuchtendem Türkis.

Verwundert lächelte sie ihn an. »*Salut*, Bruno. Das ist ja eine Überraschung. Willst du reinkommen?«

»*Non, merci!* Mich erwarten Gäste zu Hause. Ich bin auf dem Sprung.«

»Wie du meinst. Was kann ich für dich tun?«

Wenn der stets beschäftigte Bürgermeister ihr an einem lauen Freitagabend einen unangemeldeten Besuch abstattete, musste er ein wichtiges Anliegen haben.

»Also, mein Amtskollege aus Montignac hat mich gerade angerufen. Die Félibrée hat heute dort angefangen. Das ist natürlich ein wichtiger Termin für die Gemeinde, die arbeiten ja schon seit Monaten darauf hin …«

Plötzlich starrte er wie gebannt auf ihre nackten Füße und schien vergessen zu haben, was er ihr erzählen wollte. Das war ungewöhnlich für ihn, denn Sprechpausen waren bei ihm eher selten.

Als er etliche Sekunden lang nichts sagte, sondern weiterhin auf ihre Füße blickte, wackelte sie mit den Zehen und konnte sich nicht verkneifen, ihn zu fragen: »Und, wie findest du die Farbe?«

Bruno neigte eher zur Förmlichkeit, einige fanden ihn deshalb hochnäsig – aber Marie mochte ihn. Sie hatten sich vor zwei Jahren bei einem dramatischen Fall näher kennengelernt und gegenseitig helfen müssen. Und am Ende hatte es funktioniert. Im Grunde war er schwer in Ordnung, nur mit Diplomatie hatte er es nicht so.

Er hob den Kopf und schaute sie an – genauer gesagt, er blickte sie einen kurzen Moment nachdenklich an und sah dann an ihr vorbei ins Leere. Irgendetwas stimmte nicht.

»Jetzt lass mich raten: Vermutlich bist du nicht hergekommen, um mit mitzuteilen, dass die Félibrée in Montignac begonnen hat …«, sagte sie mit einem aufmunternden Lächeln.

Seit Wochen konnte man keine hiesige Zeitung aufschlagen und keinen lokalen Radiosender einschalten, ohne mit den neuesten Informationen zu dem bedeutendsten Sommerevent im Département überschüttet zu werden.

»Natürlich nicht«, antwortete er prompt und richtete endlich den Blick wieder auf ihr Gesicht. »Es gibt da so eine heikle Sache, bei der du möglicherweise ein bisschen helfen kannst …«

Aha! Daher wehte der Wind.

»Der Bürgermeister von Montignac hat mir erzählt, dass seit dort heute Vormittag ein Mädchen verschwunden ist.«

Das klang schon mal nicht gut. Marie wurde schlagartig ernst.

»Und wie alt?«

»Sechzehn, glaube ich.«

»Dass Teenager in dem Alter abhauen, kann schon mal vorkommen, oder? Mit sechzehn sind viele Mädchen schon fast erwachsen – oder fühlen sich zumindest so. Daran erinnere ich mich noch gut.«

»Mag sein. Aber das Mädchen ist anscheinend noch nie auffällig geworden. Die Frage ist, ob du da mal vorbeischauen könntest.«

»Ich? Haben die Eltern das noch nicht bei der Polizei von Montignac gemeldet?« Marie war abermals verwundert. Warum kam Bruno in dieser Angelegenheit zu ihr?

»Nein, noch nicht. Aber ich dachte, vielleicht könntest du dich, sagen wir mal, diskret umhören. Weißt du … um die festliche Stimmung nicht gleich am ersten Abend zu gefährden und dadurch die Besucher zu beunruhigen. Die Félibrée ist wirklich ein wichtiges Ereignis für Montignac – und für das gesamte Périgord, also auch für uns. Alles in allem bedeutet das Fest viel Arbeit, Geld und Prestige.«

Marie wusste, dass vor allem Letzteres für Bruno besonders wichtig war.

»Aber warum wendet sich der Bürgermeister von Montignac nicht an die örtliche Gendarmerie oder die Police Municipale? Wäre doch naheliegend, dass erst mal die sich dort umhören.«

»Weil da jeder jeden kennt. Das würde sich gleich wie ein Lauffeuer verbreiten. Die Öffentlichkeit und die Presse wären sofort im Bilde. Das wäre fatal! Nein, zuerst müssen wir wissen, ob das Mädchen wirklich in Gefahr ist. Vielleicht ist es ja nur eine harmlose Familienangelegenheit. Ich denke, es wäre einfach besser, wenn jemand von außerhalb der Sache nachgeht. Jemand, der ein bisschen mehr Distanz hat. Verstehst du, was ich meine?«

»Ja, schon.«

»Du würdest es also machen?«

»Ich kann ja mal mit den Eltern reden und mir einen Eindruck verschaffen, ob das Verschwinden ernst zu nehmen ist.« Noch im selben Moment fragte sich Marie, ob sie da gerade nicht zu schnell zugesagt hatte. Gelegentlich reagierte sie einfach zu spontan. Andererseits, wenn das Mädchen tatsächlich längere Zeit verschwunden blieb oder es Unheil verheißende Begleitumstände gab, würde der Fall ohnehin von Montignac nach Périgueux weitergeleitet werden.

»Prima! Das wäre also geregelt.« Er lächelte zufrieden.

So wie sie den Bürgermeister kannte, der sich bei anderen stets gern in ein gutes Licht stellte, war er sofort auf die Bitte seines Amtskollegen eingegangen. Vielleicht war er sogar derjenige gewesen, der angeboten hatte, Marie anzusprechen. Zutrauen würde sie es ihm.

»Aber nur damit das klar ist: Ich werde nicht verheimlichen, dass ich Polizistin bin«, hob Marie hervor. »Und wenn ich das Gefühl habe, dass in irgendeiner Form Gefahr besteht, werde ich ermitteln, ohne auf die Besucher der Félibrée Rücksicht zu nehmen. In dem Fall wird die Öffentlichkeit davon erfahren.«

»So weit wird es doch gar nicht erst kommen – da bin ich mir sicher. Wahrscheinlich ist das nur ein dummer Teenie-Streich«, entgegnete Bruno, wie um die Sache herunterzuspielen. »Solche Kindereien dürfen selbstverständlich keinen dunklen Schatten auf die Veranstaltung werfen.«

Er teilte offensichtlich den Standpunkt seines Amtskollegen: Das Verschwinden des Mädchens passte nicht ins PR-Konzept, und lokalpolitische Interessen waren erst einmal wichtiger als das Wohlergehen einzelner Menschen.

»Ja, gehen wir erst mal davon aus.«

Womöglich bereut er es jetzt, mich angesprochen zu haben, dachte Marie. Aber eigentlich hätte er sie gut genug kennen sollen, um schon vorher zu wissen, dass sie bei der Ermittlungsarbeit keine halben Sachen machte.

Das war's dann wohl mit dem gemütlichen Abend im Familienkreis. Marie seufzte. Frustrierende Erlebnisse dieser Art kannte sie zur Genüge. Ihr Beruf brachte es nun mal mit sich, dass sie Privates immer wieder hintanstellen musste.

»Wie heißt denn das vermisste Mädchen, und wer sind die Eltern?«

»Das Mädchen heißt Emma Laroussine, und ihre Eltern sind wohl geschieden. Sie lebt hier bei ihrer Mutter – einer ambitionierten Winzerin. Jeanne Laroussine heißt sie. Ihre Weine sind gerade im Kommen.«

»Ist das nicht die, die in Mussillac das alte Weingut ihrer Vorfahren auf Vordermann gebracht und es in ›*Vignes en Fête*‹ – ›Traubenfest‹ umbenannt hat?«

»Ach, du kennst sie?« Anscheinend war es Bruno noch nicht bekannt gewesen, dass sie sich für Weingüter aus dem Département interessierte und einen guten Tropfen zu schätzen wusste.

»Nicht persönlich, aber ich hab von ihr gehört.« Michel, der ein noch besserer Weinkenner war als sie, hatte neulich ein paar Flaschen mitgebracht, die von diesem Gut stammten. Und sie beide hatten sich davon überzeugen können, dass auf dem Weingut Traubenfest Tropfen von exquisiter Qualität hergestellt wurden. »Weißt du, ob sie jetzt auf der Félibrée ist?«

»Ja, sie hat einen Stand auf der Place Carnot, gleich links neben der Kirche, wenn ich das richtig verstanden habe. Mehr weiß ich nicht. Schönen Abend noch.«

Und weg war er.

Erst einen um ein Essen im Familienkreis bringen, und sich dann blitzschnell aus dem Staub machen. Nicht gerade das, was man sensibel nennen würde, dachte Marie. Aber so war Bruno: schmerzfrei.

Marie würde Léonie absagen müssen, die sich genau wie sie auf das gemeinsame Abendessen gefreut hatte, und stattdessen nach Montignac fahren und eine besorgte Mutter aufsuchen.

Aber auch wenn sie sich bis vor wenigen Minuten den Start ins Wochenende anders vorgestellt hatte – sie sah es als ihre Pflicht an, der Sache nachzugehen. Zwar konnten Jugendliche ab sechzehn mit Genehmigung der Eltern ausziehen und waren strafrechtlich haftbar, wenn sie etwas verbrochen hatten. Aber natürlich durfte man das unerwartete Verschwinden eines Teenagers nicht als normales Verhalten abtun. Marie erinnerte sich noch gut an einen Fall während ihrer Zeit bei der Brigade Criminelle in Paris, als sie mit ihrer damaligen Kollegin Pauline wochenlang nach einem Mädchen gefahndet und es schließlich in größter Notlage gefunden hatte.

Die Arbeit an jenem Fall hatte Pauline und sie zusammengeschweißt. Danach hatten sie angefangen, sich auch in ihrer knapp bemessenen Freizeit zu treffen. Heute war die einstige Kollegin ihre beste Freundin, und neben dem privaten Kontakt tauschte Marie sich auch nach wie vor gern beruflich mit ihr aus. Weil sie beide einen intensiven Arbeitsalltag hatten, fand die Kommunikation allerdings hauptsächlich über Text- und Bildnachrichten statt.

Und da sie gerade an Pauline dachte, schickte sie ihr noch schnell eine SMS, um ihr ein schönes Wochenende zu wünschen.

Ihre Freundin antwortete binnen Sekunden mit dem Foto eines Paars glitzernder, silberfarbener High Heels. Marie musste grinsen, aber überrascht war sie keineswegs: Pauline hatte einen Schuhtick.

Sogleich folgte eine SMS: *Bestens ausgestattet für ein heißes*

Date. Heute mit einem Schriftsteller. Mal was Neues. Hoffentlich ist der nicht zu verkopft … Ist ja nicht Sinn der Sache.

Wenn Pauline, die inzwischen wie Michel ins Drogendezernat gewechselt war, keinen Dienst hatte, verbrachte sie einen Großteil ihrer Freizeit auf diversen Dating-Portalen, um sich dann abends mit einem Auserwählten ins Pariser Nachtleben zu stürzen.

Marie antwortete umgehend: *Du wirst ihn schon auf die richtigen Gedanken bringen.*

Im Laufe des Wochenendes würden sie miteinander telefonieren. Dann würde Pauline ihr bestimmt detailreich von ihrem neuen Abenteuer erzählen.

Kapitel 3

Saint-André du Périgord, Freitag, 30. Juni

Léonie war in der Regel stolz auf ihre Großnichte. Marie war ein feiner, gutherziger Mensch und eine engagierte Kriminalpolizistin, und Léonie war sich absolut sicher, dass sie ihre Arbeit gut machte. Aber im Moment war sie einfach nur enttäuscht. Sie hatte sich so auf einen gemütlichen Abend mit Marie gefreut – die dann, anstatt wie versprochen draußen den Tisch zu decken, plötzlich herbeigeeilt war, um ihr mitzuteilen, sie müsse wegen einer dringenden Angelegenheit weg und könne den heutigen Abend doch nicht mit ihr verbringen. Seit Monaten schon sah Léonie sie nur noch im Vorbeigehen, so eingespannt war sie.

Als hätte er geahnt, dass er sie auf andere Gedanken bringen sollte, betrat in diesem Moment Georges die Küche.

»Hmmm! Wie das hier duftet! *Poulet basquaise*?«

Meistens erriet er die Gerichte sofort an ihrem Geruch.

»*Exactement!*«

Er grinste breit, und sie freute sich, ihn so glücklich zu sehen.

Dank seiner ruhigen, zufriedenen Ausstrahlung löste sich ihre Missstimmung auf.

»Marie sieht man nur noch im Vorbeifliegen«, stellte Georges fest. »Die hat gerade wieder mit wehenden Fahnen den Hof verlassen. Dass die jungen Menschen ständig so rennen müssen! Dadurch dreht sich die Welt auch nicht schneller!«

»Ich glaube, es ist was Berufliches. Eigentlich wollte sie mit uns essen, aber dann hieß es, sie müsse irgendwohin. Hoffentlich ist das nicht wieder ein Fall, der sie tagelang von früh bis spät in Anspruch nimmt.«

»Wollte Michel nicht am Wochenende kommen?«

»Wohl morgen erst. Und dann verbringt sie die restliche Zeit bestimmt ausschließlich mit ihm.« Die letzten Worte hatte sie sich nicht verkneifen können. Aber das war spitzzüngig, und ihr wurde im selben Moment bewusst, dass sie kein Recht hatte, so zu reden.

Georges musste das auch aufgefallen sein, denn er schaute sie überrascht an. Das machte Léonie verlegen. Sie nahm ein gerahmtes Foto in die Hand, das auf dem Küchenschrank stand. Michel hatte es an einem schönen Herbsttag aufgenommen und ihr zu Weihnachten geschenkt. Es zeigte eine Nahaufnahme von Marie und ihr. Die starke Zuneigung, die sie füreinander empfanden, kam auf diesem Bild perfekt zum Ausdruck, sprengte geradezu den hübschen Holzrahmen. Die Köpfe dicht aneinandergelegt, lächelten sie beide glücklich in die Kamera. Die braunen Locken ihrer Großnichte vermengten sich mit ihrem feinen weißen Haar.

»Ich vermisse einfach die schöne Zeit, die wir zusammen verbracht haben – am Anfang, als sie hierhergezogen ist. Jetzt muss ich sie mit so vielen anderen teilen«, sagte Léonie leise.

»So kenne ich dich ja gar nicht.« Das klang nicht vorwurfsvoll, Georges schien nur verwundert zu sein. »Du siehst sie doch fast täglich.«

»Ja, wahrscheinlich höre ich mich gerade an wie ein bockiges Kind.«

Dabei sollte es genau so sein: dass Marie eine Arbeit hatte, die sie ausfüllte, und dass sie in ihrer Freizeit möglichst viele Stunden mit Michel verbrachte. Zumal Léonie sehr besorgt gewesen war, als letzten Sommer bei den beiden der Haussegen schief hing und sie sogar befürchtet hatte, sie würden sich trennen.

»Schlimmer noch … wie eine verbitterte Alte!«, fügte Léonie beschämt hinzu. »Marie ist jetzt sechsunddreißig und steht mitten im Leben. Zum Glück!«

»Genau!« Damit war für Georges alles gesagt, und das Thema, das in seinen Augen offensichtlich gar kein Thema war, hatte sich für ihn erledigt.

Er nahm einen großen, runden Brotlaib aus dem Emaillekasten, der noch von Léonies Mutter stammte, und das alte Messer mit dem abgewetzten dunklen Holzgriff, das danebenlag. Dann schnitt er dicke Scheiben ab, die er andächtig in den Brotkorb legte. Léonie wusste, dass für ihn ein Essen ohne Brot kein richtiges Essen war – wie für die meisten aus ihrer Generation. Die jungen Menschen heute aßen kaum noch Brot. Weil es dick machte. Oder wegen irgendwelcher Allergien. Wirklich erstaunlich, was es alles für Krankheiten gibt, wunderte sich Léonie und beobachtete weiter Georges. Er holte zwei Teller und ihre rotweiß-karierten Stoffservietten aus dem schweren Eichenschrank und deckte in der Küche den Tisch – für sie an der Kopf- und für ihn an der Längsseite zu ihrer Linken. Anschließend betrachtete er zufrieden sein Werk und strich sich mit seiner knochigen Hand das weiße Haar nach hinten. Einen kurzen Moment dachte Léonie, dass sie ihm gern über den Kopf gestrichen hätte, aber so weit gingen ihre Berührungen im Alltag nicht. Dafür hatten sie ihre Liebe zu lange Jahre vor den Argusaugen ihrer Mutter verstecken müssen.

»Ach, der Wein!«, rief er plötzlich.

Ein Schlückchen Wein gehörte zu einer guten Mahlzeit. Georges stellte eine angebrochene Rotweinflasche auf den Tisch, einen vollmundigen Bergerac, den Michel ihnen mitgebracht hatte.

Stillschweigend setzte er sich an seinen Platz, und Léonie sah das erwartungsvolle Leuchten in seinen Augen. Es war nicht zu übersehen, dass er hungrig war. Dieser dürre lange Lulatsch hatte einen mächtigen Appetit. Und er wusste gutes Essen zu schätzen. Deswegen bereitete es ihr auch jeden Tag aufs Neue solche Freude, für ihn zu kochen.

*

Bereits mehrere Hundert Meter vor dem Ortsschild von Montignac sah Marie zahlreiche Autos am Straßenrand parken. Es war deutlich mehr los als an einem Wochenendmarkt im Hochsommer. In der Tageszeitung *Sud-Ouest* hatte sie gelesen, dass für das Wochenende über dreißigtausend Gäste erwartet wurden, was für eine Dreitausendseelengemeinde eine gewaltige Besucherzahl war. Trotzdem wagte sie sich mit ihrem Auto bis zum Ortskern vor und stellte es am linken Ufer der Vézère ab, unterhalb der alten Steinbrücke auf dem Parkplatz der Police Municipale. Selbst notorische Falschparker trauten sich nicht, ihre Wagen hier zurückzulassen. Zu Recht, denn hier hatte man die Gewissheit, unverzüglich abgeschleppt zu werden, und die nächste Abholstelle für Parksünder war mehr als dreißig Kilometer entfernt. Das konnte einem den Besuch in der Heimat der berühmten Lascaux-Höhlen gründlich verhageln.

Sie ging kurz in das bescheidene Polizeigebäude, um die Kollegen zu informieren, dass ihr Dienstwagen auf deren Parkplatz stand. Zudem hoffte sie, dort Agent Visla anzutreffen, den Polizisten, der sie bei ihren letzten Fällen mehrfach unterstützt hatte. Sie mochte seine verbindliche Art und sein Pflichtbewusstsein. Obendrein schätzte sie seine schnelle Auffassungsgabe.

»Den werden Sie am Marktplatz bei den Ausstellern finden. Er schaut dort mit einem Kollegen nach dem Rechten«, wusste eine junge Frau in Uniform zu berichten, die hinter einem schlichten grauen Tresen die Stellung hielt. Ihrem Gesichtsausdruck nach zu schließen langweilte sie sich, wahrscheinlich wäre auch sie gern da draußen in dem bunten Treiben. »Da sind wieder mal

Taschendiebe unterwegs. Denen wollen wir keine Chance geben«, fügte sie noch in energischem Tonfall hinzu.

Marie bedankte sich und verließ das Gebäude.

Sie ging links eine schmale Straße hinauf, auf der man nach fünfzig Metern zum Stadtkern gelangte. Von dort erklang laute Musik. Oben angekommen, betrat sie den Platz des Bürgermeisteramts und fand sich augenblicklich mitten im Trubel wieder, der in ein ungewohntes Licht getaucht war. Im Stadtzentrum hingen über den Straßen und Plätzen farbig leuchtende Girlanden, deren bunte geometrische Muster sich wie bei einem Kaleidoskop drehten und sich auf dem Pflaster, den Fassaden und auch auf den Menschen spiegelten. Marie schaute hoch zu dem noch makellos blauen Himmel, vor dem die Farben der Girlanden noch kräftiger wirkten – dabei war es schon nach zwanzig Uhr, wie sie der großen, runden Uhr auf der Frontseite des Bürgermeisteramts entnehmen konnte. In der zweiten Junihälfte gab es die längsten Tage des Jahres, und vor halb elf würde es nicht dunkel werden. Marie liebte diese Jahreszeit und hatte immer den fast kindlichen Drang, diese hellen Abende in vollen Zügen zu genießen.

Viele Menschen waren unterwegs, und Marie vernahm einen fröhlich klingenden Wirrwarr unterschiedlicher Dialekte und Sprachen. Auch lauschte sie der Musik, auf deren Quelle sie langsam zuging. Einen Augenblick später konnte sie sehen, was das Publikum auf dem Vorplatz der Mairie so faszinierte: Vier Frauen und vier Männer führten auf dem Platz einen traditionellen Tanz auf, und zwei Akkordeonspieler sorgten für die musikalische Begleitung. Der Tanz hatte bestimmt einen besonderen Namen, den Léonie kennen würde. Marie hingegen musste passen, als typisches Stadtkind verstand sie nichts von Volkstänzen.

Die vier Tänzerinnen trugen weite, knöchellange, pastellfarbene Kleider mit Blumenmuster und Spitzenkragen. Zu ihren Kostümen gehörten Schürzen, gehäkelte Handschuhe und Hauben, die kunstvoll die Haare umrahmten. Léonie hatte Marie erklärt, dass die Akteure der Félibrée sich bei der Wahl ihrer Kleidung streng an die Trachtenmode von 1900 halten mussten. Für Maries Geschmack war das zu viel Folklore und Schnickschnack. Die schlichten, zeitlos wirkenden Kostüme der vier tanzenden Männer fand sie allerdings stilvoll: Jeder von ihnen trug eine dunkle Hose, ein weites weißes Leinenhemd, eine schwarze Weste und einen Hut mit breiter Krempe, der ebenfalls schwarz war. Drei von ihnen hatten sich noch ein rotes Halstuch umgebunden.

Die Tanzgruppe war mit großem Spaß bei der Sache und erntete Beifall von dem gemischten Publikum aus Jung und Alt, Einheimischen und Touristen, die alles zu fotografieren schienen.

Die Veranstaltung hatte einen gewissen Charme, wie Marie sich eingestand. Fast war sie versucht mitzutanzen. Es war *bon enfant*, wie man im Französischen zu sagen pflegte – »von freundlicher, friedvoller Stimmung«.

Aber die Festivitäten hier waren nicht der Grund ihres Besuchs. Sie wandte sich nach links und betrat die alte Steinbrücke über die Vézère, die das ganze Wochenende für den Verkehr gesperrt war. Der Blick, der sich von dort bot, war Marie vertraut, doch sie fand ihn immer wieder aufs Neue reizvoll. Rechts am Ufer standen die alten Fachwerkhäuser, in denen sich Restaurants befanden und deren großflächige Terrassen sich bis zum Fluss hin erstreckten. Dahinter sah man die Kirche Saint-Pierre-ès-Liens mit ihrem hohen Glockenturm. Und oberhalb davon, zur linken Seite hin, erhob sich das Schloss von Montignac mit seiner lang gestreckten Wehrmauer und dem viereckigen Turm, dem einzigen, der die Jahrhunderte überdauert hatte.

Unter den vorbeiflanierenden Menschen erkannte Marie mehrere vertraute Gesichter. Man warf sich ein freundliches »*Salut*« zu und suchte sich dann weiter einen Weg durch die dichte Menschenmenge. Auch hier herrschte eine fröhliche Stimmung. An der Straße entlang des Ufers waren nun die ersten Ausstellerstände zu sehen, und überall hingen rot-gelbe Fahnen mit dem Okzitanischen Kreuz, dessen zwölf Spitzen mit Kugeln besteckt waren. Es war das Wappenmotiv Südfrankreichs und zugleich auch das Wahrzeichen der Félibrée.

Während sie auf der anderen Flussseite weiterging, fiel ihr an einer Hausfassade eine Banderole ins Auge, auf der ein okzitanisches Sprichwort prangte: »*Femna e dentèla son mai polidas a la candèla.*« Es war im Dialekt der hiesigen Landbevölkerung geschrieben, den Marie nicht verstand. Die Übersetzung darunter verriet: »Frauen und Spitzen sind bei Kerzenlicht noch schöner.«

Was für ein Chauvispruch, fuhr es Marie durch den Kopf. Aber wenn der hier noch so selbstverständlich hing, bedeutete dies wohl, dass viele Leute noch so dachten oder sich zumindest nicht an ihm störten. So schnell änderten sich die Zeiten leider nicht.

Endlich erreichte sie den Stand des Weinguts Traubenfest. Wie Bruno es ihr gesagt hatte, befand er sich neben der Kirche, und sie sah, dass drei wartende Kunden davorstanden. Sie entschied, sich dahinter anzustellen.

Auf einer Schiefertafel waren die Namen und Preise der Weine notiert. Es waren insgesamt vier – der preiswerteste kostete siebzehn, der teuerste zweiundvierzig Euro. Das muss man sich erst mal leisten können, dachte Marie. Alle hatten poetisch anmutende Namen: *La forêt bleue* (Der blaue Wald), *Le chant du merle* (Der Gesang der Amsel), *La source folle* (Die verrückte Quelle) und *Le secret de la vallée* (Das Geheimnis des Tals).

Eine schlanke, attraktive Frau Mitte vierzig mit etwas strengen, aber ebenmäßigen Gesichtszügen bediente die Kunden. Das musste Jeanne Laroussine sein. Marie sah ihr die sorgenvolle Anspannung an: Krähenfüße ließen ihre grünen Augen müde wirken. Ihr dunkles, kurzes Haar war ungleichmäßig geschnitten, als würde sie selbst zur Schere greifen, und sie war ungeschminkt. Also eher der natürliche und uneitle Typ, mutmaßte Marie, die sich selbst nur sehr dezent schminkte. Ein wenig Wimperntusche und etwas Lippenstift, das musste reichen.

Marie fiel auf, dass die Frau die Fragen ihrer Kunden freundlich, aber mit einer gewissen Hast beantwortete. Auffallend war, dass sie sich dabei immer wieder aufmerksam umschaute, als hoffte sie, jemanden zu entdecken – ihre Tochter? In Windeseile packte sie die jeweils gewünschten Weinflaschen in braune Papiertüten, kassierte und wandte sich dann mit einem angestrengt wirkenden Lächeln dem nächsten Kunden zu. Marie empfand plötzlich Mitgefühl für diese Frau, die sichtbar um Fassung rang.

Als Marie an der Reihe war, zeigte sie diskret ihre Dienstmarke und fragte leise: »Sind Sie Madame Laroussine?«

»*Oui.*« Die Frau riss die Augen auf.

Marie sah die Panik, die sich in ihrem Blick widerspiegelte.

»Haben Sie Emma gefunden?« Jeanne Laroussine hatte eine auffallend tiefe Stimme.

»Nein, aber ich würde gern mit Ihnen sprechen, wenn das möglich ist«, erwiderte Marie.

Anstatt ihr zu antworten, wandte die Winzerin sich einem kräftigen, bärtigen Mann mittleren Alters zu, der hinter dem Nachbarstand mit Kupferware saß und zwei englischen Kunden einen handgehämmerten Kessel anpries. Dabei hatte er sich seine Lesebrille auf die Stirn geschoben.

»Entschuldige, Robert, könntest du für ein paar Minuten meinen Stand mit übernehmen?«, bat sie ihn.

Er stellte sofort den Kessel auf seinen Vorführtisch und sagte zu den Touristen in gebrochenem Englisch: »*Please … look and wait a moment.*«

»*No problem*«, antwortete einer der beiden Engländer mit einem Nicken.

Der bärtige Kupferschmied lächelte die Winzerin warmherzig an. »Klar, Jeanne. Geh nur, ich kümmere mich um deine Kunden.«

Als er von seinem Hochhocker aufstand, sah Marie, dass er eine braune Lederschürze trug. Aus deren Tasche holte er nun Hammer und Zange hervor und legte beides neben den Kessel.

Ob sich solche hochpreisigen Kupferkessel und -töpfe, die nicht gerade spülmaschinenfreundlich sind, heutzutage noch gut verkaufen?, fragte sich Marie unvermittelt. Zumal sie nicht gerade günstig waren, wie ihr ein Blick auf die Preisschilder verriet.

Er trat zu Jeanne Laroussine, die mit einem kaum hörbaren »*Merci*« reagierte. Er schien die Winzerin näher zu kennen, schloss Marie aus der behutsamen Art, wie er ihr die Hand auf die Schulter legte.

»Mach dich nicht verrückt, Jeanne. Emma ist bestimmt bald wieder zurück«, sagte er mitfühlend.

Dann schaute er Marie mit aufmerksamem Blick an. Offensichtlich versuchte er zu erraten, wer sie war und was es mit ihrem offensichtlich wichtigen Besuch auf sich hatte.

Marie reichte ihm die Hand und stellte sich vor – allerdings nur mit ihrem Namen. Er musste nicht gleich wissen, dass sie von der Polizei war.

»*Enchanté,* Robert Pinçon«, gab er freundlich zurück.

Sie würde später mit ihm sprechen.

Wenn Richard da gewesen wäre, hätten sie sich die Aufgaben teilen können, aber so musste sie eins nach dem anderen erledigen.

Kapitel 4

Montignac, Freitag, 30. Juni

Nachdem Jeanne Laroussine dem Kupferschmied noch einige Anweisungen gegeben hatte, wandte sie sich wieder Marie zu.

»Setzen wir uns in meinen Transporter, da haben wir noch am meisten Ruhe. Bei den vielen Menschen hier versteht man ja sein eigenes Wort nicht.«

Die Winzerin zeigte auf das große Fahrzeug mit geöffneten Hecktüren, das neben ihrem Stand geparkt war und während des Festes wohl als Lager diente – auf der Ladefläche war eine große Menge Weinkartons gestapelt. Kraftvoll warf sie die beiden Türen zu und ging mit energischen Schritten nach vorn, wo sie auf der Fahrerseite einstieg und von dort die Beifahrertür öffnete. Marie folgte ihr und nahm auf dem Beifahrersitz Platz. Vom Transporter aus konnten sie das Treiben auf dem Kirchplatz weiterhin verfolgen, aber nun waren sie von dem Lärm dort so gut wie abgeschottet.

»Erzählen Sie bitte so genau wie möglich, was passiert ist«, forderte Marie die Winzerin auf, nachdem sie ihr mit wenigen Worten berichtet hatte, wie es dazu gekommen war, dass nicht Polizisten aus Montignac, sondern *sie* sich nach Emma erkundigte.

»Da gibt es leider nicht viel zu erzählen«, antwortete Jeanne Laroussine. »Ungefähr seit zehn Uhr heute Morgen ist meine Tochter verschwunden. Sie hatte gerade noch einen Kunden bedient, und dann war sie plötzlich wie vom Erdboden verschluckt.

Ich habe nicht die geringste Ahnung, wo sie stecken könnte, und werde noch wahnsinnig vor Sorge.«

»Das verstehe ich, und ich möchte Ihnen helfen. Aber bevor wir umfangreichere polizeiliche Ermittlungen aufnehmen, muss ich mir erst ein Bild von der Situation machen. Ist das für Sie okay?«

Die Frau nickte.

Marie blickte kurz auf ihre Uhr.

»Emma ist also seit knapp elf Stunden verschwunden. Wie alt ist sie genau?«

»Sie ist vor zwei Monaten sechzehn geworden.«

In dem Alter klammheimlich zu verschwinden und für einen Moment schlicht zu vergessen, dass Eltern sich Sorgen machten – das war eigentlich nichts Außergewöhnliches. Als Teenager hing man ja gern schon mal mit Freundinnen oder Freunden rum und ließ sich mitziehen.

»Sie haben also nicht bemerkt, wie oder mit wem Emma heute Morgen den Stand verlassen hat?«

»Nein. Ich war mit mehreren Kunden beschäftigt, und erst als ich die bedient hatte, fiel mir auf, dass sie weg war. Zuerst habe ich mir nichts weiter dabei gedacht. Ich habe angenommen, sie ist zur Toilette und kommt gleich wieder.«

»Ich nehme an, sie hat ein Handy?«

»*Bien sûr*! Ich hab bestimmt an die dreißig Mal versucht, sie zu erreichen. Aber da ging immer nur die Mailbox an – und bei den letzten Malen war gar nichts mehr. Wahrscheinlich ausgeschaltet.«

»War sie vielleicht mit Freunden verabredet und hat Ihnen nichts davon gesagt?«

»Sicher nicht. Sie würde mich niemals einfach so sitzen lassen mit all der Arbeit hier. So ist Emma nicht. Wirklich nicht.«

»Haben Sie schon mal versucht, bei Freunden nachzufragen, wo Ihre Tochter abgeblieben sein könnte?«

Die Mutter drehte ihr Gesicht nach vorn und legte die Hände aufs Lenkrad, als wolle sie gleich losfahren. Etwas an dieser Frage schien sie zu stören.

»Sie werden es vielleicht seltsam finden, aber Emma trifft sich nicht mit Freunden. Sie ist lieber zu Hause oder bei uns auf dem Grundstück und arbeitet mit mir auf dem Weingut.«

Das fand Marie tatsächlich etwas befremdlich für eine Sechzehnjährige und beschloss deshalb nachzuhaken.

»Wollen Sie damit andeuten, dass Emma eigentlich gar keine Freunde hat?«

Die Winzerin atmete tief durch und wandte ihr Gesicht wieder Marie zu. »Na ja, sie geht aufs Gymnasium in Sarlat und ist da natürlich mit Gleichaltrigen zusammen. Aber zu irgendwelchen Treffen außerhalb der Schule verabredet sie sich nicht mit denen.«

»Erwähnt sie manchmal Namen von Schülern, die man kontaktieren könnte? Jemanden, der vielleicht weiß, wo sie sein kann?«

Jeanne Laroussine schüttelte den Kopf.

»Und einen Freund hat sie auch nicht?«, fragte Marie und hatte dabei das Gefühl, die Antwort schon zu kennen.

»Nein!« Es klang, als sei das für die Winzerin ein völlig abwegiger Gedanke.

So kam sie nicht weiter. Marie versuchte es mit einem neuen Ansatz.

»Und was ist mit Emmas Vater?«

Die Frau kniff kurz die Lippen zusammen.

»Wir sind seit sechs Jahren geschieden, und er lebt mehr als tausend Kilometer weit weg. In Andalusien.«

»Hat Emma Kontakt zu ihm?« Marie ahnte wieder, wie die Antwort ausfallen würde.

»Kaum. Der meldet sich an ihrem Geburtstag und zu Weihnachten. Das war's.« Ihr harter, energischer Tonfall ließ erkennen, dass sie nicht weiter über ihren Ex-Mann sprechen wollte.

Wahrscheinlich hatte sie, aus welchem Grund auch immer, die Trennung noch nicht richtig überwunden, dachte Marie und entschied, das Verhältnis zum Vater nicht weiter zu thematisieren. Sie würde sich seine Kontaktdaten später geben lassen.

»Demnach haben Sie das alleinige Sorgerecht für Emma?«

»Genauso ist es.«

»Haben Sie sich gestern oder heute Morgen mit ihr gestritten?«

Jeanne Laroussine schaute sie empört an, als wäre die Frage aufs Höchste unanständig.

»Wir streiten uns nie.«

»Na ja, das soll selbst in den besten Familien vorkommen«, sagte Marie spontan. Diesen Allerweltsspruch hatte sie sich nicht verkneifen können. Sie zum Beispiel stand ihrem Vater sehr nahe, aber sie stritten sich durchaus gelegentlich, auch wenn sie sich schnell wieder versöhnten.

»Aber nicht bei uns!«, erwiderte die Winzerin schroff. »Wir haben keine Zeit zu streiten.«

Der barsche Ton erstaunte Marie. Er verlieh der Frau etwas Hartes und Unnahbares. Das war wahrscheinlich der Sorge um ihre Tochter geschuldet, deshalb fuhr Marie etwas behutsamer fort.

»Madame Laroussine, ich versuche doch nur zu verstehen, warum Ihre Tochter verschwunden ist. Und ich bin da auf Ihre Hilfe angewiesen.«

Die Winzerin seufzte, und ihre Gesichtszüge wurden weicher.

»Verzeihen Sie bitte. Ich bin mit den Nerven am Ende und mache mir entsetzliche Sorgen.«

»Das verstehe ich. Lassen Sie uns einfach weiter überlegen. Soweit ich begriffen habe, hilft Ihre Tochter Ihnen regelmäßig bei der Arbeit. Sie beide sind also ein gutes Team, richtig?«

»Ja!« Jeanne Laroussine wies mit der Hand auf die weiße Seitenplane ihres Standes, wo mit übergroßen goldenen Buchstaben – was besonders edel aussah – der Name ihres Unternehmens aufgedruckt war: *VIGNES EN FÊTE – Laroussine, Mère & Fille.*

Marie, die zuvor nicht darauf geachtet hatte, sah erst jetzt, dass »Mutter & Tochter« dort stand – so wie »Vater & Sohn« bei Firmen, deren Führung in männlicher Hand lag. Dass die gerade erst sechzehn Jahre alte Tochter bereits im Unternehmensnamen auftauchte, zeigte deutlich, wie sehr Emma von ihrer Mutter geschätzt wurde. Und dass sie ihr trotz ihrer Jugend beruflich eine starke Stütze war.

»Ihre Tochter hat also keine Geschwister«, schlussfolgerte Marie.

»Nein.«

»Hat sie Cousins oder Cousinen, denen sie nahesteht? Oder Großeltern? Gibt es Verwandtschaft, die man befragen könnte?«

Die Winzerin schüttelte den Kopf.

»Ich bin Einzelkind – und Emmas Vater auch. Meine Eltern sind gestorben, und seine leben irgendwo auf Gran Canaria … Sie haben sich nie für Emma interessiert«, fügte sie nüchtern hinzu.

Mutter und Tochter lebten offenbar ziemlich isoliert, hatten außerhalb von Schule und Beruf so gut wie keine Kontakte. Und Jeanne Laroussine schien das nicht zu stören, wie Marie zunehmend bewusst wurde.

»Wie schafft Emma es, sich neben der Schule und den Hausaufgaben so auf dem Weingut zu engagieren?«

»Emma ist intelligent, ihre Noten sind gut. Und wir haben nun mal dieses gemeinsame Projekt, das ihr genauso am Herzen liegt wie mir. Begeisterung setzt viel Energie frei, wissen Sie. Sie ist unglaublich fleißig und hilft mir sehr, sowohl beim Weinanbau als auch beim Verkauf.«

»Ja, das kann ich mir gut vorstellen. Aber ist Emma nicht etwas zu jung, um schon so intensiv im Weingeschäft mitzumischen?«

»Sie kann die Qualität eines Weines bei Weitem besser bewerten als die allermeisten der Weinliebhaber, die Sie da draußen sehen.«

Die Winzerin deutete auf die bunte Menschenmenge, die sich von einem Stand zum nächsten schob und die, wie der Blick aus dem Wagenfenster erahnen ließ, immer größer wurde.

Auch die Schlange vor dem Laroussine-Stand war länger geworden. Der Kupferschmied hatte dort alle Hände voll zu tun, schien sich aber wacker zu schlagen. Er lächelte die Kunden freundlich an und strahlte Gelassenheit aus. Was er und die Winzerin wohl für eine Beziehung haben?, fragte sich Marie unwillkürlich. Er legte sich jedenfalls ganz schön ins Zeug für sie, und ihm war es offensichtlich nicht so wichtig, dass sein eigener Stand verwaist blieb und er selbst währenddessen nichts verdiente.

»Seit sie vierzehn ist, schule ich ihren Gaumen«, unterbrach Jeanne Laroussine Maries Gedankengänge. »Mit kleinen Schlucken, die sie natürlich immer ausspucken musste – um Ihrer Frage zuvorzukommen, ob ich meine Tochter zur Alkoholikerin erzogen hätte.«

Diese Frau schien an alles zu denken. Marie überkam zunehmend das Gefühl, dass Jeanne Laroussine eine besitzergreifende Mutter war, und diese Mutter-Tochter-Zweisamkeit wurde ihr langsam etwas unheimlich. Marie selbst hatte kein einfaches Verhältnis zu ihrer Mutter, die jedoch glücklicherweise nie übergriffig gewesen war. Wie Emma sich wohl dabei fühlte?

»Unser Weingut ist, wie gesagt, auch Emmas Projekt, und ich habe sie nie zu irgendeiner Arbeit gezwungen«, fuhr die Winzerin fort, als hätte sie Maries Gedanken gelesen. Sie hielt kurz inne und fügte dann mit gepresster Stimme hinzu: »Ihr muss etwas passiert sein – das weiß ich.«

»Wieso wissen Sie das?« Marie hoffte auf einen Hinweis, der ihren Nachforschungen eine konkrete Richtung geben würde. Und wenn nicht? Vielleicht würde sich dann herausstellen, dass

Jeanne Laroussine ihre Tochter ja doch nicht so gut kannte, wie sie vorgab.

»Als Mutter spürt man das.« Ihre Stimme war lauter geworden. Sie wandte Marie ihr Gesicht zu und schaute ihr eindringlich in die Augen. »Sie müssen eine Großfahndung einleiten! Wegen Entführung einer Minderjährigen. Ja, meine Tochter ist ganz sicher entführt worden! Sie müssen sie finden – bevor es zu spät ist.«

Marie stutzte. Jeanne Laroussine hatte sich bisher nicht an die hiesige Polizei gewandt, nach der Tochter zu suchen, und nun verlangte sie gleich eine Großfahndung. Anscheinend hatte sie ihre Sorge bisher ziemlich gut verdrängen können, aber nun nahm sie überhand.

»Was lässt Sie vermuten, dass Emma entführt worden sein könnte?«

»Weil ich keine andere Erklärung für ihr plötzliches Verschwinden habe. Da draußen wimmelt es doch von fremden Menschen. Darunter sind bestimmt auch ein paar durchgeknallte Typen, die womöglich ein ernstes Problem mit ihrer Sexualität haben. Jemand könnte sie in eine Falle gelockt haben. Irgendein Wahnsinniger!«

Bitte nicht, dachte Marie. Das wäre das schlimmste Szenario.

»Ich weiß, es ist schwer, aber versuchen Sie bitte, sich zu beruhigen. Eine Großfahndung wegen Entführung einer Minderjährigen lässt sich so früh nicht ohne Weiteres durchführen.«

Die Polizei musste sich ständig um verschwundene Angehörige kümmern. Marie wusste, dass in Frankreich jährlich rund fünfzigtausend Minderjährige als vermisst gemeldet wurden, also um die hundertzwanzig pro Tag. Zum Glück gingen neunzig Prozent der gemeldeten Fälle harmlos aus. Aber ein Hinweis auf die Statistik würde die Mutter jetzt wohl kaum beruhigen. Dennoch wollte Marie ihr verständlich machen, dass für eine Gefahrensituation erst einmal Indizien vorliegen mussten.

»Außerdem müssen wir uns vergewissern, dass Emma nicht aus freien Stücken gegangen ist, und vor allem klare Hinweise finden, die eine Entführung plausibel erscheinen lassen.«

Marie hielt einen Moment lang inne, denn Jeanne Laroussine schaute sie fassungslos an und öffnete leicht den Mund, als wolle sie etwas entgegnen. Doch zunächst blieb sie stumm.

»Das hört sich jetzt bestimmt schlimm für Sie an, aber ich kann Ihnen diese Erklärungen leider nicht ersparen«, fuhr Marie fort. »Ich muss dem Staatsanwalt konkrete Anhaltspunkte liefern, damit eine landesweite Fahndung eingeleitet wird.«

Nun wurde die Mutter ungehalten.

»Ihnen reicht also nicht, wenn ich Ihnen sage, dass meine Tochter in Gefahr ist?«

»Sind Sie oder Emma in letzter Zeit in irgendeiner Form bedroht worden?« Marie schaute Jeanne Laroussine fest in die Augen, als sie das fragte. Sie versuchte immer noch zu begreifen, was in der Winzerin vorging und warum sie plötzlich von einer Entführung ausging.

»Nein, aber was glauben Sie, wie es all diesen Machos, die sich für etwas Besseres halten, gefällt, wenn eine Frau ihnen zeigt, wie man guten Wein macht? Meinen Wein können Sie in Paris, London oder Berlin kaufen. Nur in guten Weinhandlungen natürlich. Das schürt Neid bei meinen Konkurrenten.«

Sie hatte anscheinend kein entspanntes Verhältnis zu Männern. Allerdings traf das nicht auf alle zu, denn mit dem Kupferschmied schien sie sich ja bestens zu verstehen. Gleichzeitig fragte sich Marie, ob der Neid eines Wettbewerbers ein ausreichend starkes Motiv sein könnte, um ein junges Mädchen zu entführen. Und inwiefern sollte so etwas einem Konkurrenten dienlich sein? Auch wenn Jeanne Laroussine einen guten Ruf genoss, war sie noch lange kein ganz großer Stern am Winzerhimmel. Aber möglich war natürlich alles.

»Und deswegen würde man Ihre Tochter entführen?«

»Na ja, einen besseren Weg, um mich in den Staub zu treten, werden Sie nicht finden.«

Marie erkannte, wie verzweifelt die Mutter war. Und doch wirkte deren Vermutung ziemlich an den Haaren herbeigezogen.

»Ein Mädchen entführen, um eine Konkurrentin in den Staub zu treten? Das ist eine ziemlich harte Anschuldigung. Können Sie mir vielleicht einen Namen nennen? Denken Sie da an einem bestimmten Winzer? Und gibt es konkrete Gründe, weshalb Sie diesen Mann verdächtigen?«

Jeanne Laroussine schwieg und starrte mit leerem Blick vor sich hin.

Marie glaubte nicht, dass sie ihr etwas verheimlichte. Ihr Schweigen war wohl eher Ausdruck großer Verzweiflung. Aber sie spürte da auch eine tief sitzende Wut. Was hatte diese Frau erlebt, das sie so wütend machte?

Kapitel 5

Montignac, Freitag, 30. Juni

Von außerhalb des Fahrzeugs ertönten plötzlich laute Fanfarenstöße, und gleich darauf kam ein vielstimmiges gedehntes »Ahhh!« aus der Menge, die sich wie auf Kommando teilte.

»Was ist denn da los?«, entfuhr es Marie.

Für einen kurzen Augenblick war sie abgelenkt. Sie sah eine junge Frau in einem langen, taillierten korallfarbenen Kleid, die am Arm eines Mannes um die vierzig einherschritt. Er war entsprechend der Tradition des Festivals gekleidet. Die Menge applaudierte begeistert. Beide lächelten sichtlich stolz und winkten dem euphorischen Publikum zu.

Es sah aus wie eine herrschaftliche Prozession.

Dann wandte Marie ihren Blick wieder Jeanne Laroussine zu.

Die schaute ebenfalls nach draußen, und ein zögerliches Lächeln erhellte plötzlich ihr Gesicht. Das gab ihm bei all der Strenge eine gewisse Harmonie und ließ es weicher erscheinen.

»Das ist der Auftritt der diesjährigen ›Reine de la Félibrée‹!«, erklärte die Winzerin. »Das ist immer ein besonderer Moment unseres Festes. In diesen drei Tagen gilt die Königin als die Hüterin des Ortes und bekommt von dem Bürgermeister symbolisch den Schlüssel der Stadt überreicht.«

»Das klingt nach einem alten Volksbrauch«, merkte Marie an.

Diese Ablenkung kam wie gerufen, denn sie brachte Jeanne Laroussine dazu, ihre Gedanken von der vermissten Tochter abzulenken. Marie meinte gar zu spüren, wie ihre Sitznachbarin entspannter zu atmen begann.

»Ist es auch! Das geht auf Zeiten zurück, in denen Wohnsiedlungen mit Festungsmauern und einem großen Eingangstor geschützt wurden.«

»Ach, und wer den Schlüssel zur der Pforte hatte, trug vermutlich die Verantwortung für die Sicherheit der Bevölkerung«, sagte Marie.

»Genau. Deswegen wird die Königin auf diese Weise geehrt.«

»Und wer ist der Mann an ihrer Seite?

»Das ist der sogenannte Major, der die Königin stets begleitet. Ich kenne übrigens beide persönlich. Die machen das super! Sehen Sie nur, mit welcher Bravour sie ihre Rolle spielen! Bei denen sieht man einfach, dass es von Herzen kommt.«

Der Applaus auf der Straße nahm nicht ab, und es wurde eifrig mit den Handys fotografiert.

Marie machte sich innerlich eine Notiz, dass sie sich später den Instragram-Account der Félibrée anschauen sollte. Da die PR-Leute der Organisatoren ziemlich aktiv zu sein schienen, würden sie bestimmt auch Fotos von anderen Accounts teilen. Mit sehr viel Glück würde man so vielleicht Emma auf einem der Bilder entdecken – womöglich sogar in Begleitung oder in einer Situation, die erkennen ließ, ob das Mädchen sich freiwillig abgesetzt hatte oder entführt worden war. Wie Marie wusste, hatte die Stadt keine Straßenkameras, die bei einer Suche hätten helfen können.

»Und wie wird man Königin?« Das interessierte sie wirklich, auch wenn sie diese Frage aus einem anderen Grund gestellt hatte: Sie wollte das Gespräch über Themen rund um die Félibrée fortführen, um so die Winzerin für ein paar Minuten von ihrer Verzweiflung abzubringen.

»Da gibt es ein langes Auswahlverfahren. Die Anwärterinnen müssen zwischen achtzehn und einundzwanzig Jahre alt und des Okzitanischen mächtig sein, also die Mundart beherrschen, die hier im Südwesten Frankreichs früher gesprochen wurde. Die jungen Frauen müssen außerdem eine Rede schreiben und halten, in der sie überzeugend darlegen, warum sie unbedingt Königin der Félibrée sein wollen. Und da reicht kein Blabla.« Die Winzerin schien sich da bestens auszukennen und war nun tatsächlich von ihrer Sorge um die Tochter abgelenkt. »Gut, dass es noch junge Menschen gibt, die sich dafür begeistern und die Pflege von Traditionen nicht gleich als billige Folklore abtun, die nur Touristen anlocken soll.« Sie zeigte auf die junge und strahlende Königin. »Mélanie macht das wunderbar. Sehen Sie nur, wie gerade und stolz ihre Haltung ist! Und gleichzeitig achtet sie darauf, ein strahlendes, liebenswürdiges Lächeln zu zeigen.«

»Sie ist bestimmt aus Montignac, oder?«

»Nein. Es reicht, wenn die Kandidatinnen aus unserer Region stammen. Ihr Begleiter, der Major, ist aber tatsächlich aus Montignac. François Durand hat eine Autowerkstatt am Dorfausgang, und ich kann ihn als Mechaniker nur empfehlen. Aber Sie werden ihn vermutlich schon kennen, oder?«

»Nein, das hat sich bislang nicht ergeben.« Als Marie noch mit dem alten Renault 4 ihrer verstorbenen Großmutter herumkutschiert war, hatte sie ihn ein paar Kilometer weiter in eine Werkstatt in Rouffignac gebracht, wenn ein Ölwechsel oder eine kleine Reparatur fällig gewesen waren. Inzwischen fuhr sie einen Dienstwagen, um dessen Wartung sie sich nicht zu kümmern brauchte.

Zwei, drei Momente lang schauten sie und Jeanne Laroussine der Königin und ihrem Begleiter schweigend zu, bis die beiden nicht mehr zu sehen waren.

Anschließend kehrte Marie zum eigentlichen Thema zurück.

»Könnten Sie mir ein aktuelles Foto von Emma zeigen – vielleicht ein Porträt – und es am besten auch gleich schicken?«

Sofort holte die Winzerin ihr Handy aus der Hosentasche. Sie rief die Bildergalerie auf und scrollte, bis sie ein bestimmtes Foto gefunden hatte.

Marie beugte sich zu ihr hinüber und betrachtete das Bild. Sie nahm sich Zeit, um es zu studieren und auf sich wirken zu lassen. Eine Porträtaufnahme verriet manchmal einiges über einen Menschen.

Emma lächelte vertrauensvoll in die Kamera. Sie wirkte sympathisch und war wie ihre Mutter ein natürlicher Typ. Ihr Augenausdruck ... vielleicht ein bisschen zu ernst für einen Teenager? Das hellbraune, glatte Haar fiel ihr bis auf die Schultern. Sie hatte volle Lippen und die gleiche Mundpartie wie ihre Mutter.

»Sie sieht Ihnen sehr ähnlich«, bemerkte Marie.

»Ja, das sagen alle.« Jeanne Laroussine Stimme klang weich.

Emmas Augen waren braun, und die breiten Brauen darüber berührten sich in der Mitte. Das sah man hier selten – aber Maries modebewusste Freundin Pauline in Paris hatte neulich erzählt, dass sie am liebsten eine Monobraue hätte, weil es gerade supertrendy war. Ob Emma sich darüber Gedanken machte? Auch sie war ungeschminkt und machte nicht den Eindruck einer Jugendlichen, die Stunden vor dem Schminkspiegel verbrachte oder sich Mode-Tutorials im Internet anschaute.

Marie gab der Winzerin ihre Handynummer, damit sie ihr das Foto gleich schickte. »Was können Sie mir sonst über Emma erzählen?«

»Sie ist ein wunderbares Mädchen.« Abermals bekam Jeanne Laroussines Stimme etwas Weiches, und ein Lächeln huschte über ihr Gesicht. »Sie ist genau die Tochter, die ich mir immer gewünscht habe.«

Wie wünscht man sich sein Kind?, überlegte Marie. Die Formulierung kam ihr sonderbar vor, aber darauf ging sie nicht ein, sondern forderte die Mutter auf, mehr über ihre Tochter zu erzählen.

»Emma ist sehr besonders.« Die Winzerin hielt ein Moment inne. »Da gibt es so viel zu sagen, ich weiß gar nicht, wo ich anfangen soll. Sie ist mein Sonnenschein … steckt voller Energie, ist klug. Und sehr einfühlsam!«

»Hat sie besondere Vorlieben?«, fragte Marie und schaute erneut auf Emmas Bild. Das Mädchen strahlte Sanftheit und etwas Waches aus.

»Sie fotografiert leidenschaftlich gern. Die Fotos, die auf unseren Weinflaschenetiketten abgebildet sind, hat alle sie gemacht. Sie ist naturverbunden und liebt Tiere, ganz besonders Vögel. Sie kann den Gesang von fast allen Vögeln aus unserer Region nachahmen. Und zwar verblüffend echt. Ich habe mein ganzes Leben auf dem Land verbracht, kann aber nicht unterscheiden, ob sie es ist, die pfeift, oder ob es zum Beispiel eine Amsel oder eine Meise ist. Damit zieht sie mich immer auf!«

Fast lachte sie, und Marie spürte förmlich, wie es der Mutter warm ums Herz wurde, während sie über ihre Tochter sprach.

»Wirkte Emma in letzter Zeit verändert? Sie ist in einem Alter, in dem das leicht passieren kann.«

»Nein. Nicht alle Mädchen in dem Alter sind kompliziert oder zickig, wenn Sie das meinen.«

Die Winzerin nahm sofort wieder eine Abwehrhaltung ein. Das ging anscheinend schnell bei ihr. In einem barschen Tonfall fügte sie hinzu: »Meine Tochter ist ein ausgeglichener Mensch.«

Marie verspürte ein gewisses Unbehagen, das sie sich jedoch nicht anmerken ließ. Diese Frau schien keinerlei Unsicherheit zuzulassen. Ob sie ihre Überzeugungen jemals infrage stellte? Den Eindruck machte sie auf jeden Fall nicht.

»Und sie hat keine Begegnung mit einem Menschen erwähnt, der eine besondere Bedeutung für sie haben könnte? Auch nicht nebenbei? Überlegen Sie bitte! Das ist wichtig.«

»*Non*. Emma erzählt mir alles, und ich würde mich daran erinnern.«

So kam Marie nicht weiter. Sie legte die Hand auf den Griff der Beifahrertür.

»Ich denke, es wäre hilfreich, wenn Sie mir Emmas Zimmer zeigen. Vielleicht findet sich dort ein aufschlussreicher Hinweis.«

Als sie das sagte, kam Marie in den Sinn, dass es gut wäre, wenn Richard sie bei diesem Fall unterstützte. Sie würde ihn nach dem Gespräch anrufen und ihn bitten, zum Weingut der Laroussines zu kommen.

»Sie meinen – jetzt gleich?«

»Am besten ja. Wir sollten auf keinen Fall länger warten. Es geht darum, erst einmal zu klären, ob Ihre Tochter aus freien Stücken weggelaufen ist oder bei ihrem Verschwinden eine Fremdeinwirkung vorliegt. Ein wichtiges Indiz wäre zum Beispiel, dass irgendwelche Kleidungsstücke fehlen. Das würde dafür sprechen, dass Emma freiwillig fortgegangen ist. Oder wenn sie irgendwo eine Nachricht hinterlassen hätte.« Marie machte eine kurze Pause. »Es kommt manchmal vor, dass die Menschen, die man in- und auswendig zu kennen glaubt, anders handeln, als man es vermutet.«

Jeanne Laroussine nickte zögerlich.

»Vielleicht kann Ihr Nachbar sich noch etwas länger um Ihren Stand kümmern. Ich schlage vor, Sie klären das mit ihm, und wir treffen uns am Parkplatz der Police Municipale. Von dort aus fahren wir dann mit meinem Wagen. Sie werden den Transporter ja jetzt hier nicht fortbewegen können. Einverstanden?«

»Schon. Aber was wollen Sie bei uns finden? Emma ist entführt worden. Da bin ich mir ganz sicher.« Mit einer weit ausholenden Armbewegung zeigte sie auf den mit Menschen gefüllten Platz. »Da müssen Sie suchen!«, sagte sie ungehalten.

»Madame Laroussine, ich verstehe Ihre Sorge. Aber die polizeilichen Ermittlungen sollten Sie bitte mir überlassen. Selbstverständlich werde ich dafür sorgen, dass meine Kollegen sich hier an den Ständen und im Ort umhören, ob jemand Emma heute gesehen hat und ihm dabei etwas Ungewöhnliches aufgefallen ist.«

Marie war freundlich geblieben, doch ihre Worte waren unmissverständlich. Sie ahnte, dass man gut beraten war, der Winzerin gewisse Grenzen aufzuzeigen. Die Not einer besorgten Mutter mochte vielleicht den harschen Tonfall erklären, aber Jeanne Laroussine gehörte, wie es Marie schien, zu den dominanten Persönlichkeiten, für die es vollkommen normal war, gegenüber anderen ihren Willen durchzusetzen.

Nachdem die Winzerin auf einem Zettel ihre Adresse, Emmas Handynummer sowie die Kontaktdaten ihres Ex-Mannes aufgeschrieben hatte, stieg Marie aus dem Transporter und schaute sich nach einer Stelle um, wo sie einigermaßen ungestört telefonieren konnte. Der überdachte Vorhof der Kirche mit seinen pseudo-gotischen Torbögen schien dafür geeignet. Sie bahnte sich mühsam einen Weg durch die Menge, um dorthin zu gelangen.

Die ursprüngliche Kirche von Montignac war Ende des 19. Jahrhunderts abgerissen und die neue in einem undefinierbaren Stil erbaut worden. Sie lockte daher nicht zu viele Besucher an, und um diese Tageszeit war sie ganz leer. Marie fand dort einigermaßen Ruhe, um Richard Martin ausführlich über den Fall des vermissten Mädchens zu informieren.

»Das war's dann leider mit dem ruhigen Abend im Familienkreis, Richard«, stellte sie am Ende ihres Berichts fest. »Ich hätte gern, dass Sie mit zu den Laroussines kommen und wir dort gemeinsam das Zimmer des Mädchens genauer unter die Lupe nehmen.«

»Klar, ich mache mich gleich auf den Weg. Aber geben Sie mir noch gerade die Telefonnummer von dem Mädchen, damit ich ihr Handy orten lassen kann. Ach ja, und die Nummer vom Vater bräuchte ich auch noch.«

Richard Martin war wie immer sofort bei der Sache – was

sie besonders an ihm schätzte. Nachdem sie ihm die Nummern durchgegeben hatte, versprach er, in einer guten Stunde in Mussillac zu sein.

Während er sprach, hörte Marie im Hintergrund das fröhliche Glucksen der kleinen Elodie, Richards drei Monate alter Tochter.

Marie hatte sie bereits zwei Wochen nach ihrer Geburt bei einem Besuch der jungen Familie gesehen. Auch wenn Marie beim Anblick von Babys nicht gleich dahinschmolz, war sie doch sehr gerührt gewesen, als Sophie ihr den Säugling in die Arme gelegt hatte. Elodie war so klein und zart, ihr Blick noch wie verschleiert, und sie hatte einfach nur zufrieden vor sich hin gegurrt.

»Dann sehen wir uns gleich, nicht wahr?«, fragte Richard und riss sie aus ihren Gedanken.

»Genau, bis dahin. Und grüßen Sie die beiden Ladys von mir.«

Marie lief durch die Menge und suchte Agent Visla, damit er sich mit seinen Kollegen an den Ständen und ganz allgemein im Städtchen umhörte, ob jemand heute Emma Laroussine gesehen und etwas Ungewöhnliches bei ihr bemerkt hatte. Bald erblickte sie ihn.

Er war ja auch nicht zu übersehen. Hochgewachsen und gut gebaut, sah er mit seinen dunklen Augen und dem glänzenden schwarzen Haar recht attraktiv aus. Er war noch jung, hatte aber in den letzten zwei Jahren einiges an Berufserfahrung gesammelt und merklich an Selbstvertrauen gewonnen. Inzwischen war er auch in der Lage, sich Respekt zu verschaffen.

Er stand mit einem seiner Kollegen bei einem Mann mit Dreitagebart und zerschlissenen Jeans und wirkte verärgert.

Ein paar Schaulustige hatten sich um die Polizisten versammelt.

Marie trat näher.

»Und warum wollen Sie keine Anzeige erstatten?«, wollte Visla von dem Mann wissen, den Marie auf um die dreißig schätzte.

»Weil ich keine halben Kinder anzeige«, antwortete der mit träger Stimme.

Er hatte auffallend große Pupillen, wie Marie bemerkte. Sie vermutete, dass er sich kurz vorher einen Joint oder etwas in der Art genehmigt hatte.

»Die haben aber versucht, Sie zu bestehlen«, betonte Visla. »Wenn Sie keine Anzeige erstatten, können wir sie nicht belangen.«

Die Taschendiebe hatten also schon zugeschlagen. Das war natürlich keine gute Werbung für die Félibrée, und Visla nahm die Sache ernst – im Gegensatz zu dem Opfer.

»Umso besser!«

»Aber dann versuchen sie es doch nur wieder bei anderen Leuten«, rief Visla empört.

»Oder … auch nicht. Dass sie ertappt worden sind, hat ihnen vielleicht einen solchen Schrecken eingejagt, dass sie es nicht mehr tun. Und da mir nichts passiert ist, ziehe ich jetzt mal weiter. *Merci,* Monsieur l'Agent.« Der Mann machte eine Geste, als würde er vor dem Polizisten seinen Hut lüpfen, obgleich er gar keinen trug, und ging davon.

Marie blickte ihm kurz nach.

»Oh, Madame la Commissaire! *Bonsoir!* Schauen Sie sich auf der Félibrée um?«, fragte Agent Visla, der sie erst jetzt entdeckt hatte. Anscheinend hatte er noch nicht von dem vermissten Mädchen erfahren.

»Ich habe Sie gesucht.« Dann zeigte sie auf den Mann, der sich langsam entfernte und dem Visla mit zusammengepressten Lippen hinterherschaute. »Vergessen Sie den Kerl! Sie können ihn nicht zwingen, Anzeige zu erstatten. Im Übrigen brauche ich Sie jetzt in einer dringenderen Angelegenheit.«

Agent Visla schaute sie verwundert an, aber er schien sich auch zu freuen, dass sie seine Hilfe benötigte.

»Ich bin ganz Ohr. Wie kann ich Ihnen helfen?«

Marie wusste, dass er sie mochte, und das beruhte auf Gegenseitigkeit. Sie hatte ihm vor Kurzem vorgeschlagen, über eine Weiterbildung nachzudenken. Die Polizei bot dem engagierten Nachwuchs Aufstiegschancen, und Marie war überzeugt, dass er das Potenzial hatte, Karriere zu machen. Er verband Intelligenz und Toughness mit Aufrichtigkeit und Verbindlichkeit – das waren gute Grundvoraussetzungen. Während Richards Vaterschaftsurlaub hatte sie erkennen müssen, dass es im Kriminaldezernat nur wenige Kollegen gab, mit denen sie effizient und vertrauensvoll zusammenarbeitete. Visla könnte, wenn er denn bereit war, sich neben dem Job weiterzubilden, ein hervorragender Kriminalbeamter werden, der Richard und sie unterstützte. Ihr Vorschlag zumindest schien bei ihm auf Zustimmung gestoßen zu sein.

Sie nahm ihn beiseite und erklärte ihr Anliegen, während sein Kollege sich mit einem empörten Schaulustigen unterhielt, der sich als Zeuge anbot.

»Okay. Ich sehe zu, dass wir Unterstützung von den Kollegen aus Rouffignac bekommen, und dann hören wir uns nach und nach an allen Ständen um«, sagte Visla voller Tatendrang, nachdem sie ihm Emmas Foto gesimst hatte.

Marie verabschiedete sich von ihm, und während sie zu ihrem Wagen zurückging, rekapitulierte sie mögliche Gründe für Emmas Verschwinden: Vielleicht war sie einfach nur abgehauen, auch wenn zuvor nichts darauf hingedeutet hatte, dass sie möglicherweise gegen die mütterliche Autorität rebellieren wollte. Oder es gab doch einen Konflikt mit der Mutter, den diese verheimlichte oder als unwichtig erachtete. Vielleicht stand Emma auch unter dem Einfluss irgendwelcher Freunde, die ihre Mutter nicht kannte, und war mit ihnen unterwegs. Ebenso war denkbar, dass sie unsterblich verliebt war und sich kurzfristig eine romantische Auszeit genommen hatte.

Oder war sie tatsächlich entführt worden? Aber warum und von wem? Oder war sie Opfer eines andersgearteten Verbrechens geworden? Über Drogen hatte Marie mit der Mutter nicht gesprochen, aber bisher schien nichts auf ein Suchtproblem hinzuweisen. Marie hoffte, bei den Laroussines zu Hause zumindest einen Anhaltspunkt zu finden, was mit dem Mädchen geschehen war.

Als Marie ihr Auto erreicht hatte, sah sie Jeanne Laroussine von Weitem näherkommen. Gut, sie würden sich gleich auf den Weg machen.

Kapitel 6

Mussillac, Freitag, 30. Juni

Richard Martin hielt auf dem Parkplatz des Weinguts Traubenfest neben Maries Auto. Nach Feierabend hatte er auf die Schnelle keinen Dienstwagen organisieren können und war deshalb mit dem neuen Familienauto aus Périgueux gekommen, einem geräumigen Kombi in leuchtendem Azurblau-Metallic. Für ihn hätte es diese Farbe nicht gebraucht, aber er hatte sie Sophie nicht abschlagen wollen, da sie von dieser Lackierung total begeistert war. Außerdem hatte dieses knallige Blau auch Vorteile: So war der Wagen auf den überfüllten Parkplätzen vom Supermarkt immer leicht wiederzufinden.

Die Auffahrt zu dem Weingut war eher holprig gewesen. Sie war nicht geteert, hatte Schlaglöcher, und überall lagen kleine lose Steine, die von Wagenrädern hochgeschleudert werden konnten. Er hatte schon befürchtet, dass sein neuer Kombi Lackkratzer davontragen würde, und war deshalb besonders langsam gefahren. Von einem Weingut mit fast schon internationalem Ruf hätte er eine etwas gepflegtere Zufahrt erwartet.

Die sattgrünen, in ordentlichen Reihen gepflanzten Rebstöcke links und rechts von der kleinen Straße waren hingegen gut in Schuss – abgesehen von dem Gras zwischen ihnen, was darauf hinwies, dass hier keine Pestizide verwendet wurden. Bevor er losgefahren war, hatte er sich über die Laroussines und ihr Weingut informiert. Es war als Bio-Anbau registriert. Richard wunderte sich immer noch. Hier sollte richtig guter Wein gemacht werden? Seit wann war das Périgord Noir für Wein bekannt? Die Weinregion war doch südwestlicher, bei Bergerac – deshalb sprach man dort auch vom Périgord Rouge. Rot wie die Trauben.

Was soll's, dachte er. Schließlich war er kein großer Weingenießer und entschied sich bei gegebenem Anlass lieber für ein kühles Bier. Allerdings hatte er sich aus Solidarität mit Sophie nicht einen einzigen Tropfen Alkohol gegönnt, seitdem sie erfahren hatten, dass sie schwanger war. Und jetzt, während der Stillzeit, trank er mit ihr Fencheltee. Mittlerweile konnte er selbst den Geruch kaum noch ertragen. Aber Sophie schmeckte er, und weil er sie liebte, goss er den widerlichen Trunk klaglos in sich hinein. Nie wieder Fencheltee nach der Stillzeit, hatte er sich insgeheim versprochen – zumindest nicht bis zum nächsten Kind …

Er teilte Marie per SMS mit, dass er angekommen sei, und beschloss, im Auto sitzen zu bleiben, bis sie sich meldete. Er blickte auf das Hauptgebäude, das bestimmt zweihundert Jahre alt war und, von außen betrachtet, weniger feudal als reparaturbedürftig aussah. Die alten Fensterläden hingen gefährlich schief in den Angeln, und ihre grau gewordene blaue Farbe blätterte ab. Seine Mutter mit ihrem speziellen Humor würde dazu sagen: »*Ils tiennent parce que c'est à la mode*« – Die halten, weil es gerade Mode ist. Auch die Fassade des Gebäudes hätte durchaus eine neue Schicht Putz vertragen können. Auf den Fotos der Webseite hatte das Hauptgebäude des Weinguts viel einladender ausgesehen – da musste einer ordentlich mit Photoshop herumgewerkelt haben.

Jetzt öffnete sich die massive Eingangstür, und Marie trat heraus. Sie sah besorgt und angespannt aus.

Sie entdeckte ihn sofort und winkte ihn zu sich.

Richard stieg aus, betrat den Fußweg aus feinem Kies und schritt auf sie zu. Sein Blick streifte links vor dem Haus einen seitlich parkenden, alten weißen VW-Käfer mit der Werbeaufschrift *VIGNES EN FÊTE – Laroussine, Mère & Fille*. Es musste ein Modell aus den Fünfzigerjahren sein, denn er hatte noch Winker statt Blinker. Wahrscheinlich fuhr das Auto nicht mehr, sondern wurde nur noch zu Werbezwecken genutzt.

»Wir sind auch gerade erst angekommen.« Marie lächelte müde. »Ich hoffe, Sophie ist nicht zu enttäuscht.«

»Alles halb so wild«, entgegnete er gelassen. »Sie hätten bestimmt auch gern einen netten Abend zu Hause gehabt. Und Sophie hat gerade Besuch von einer Freundin. Ich glaube, die zwei sind ganz froh, mal wieder einen Mädelsabend zu verbringen. Und Elodie schläft.«

»Elodie ist wirklich ein Sonnenschein.«

Das aus Maries Mund zu hören erfreute ihn besonders. Sophie hatte kürzlich vorgeschlagen, Marie die Patenschaft für Elodie anzubieten. Richard gefiel die Idee, wenngleich sie ihm nicht ganz geheuer war. Immerhin war Marie seine Chefin.

»Wir haben unfassbares Glück. Solange sie keinen Hunger hat, ist sie nur fröhlich. ›Ganz der Papa‹, meint meine Mutter. Sie behauptet, ich hätte als Baby auch so ein sonniges Gemüt gehabt.« Während er das sagte, wurde ihm bewusst, dass er über das ganze Gesicht strahlte. Er war einfach der glücklichste und stolzeste Mann der Welt. Dann fiel ihm wieder der Grund ein, weshalb er hier war, und er zügelte sofort seine Vaterfreude.

»Gibt es inzwischen ein Lebenszeichen von dem vermissten Mädchen?«, fragte er.

»Leider nein. Ich habe gerade Agent Visla in Montignac angerufen. Da scheint niemandem etwas aufgefallen zu sein.« Marie seufzte. »Meine Hoffnung ist, dass wir hier einen Hinweis finden, weshalb Emma verschwunden ist.«

Sie kehrte ins Haus zurück, und Richard folgte ihr.

Als Erstes durchquerten sie eine schlecht beleuchtete Diele, in der Gummistiefel, Regenjacken, Einkaufstaschen und sogar ein paar Gartengeräte herumlagen. Für den ordnungsliebenden Richard war das ein fast schmerzhafter Anblick. Im Anschluss betraten sie eine große Wohnküche mit hohen Decken und schweren Holzbalken. Die letzten Sonnenstrahlen schienen durch vier hohe doppelflügelige Fenster. Der Ausblick hatte im Gegensatz zu dem, was Richard sonst hier wahrnahm, etwas Beruhigendes: ein Weinberg im Abendlicht. Durch die beiden Fenster auf der gegenüberliegenden Seite konnte man den Parkplatz sehen.

Dann fiel Richards Blick auf die Frau, die reglos mitten im Raum stand. Sie betrachtete ihn mit verschlossener Miene.

»Darf ich vorstellen?« Marie ging auf die Hausherrin zu. »Madame Laroussine, Emmas Mutter.« Und an sie gewandt: »Mein Kollege, Inspecteur Richard Martin. Er wird mich unterstützen.«

Die Frau nickte stumm, während Richard ein »*Enchanté,* Madame« zu sagen wagte, auf das sie nicht reagierte. Es war nicht zu übersehen, dass sie Distanz zu ihm wahren wollte.

Richard schaute sich um, während Marie Madame Laroussine fragte, wo und wie Emma im Haus eine Nachricht hinterlassen würde, wenn sie ihrer Mutter etwas mitteilen wollte.

Während er den beiden Frauen zuhörte, versuchte Richard, seine ersten Eindrücke von dem Raum zu sortieren. Für sein Empfinden war die Wohnküche ein seltsames Sammelsurium von Antiquitäten und zusammengewürfeltem Mobiliar.

In der Mitte des Raums stand ein gigantischer alter Holztisch mit einer mindestens zehn Zentimeter dicken Tischplatte. Er wog sicherlich *un âne mort*, so viel wie ein toter Esel. An dem Tisch hatten zwanzig Menschen bequem Platz, und an seinen beiden Längsseiten stand jeweils eine schwere Holzbank, die als Sitzfläche diente. Darauf lagen alte Brokatkissen, die nicht mehr ganz sauber zu sein schienen. Gemütlich sah das nicht aus, aber ländlich rustikal wirkte es allemal.

»Was sollte sie mir denn für eine Nachricht hinterlassen haben?«, hörte er Jeanne Laroussine fragen, die sich offenbar nur in begrenztem Umfang kooperationsbereit zeigte. »Wir haben ja zusammen das Haus verlassen.«

Richard schaute Marie an und erkannte an ihrem Gesichtsausdruck, dass sie sich um Geduld bemühte.

»Okay, dann lassen wir das mit der Nachricht«, gab sie nach. »Wo bewahrt Emma ihre Papiere auf?«

»Sie hat letzte Woche ihre Brieftasche verloren.«

»Und noch keine Rückmeldung von der Polizei oder dem Fundbüro erhalten?«

»Wir sind noch nicht dazu gekommen, es zu melden.«

»Was? Sie haben das nicht gemeldet?«, rief Marie verärgert. »Sie wissen doch bestimmt, dass Sie gesetzlich dazu verpflichtet sind.«

Richard konnte Maries Unmut verstehen, denn dieser Umstand würde die Suche nach der Tochter zusätzlich erschweren.

»Das wollten wir nach der Félibrée machen«, erwiderte die Mutter abweisend. »Was glauben Sie, was in der letzten Zeit alles zu tun war!«

Richard war es ganz recht, dass Jeanne Laroussine ihre Aufmerksamkeit ausschließlich auf Marie richtete; so konnte er sich in Ruhe weiter umschauen.

An der Frontwand waren über die ganze Breite und Höhe Weinregale aus Stein gemauert, die mit Flaschen gefüllt waren. So wie es aussah, diente das nur zur Dekoration, und die Flaschen schienen leer zu sein – was sinnvoll war, denn in einer Wohnküche konnte man natürlich keinen Wein lagern. Richard zählte sie rasch durch – es waren hundertvierundzwanzig Flaschen.

Wie wischt man da überhaupt Staub?, überlegte er. Er ahnte aber, dass sich in diesem Haus niemand diese Frage stellte und man das Feld den Spinnen überlassen hatte. Er wollte sich lieber nicht ausmalen, wie es auf dem obersten Weinregal aussah, sonst würde er gleich anfangen, sich zu kratzen.

Ganz links und ganz rechts vor dieser Wand stand jeweils ein imposantes, einen guten Meter hohes Weinfass. Auf dem einen waren Gläser abgestellt, und auf dem anderen lagen Weinbücher und Preislisten. Offensichtlich veranstaltete Jeanne Laroussine hier ihre Weinproben. Privat- und Berufsleben fanden also in ein und demselben Raum statt. Das stellte Richard sich anstrengend vor. Konnte man da jemals richtig abschalten?

Sein Blick glitt wieder zu dem riesengroßen Tisch, auf dessen Oberfläche ein ziemliches Durcheinander herrschte. In einer Vase steckten getrocknete Blumen, die sicherlich schon seit Jahren hier standen, ansonsten lagen überall verteilt Papiere, Post, Flaschenöffner, Prospekte herum ... Als Nächstes schaute er auf den Boden: Es hatte den Anschein, als hätten die hellen Steinfliesen schon lange keinen Wischmopp mehr gesehen. Und gelüftet wurde hier vermutlich auch eher selten. Es roch nach einer seltsamen Mischung aus Staub und Wein.

Nein! Ich könnte so nicht leben, dachte Richard, der es sauber und übersichtlich mochte.

Allerdings hatte er in letzter Zeit, da er nun mit Frau und Kind lebte, neue Seiten an sich entdeckt. Er hatte zum Beispiel einige Abstriche in Sachen Ordnung gemacht, und das war ihm überhaupt nicht schwergefallen. Sophie ließ gern Sachen herumliegen, und irgendwie wirkte das Haus dadurch bewohnter und lebendiger. Zum Glück teilte sie weitgehend seine Vorstellungen, was die Hygiene anbelangte, denn da würde er nicht über seinen Schatten springen können.

Maries Bitte, Emmas Zimmer sehen zu dürfen, riss ihn aus seinen Gedanken. Madame Laroussine war einverstanden.

Während sie Marie aufmerksam beobachtete, würdigte sie ihn kaum eines Blickes. Nicht dass es ihn persönlich traf. Ihm fiel einfach nur auf, dass sie ihn vollkommen ignorierte.

Sie verließen hintereinander den großen Raum und durchquerten einen langen Flur. Als sie an einem großen Bücherregal vorbeikamen, blieb Richard kurz stehen, um es sich anzuschauen.

Hauptsächlich standen dort Bände über die Geschichte des Périgord. Das fand er spannend. Gleichzeitig musste er feststellen, dass eine dicke Staubschicht auf den Büchern lag, so als ob sie seit Jahrzehnten nicht angefasst worden waren.

Vor der letzten Tür am Ende des Flurs verkündete die Dame des Hauses: »Hier ist es.«

Nach einem kurzen Zögern öffnete sie die Tür und ließ Marie und ihn eintreten.

*

Unter dem Zimmer eines Mädchens im Teenageralter hatte Marie sich etwas anderes vorgestellt – herumliegende Kleidung, Poster an den Wänden, diversen Schnickschnack. Doch abgesehen von einem Kapuzensweatshirt war alles akkurat aufgeräumt. An den weißen Wänden hingen Fotos von Rebstöcken im Nebel, von prallen, reifen Trauben. Zudem gab es viele Nah- und Fernaufnahmen von Vögeln in unterschiedlichen Umgebungen – auf dem Wasser oder in der Luft, auf Zweigen oder zwischen Blumen. Auffallend war, dass es sich ausschließlich um Schwarz-Weiß-Bilder handelte. Sie waren ungerahmt und mit Sorgfalt an die Wand gepinnt.

»Es sind insgesamt zweiundvierzig Bilder«, stellte Richard fest. Er hatte die Eigenart, alles zu zählen – und das machte er unfassbar schnell. Irgendwann hatte er ihr einmal anvertraut, dass Zahlen ihm halfen, die Welt und die Menschen zu verstehen. Es würde sie nicht wundern, wenn er auch vorhin die Flaschen in den Regalen der Wohnküche gezählt hatte. Er konnte sein ganzes Umfeld mit einem einzigen Blick scannen. Auch das machte ihn zu einem wertvollen Mitarbeiter, der manches bemerkte, was anderen verborgen blieb.

»Die Fotos hat alle Ihre Tochter gemacht?«, fragte Marie Madame Laroussine, die sie mit Argusaugen beobachtete.

»Ja.«

Richard trat näher an sie heran. »Ich habe mir vorhin in der Küche die Etiketten der Weinflaschen auf den Fässern angeschaut«, er zeigte auf ein Bild rechts oben, »und meine, dieses Foto hier wiederzuerkennen.« Er betrachtete weiter die Wand und deutete ein paar Sekunden später auf die Aufnahme einer Amsel. »Und das Bild da ist, wenn ich mich nicht täusche, auf den Etiketten der *Le chant du merle*-Flaschen zu sehen.«

»Oh, das ist Ihnen aufgefallen?« Jeanne Laroussines Ton wurde weicher. Bis jetzt war sie ziemlich abweisend zu Maries Kollegen gewesen.

»Ihre Tochter hat ein gutes Auge.« Richard schien aufrichtig beeindruckt zu sein, und Marie stimmte ihm insgeheim zu. Sie fand es erstaunlich, welche Reife diese Bilder ausstrahlten.

»Gibt es irgendwo weitere Ausdrucke oder Abzüge von den Aufnahmen, die wir für eine Weile ausleihen können?«, erkundigte sich Marie. Vielleicht würden sie bei eingehender Betrachtung auf einem der Fotos ein Indiz finden, das ihnen weiterhalf.

»Das kann ich Ihnen nicht sagen. Ich wühle nie in Emmas Sachen herum.«

Die übergriffige Mutter respektierte also die Privatsphäre ihrer Tochter. Immerhin.

Marie ließ den Raum weiter auf sich wirken.

Links von dem einzigen Fenster, durch das man einen Blick auf die Weinberge hatte, befand sich ein einfaches, ordentlich gemachtes Bett mit einer blauen Überdecke. Vor dem Fenster stand ein kleiner, offenbar selbst gebauter Schreibtisch mit einem Bürostuhl, über dessen Rückenlehne ein Kapuzensweatshirt hing. Marie griff in die vordere Tasche, aber sie war leer. Der schmale Kleiderschrank an der Wand gegenüber dem Bett war aus Kiefernholz. Bis auf die Bilder wirkte das Zimmer funktional und spartanisch. Keine Pflanze, keine Kerze, keine Fotos von sich selbst, von Familienangehörigen oder Freundinnen. Hatte dieses Mädchen so gar nichts Verspieltes mehr?

Marie ging zu dem Schrank, während Richard sich an den Schreibtisch setzte. Die Aufteilung der Arbeit ergab sich bei ihnen immer wie von selbst. Auch seine mehrmonatige Abwesenheit hatte daran nichts geändert.

Als er Anfang der Woche wieder ins Präsidium zurückgekehrt war, hatte er ihr gestanden, er wisse gar nicht, wie er die Tage ohne Elodie überstehen solle. Er könne sich einfach nicht sattsehen an ihr. Marie hatte sich gefragt, ob er mit der gleichen Konzentration wie einst seinen Job machen könnte. Aber diese Befürchtung hatte sich schnell in Luft aufgelöst; er war im Nu wieder mit ganzem Herzen bei der Sache gewesen.

Der Schreibtisch war ein einfaches Brett auf zwei Böcken mit einer kleinen Bürolampe, einem Laptop und einem hochwertigen Drucker. Mit ihm hatte Emma wahrscheinlich ihre Fotos ausgedruckt. Unter dem Tisch stand ein Schubladenschränkchen aus leichtem Metall, gegen das eine Schultasche gelehnt war.

Richard entnahm daraus Schulunterlagen, die er auf den Schreibtisch legte.

Ob sich darunter etwas fand, das einen anderen Wesenszug von Emma zum Vorschein bringen würde – einen, der ihrer Mutter entgangen war?

Voller Neugierde ging Marie zu Richard hinüber und schaute ihm über die Schulter, während er die Schulhefte durchblätterte.

Emma hatte eine ordentliche, leicht nach rechts geneigte Handschrift. Nach einer Weile entdeckte Richard ein abgerissenes Blatt Papier, auf dem Emma ein Zitat notiert hatte.

Er las es laut vor: »*Tous les oiseaux font de leur mieux, ils donnent l'exemple. Jacques Prévert.*«

Marie stutzte. Was für eine merkwürdige Aussage: Alle Vögel geben ihr Bestes, um mit gutem Beispiel voranzugehen. Warum hatte Emma ausgerechnet diesen Satz von einem der beliebtesten französischen Dichter notiert? War das Zitat nur ihrer Leidenschaft für Vögel geschuldet? Oder verband sie damit eine besondere Botschaft? Aber welche? Unwillkürlich musste Marie an einen bekannten Spruch denken – »frei wie ein Vogel«. Hatte Emmas besonderes Interesse an Vögeln etwas damit zu tun, dass diese Tiere für sie Freiheit symbolisierten?

Marie schaute kurz die Mutter an. Das Zitat schien sie weder zu erstaunen noch zu beunruhigen.

Richard blätterte die restlichen Hefte durch. Alles wirkte ordentlich, und nichts Persönliches oder Besonderes war in ihnen zu entdecken.

Er griff zu dem Laptop.

»Sie erlauben?«

Die Winzerin deutete mit den Lippen ein stummes »Ja« an.

Das könnte interessanter sein als die Schulhefte, dachte Marie.

Er schaltete den Laptop ein, und sogleich wurde ein Passwort verlangt.

»Kennen Sie das Passwort?«

»Nein!«

Sie konnten also nicht auf die Schnelle einen Blick auf Emmas Dateien und E-Mails werfen und würden den Computer zunächst einem Spezialisten überlassen müssen.

»Und wie läuft es für Emma auf dem Gymnasium?«, fragte Richard die Mutter. »Kommt sie mit ihren Lehrern und Schulkameraden gut zurecht?«

»Emma kommt mit jedem zurecht«, erwiderte sie barsch.

»Also gibt es auch kein Mobbing oder Ähnliches?«, hakte Marie nach.

»Nein! Warum fragen Sie?«

»Weil Mobbing vor allem unter Teenagern leider oft vorkommt und verheerende Auswirkungen haben kann«, erklärte Richard. »Es passiert auf Schulhöfen ebenso wie in sozialen Netzwerken.«

»Emma hat nie so etwas angedeutet. Sie ist eine gute Schülerin, und was andere von ihr halten, interessiert sie nicht.«

Stimmte das wirklich, oder sah das nur die Mutter so? Marie hatte da erhebliche Zweifel. Achtete man nicht gerade als Teenager besonders auf den Eindruck, den man bei Gleichaltrigen hinterließ? War Emma tatsächlich so selbstsicher, dass es ihr egal war, was andere über sie dachten?

Marie griff schnell zu ihrem Handy und gab »Emma Laroussine« als Suchbegriff bei Instagram ein. Kein Ergebnis. Sie hatte keinen Account – zumindest nicht unter ihrem Klarnamen.

»Hat Emma mal von eigenen Zukunftsplänen gesprochen – abgesehen davon, dass sie Ihnen auf dem Weingut hilft?«, fragte Marie. »Möchte sie vielleicht nach dem Abitur an die Uni?«

»Nein, nein, sie will nicht studieren. Sobald sie ihren Abschluss hat, steigt sie ganz in das Weingut ein – und wenn es so weit ist, starten wir mit der ›Cuvée Emma‹. Das wird unser Prestige-Wein. Den werden wir bis nach Japan verkaufen, darauf arbeiten wir schon seit Jahren hin. Da wird sich manch einer noch wundern!«

Wieder war Marie irritiert. Dass Emma ihrer Mutter wichtig war, wollte sie nicht anzweifeln. Aber eigentlich ging es dieser Frau doch immer nur um den Wein. Wie die Tochter sich damit wohl fühlte, dass ihre Mutter sie so verplante? War das auch in ihrem Sinn?

»Wird Emma nach dem Abitur denn nicht Önologie studieren?« Richard blieb beim Thema. Und er hatte recht: Neue Weine zu entwickeln war eine Wissenschaft, und da konnte ein richtiges Studium von großem Nutzen sein.

»Warum sollte sie? Alles, was sie wissen muss, bringe ich ihr bei. Das ist mehr, als irgendein Professor ihr vermitteln kann.« Jeanne Laroussine kannte offensichtlich keinerlei Selbstzweifel und war der felsenfesten Überzeugung, eine Koryphäe auf ihrem Gebiet zu sein.

Während Richard das Schubladenschränkchen durchsuchte, bat Marie die Mutter, zum Schrank zu kommen und ihn zu öffnen.

»Fehlt hier irgendetwas? Kleidung? Schuhe? Eine Tasche? Kann Emma etwas mitgenommen haben?«

Die Mutter schaute halbherzig Emmas Sachen durch. »Nein! Ich sage Ihnen doch, meine Tochter ist nicht weggelaufen. Ihr muss etwas zugestoßen sein. Sie sollten besser …«

»Schauen Sie bitte genau nach«, unterbrach Marie sie. »Es ist wichtig!«

Endlich bequemte sich die Winzerin, die Kleidung mit dem nötigen Ernst durchzusehen. Nach einer Weile verkündete sie: »Soweit ich das sehe, fehlt nichts. Ihre drei Jeans und zwei Stoffhosen zumindest sind da. Emma hat keine üppige Garderobe, sie besitzt noch nicht mal ein Kleid.«

Für Marie wäre es beruhigender gewesen, wenn ein paar Klamotten und ein Rucksack gefehlt hätten. Dann wäre eine gewisse Wahrscheinlichkeit gegeben, dass Emma aus freien Stücken fortgegangen war.

»Was hatte sie heute an?«, erkundigte sich Richard in sachlichem Tonfall. Marie fragte sich, ob ihm dabei ähnliche Gedanken durch den Kopf gingen.

»Eine hellblaue Jeans, dunkelrote Sneaker und ein T-Shirt. Ich meine, es ist hellgrau, aber ich habe ehrlich gesagt nicht so genau darauf geachtet.«

»Ach, hier sind ja noch mehr Fotos!«, rief Richard plötzlich. Er hielt eine Mappe hoch, die er aus der untersten Schublade genommen hatte, und legte sie auf den Schreibtisch.

Marie blätterte sie durch. Es waren weiterhin ausschließlich Ausdrucke von Schwarz-Weiß-Fotografien. Vögel, Naturimpressionen und dann, sehr überraschend, die Rückansicht eines Menschen mit einem großen Hut. Es waren fünf Bilder, die eine Person im Dämmerlicht zeigten. Sie hatten etwa Märchenhaftes, durch die diffusen Konturen und die anonyme Gestalt aber auch etwas Bedrohliches. Ist die abgebildete Person eine Gefahr für Emma?, schoss es Marie durch den Kopf.

Sie schaltete die Bürolampe ein, um die Fotos besser betrachten zu können. Der Hut war groß und hatte eine Kerbe am unteren Rand. Auch bei genauerem Hinsehen war nicht zu erkennen, was genau die Person trug und ob es sich um eine Frau oder einen Mann handelte. Seitlich waren die Blätter eines Laubbaumes zu erkennen, also hatte Emma die Aufnahmen nicht im Winter gemacht.

»Wer ist das?«, fragte Marie die Mutter, die näher herangetreten war.

Jeanne Laroussine schaute ratlos auf die Bilder.

»Keine Ahnung! Wie soll man darauf jemanden erkennen?«

Sie hatte leider recht.

»Haben Sie eine Vermutung, wo die Fotos aufgenommen wurden? Oder kommt Ihnen sonst etwas vertraut vor?«

Die Winzerin schüttelte den Kopf. »Das kann ja überall sein.«

Marie wusste nicht, was die Bilder dieser mysteriösen Person zu bedeuten hatten, und Gleiches galt auch für Jeanne Laroussine. Die dominante Mutter schien nicht alles über ihre Tochter zu wissen – und Marie entnahm ihrem irritierten Blick, dass sie dabei war, sich darüber klar zu werden.

»Können wir die Bilder mitnehmen?«, fragte sie.

»Sicher«, antwortete die Winzerin tonlos und starrte weiter auf die Aufnahmen, als würde eine Gefahr von ihnen ausgehen.

Richard machte sich gerade Notizen, als sein Handy klingelte. Er warf einen schnellen Blick auf das Display, schaute Marie bedeutungsvoll an, entschuldigte sich und verließ das Zimmer.

Das waren bestimmt die Kollegen aus Périgueux. Marie entschuldigte sich kurz bei Madame Laroussine und folgte Richard in den Flur.

Marie konnte mithören, da Richard auf Lautsprecher geschaltet hatte.

»*Salut*, Richard«, meldete sich ein Polizeibeamter. »Das Handy von dem vermissten Mädchen wurde das letzte Mal um dreizehn Uhr zehn Kilometer östlich von Montignac geortet. Seitdem gibt es kein Signal mehr. Ich schicke dir die Position per SMS. Ich habe mir das auf Google angeschaut. Außer einer Borie ist da weit und breit nichts. Soll ich die Spurensicherung schon mal hinschicken?«

Richard schaute Marie fragend an.

Sie nickte nur.

»Ja, bitte«, antwortete er dem Kollegen. »Vielen Dank. Ich bin gerade mit Madame la Commissaire bei der Mutter des vermissten Mädchens, und wir kommen auch dorthin, sobald wir hier fertig sind.«

Marie blickte ebenfalls auf Richards Handy, als er sich einen Moment später die Position dieser für das Périgord so typischen runden Hütte aus Trockenmauerwerk anschaute, die man Borie nannte.

»Ich weiß, wo das ist«, sagte sie. »Von hier aus können wir in zehn Minuten da sein.«

Bevor sie die Tür zu Emmas Zimmer wieder öffnete, blieb sie kurz stehen.

»Wir behalten diese Information erst einmal für uns. Wir sollten Madame Laroussine nicht noch zusätzlich beunruhigen.«

Offenbar hatte die Winzerin an Emmas Zimmertür gelauscht, denn sie trat zwei, drei Schritte zurück, als Marie und Richard wieder hereinkamen, und fragte sofort: »Womit wollen Sie mich nicht zusätzlich beunruhigen?« Sie schaute die beiden herausfordernd an.

Marie blieb keine andere Wahl. Zudem konnte sie nachvollziehen, dass die Mutter sofort wissen wollte, ob es Neuigkeiten über ihre Tochter gab. Also berichtete Marie von dem Gespräch.

»Hat Emma jemals von dieser Borie erzählt? Oder ist sie manchmal dorthin gegangen?«

»Nein, nie!«

Das war nicht gut. Marie hatte nun alle Mühe, die besorgte Frau davon abzuhalten, sie zu begleiten. Jeanne Laroussine beharrte darauf, dass sie als Mutter Details zu erkennen vermochte, die außer ihr niemandem auffallen würden. Das war vielleicht nicht ganz falsch. Doch wer wusste schon, was sie in der einsamen Hütte vorfinden würden? Marie wollte zum einen die Mutter schützen und zum anderen gewährleisten, dass die Kollegen vor Ort ungestört arbeiten konnten. Sie versprach Jeanne Laroussine, sie unverzüglich zu informieren, sobald sie mehr wussten. Außerdem bot sie ihr an, einen Wagen für sie zu bestellen, der sie zur Félibrée zurückfahren würde, aber die Winzerin winkte ab.

Bevor sie das Zimmer verließen, fragte Richard, ob er Emmas Laptop mitnehmen dürfe.

Die Mutter stimmte mit einem Nicken zu.

»Und ich würde auch gern dieses Sweatshirt mitnehmen«, fügte Marie hinzu und deutete auf das Kleidungsstück, das über Emmas Bürostuhl hing. Möglicherweise würden sie auch Spürhunde einsetzen müssen.

Kapitel 7

Auf der Landstraße, zehn Kilometer östlich von Montignac, Freitag, 30. Juni

Marie stieg in ihren Dienstwagen. Bevor sie den Motor startete, rief sie den Staatsanwalt an, um ihm von der vermissten Emma Laroussine zu berichten. Insbesondere wies sie darauf hin, dass eine Entführung der Minderjährigen nicht ausgeschlossen sei, weshalb möglicherweise umfangreiche Suchaktionen veranlasst werden müssten. Über diese Störung an einem Freitagabend war der Staatsanwalt keineswegs verärgert, ganz im Gegenteil: Als Vater von zwei heranwachsenden Töchtern konnte er die Sorge der Mutter gut nachvollziehen. Er bedankte sich bei Marie, dass sie ihn frühzeitig informiert und sich des Falls so engagiert angenommen hatte. Und natürlich wollte er über sämtliche Entwicklungen auf dem Laufenden gehalten werden.

Marie fuhr los, und nachdem sie die holprige Auffahrt zum Weingut hinter sich gelassen hatte, blickte sie in den Rückspiegel. Richard folgte ihr in seinem neuen, leuchtend blauen Auto. Marie musste grinsen. Die Wahl der Wagenfarbe war eindeutig Sophies Einfluss zu verdanken. Doch dann dachte sie wieder an die Borie. Es war eine schöne, abgelegene Hütte, die wie alle Bories der Umgebung gern von Spaziergängern oder Jugendlichen aufgesucht wurde. Sie hoffte inständig, dass dem Mädchen dort nichts passiert war.

Vor gar nicht langer Zeit war sie mit Michel an einem Samstag spontan zu einer Tour durch das Vézère-Tal aufgebrochen, um sich diese besonderen Hütten anzuschauen, die verstreut in Tälern und Wäldern des Périgord und in der Provence vorzufinden waren. Die meisten von ihnen waren im 19. Jahrhundert gebaut worden, um Werkzeuge für die Landwirtschaft zu lagern oder Schäfern eine Schutzstelle zu bieten.

Die bekanntesten Bories im Périgord waren die Cabanes de Breuil in der Nähe von Sarlat, eine Ansammlung von sieben nahe beieinander liegenden Hütten. Inzwischen gehörten sie zu den besonders beliebten Touristenzielen der Gegend, und das war auch der Grund, weshalb Marie und Michel sich einen Besuch dort erspart hatten.

Wer hätte gedacht, dass sie so bald und unter solchen Umständen wieder eine Borie aufsuchen würde!

Leider wurde es bald dunkel, aber die Spurensuche, die Richard angerufen hatte, wollte entsprechende Vorbereitungen treffen.

Die Freisprechanlage meldete ein Telefongespräch an. Es war Michel.

Sie hatten heute schon mehrmals miteinander telefoniert, aber sie konnte sich an seiner Stimme nicht satthören. Es gab ihr immer wieder ein besonderes Gefühl von Geborgenheit.

»Ein Freitagabend ohne dich ist trostlos!«, klagte er. »Ich hocke hier wie ein Tiger im Käfig.«

»Und niemand ist da, um dich zu befreien …«

»Leider! Dabei wäre ich zu allem bereit!«

Obwohl sie eigentlich nicht zum Spaßen aufgelegt war, musste sie lachen.

»Klingt verheißungsvoll!«

Marie hatte seinen schlanken, muskulösen Körper vor Augen – mit seinen achtundvierzig Jahren hatte er noch nicht mal einen Bauchansatz. Wie gern wäre sie jetzt bei ihm und würde sich an ihn schmiegen. Sie war es leid, immer die Tage zählen zu müssen, bis sie sich endlich wiedersahen – oder schon wieder trennen mussten. Ob sie irgendwann einmal ganz selbstverständlich auch den Alltag miteinander würden teilen können? Noch schien diese Aussicht in weiter Ferne zu liegen.

»Außerdem habe ich dir heute noch nicht gesagt, dass ich dich liebe.«

Er gehörte zu den Männern, die ihre Liebe gern häufig in Worte fassten. Am Anfang ihrer Beziehung war ihr das etwas fremd vorgekommen, aber heute genoss sie es.

Sie erzählte ihm von dem vermissten Mädchen, insbesondere von den rätselhaften Fotos und von der Borie, zu der sie unterwegs war.

»Mir gefällt das alles nicht. Und ich hoffe inständig, dass Emma nichts Ernsthaftes passiert ist«, gestand Marie zum Schluss.

»Aber sie ist doch noch nicht lange weg. Man muss nicht gleich das Schlimmste befürchten, wenn ein Teenager sich vielleicht einfach nur mal aus den Klauen einer übergriffigen Mutter befreit hat. Allerdings klingst du, als würde dir diese Sache ziemlich nahegehen.«

Marie dachte, sie hätte ihm die Geschehnisse sachlich berichtet. Aber er kannte sie so gut, dass er jede Nuance in ihrer Stimme bemerkte und zu deuten wusste.

Ihr wurde klar, dass sie mittlerweile tatsächlich mehr als sonst bei diesem Fall vom Schlimmsten ausging und ihre Emotionen nicht im Griff hatte.

»Ja, das stimmt. Ich habe da ein beunruhigendes Gefühl von Déjà-vu. Ganz am Anfang meiner Pariser Zeit bei der Brigade Criminelle musste ich in einem ziemlich heftigen Entführungsfall ermitteln, zusammen mit Pauline«, erzählte sie. »Damals wurde auch ein sechzehnjähriges Mädchen vermisst. Wir haben sie erst nach einigen Wochen völlig verwahrlost wiedergefunden. Ein Psychopath hatte sie ›einfach so‹ in einen feuchten Keller gesperrt und ohne Licht halb verhungern lassen. Nur durch einen glücklichen Zufall sind wir ihm auf die Spur gekommen und konnten das Mädchen gerade noch retten. Ich weiß nicht, ob sie das trotz Therapie jemals überwunden hat.« Während sie davon sprach, nahm der Druck in ihrer Brust zu.

»Wieso hast du diese Geschichte nie erwähnt?« An seiner Stimme erkannte sie, wie betroffen auch er war.

»Das hat sich nie ergeben«, wich sie der Frage aus.

Und Michel ging nicht weiter darauf ein, wofür sie ihm dankbar war.

»Ich darf natürlich nicht vorschnell Parallelen zu Emma Laroussines Verschwinden ziehen«, fuhr sie fort. »Vielleicht hat sie ja einfach für ein paar Tage das Weite gesucht und ist jetzt mit Gleichaltrigen unterwegs.«

»Gut möglich.«

Auf einmal bemerkte Marie etwas, das ihr bekannt vorkam. »So, ich komme gerade an dem Steinkreuz an, kurz vor der Borie«, sagte sie.

»Ah! Gleich dahinter steht die große Eiche. Du erinnerst dich?«

Marie bog ab und sah den Umriss des imposanten Baums. Sogleich tauchten Erinnerungen an jenen Nachmittag mit Michel vor ihrem inneren Auge auf, und sie musste unwillkürlich lächeln. Sie hatten einander nicht mehr losgelassen und über alles und nichts gelacht. Michel mochte manchmal etwas Dozierendes an sich haben, aber er konnte ebenso herrlich albern sein.

»Ich bin jetzt fast da. Lass uns Schluss machen. Ich freue mich auf morgen. Und sieh zu, dass dein Minister sich kurzfasst.«

»Auf jeden Fall! Kuss!«

Sie verabschiedete sich von ihm und wurde im selben Moment wehmütig: Wenn sie Emma nicht bald fanden, war keinesfalls sicher, dass sie morgen wirklich Zeit nur für Michel haben würde.

Marie parkte am Wegrand und atmete tief ein. Sie sah, wie Richard dicht neben ihrem Auto hielt.

Hinter einem Zaun weidete eine Schafherde. Die Tiere glotzten sie durch die Wagenscheibe an, und Marie starrte ihrerseits in deren ausdruckslose gelbliche Augen. Für die dürfte das Ganze kaum weniger seltsam aussehen als für mich, dachte sie.

Als sie ausstieg, flüchtete die komplette Herde geradezu panisch, und Marie kam es einen Augenblick lang so vor, als würde der Boden beben.

Es dämmerte inzwischen, und es wurde auch ein wenig frisch. Die große Sommerhitze stand noch aus, und die Grillen zirpten nur halbherzig.

Richard verließ ebenfalls sein Fahrzeug und kam mit nachdenklicher Miene auf sie zu.

»Bis zur Hütte sind es noch etwa hundert Meter«, erklärte Marie und schritt auf dem schmalen, steinigen Pfad voran, der auf beiden Seiten von großblättrigem, hochgewachsenem Farn gesäumt war.

»Jeanne Laroussine ist keine einfache Frau«, sagte Richard hinter ihr. »Und eigentlich habe ich damit gerechnet, dass sie uns doch noch hinterherfährt.«

»Ich ehrlich gesagt auch«, antwortete Marie. »Aber wahrscheinlich springt der Oldtimer vor ihrer Tür nicht mehr an. Außerdem ist sie mit den Nerven am Ende.«

»Also, wenn ich mir vorstelle, dass Elodie plötzlich verschwindet, wüsste ich auch nicht, wie ich mich verhalten würde. Da läuft es mir kalt den Rücken runter. Und die Mutter war zwar ausgesprochen unfreundlich, aber ich habe großes Mitgefühl mit ihr.«

»Ja, sie war nicht gerade nett zu Ihnen. Ich glaube, sie hat ein schwieriges Verhältnis zu Männern. Apropos, haben Sie ihren Ex-Mann ausfindig gemacht?«

»Ich habe versucht, ihn telefonisch zu erreichen. Da ging gleich die Mailbox an. Aber ich bleib am Ball.«

Schweigend liefen sie weiter, aber schon nach wenigen Augenblicken begann Richard erneut zu sprechen.

»Bevor ich losgefahren bin, habe ich übrigens zu Hause auf dem Computer schnell die Webseite von Traubenfest angeklickt. Die ist gut und professionell gemacht. Da werden interessierte Kunden zu einem Besuch auf das Weingut eingeladen, also muss die Winzerin eigentlich mit Menschen können.«

»Glaube ich auch – wenn sie nicht gerade in einer Ausnahmesituation ist.«

Einige Meter weiter kam ihnen ein langjähriger Kollege von der Spurensicherung entgegen. Er war sonst eher der gelassene Typ, sah gerade aber verärgert aus.

»*Bonsoir,* Madame la Commissaire, *salut,* Richard. Leider hat sich eine Gruppe ziemlich zugedröhnter junger Leute an dem Ort niedergelassen. Die haben am Nachmittag Zelte um die Borie errichtet und Feuer gemacht. Das mit den Spuren können wir vergessen.« Er kratzte sich hilflos am Kopf.

»*Merde!*«, entfuhr es Marie. Aber wenn die Steinhütte ein Treffpunkt für Jugendliche war, dann würde Emma vielleicht auch dort sein.

»Haben Sie das Bild von dem Mädchen bekommen, das ich Ihnen geschickt hatte?«, wollte Richard wissen – wahrscheinlich dachte er das Gleiche wie sie.

»Ja, hab ich. Das Mädchen ist aber definitiv nicht bei denen.«

Als würde das noch etwas ändern, erhöhten sie ihr Schritttempo, um die Stelle schnellstmöglich zu erreichen, und schon bald waren laute Stimmen, Technomusik und Hundegebell zu hören.

Die Mitarbeiter der Spurensicherung hatten das Gebiet um die Hütte abgesperrt. Zehn Männer und Frauen, die vom Alter her um die zwanzig sein mochten, standen ein paar Meter entfernt zusammen. Alle im Ethnolook und einige mit Dreadlocks. Die meisten hatten bereits einen glasigen Blick. Sicherlich waren da Alkohol oder auch Drogen im Spiel. Sie hatten drei Hunde dabei, die aufgeregt kläfften.

»Ich gehe mal zu den Kollegen«, entschied Richard und blickte sich um.

Daraufhin machte Marie sich in Richtung der Gruppe auf, die bereits laut ihren Unmut kundtat.

Marie stellte sich vor und bat die jungen Leute, die Musik auszuschalten. Die hätte ihr unter anderen Umständen gefallen, aber gerade konnte man sein eigenes Wort nicht verstehen. Einer der jungen Männer bückte sich zu einem Verstärker, und es wurde schlagartig still. Marie bedankte sich, erklärte, dass sie nach einer Vermissten suchten, und hielt der Gruppe ihr Handy mit dem Foto von Emma hin.

»Haben Sie dieses Mädchen heute gesehen? War sie vielleicht hier, als Sie hergekommen sind?«

Es kam Marie komisch vor, sie nicht zu duzen, denn so groß war der Altersunterschied zwischen ihnen ja nicht, aber die Vorschriften verboten es.

Ein Rothaariger mit Nasenring reagierte als Erster.

»Nie gesehen«, antwortete er betont gelangweilt. »Aber so brav, wie die aussieht, ist sie bestimmt nicht weit weg von Papa und Mama«, fügte er spöttisch hinzu.

Der Typ schien wenig Feingefühl zu haben, aber Marie gab ihm insofern recht, als dass Emma in dieser bunten Gruppe als ziemlich bieder aufgefallen wäre.

»Oder ist sie einem von Ihnen vielleicht früher schon mal begegnet?«, hakte Marie nach.

Eine hübsche blonde Frau in einem langen, bunten Kleid, die neben ihm stand, hatte sich das Bild eingehend angeschaut.

»Die sieht nett aus. Hoffentlich ist sie okay«, sagte sie. »Wir können sie gar nicht kennen. Wir kommen aus der Corrèze, aus Tulle.«

Das war zwei Autostunden von hier entfernt.

»Und wie haben Sie diesen Platz gefunden?«, fragte Marie erstaunt.

»Ein Freund hat uns diesen Spot empfohlen und meinte, hier würde es keine Nachbarn geben, und man könnte ungestört Musik machen«, erklärte eine andere junge Frau. Ihre Dreadlocks fielen ihr ins Gesicht, als sie sich bückte und einen der Hunde beruhigend streichelte.

»Von Bullen hat er leider nichts erzählt«, rief der Kerl mit dem Nasenring. »Auch nicht, dass man sich ausweisen muss, selbst wenn man hier nur friedlich abhängt.«

Seine herausfordernde Haltung gegenüber der Polizei erinnerte Marie an ihre Zeit in Paris. Dort war sie oft mit Typen dieser Art konfrontiert gewesen. Hier in der Gegend kam das seltener vor – tendenziell wurden Polizisten auf dem Land mehr respektiert.

Marie überging seine Bemerkung und fragte weiter: »Und ist Ihnen sonst etwas aufgefallen, als Sie hier ankamen?«

»W… was genau hätte uns … uns auffallen sollen?« Der groß gewachsene und tätowierte junge Mann, der das fragte, war offensichtlich reichlich zugedröhnt und hatte Mühe, sich zu artikulieren.

»War noch jemand hier? Oder haben Sie in der Hütte etwas gefunden, was da drin liegen gelassen wurde? Jedes Detail ist wichtig für uns.«

Marie sah den meisten an, dass sie – soweit sie dazu noch in der Lage waren – darüber nachdachten. Aber nach etwa einer halben Minute murmelten sie nacheinander »nein« und schüttelten die Köpfe.

Sie wandte sich wieder ihrem Handy zu, suchte eins von Emmas Bildern aus, das die unbekannte Person mit Kopfbedeckung zeigte, und hielt es der Gruppe hin.

»Sagt Ihnen das etwas?«

»Geiler Hut«, spottete die Nervensäge. »Wird das jetzt ein lustiges Ratespiel?«

Marie ignorierte ihn und fragte in die Runde: »Sie haben niemanden gesehen, der so einen Hut trägt?«

Schweigen.

»Glauben Sie, dem Mädchen ist was passiert?«, erkundigte sich die blonde Frau mitfühlend. Sie hatte offenbar noch einen klaren Kopf.

Marie überlegte, was sie antworten sollte, als sie plötzlich Richard entdeckte, der auf sie zuschritt.

»Marie, könnten Sie einen Moment zur Borie kommen?«, bat er sie.

»Habt ihr das Handy gefunden?«, fragte Marie hoffnungsvoll.

Richard schüttelte den Kopf. Sein Gesichtsausdruck gefiel ihr nicht. Sogleich machte sie sich auf den Weg. Nach wenigen Schritten bemerkte sie jedoch, dass der Kerl mit dem Nasenring ihr folgte.

Sie blieb stehen.

»Sie warten bitte hier.«

»Wieso? Das interessiert mich jetzt aber, was Sie hier so machen.« Der Trotz in seiner Stimme klang fast kindlich.

»Das mag sein, aber Schaulustige sind nicht erwünscht.«

Ihr Ton war eindeutig genug, denn er ging grummelnd zu der Gruppe zurück.

Marie begleitete Richard über eine ungemähte Wiese mit Wildkräutern bis hinter das perfekt gerundete Gebäude aus Stein, dessen Mauern fast einen Meter dick waren. Von ihrem Besuch mit Michel wusste sie, dass der Innenraum niedrig und keine fünf Quadratmeter groß war.

Der Kollege von der Spurensicherung, der sie vorhin auf dem Weg empfangen hatte, und eine junge Kollegin waren dabei, eine Stelle abzusichern.

Marie trat näher. Sie war angespannt.

Da lag ein schwarzer Pullover aus Baumwolle. Sie zog Latexhandschuhe an, bückte sich und griff nach dem Kleidungsstück. Auf der vorderen Seite war ein großer brauner Fleck.

»Das sieht nach getrocknetem Blut aus, oder?«

»Würde ich auch sagen«, bestätigte ihr der Kollege.

»Da hat jemand entweder starkes Nasenbluten gehabt oder einen heftigen Schlag ins Gesicht bekommen«, mutmaßte die junge Kollegin.

Richard war neben Marie in die Hocke gegangen, wahrscheinlich, um sich den Pullover genauer anzuschauen.

Sie starrte auf den Fleck und versuchte, dem unguten Gefühl Einhalt zu gebieten, das sie erneut überkam. Bevor sie Jeanne Laroussine fragen würde, ob dieser Pullover ihrer Tochter gehörte, wollte sie erst wissen, was es mit dem Fleck auf sich hatte.

»Wir müssen das sofort untersuchen lassen«, wies sie die Kollegen der Spurensicherung an. »Bringen Sie den Pullover bitte umgehend zu Fred Blanquer ins Labor. Wenn möglich, will ich die Ergebnisse noch heute Nacht haben.«

Fred Blanquer war der Gerichtsmediziner aus Périgueux, mit dem Richard und sie meistens zusammenarbeiteten, und das gern. Nicht weil er besonders diplomatisch gewesen wäre, denn das war er nun wirklich nicht, sondern weil er schnell und präzise arbeitete und trotz seiner oft zynischen Kommentare ein guter Typ war.

»Okay, notfalls werfen wir ihn aus dem Bett«, verkündete eifrig die Kollegin, die vermutlich erst vor Kurzem ihre Stelle angetreten hatte – ihre Bemerkung machte deutlich, dass sie den Gerichtsmediziner noch nicht kannte.

»Das wird nicht nötig sein«, versicherte ihr Marie.

Sie wusste, dass Fred kurz vor zehn Uhr abends bestimmt noch nicht in den Federn liegen würde. Er war mit seinem Beruf verheiratet und sicherlich noch in der Pathologie, die sein eigentliches Wohnzimmer war. Auf ihn war Verlass: Er würde sich gleich an die Arbeit machen.

Es hatte noch etwas Zeit gebraucht, bis die jungen Leute akzeptiert hatten, dass sie das Gelände verlassen mussten. Erst hatten sie gemault, aber letzten Endes waren sie doch einsichtig gewesen, einschließlich des Typen mit dem Nasenring.

Marie beobachtete, wie der ordnungsliebende Richard ihnen fassungslos zuschaute, als sie ihre auf dem Boden verstreuten Sachen zusammenrafften und wahllos in ihre zwei bunt bemalten Transporter schleuderten, die sie wenige Meter von der Hütte entfernt abgestellt hatten. Unterschiedliche Planeten, stellte sie leicht amüsiert fest.

Marie erkundigte sich, wer sich ans Steuer setzen würde, und ließ von ihren Kollegen noch Alkohol- und Rauschgifttests durchführen, um sicherzugehen, dass die Fahrer keine Gefahr auf den Straßen darstellten. Das sorgte für erneute Proteste, aber das war ihr egal. Hauptsache, sie waren fahrtüchtig.

»Ich hoffe, Sie finden das Mädchen schnell«, sagte die blonde Frau, kurz bevor sie mit den anderen davonfuhr. »Ihre Eltern machen sich bestimmt große Sorgen. Ich bin in dem Alter auch mal von zu Hause abgehauen, weil ich meine Eltern spießig fand. Meine Mutter hat die zwei Wochen, die ich weg war, weder geschlafen noch gegessen und war monatelang völlig traumatisiert. Deswegen mache ich mir immer noch Vorwürfe.«

Die persönlichen Worte rührten Marie. Sie hoffte inständig, dass Emma auch »nur« abgehauen war, bald Mitleid mit ihrer Mutter haben und sich dann bei ihr melden würde.

Als die jungen Menschen fort waren, konnte das Gelände komplett abgeriegelt werden. Ein Kollege war schon mit dem Pullover nach Périgueux gefahren, und Richard hatte mit Blanquer telefoniert, der, wie vermutet, noch in der Pathologie arbeitete und sich gleich dem aufgefundenen Pullover widmen wollte.

Der mögliche Tatort wurde erweitert, und zusätzliche Kollegen waren auf dem Weg, um ein weitläufiges Areal zu durchkämmen.

Jetzt wäre ein Spürhund gut, überlegte Marie, wissend, dass sie in Périgueux nur über wenige Polizeihunde verfügten – ein Problem, das im Präsidium längst bekannt war. Aber Richard würde einen ausfindig machen, da war sie sich sicher.

Sie rief noch einmal den Staatsanwalt an, um ihn, wie vereinbart, über die neuesten Entwicklungen in dem Fall zu unterrichten. Er hörte ihr aufmerksam zu.

»Viel Erfolg. Sie haben meine Unterstützung«, sagte er noch, bevor er das Gespräch beendete.

Die Suche nach dem vermissten Mädchen hat nun ganz andere Ausmaße angenommen, als der Bürgermeister es sich gewünscht hatte, dachte sie. Unwillkürlich fiel ihr dazu ein französisches Sprichwort ein – *On ne fait pas d'omelette sans casser des oeufs* – man macht kein Omelett, ohne Eier zu zerschlagen – oder anders gesagt: Wo gehobelt wird, fallen Späne. Damit würde Bruno sich wohl oder übel abfinden müssen.

Nachdem die Kollegen von der Spurensicherung sich vergewissert hatten, dass um die Hütte herum kein weiteres Blut und vor allem keine Schleifspuren zu finden waren, verabschiedete Marie sich von ihnen und wollte dann auch Richard Adieu sagen.

»Ich begleite Sie noch zum Auto«, kam er ihr zuvor.

Bis auf ein schwaches Leuchten der untergehenden Sonne am Horizont war es nun beinahe dunkel. Zum Glück war Vollmond und der Himmel größtenteils wolkenlos. Sie fanden den Weg zurück, auch ohne die Taschenlampen ihrer Handys einzuschalten.

Marie fröstelte, denn die Luft wurde feucht – aber nicht nur deswegen. Der Fall hatte eine neue Dimension erreicht.

»Sollten wir nicht Madame Laroussine informieren?«, fragte Richard mit bedrückter Stimme, als sie Maries Wagen erreichten.

»Erst wenn Fred uns die Ergebnisse durchgegeben hat.«

»Je nachdem, was bei der Untersuchung herauskommt, werden wir sie nach Emmas Blutgruppe fragen müssen.«

»Das können wir dann immer noch machen.«

»Vielleicht ist es ja gar kein Blut.«

Typisch Richard, dachte Marie. Er verliert bis zum Schluss nicht die Hoffnung, dass sich die Dinge zum Guten wenden werden. Sie fragte sich, ob er damit sie zuversichtlich stimmen oder sich selbst beruhigen wollte. Vielleicht beides.

Ein Uhu rief in die Nacht. Für Marie, die diesen Ruf eigentlich mochte, klang er diesmal wie ein höhnisches Lachen.

»Ich fahre nach Montignac zurück. Ich will unbedingt noch mit dem Kupferschmied sprechen, dem Nachbarn von Jeanne Laroussine. Vielleicht weiß er ja etwas über Emma, was der Mutter unbekannt ist. Und möglicherweise kann er etwas zu der Person mit dem Hut auf Emmas Fotos sagen.«

In den letzten Minuten hatte sich der Himmel zugezogen. Dunkle Wolken schoben sich vor den Mond, und plötzlich wurde es stockfinster. Außerdem setzten starke Windböen ein.

Marie schaute frustriert nach oben. Die Vorhersage eines Unwetters vom frühen Morgen würde sich wohl bewahrheiten. »So werden die Kollegen nicht vernünftig arbeiten können. Das Flutlicht hat seine Grenzen. Falls der Himmel nicht wieder aufklart, werden sie bald abbrechen müssen.«

»Ja, sieht fast so aus, als würde es ein Gewitter geben«, meinte Richard. »Dann machen wir eben morgen weiter. So früh wie möglich! Ich bespreche es gleich mit den Kollegen und gebe ihnen Emmas Computer mit. Ich fürchte, viel mehr können wir heute nicht mehr tun.«

»Lassen Sie uns einfach später noch mal telefonieren, wenn Fred die Ergebnisse hat«, rief Marie ihm schon auf dem Weg zu ihrem Auto zu und winkte kurz.

Als sie in ihren Wagen stieg, hatte sie so eine Ahnung, dass die Nacht noch lange nicht vorbei war.

Kapitel 8

Montignac, Freitag, 30. Juni

Inzwischen war es nach halb elf, und die letzten Besucher verließen die Félibrée. Endlich Feierabend, dachte Robert Pinçon und atmete kurz durch.

Jeanne hatte ihn vor zwei Stunden angerufen und gefragt, ob sie ihn auch den restlichen Abend mit ihrem Stand allein lassen könne. Vor lauter Sorge sei sie so aufgewühlt, dass es ihr schwerfiele, Verkaufsgespräche zu führen, und sie wolle lieber zu Hause auf Emma warten. Robert hatte natürlich eingewilligt. Danach hatte Jeanne sich nicht mehr gemeldet. Offensichtlich gab es noch keine Nachricht von ihrer Tochter.

Was kann nur passiert sein?, fragte sich Robert. Das Mädchen war doch wirklich nicht der Typ, der einfach so davonlief! Außerdem hingen Mutter und Tochter ständig wie Kletten aneinander.

Auf dem ganzen Platz waren die Aussteller dabei, ihre Stände zu schließen. Bis auf Emmas Verschwinden war der Tag gut verlaufen. Sich um zwei Stände gleichzeitig zu kümmern war zwar sportlich gewesen, aber es hatte Robert auch Spaß gemacht, den Weinhändler zu spielen. Jeannes Kundschaft war eine völlig andere als seine. Er hatte den Eindruck, dass die Félibrée in den letzten Jahren verstärkt von Touristen besucht wurde, darunter auch viele aus dem Ausland. Leider führte dieser Boom auch zu negativen Entwicklungen. So gab es in den letzten paar Jahren zunehmend Stände, die Produkte anboten, die nicht aus dem Périgord stammten, und inzwischen würde es ihn nicht wundern, wenn man bei manchen Waren einen *Made in China*-Stempel entdeckte. Das brachte die Globalisierung wohl so mit sich. Wie schade, dass die Organisatoren lieber die Werbetrommel schlugen als auf Authentizität zu achten. Na ja, immerhin war Robert letzte Woche im Rahmen der Félibrée vom Radiosender France Bleu Périgord interviewt worden, um über den Berufsstand der Kupferschmiede zu sprechen. Wann hatte man schon eine solche Gelegenheit!

Er sah, dass auch Claire – eine junge Töpferin, die ihren Stand links von ihm hatte – auf dem Sprung war. Passend zur Félibrée trug sie eine traditionelle blau-weiße Tracht. Die stamme von ihrer Großmutter, hatte sie ihm erzählt, nicht ohne dabei zu klagen, dass die alte Kleidung nach Mottenkugeln rieche. Die dazugehörige Spitzenhaube hatte sie gleich am Morgen abgelegt. »Damit komme ich mir sonst wirklich vor wie meine Oma«, hatte sie lachend hinzugefügt.

Claire trat nun auf ihn zu. »*Salut*, Robert, bis morgen. Und sobald du etwas Neues über Emma erfährst, schick mir eine SMS, ja?«

Wie alle hier machte sie sich Sorgen um das Mädchen. Die Aussteller trafen sich immer wieder auf denselben Märkten; man kannte sich und war im Laufe der Jahre zu einer netten Gemeinschaft geworden. Man half sich auch gegenseitig, falls nötig.

»Mach ich«, versprach er, obwohl er dieses Simsen hasste, da er sich mit seinen dicken Fingern ständig vertippte. »Und fahr vorsichtig!«

Ihre Heimfahrt würde eine ganze Stunde dauern, und bei Nacht konnte es passieren, dass einem auf den einsamen Landstraßen plötzlich ein Tier vors Auto lief. Claire hatte ihm mal von einer unschönen Begegnung mit einem Wildschwein berichtet.

»Ja, ja, keine Sorge …«

Sie hatte ja recht. Er neigte manchmal dazu, den besorgten

Onkel zu spielen. Das sollte er mal lassen. So alt war er doch gar nicht!

Sie winkte fröhlich, und weg war sie.

Nachdem er seinen eigenen Stand geschlossen hatte, räumte er den von Jeanne auf. Zum Glück war ihr Wein ein Renner auf der Félibrée, und von den Kartons, die sie aus ihrem Wagen hergebracht hatte, waren nur noch zwei übrig, die er rasch ins Auto trug.

Dann machte er sich mit zwei Geldkassetten – seiner und Jeannes – auf den Weg zu seinem alten Transporter und verstaute beides unter dem Beifahrersitz. Es war gut gelaufen für Jeanne, was ihn nicht verwunderte: Ihre jahrelange harte Arbeit zahlte sich schon seit einer ganzen Weile aus. Ob es jemand auf ihr Geld abgesehen und deshalb Emma entführt hat?, fragte er sich plötzlich. Obwohl … Nein, das konnte nicht sein. Sie war nicht wirklich wohlhabend. Zwar sprachen sie nie konkret über finanzielle Angelegenheiten, aber als ihr unmittelbarer Nachbar wusste er, dass sie nicht in Saus und Braus lebte und die Renovierungsarbeiten, die bei ihrem Haus anstanden, immer wieder verschob. Er ging regelmäßig bei den Laroussines auf einen Kaffee vorbei und sprang dann schon mal spontan ein, wenn er sah, dass irgendwas unbedingt repariert werden musste. Aber das Hilfsangebot musste immer von ihm kommen. Jeanne hatte ihn noch nie um etwas gebeten.

Fest stand, dass er mit seinen Kupferwaren bei Weitem nicht so viel Umsatz machte wie sie. Er hatte aber auch deutlich geringere Kosten. Haus und Werkstatt gehörten ihm, und er musste vergleichsweise wenig investieren. Im Unterschied zu Jeanne brauchte er nur für sich selbst zu sorgen, und es fiel ihm auch nicht schwer, bescheiden zu leben – ganz in der Tradition seines Vaters und Großvaters, die ebenfalls einfache Kupferschmiede gewesen waren. Andererseits, was brauchte er mehr? Er war ein freier Mann, und das war ihm das Wichtigste. Und von seinem Häuschen aus, das auf einer Anhöhe stand, hatte er den schönsten Ausblick, den er sich vorstellen konnte. Jeden Morgen wachte er mit dem Gefühl auf, die Welt gehöre ihm.

Nach dem langen Tag freute er sich besonders auf sein Zuhause. Gleich würde er sich mit einem Glas Rotwein und einem Stück Käse auf seine Türschwelle setzen und den Sternenhimmel betrachten.

Während er noch einen Augenblick neben dem Transporter stand und seinen Gedanken nachhing, erinnerte er sich an die Polizisten, die alle Aussteller ausgiebig befragt hatten, ihn natürlich auch. Wie gern hätte er ihnen geholfen! In den letzten Stunden hatte er sich den Kopf zermartert, ob ihm heute Morgen etwas an Emma aufgefallen war. War sie stiller gewesen als sonst? Oder nervöser? Vielleicht. Es konnte aber genauso gut sein, dass er nachträglich etwas in ihr Verhalten hineininterpretierte. Er hatte auch in ihrer Nähe niemand Verdächtigen gesehen. Andererseits, woran sollte man jemanden erkennen, der die Entführung eines Mädchens plante? Bei der Vorstellung, dass Emma möglicherweise in den Händen eines heimtückischen Verbrechers war, lief ihm ein kalter Schauder über den Rücken.

Robert schüttelte sich. Jetzt hör mit dem Grübeln auf und fahr endlich nach Hause, befahl er sich im Stillen. Er wollte gerade einsteigen, als die energische junge Frau auf ihn zukam, die vor einigen Stunden mit Jeanne hatte sprechen wollen – und die, wie er schnell begriffen hatte, von der Polizei war. Sie hatte sich vorhin vorgestellt, aber bei dem Lärm, der am frühen Abend herrschte, hatte er ihren Namen nicht verstanden. Wie peinlich!

Doch zum Glück stellte sie sich erneut vor. »Commissaire Marie Mercier. Ich weiß, es ist schon spät, und Sie haben Ihren Feierabend mehr als verdient. Würden Sie mir trotzdem noch ein paar Minuten opfern?«

Anstatt etwas darauf zu erwidern, rutschte ihm unwillkürlich die Frage heraus: »Haben Sie vielleicht etwas mit den Merciers aus Saint-André zu tun?« Kaum hatte er sie ausgesprochen, kam er sich ziemlich dämlich vor. Genauso gut hätte er sagen können: »Ach, Sie kommen aus Paris, kennen Sie vielleicht einen Monsieur Dupont?« Immerhin war Mercier ein häufiger Nachname in der Gegend.

»Ja, ich bin die Enkelin von Madeleine Mercier«, antwortete sie und schenkte ihm ein freundliches Lächeln.

Er war erleichtert, nicht wie ein Depp dazustehen. Plötzlich glaubte er auch, etwas Vertrautes in ihrem wachen Blick zu erkennen.

»Dann sind Sie die Tochter von Loren? Das gibt's ja nicht! Loren und ich, wir waren in derselben Schule. Ich erinnere mich noch gut an sie. Sie war bildhübsch. Und sehr eigenwillig. Ich war damals unsterblich in sie verliebt. Wie geht es ihr denn?«

Lorens Tochter schien über seine spontane Liebeserklärung nicht weniger verwundert zu sein als er selbst, denn statt zu antworten schaute sie ihn mit großen Augen an. Er wusste auch nicht, was ihn da gerade geritten hatte. Schließlich hatte er seit Jahrzehnten nicht mehr an Loren Mercier gedacht – zumindest nicht mehr, seitdem er Jeanne kannte, die ebenfalls sehr eigen und kompromisslos war. Das war sein Schwachpunkt: Er fühlte sich zu Frauen hingezogen, die offensichtlich bestens ohne Männer zurechtkamen. Für sie war er nur ein »Kumpel«, wie Jeanne ihn manchmal nannte, was er nicht so gern hörte. Wahrscheinlich war er deshalb mit seinen siebenundfünfzig Jahren noch Junggeselle … Aber wer weiß, sagte er sich, vielleicht drücke ich mich mit meinem Hang zu unerreichbaren Frauen ja auch nur vor einer festen Beziehung. Ein Gedanke, der ihm nicht zum ersten Mal kam.

»Gut geht es ihr!«, entgegnete die Kommissarin schließlich. »Sie wohnt mittlerweile in Nizza und genießt das Leben an der Côte d'Azur.«

»Und Sie leben im Périgord?«

Sie lächelte, was ihre haselnussbraunen Augen zum Strahlen brachte.

»Ja, in Saint-André. Wie es aussieht, hat die Begeisterung für diese Region eine Generation übersprungen. Maman wollte um keinen Preis hierbleiben.«

Dann wurde sie wieder ernst. Natürlich war sie so spät am Abend nicht hergekommen, um zu plaudern.

»Ich bin wegen Emma hier«, fuhr sie fort. »Madame Laroussine hat erwähnt, dass Sie ab und zu auf dem Weingut aushelfen und sich gut mit ihrer Tochter verstehen. Hat sie Ihnen vielleicht irgendetwas anvertraut?«

»Leider nein.«

»Wann genau haben Sie Emma das letzte Mal gesehen?«

»Das muss heute Morgen so gegen zehn gewesen sein. Da war sie am Weinstand im Gespräch mit einem Kunden.«

»War an dem Gespräch etwas Besonderes?«

»Oh, das kann ich Ihnen leider nicht sagen. Ich hatte selbst einen Kunden. So ein Kessel verkauft sich nicht von selbst, wissen Sie. Da sollte man schon auf den jeweiligen Kaufinteressenten eingehen. Vor allem muss man ihm erklären, dass die Marmelade aus einem Kupfergefäß ganz anders schmeckt und dass es kein Zufall ist, dass große Chefs weltweit mit Kupfertöpfen und -pfannen kochen. Kupfer ist nun mal ein erstklassiger Wärmeleiter.«

Aber er redete wieder zu viel, wie ihm selbst unangenehm auffiel. Das hatte Jeanne ihm schon öfters gesagt.

Doch die Kommissarin blickte ihn weiterhin freundlich an. »Ich verstehe. Kennen Sie eigentlich Emmas Vater?«

»Klar, wir waren jahrelang Nachbarn. Vincent ist ein netter Kerl.«

»Wissen Sie, warum die Ehe auseinanderging?«

»Sie waren zu unterschiedlich. Ich habe nie begriffen, warum Jeanne ihn geheiratet hat.«

Wenn er ehrlich war, hatte ihm diese Eheschließung damals ganz schön zugesetzt. Aber er hatte sich eben auch nie getraut, Jeanne zu sagen, wie sehr er sie mochte. Auch weil er gut zehn Jahre älter war als sie. Dabei hatte er durchaus so eine Ahnung gehabt, dass er Jeanne nicht gleichgültig war.

»Wieso hätte sie ihn nicht heiraten sollen?«, hakte die Kommissarin nach.

»Na ja, sie ist immer in Bewegung und eine echte Macherin. Er gehört eher zur gemütlichen Sorte. Wissen Sie, was ich meine? Vor allem macht er sich nichts aus Wein. Ihn interessieren hauptsächlich Autos.«

»Und wie war sein Verhältnis zu seiner Tochter?«

»Er hat sich viel um sie gekümmert und war, soweit ich das beurteilen kann, ein guter Vater. Aber er konnte es Jeanne nie recht machen.«

»Hat er mit auf dem Weingut gearbeitet?«

»Kaum. Der hatte ja seine Autowerkstatt. Jeanne hatte sich in den Kopf gesetzt, das Périgord Noir wieder als Weingegend glänzen zu lassen und eine herausragende Winzerin zu werden, aber er hat sich dafür nicht begeistern können.«

Marie Mercier schaute ihn verwundert an. »Kann man ein Weingut wirklich allein betreiben?«

»Sie engagiert natürlich Saisonarbeiter für das Schneiden der Reben oder für die Ernte, aber in der Hauptsache macht sie alles allein – seit ungefähr zwei Jahren, natürlich zusammen mit der Kleinen. Aber es ist absolut bewundernswert, was sie alles schafft.«

»Sie scheinen Madame Laroussine zu mögen.«

»Sie ist eine bemerkenswerte Frau. Seit geraumer Zeit steckt sie im Hamsterrad, ich hoffe aber, dass sie eines Tages wieder so unbeschwert wie früher sein wird und mehr lacht. Vorausgesetzt natürlich, Emma taucht unversehrt wieder auf.«

Robert bemerkte, dass die Kommissarin, die sich an seinen

Transporter gelehnt hatte, ihm aufmerksam zuhörte und alles genau zu registrieren schien.

»Noch mal zu Emmas Vater. Wissen Sie, ob Emma Kontakt zu ihm hat? Oder anders gefragt: Könnte sie zu ihm gewollt haben?«

»Kann ich mir nicht vorstellen. Sie spricht nie von ihm.«

»Und hat dieser Vincent vielleicht noch eine Rechnung mit seiner Ex-Frau offen?«

»Soweit ich weiß, sind die beiden nicht im Streit auseinandergegangen. Aber das besprechen Sie am besten mit Jeanne.«

Es war nicht seine Angelegenheit, und er wollte sich da nicht zu weit aus dem Fenster lehnen.

»Das mache ich.«

Er war ihr dankbar, dass sie nicht insistierte.

Die Kommissarin zog ihr Handy aus der Tasche. Er sah, dass sie etwas darauf suchte, und als sie es gefunden hatte, zeigte sie es ihm.

»Das sind Aufnahmen von Fotos, die wir in Emmas Zimmer gefunden haben. Die hat sie gemacht. Haben Sie eine Idee, wer die Person darauf sein könnte?«

Er fand die Bilder in ihrer Düsternis ein wenig beängstigend. Man erkannte gerade noch, dass ein Mensch fotografiert worden war … Aber während die Kommissarin ihm ein Foto nach dem anderen zeigte, kam ihm plötzlich etwas seltsam bekannt vor. Und dann wusste er, was das war. »Der Hut! Den hab ich schon mal gesehen.«

Sofort straffte sich Marie Merciers Oberkörper.

»Wo? Und wer hat ihn getragen?« Das kam wie aus der Pistole geschossen.

»Äh, ich erinnere mich leider nicht.«

Sie bat ihn, genau nachzudenken, vielleicht handele es sich um eine wertvolle Spur.

Er sah, wie sie sich bemühte, ihre Ungeduld zu zügeln. Da er wirklich helfen wollte, schloss er die Augen und konzentrierte sich … Er kam aber partout nicht darauf.

»Wahrscheinlich fällt es mir später wieder ein«, sagte er schließlich und kam sich ein bisschen dämlich vor.

Zum Glück zeigte die Kommissarin Verständnis dafür, dass sein Gedächtnis nicht wie ein Computer funktionierte, und gab ihm ihre Telefonnummer.

»Und wenn es mitten in der Nacht ist, rufen Sie mich trotzdem an, ja?«

Kurz darauf verabschiedete sie sich, und er schaute ihr nach. Er meinte zu erkennen, dass sie den gleichen federnden Gang hatte wie ihre Mutter.

Seufzend machte er sich auf den Weg nach Hause. Er hatte einen langen Tag hinter sich – und noch einen Termin mit den Sternen, falls die Wolken sich verzogen.

*

Um ein Uhr morgens läutete Richards Handy. Er war erst vor Kurzem von der Hütte zurückgekehrt und lag noch keine fünf Minuten im Bett. Bevor er ins Schlafzimmer gegangen war, hatte er den Klingelton seines Telefons vorsichtshalber leiser gestellt und es neben sein Kopfkissen gelegt.

Der Anruf konnte nur von Fred Blanquer kommen, der die Blutprobe bestimmt schon analysiert hatte – oder von Marie. Rasch warf er einen Blick aufs Display. Es war Fred.

Richard löste sich vorsichtig aus Sophies Umarmung. Als er ins Bett gekrochen war, hatte sie ihm einem Gutenachtkuss gegeben und war sofort wieder eingeschlafen. Elodie, die in ihrer Wiege auf Sophies Seite lag, war zum Glück nicht wach geworden. Auf Zehenspitzen verließ er das Schlafzimmer und schlich hinüber ins Wohnzimmer.

»Also, es ist tatsächlich menschliches Blut«, legte Fred ohne

Begrüßung los. Klar, dass er sich mitten in der Nacht nicht mit Förmlichkeiten aufhielt – wenn er es schon am hellichten Tag nicht tat. »Muss so zehn Stunden alt sein. Es ist aber vor allem ganz besonderes Blut.«

»Was soll das heißen?«, fragte Richard irritiert.

»Es ist sogenanntes ›Goldenes Blut‹: AB mit dem Rhesusfaktor negativ. Die seltenste Blutgruppe der Welt. Kommt bei uns nur bei einem Prozent der Bevölkerung vor.« Er klang regelrecht vergnügt. »Hatte ich bisher noch nie unterm Mikroskop. Hab immer nur darüber gelesen.« Diese Entdeckung unter dem Mikroskop schien etwas ganz Besonderes für Fred zu sein, aber Richard hörte nur eines heraus: Es war menschliches Blut! Jetzt konnte man nur hoffen, dass Emma nicht diese außergewöhnliche Blutgruppe hatte.

»Da braucht ihr nur die Eltern von dem Mädchen anrufen«, fuhr Fred fort. Das sagte er so einfach, denn ihm war wahrscheinlich nicht klar, welche Konsequenzen ein solches Telefonat für Angehörige hätte, falls die Tochter tatsächlich diese Blutgruppe hatte. »Dann habt ihr sozusagen Gewissheit, ob es das des Mädchens ist – oder nicht. Falls ja würden wir noch einen DNA-Test machen, um hundertprozentig sicher zu sein, aber das wäre eine reine Formsache. Ach ja, auf dem Pullover sind auch noch winzige Farbflecken, so eine Art Lack. Den kann ich allerdings so ohne jeglichen Zusammenhang nicht zuordnen. Aber das mit dem Blut ist ja schon eine konkrete Info. Also, halt mich auf dem Laufenden!«

»*Bien sûr. Merci*, Fred. Dir eine gute Nacht.«

Nachdem er aufgelegt hatte, blieb Richard noch einen Moment reglos stehen. Diese Geschichte nahm eine Wendung, die ihm gar nicht gefiel. Doch dann ermahnte er sich zur Zuversicht. Es musste ja nicht Emmas Pullover sein. Und nicht ihr Blut. Die Hütte wurde anscheinend öfter von jungen Leuten aufgesucht. Er wählte Maries Nummer.

Sie war sofort am Telefon und klang hellwach.

»Okay, dann fahre ich jetzt noch zu Madame Laroussine«, verkündete sie, nachdem er ihr alles berichtet hatte. »Ich möchte ihr Freds Ergebnis lieber persönlich mitteilen.«

»Vielleicht hat Emma ja eine der häufigen Blutgruppen«, sagte er in einem wenig überzeugten Tonfall, wie ihm selbst bewusst war.

»Ich habe Ihren Optimismus in den vergangenen Monaten wirklich vermisst, Richard.« Das war nett formuliert, aber ihre Stimme klang matt. Diese Geschichte nahm sie mit. Am Tatort war ihm aufgefallen, dass sie sich mehrfach auf das Innere ihrer Wange gebissen hatte. Das war bei ihr immer ein Anzeichen großer Anspannung.

»Melden Sie sich dann noch mal? Ich bleib solange wach.«

»*Bien sûr.*«

Nach dem Telefonat ging Richard leise in die Küche. Vorsichtig schloss er die Tür hinter sich und steuerte auf den Kühlschrank zu. An Schlaf war jetzt nicht mehr zu denken, und er brauchte dringend Nervennahrung, am besten etwas Süßes. Wenn das Mädchen diese seltene Blutgruppe hatte, war sie mit Sicherheit in Gefahr …

Kapitel 9

Saint-André-du-Périgord, Samstag, 1. Juli

Die Nacht war extrem kurz gewesen – im Grunde hatte sie gar nicht stattgefunden. Marie war erst gegen vier Uhr morgens nach Hause gekommen und saß nun in einem hellblauen Trägerkleid, das sie rasch übergeworfen hatte, an dem großen Holztisch auf der Terrasse vor ihrem Haus und hielt ihren Bol mit frischem Kaffee in der Hand. Bis auf die bereits laut zwitschernden Vögel rührte sich noch nichts auf dem Hof. Die ochsenblutroten Fensterläden von Léonies Haus waren noch geschlossen. Kein Wunder, es war erst halb sieben. Marie hatte nur eine Stunde geschlafen, es dann im Bett nicht mehr ausgehalten und war mit dem anbrechenden Tag aufgestanden. Der Kaffee in der hübschen Schale wollte nicht schmecken, der Fall ging ihr nicht mehr aus dem Kopf.

Emma gehörte leider zu den sehr wenigen Menschen mit »Goldenem Blut«. Marie würde Fred eine DNA-Probe des Mädchens zukommen lassen – die Mutter hatte ihr Emmas Haarbürste gegeben –, damit er verifizieren konnte, dass das Blut auf jenem Pullover tatsächlich von der jungen Laroussine stammte. Aber wie sollte es da einen Zweifel geben? Wenn AB Rhesusfaktor negativ nur bei einem Prozent aller Menschen durch die Adern floss, war es höchst unwahrscheinlich, dass gestern gleich zwei Leute mit dieser Blutgruppe zwischen Montignac und Mussillac eine Verletzung erlitten hatten.

Allerdings hatte Jeanne Laroussine versichert, dass der Pullover nicht ihrer Tochter gehörte. Sie achtete zwar nicht besonders auf Klamotten, aber darin hatte sie Emma noch nie gesehen. Ihre Tochter trug nie Schwarz, wie sie betont hatte. Marie erinnerte sich an die Kleidung in Emmas Schrank. Die Farben waren eher blass oder gedeckt.

Was bedeutete das? Warum war Emmas Blut auf einem fremden Pullover?

Richards Informationen nach war das erweiterte Areal um die Borie vom Team der Spurensicherung durchkämmt worden. Außerdem war es ihnen schließlich gelungen, einen Spürhund zu organisieren, und das Tier hatte Emmas Fährte verfolgt, die sich jedoch nahe der Hütte verlor. Leider hatten die jungen Leute während ihres mehrstündigen Aufenthalts dort die allermeisten Spuren verwischt. Aber immerhin gab es nun die Gewissheit, dass Emma im Verlauf des gestrigen Tages dort gewesen war.

Die Kollegen hatten nahe der Borie auch Reifenspuren von motorisierten Zweirädern entdeckt, die sich aber ebenfalls dort verloren hatten. Hatten sie etwas mit Emmas Verschwinden zu tun? So viele Fragen, auf die wir noch keine Antworten haben, dachte Marie bedrückt.

Kurz nach Mitternacht hatten die Kollegen die Suche wegen des schlechten Wetters eingestellt. Dafür sollte es gleich ab acht Uhr eine groß angelegte Suche rund um die Hütte geben. Das hatte sie in der Nacht noch mit dem Staatsanwalt besprochen und in die Wege geleitet. Allerdings hatte es um drei Uhr morgens ein heftiges Gewitter mit sturzbachartigem Regenfall gegeben, der mögliche Spuren wahrscheinlich weggeschwemmt hatte. Es war zum Verzweifeln.

Marie hatte mit Richard ausgemacht, dass er an der Spurensuche teilnehmen und sie selbst zunächst wieder nach Montignac zur Félibrée und dann nach Mussillac zu Jeanne Laroussine fahren würde.

Sie ließ sich noch einmal das Gespräch mit Emmas Mutter in der letzten Nacht durch den Kopf gehen, nachdem sie von dem

Blut am gefundenen Pullover berichtet hatte. Die große Wohnküche war von einer Stehlampe spärlich erhellt gewesen, und sie hatten zu zweit am Kopfende des langen Tischs gesessen, der einem allein schon durch seine imposante Größe ein Gefühl von Verlorenheit gab.

Jeanne Laroussine hatte erzählt, dass ihr aufgrund von Emmas seltener Blutgruppe vor ein paar Jahren der Gedanke gekommen war, ihr Weingut »Goldenes Blut« zu taufen, sich aber dann für das positiver klingende »Traubenfest« entschieden hatte. »Was für eine bittere Ironie!«, hatte sie gemurmelt und dabei gegen die aufsteigenden Tränen angekämpft.

Später, als sie auf die Reifenspuren von motorisierten Zweirädern zu sprechen gekommen waren, hatte Jeanne Laroussine Marie zu einer Scheune geführt. Der Schuppen diente auch als Garage für ein Mofa, das Emma zum sechzehnten Geburtstag geschenkt bekommen hatte. Das Mofa stand noch da. Leider, dachte Marie.

Allerdings war es gerade nicht zu gebrauchen: Am Vortag war Emma der Schlüssel im Schloss abgebrochen, wie die Mutter erklärt hatte, und Emma war darüber ziemlich verärgert gewesen.

Schließlich war Jeanne Laroussine vor Angst um ihre Tochter nach und nach verstummt. Marie hatte ihren Wunsch respektiert, allein zu sein, und war schließlich nach Hause gefahren.

César, der zu Maries Füßen lag, wedelte plötzlich mit dem Schwanz, und prompt kam Léonie im fliederfarbenen langen Nachthemd um die Ecke, das sie noch kleiner und zierlicher erscheinen ließ, als sie ohnehin schon war. Ihr Haar war noch von der Nacht zerzaust, aber auf ihrem Gesicht lag ein Strahlen. Endlich mal ein Lichtblick, dachte Marie.

»Lädst du mich auf einen Kaffee ein?«, fragte sie Marie.

»*Avec plaisir*!« Es würde guttun, für ein paar Momente abzuschalten.

»Gut, dann hole ich schnell die große Brioche, die ich gestern gekauft habe, und wir frühstücken zusammen«, sagte Léonie, und Marie blickte ihr nach, als sie sich beschwingt auf den Weg in ihre Küche machte.

Bald stand alles Nötige für das Frühstück auf dem Tisch.

Marie hatte frischen Kaffee gekocht und ein Tablett mit einem weiteren Bol, den kleinen Tellern mit dem rot-weiß-blauen baskischen Muster und die Marmelade herausgetragen. Ihre Großtante hatte zusätzlich zur Brioche auch noch pralle dunkelrote Kirschen mitgebracht. Es war ungewohnt, so früh am Morgen nebeneinanderzusitzen – aber es war schön, endlich gemeinsam essen und miteinander reden zu können.

Léonie nahm eine Kirsche und hielt sie hoch.

»Georges hat sie gestern von dem großen Baum neben der Hecke gepflückt. Zum Glück ist er nicht von der Leiter gefallen. Langsam wird er wirklich zu alt dafür.«

Léonies Sorge war nicht zu überhören. Marie vergaß oft, wie alt die beiden waren, weil sie noch so fit wirkten. Aber natürlich wurden Léonie und Georges gebrechlicher. Darauf würden sie sich mit der Zeit alle einstellen müssen.

Doch noch war es nicht so weit, und Georges verrichtete jeden Tag gewissenhaft seine Gartenarbeit. Er hegte und pflegte nicht nur das Gemüse, sondern auch die Obstbäume, die auf ihrem Land prächtig gediehen. Dank seines unermüdlichen Einsatzes waren sie für den Großteil des Jahres bestens mit Obst und Gemüse versorgt.

»Mit dem Rest der geernteten Kirschen mache ich heute einen *Clafoutis aux cerises*«, verkündete Léonie voller Tatendrang.

Dieser köstliche Kirschauflauf war ein Evergreen aus Léonies Küche und schnell zuzubereiten: Eier, Milch, Zucker, Mehl zusammenrühren, in eine Auflaufform füllen, die nicht entkernten Kirschen locker drauflegen – und ab in den Ofen. Léonie gab dem Ganzen noch eine besondere Note, indem sie dem Eierteig eine Handvoll gemahlene Mandeln hinzufügte.

»Da wird sich Georges aber freuen.« Marie wusste, dass er bei Süßem glänzende Augen bekam.

Plötzlich wurde Léonie ernst.

»Wieso sitzt du eigentlich schon im Morgengrauen hier?«, wollte sie wissen. Das musste ja so kommen.

»Das Gleiche könnte ich dich fragen«, erwiderte Marie, die ungern über das sprechen wollte, was sie bedrückte. Sie hatte sich so sehr eine kleine Auszeit von ihrem Vermisstenfall gewünscht.

»Hast du Sorgen?«, hakte ihre Großtante nach.

»Nichts Persönliches. Ein Fall, der mich beunruhigt. Ich hoffe, wir kommen heute damit weiter. Du brauchst dir keine Sorgen um mich zu machen«, sagte sie, legte sie ihre Hand auf die ihrer Tante und drückte sie.

»Hast du gestern Abend wenigstens etwas gegessen?«

»Nein. Dazu bin ich nicht mehr gekommen.«

»Dachte ich mir. Du wirst mir langsam zu dünn, *ma chérie.*« Léonie schnitt eine dicke Scheibe Brioche ab und legte sie ihr auf den Teller.

Marie spürte plötzlich großen Hunger und griff beherzt zu.

»Kennst du einen Robert Pinçon?«, fragte sie dann mit vollem Mund. Die flaumige Brioche schmeckte himmlisch.

»Den Kupferschmied?«

»Mhm!«

»Nur von Weitem. Aber seinen Vater kannte ich. War ein grummeliger Kauz. Aber ein toller Handwerker.«

»Ich habe diesen Robert gestern kennengelernt. Typ Bär. Ich fand ihn ganz sympathisch. Er war wohl mit Maman in der Schule und ziemlich in sie verschossen.«

»Ich möchte wissen, wer damals nicht in Loren verliebt war! Die hatte irgendetwas, was die jungen Männer ganz verrückt gemacht hat. Klar, sie war hübsch, aber das waren andere ja auch. Das allein kann es also nicht gewesen sein. Wer weiß, vielleicht war es ihre rebellische Art. Ich glaube, das hat die Jungs angezogen.«

»Habe ich dir eigentlich erzählt, dass ich sie im September in Nizza besuchen werde?«

»Oh!« Das war zunächst Léonies einziger Kommentar, und sie schaute dabei einigermaßen erstaunt.

Die Reaktion verwunderte Marie nicht. Schließlich hatte sie ihre Mutter nicht mehr gesehen, seit diese vor bald drei Jahren nach Nizza gezogen war. Sie telefonierten hier und da miteinander und vereinbarten auch mal Videoanrufe, aber von einem Besuch war nie die Rede gewesen. Nun hatte Marie den ersten Schritt gemacht und sich bei ihrer Mutter angekündigt. Sie hatten keinen Streit, aber ihre Mutter, seit jeher eine Einzelgängerin, wurde im Laufe der Jahre zunehmend eigenbrötlerisch.

Léonie fand ihre Sprache wieder. »Das ist eine gute Nachricht. Deine Mutter ist, wie sie ist, und du wirst sie nicht mehr ändern. Aber es wäre schön, wenn ihr euch wieder näherkommt. Wirst du bei ihr wohnen?«

»Nein, man muss es ja nicht gleich übertreiben. Es gibt da eine Pension bei ihr um die Ecke.«

Und dann tat Marie etwas, was sie sonst ganz bewusst vermied. Sie erzählte Léonie von ihrem neuen Fall, Emmas Verschwinden – und von Jeanne Laroussine.

»Ich habe leider nicht die geringste Ahnung, was mit diesem Mädchen passiert ist und wo sie steckt. Aber diese Geschichte bringt mich dazu, mir Gedanken über das Verhältnis zu meiner eigenen Mutter zu machen.«

Léonie hörte ihr schweigend zu.

Marie hatte plötzlich das Bedürfnis, sie auf ein Thema anzusprechen, über das sie beide bislang noch nie geredet hatten. Es rührte womöglich daher, dass sie von der letzten Nacht immer noch aufgewühlt war und ihre Gefühle sortieren musste.

»Denkst du eigentlich oft an deine Mutter?«

»Ja und nein«, antwortete Léonie. »Einerseits spielt meine Mutter in meinem Leben schon lange keine Rolle mehr, sie ist ja vor über dreißig Jahren gestorben. So gesehen, bin ich schon lange keine Tochter mehr. Andererseits habe ich das Haus nie verlassen, in dem sie geboren wurde und bis zu ihrem Tod gewohnt hat – und wo unzählige Dinge mich immer wieder an sie erinnern. Irgendwie ist sie ständig präsent.«

Marie fragte sich, ob eine Frau tatsächlich je aufhörte, eine Tochter zu sein. Vermutlich nicht. Egal ob die Mutter in der Nähe wohnte oder verschieden war und wie das Verhältnis zu ihr gegenwärtig oder vor langer Zeit gewesen war.

Vertraute Geräusche im hinteren Teil des Hofes lenkten sie ab.

»Georges ist wohl auch schon aus dem Bett gefallen«, vermutete Marie.

Als Nächstes sah sie ihn auf sie beide zukommen. Er musste sie in der Morgenstille gehört und dann den Wunsch verspürt haben, sich zu ihnen zu gesellen.

Augustine und Joseph, die offenbar mitgekriegt hatten, dass er auf den Beinen war, meldeten sich gleich grunzend aus ihrem Gehege – und Georges machte auf der Stelle kehrt.

»Ja, ja, ich komme ja schon«, rief er ihnen besänftigend zu und rannte fast zu ihrem Gehege, das er neben seinem Haus angelegt hatte – und das für Schweine eine geradezu feudale Unterkunft war.

»Hängebauchschwein müsste man sein, da hat man immer Vorrang.« Marie erlaubte sich diesen Scherz, weil sie wusste, dass Georges Léonie anhimmelte. Allerdings fiel es ihm deutlich leichter, seine Gefühle Tieren gegenüber zu zeigen.

»Wir grunzen eben nicht so schön«, sagte Léonie trocken.

Schließlich kam Georges doch noch zu ihnen. Seine Füße steckten in seinen für die Jahreszeit zu warmen Charentaises: beige-braun karierte Filzpuschen – Wahrzeichen traditionell gefertigter französischer Hausschuhmode. Die waren vor lauter Hässlichkeit schon wieder schön. Dazu trug er seine obligatorische, viel zu weite Cordhose und eins seiner verwaschenen Holzfällerhemden.

Marie entdeckte ein zärtliches Lächeln auf Léonies Gesicht. Da kam ihr Prinz!

Bis auf ein gemurmeltes »*Bonjour*« sagte Georges nichts, aber so, wie er Léonie anschaute, war klar, dass er nirgendwo anders auf der Welt sein wollte als hier bei ihr.

Das gerade begonnene Gespräch mit Léonie würde Marie zu gegebener Zeit weiterführen. Jetzt musste sie sich auf den Tag vorbereiten. Der würde intensiv genug werden – in jeder Hinsicht.

»*Salut*, Georges, ich überlasse dir meinen Platz.« Sie stand auf und wischte sich die Krümel von ihrem Kleid; dann holte sie ihm rasch eine frische Tasse und einen Teller aus der Küche. »Ich muss gleich los und mich noch umziehen. Du hast Glück, ich habe dir Brioche übrig gelassen.«

»Und jetzt rennst du schon wieder davon?« Er schüttelte verständnislos den Kopf. Dann setzte er sich so nah neben Léonie, dass ihre Arme sich berührten, und griff begierig nach der Brioche.

»*Au revoir, ma chérie!*«, rief Léonie ihr nach, während Georges schon genüsslich kaute.

*

Richard hatte gerade Elodie gewickelt und ihr ein gelbes Strampelhöschen mit Hasenmuster angezogen. Er hielt sie im Arm, und sie schaute ihn zufrieden mit ihren großen blauen Augen an. Welche Farbe würden sie wohl in ein paar Wochen annehmen? Sophie hatte tiefdunkle braune Augen, und seine waren von einer undefinierbaren Farbe, schimmerten grünlich und gelblich. Da war alles möglich.

Seine Tochter hatte gegessen, war sauber und von unendlicher Liebe umgeben. Das war schon mal ein guter Start in den Tag für sie. Auch für mich, dachte er etwas wehmütig, denn wer weiß, was der weitere Verlauf des Morgens bei der Borie noch bringt? Wenn er ehrlich war, hatte er schon Respekt vor dem, was sie möglicherweise vorfinden würden.

Eine halbe Stunde hatte er noch, und er genoss es, mit seiner Familie am großen Tisch der neu eingerichteten Küche zu sitzen. Sophie und er hatten erst einen Monat vor Elodies Geburt den unteren Teil seines Familienhauses bezogen, in dem er lange Zeit nur mit seiner Mutter eine WG geführt hatte. Das Erdgeschoss war bei der Renovierung in freundlichen beigen und hellblauen Farbtönen gestrichen worden, die Sophie ausgesucht hatte, und in allen Zimmern war neues Parkett aus Kastanienholz verlegt worden. Diese Arbeiten hatten Richards Ersparnisse fast vollständig verschlungen, aber das Geld hätte nicht besser investiert werden können. Zudem hatten sie sich von einem Großteil des alten, schweren Mobiliars seiner Eltern getrennt und sich für eine moderne Einrichtung mit schnörkelloser Optik entschieden. Weniger Möbel, dafür mehr Wohlfühlcharakter. Obwohl er seit seiner Kindheit in diesen vier Wänden gewohnt hatte, kam es ihm vor, als lebe er jetzt in einem anderen Haus. Er hatte das Gefühl, freier atmen zu können, wobei ihm früher nie bewusst gewesen war, dass die Einrichtung ihn bedrückte.

Seine Mutter hatte sich ebenfalls überraschend leichtherzig von vielen Möbeln und Deko-Objekten getrennt und war auf eigenen Wunsch in das obere Stockwerk gezogen. Aufgrund ihres Alters wäre es eigentlich naheliegend gewesen, dass sie unten blieb und er mit seiner Familie nach oben zog. Sie wäre aber, wie sie sagte, »gerade erst sechzig« und wolle, dass »die jungen Leute« – und vor allem ihre Enkelin – direkten Zugang zum Garten hätten.

Richard hatte sich im Vorfeld Sorgen gemacht, wie diese von zwei auf vier Personen erweiterte WG funktionieren und wie sich das Verhältnis zwischen Schwiegermutter und Schwiegertochter entwickeln würde. So liebevoll und unkompliziert seine Mutter sein mochte – sie hatte manchmal schon auch etwas Besitzergreifendes. Bei diesem Gedanken kam ihm kurz Jeanne Laroussine in den Sinn, die eine einnehmende Mutter zu sein schien. Vor allem hatte er befürchtet, dass seine Mutter sich allzu sehr in ihrer Rolle als Großmutter in den Vordergrund spielen könnte. Aber weit gefehlt, wie er verblüfft festgestellt hatte: Sie drängte sich nie auf, war aber da, wenn man sie um Hilfe bat. Sophies Freundinnen beneideten sie um diese coole Oma. Vielleicht lag es auch daran, dass seine Mutter sich letztes Jahr auf einer Fastenkur verliebt hatte und mit dieser unverhofften Romanze gut ausgelastet war.

Rein privat gesehen, standen die Sterne zum Besten über dem in neuem Glanz erstrahlenden Haus der Martins. Allerdings brachte es Richards Beruf als Inspektor leider mit sich, dass er zuweilen stark unter Stress stand und auch Opfer bringen musste, die das Familienleben erheblich beeinträchtigten. Zum Glück war Sophie sehr verständnisvoll, wie ihm erst einige Stunden zuvor wieder bewusst geworden war.

In der Nacht war Sophie doch wach geworden und dann aufgestanden, als sie bemerkt hatte, dass sie allein im Bett lag. Sie traf ihn in der Küche an, wo er gerade einen riesigen Becher Eis löffelte. Sie rückte einen Stuhl an seinen heran und kuschelte sich an ihn.

»Ist das die neue Eisdiät?« Sophie zog ihn gern auf mit seinen »Appetit-Attacken«, wie sie es nannte.

»Genau, mit Salzkaramell. Wird besonders nach Mitternacht empfohlen.«

Sophie war nie vorwurfsvoll oder verletzend. So unglaublich es ihm manchmal vorkam – sie hatte schon mehrmals erklärt: »Ich liebe dich, so wie du bist.«

Danach erzählte er ihr von Emmas Verschwinden und von dem bevorstehenden Einsatz, dem der Samstagvormittag zum Opfer fallen würde.

»Weißt du was, dann fahr ich mit Elodie zu meiner Familie auf den Hof«, sagte Sophie. »Meine Mutter freut sich immer, wenn sie die Kleine sieht. Und während sie sich um sie kümmert, helfe ich meinen Schwestern auf dem Hof.«

Ihre Familie lebte nicht weit von Maries Wohnort, und dort hatte auch Sophie gewohnt, als er sie kennengelernt hatte.

»Da habe ich richtig Lust drauf!«, hatte sie noch hinzugefügt, weil er wohl ein wenig zweifelnd dreingeschaut hatte. »Du kannst in Ruhe arbeiten und musst dir keine Gedanken um uns machen. Ich habe schließlich ganze fünfunddreißig Jahre ohne dich leben müssen, da sollten ein paar Tage oder Nächte ohne dich kein Problem sein.«

Und dann hatten sie sich umarmt und zärtlich geküsst.

»Bist du nicht zu müde?«, fragte sie ihn nun mit sanfter Stimme und sah ihn aufmerksam an.

»Müde bin ich schon, aber das zählt nicht. Wir müssen das Mädchen finden, und zwar so schnell wie möglich. Hoffentlich ist sie unversehrt.« Er blickte auf die Uhr. »So leid es mir tut, aber ich muss jetzt los.«

Sophie nahm Elodie behutsam aus seinen Armen und küsste ihn zum Abschied.

»Du wirst es schaffen. Du bist ja unser Held!«

So gut hatte sich Richard in seinen dreiundvierzig Jahren noch nie gefühlt. Und das verlieh ihm neue Zuversicht.

*

Robert Pinçon wollte sich eigentlich auf den Weg nach Montignac machen, um seinen Stand auf der Félibrée zu öffnen. Doch dann überlegte er es sich anders, ging zu Jeannes Haus und klopfte an die Tür.

»Ja?«, hörte er sie rufen.

»Ich bin's, Robert.«

»Komm rein.«

Die Tür war nie abgeschlossen. Was ihre eigene Sicherheit betraf, war Jeanne immer tiefenentspannt.

Sie saß in ihrer Küche in denselben Anziehsachen wie am Vortag. Geschlafen hatte sie wohl nicht, wie ihr müder Blick verhieß. Vielleicht hatte sie sogar die Nacht da an dem Tisch verbracht.

Sie grüßte ihn mit matter Stimme.

Er setzte sich zu ihr und ersparte ihr die Frage, ob es etwas Neues gäbe.

»Um acht findet eine Suche bei der Borie statt – und da geh ich hin, ob es denen von der Polizei passt oder nicht«, verkündete sie.

Okay. Das ist die kämpferische Jeanne, die ich kenne, stellte er erleichtert fest. Ihre gestrige Apathie hatte ihn schon nervös gemacht.

»Was sagen die denn?«

»Was sollen die schon sagen! Die stochern doch noch völlig im Nebel herum.« Sie klang verzweifelt, aber auch vorwurfsvoll. »Ich werde tun, was getan werden muss, um Emma wiederzufinden.«

Robert dachte an die Kommissarin, Lorens Tochter, mit der er gestern Abend gesprochen hatte. Die wirkte tough und entschlossen. Er ahnte aber schon, dass Jeanne der Polizei mit ihren knallharten Forderungen zusetzen würde.

Jeanne saß da wie ein Häufchen Elend, und er hatte das Gefühl, dass er irgendetwas unternehmen musste.

»Was hältst du davon, wenn ich uns einen starken Kaffee koche?«, schlug er vor.

»Gute Idee. Und ich geh mal unter die Dusche. Vielleicht kann ich dann wieder geradeaus schauen.«

Mühsam erhob sie sich von der langen Bank und stützte sich dabei mit einer Hand auf seine Schulter, bevor sie die Wohnküche verließ.

Diese Geste der Vertrautheit rührte ihn. So kraftlos hatte er Jeanne noch nie gesehen. Es schien, als hätte die Ungewissheit um ihre Tochter sie um Jahre altern lassen, und ihm tat weh, sie so zu erleben. In Gedanken versunken, blieb er zunächst sitzen.

Bald hörte er das Geräusch der Dusche im oberen Stockwerk. Ansonsten war es gespenstisch still im Haus. Nicht dass Emma ein Wirbelwind war, ganz im Gegenteil, aber sie fehlte einfach.

Er erhob sich. Auf dem Weg zur Kaffeemaschine sah er, dass die Stehlampe immer noch brannte, obwohl längst die Sonne ins Zimmer schien. Er schaltete sie aus und genoss für einen Moment das kraftvolle Morgenlicht.

Nachdem sie geduscht, sich umgezogen und Kaffee getrunken hatte, schien Jeanne zu neuen Kräften gekommen zu sein. Während sie mit noch nassen Haaren eine Scheibe Brot mit Marmelade aß, versuchte er, sie zu überreden, ihren Stand auf der Félibrée wieder zu öffnen. Er würde ihn zusammen mit seinem betreuen.

Doch sie blockte ab. »Das kann ich nicht von dir verlangen. Du musst schließlich auch etwas auf der Félibrée verdienen. Außerdem – was nutzt es mir, Wein zu verkaufen, wenn ich meine Tochter nicht mehr habe? Die Welt ist für mich eine andere geworden.«

Robert blieb hartnäckig.

»Komm, du musst zuversichtlich bleiben. Emma wird bestimmt bald wieder auftauchen. Lass mich dir in der Zwischenzeit helfen. Und das mit dem Stand ist im Moment das Einzige, was ich für dich tun kann. Bitte.«

Endlich schien sie zu überlegen. »Aber nur unter der Bedingung, dass ich dich am Gewinn beteilige.«

Jeanne war schon immer ausgesprochen stolz gewesen, nie hatte sie in jemandes Schuld stehen wollen. Und eines Abends, nach ein paar Gläsern Wein, hatte sie ihm auch erklärt, warum: Für sie bedeutete das Abhängigkeit und damit Kontrollverlust. Ihr Vater, der schon fast vierzig war, als sie geboren wurde, hatte das stattliche Familienerbe verprasst – bis auf die Gebäude, welche die Großmutter noch zu Lebzeiten auf Jeanne umgeschrieben hatte. Laroussine Senior hatte Jeanne von jeher als abschreckendes Beispiel gedient. Beruflich ein Versager, hatte er zahlreiche waghalsige Projekte angefangen und nicht eines zu Ende gebracht. Er hatte immer nur Schulden gemacht und war von den falschen Leuten abhängig gewesen. Jeanne hatte Robert erzählt, dass die ganze Familie darunter zu leiden gehabt hatte. Ihre Mutter hatte sich dem Vater jedoch nie widersetzt und alles klaglos hingenommen. Das hatte Jeanne ihrer Mutter auch nach deren Tod nicht so richtig verzeihen können, anscheinend bis heute nicht. Jeannes Bekenntnisse und die Tatsache, dass sie sich ihm anvertraut hatte, waren Robert nahe gegangen und hatten ihm geholfen, ihre manchmal harsche Art besser einordnen zu können.

»Hör mal, Jeanne, du bist in Not, und ich helfe«, sagte er nun mit Nachdruck. »So macht man das unter langjährigen Freunden.« Er war selbst erstaunt über seinen energischen Ton.

Etwas in ihrem Blick sagte ihm, dass sein Argument bei ihr ankam. Na endlich!

»Aber eine Kiste Wein darf ich dir schon schenken!«

Jeanne musste einfach immer das letzte Wort haben.

»Na gut.«

Kurz darauf machten sie sich daran, Weinkisten in seinen Transporter zu laden.

Robert hatte seinen Wagen vor Jeannes temperiertem Weinlager geparkt, das sich in einer alten Steinscheune hinter dem Haupthaus befand. Die Klimaanlage summte, und im hinteren Bereich der Scheune sah man die großen Fässer, in denen noch der Wein aus dem Vorjahr reifte – bis zur nächsten Ernte, die bald anstand. Der Geruch von feuchter Luft und Wein vermischte sich mit dem des Holzes der Weinfässer. Robert fand ihn wunderbar.

Nachdem der Transporter vollständig beladen und durch das Gewicht um ein paar Zentimeter abgesackt war, hatte Robert Mühe, die Hecktür zu schließen. Es gelang ihm schließlich mit einem lauten Knall, der ein balzendes Taubenpaar aufschreckte.

Jeanne schenkte ihm einen anerkennenden Blick, und der Anflug eines Lächelns huschte über ihr müdes, schönes Gesicht.

»*Merci,* Robert!« Sie legte ihre Hände an seine Oberarme und hauchte ihm einen angedeuteten Kuss auf die Wange. Das war eine besondere Geste für Jeanne, die sonst immer auf Distanz blieb. »Du bist ein wahrer Freund!«

Er lächelte zufrieden. »Wahrer Freund« klang doch schon viel besser als »Kumpel«.

Kapitel 10

In der Nähe der Schäferhütte, zehn Kilometer östlich von Montignac, Samstag, 1. Juli

Marie hatte spontan beschlossen, zumindest beim Start der Großfahndung dabei zu sein. Sie wollte sich auch persönlich bei den Feuerwehrmännern bedanken, die sich bereit erklärt hatten, an der Suche teilzunehmen. Der Leiter der Pompiers von Montignac hatte ihr in der Nacht zehn Männer und Frauen zugesagt. Dazu kamen zwanzig Polizisten und einige Hundeführer mit ihren Diensthunden. Sie hatte Michel um Mithilfe gebeten, und es war ihm gelungen, kurzfristig einige seiner Leute für einen Einsatz ins Périgord zu entsenden. Insgesamt waren es um die vierzig Personen, die gleich nach dem vermissten Mädchen suchen würden. Mehrere Einsatzwagen standen schon seit halb acht entlang des kleinen Feldwegs, der zu der Borie führte.

Bei ihrer Ankunft fiel Marie sogleich der alte Käfer mit dem *VIGNES EN FÊTE*-Schriftzug auf der Heckklappe ins Auge. Der Wagen war also nicht nur ein nostalgisches Schmuckstück, das zu Werbezwecken genutzt wurde, wie sie gestern vermutet hatte, als sie ihn auf dem Weingut hatte stehen sehen. Offensichtlich hatte Jeanne Laroussine ihren Transporter noch nicht in Montignac abgeholt.

Marie wunderte sich nicht, dass sie hergekommen war. Wäre es meine Tochter, würde ich auch persönlich nach ihr suchen wollen, dachte sie.

Sie hörte die Hunde bellen und marschierte Richtung Hütte.

Der Himmel war strahlend blau und das Licht – ganz anders als am gestrigen Abend – glasklar und leuchtend. Die Natur wirkte nach dem starken Regen der letzten Nacht wie frisch geputzt.

Als sie das Gelände rund um die Borie erreicht hatte, sah Marie, dass alle Teilnehmer des Suchtrupps gelbe und orangefarbene Sicherheitswesten anhatten. Die meisten hielten einen Stock in der Hand, um für die Suche im Unterholz besser gerüstet zu sein.

Richard stand neben Jeanne Laroussine, die ebenfalls eine dieser Warnwesten trug und das Treiben um sie herum mit versteinerter Miene beobachtete.

Marie machte sich auf den Weg zu den beiden, hielt dann aber inne, als ihr Handy klingelte. Es war Visla. Warum meldete er sich? Er hatte ihr vorhin schon eine SMS geschickt, um sie zu informieren, dass er heute in Montignac die Stellung halten würde.

Als sie den Anruf entgegennahm, vernahm sie zunächst ein Räuspern.

»Madame la Commissaire, wir haben ein Problem.«

Ihr Puls schnellte sofort in die Höhe.

»Haben Sie Emma gefunden?«

»Nein.« Er räusperte sich erneut.

Jetzt sag doch bitte, was los ist!, dachte Marie gequält.

»Wir haben aber gerade erfahren, dass ein weiteres Mädchen seit gestern Morgen verschwunden ist.«

»Ein Mädchen aus der Gegend?«

»Ja, sie wohnt in Montignac.«

Merde!

»Wer ist es?«

»Margaux Perrin, siebzehn Jahre alt.«

Der Name sagte Marie nichts.

Geht sie auch in Sarlat aufs Gymnasium?, fragte sie sich sogleich. Ist sie womöglich eine Mitschülerin von Emma? Im Umfeld von Montignac gab es nur zwei Gymnasien: das eine in Terrasson und das andere in Sarlat.

»Und wieso wird das erst heute gemeldet?«

»Die ist wohl nicht zum ersten Mal weg. Aber seit die Eltern von Emmas Verschwinden gehört haben, machen sie sich ernsthafte Sorgen.«

»Wissen Sie, ob diese Margaux und Emma sich kennen?«

»Leider nicht«, antwortete er kleinlaut. Ob er vergessen hatte, danach zu fragen?

Während er noch ein paar unwichtige Details zur Vermisstenmeldung erwähnte, biss Marie sich auf das Innere ihrer Wange – und zwar so fest, dass es richtig wehtat. Sie hatte geglaubt, während des Frühstücks mit Léonie etwas Abstand von dem Fall gewonnen zu haben, aber der war leider nur von kurzer Dauer gewesen. Sie spürte, wie sich wieder ein Gewicht auf ihre Brust legte. Konnte es ein Zufall sein, dass zwei gleichaltrige Mädchen am selben Morgen und im selben Ort verschwanden? Natürlich nicht!, dachte sie spontan, aber sie wollte keine voreiligen Schlüsse ziehen. Sie musste erst mit der Familie sprechen und herausfinden, wer diese Margaux war. Am besten, bevor die Öffentlichkeit mitbekam, dass zwei Mädchen aus der Gegend vermisst wurden.

»Schicken Sie mir bitte die Adresse. Ich fahre sofort hin.«

Jeanne Laroussine musste gespürt haben, dass etwas vorgefallen war, denn als Marie das Handy ausschaltete, stand sie neben ihr und sah sie auffordernd an.

Marie überlegte kurz, ob sie die Winzerin über Margaux Perrin befragen sollte. Vielleicht kannte sie das Mädchen oder die Familie. Doch das war verfrüht. Erst musste sie mit den Eltern sprechen. Jeanne Laroussine schien heute Morgen zwar mehr Energie zu haben als letzte Nacht, aber die Angst um Emma war ihr nach wie vor deutlich anzusehen.

»Gibt es etwas Neues?«

»Nein, nein.«

»Sie sahen aber gerade besorgt aus.«

»Nur eine ärgerliche Angelegenheit, um die ich mich jetzt kümmern muss.«

Richard hatte sich inzwischen zu ihnen gesellt und schaute Marie ebenfalls fragend an. In Jeanne Laroussines Beisein konnte sie ihn nicht darüber informieren, was sie gerade erfahren hatte. Besser, sie schickte ihm gleich eine SMS.

»Ich muss sofort wieder los. Wegen einer anderen Sache, die leider keinen Aufschub duldet«, teilte sie ihm mit.

Er verzog keine Miene. »Gut, ich bleibe bei Madame Laroussine.«

»Ich brauche keinen Babysitter«, widersprach die Winzerin in barschem Ton.

»So sehe ich mich auch nicht.« Das sagte er weder beleidigt noch vorwurfsvoll. Einfach nur freundlich.

Marie verabschiedete sich. Sie ging noch schnell zu dem Leiter der Feuerwehreinheit, der mit seinen Kollegen den Einsatz besprach, und dankte ihm für die Hilfe.

Er war ein groß gewachsener athletischer Mann, ein Feuerwehrmann wie aus dem Bilderbuch. Unwillkürlich musste Marie an ihre Freundin Pauline denken, die eine ausgesprochene Schwäche für Vertreter dieses Berufs hatte und sie auf Datingportalen gerne anklickte.

Die Perrins wohnten am Rande von Montignac in einer steilen Straße, die zum alten Friedhof führte. Die schmucklosen, braunen Fensterläden des schmalen Stadthauses waren geschlossen, aber das war in südlichen Gegenden in den Sommermonaten üblich, um sich vor der Hitze zu schützen. Es bedeutete nicht, dass niemand da war. Der bröckelnde graue Putz der Fassade wirkte nicht gerade einladend, ebenso wenig wie die schlichten Blumentöpfe aus Beton mit den orangefarbenen, halb vertrockneten Geranien, die links und rechts neben der Haustür standen.

Marie wollte sichergehen, dass sie an der richtigen Adresse

war, hatte jedoch Mühe, das Namensschild zu lesen. Der Text war mit einem Filzstift geschrieben worden und die Farbe stark verblichen, aber schließlich schaffte sie es, die Aufschrift zu entziffern: *M & Mme Perrin*. Durch die Tür hörte sie die Stimme einer Frau, und es klang, als würde sie jemanden ermahnen.

Marie klingelte.

Die Stimme verstummte.

Dann hörte Marie Schritte, und die Eingangstür wurde aufgerissen.

Eine Frau in Leggings und einem überdimensionierten T-Shirt mit bunten Pailletten starrte Marie durch eine dicke Brille an.

»Ja bitte?« Sie schien über diesen morgendlichen Besuch irritiert zu sein.

»Madame Perrin?«

»*Oui.*«

Marie stellte sich vor.

Hinter der Frau, die um die vierzig sein musste, standen zwei Kinder: ein barfüßiges Mädchen mit Shorts und Ringelshirt und ein Junge, der ganz in Schwarz gekleidet war und einen aufwendigen asymmetrischen Haarschnitt trug. Das Mädchen mochte etwa zwölf sein, der Junge vielleicht zwei Jahre älter. Alle drei schauten Marie misstrauisch an. Vielleicht bezweifelten sie, dass die Polizistin vor ihnen echt war, da sie keine Uniform trug.

Michelle Perrin hatte Marie ins Esszimmer geführt und die Kinder rausgeschickt; mit ihnen würde Marie später sprechen. Der Raum sah sehr aufgeräumt und sauber aus, so als würde er nur zu besonderen Anlässen betreten. Auf dem Tisch lag eine Wachstuchdecke mit Mohnblumenmuster, auf der eine Vase mit künstlichem Mohn stand. Abgerundet wurde diese Blumendeko mit Bildern von rotem Klatschmohn an den Wänden. Da hatte jemand seiner Vorliebe für diese Blumenart freien Lauf gelassen.

Michelle Perrin hatte Marie ein Foto von Margaux gegeben, das diese jetzt eingehend betrachtete.

Margaux war ein ganz anderer Typ als Emma, eher alternativ angehaucht, vielleicht ein Freigeist. Sie trug wie einst die Blumenkinder in den Sechzigerjahren ein buntes Batikshirt und einen Kranz aus Gänseblümchen auf dem Kopf. Blonde Locken umrahmten ihr zartes Gesicht. Sie schaute fröhlich und selbstbewusst in die Kamera – ja, fast herausfordernd. Dieses Mädchen wollte etwas vom Leben! Sie könnte auch für zwanzig durchgehen, dachte Marie. Aber sie war wie Emma noch minderjährig.

Die Mutter hatte Marie bestätigt, dass sie ihre Älteste seit gestern Morgen nicht mehr gesehen hatte und ohne Nachricht von ihr war. Ihr Handy war ausgeschaltet.

»Die Sommerferien haben für die Oberstufe gerade angefangen. Mein Mann muss schon um halb acht aus dem Haus. Aber ich habe diese Woche Spätschicht, deshalb habe ich Margaux noch kurz beim Frühstück gesehen.«

»Und worüber haben Sie sich unterhalten?«

»Wir haben gar nicht gesprochen. Da bin ich meistens noch zu müde, um mehr als das Notwendige zu sagen, und Margaux ist eh verschlossen.«

Komisch. So wirkte sie auf dem Foto gar nicht. Ganz im Gegenteil. Marie nahm es wieder in die Hand und betrachtete das strahlende Mädchen, während sie der Mutter zuhörte.

»Sie hat wie immer gut gefrühstückt«, fuhr Michelle Perrin fort. »Dann ist sie gleich aufgestanden, und ein paar Minuten später hab ich gehört, wie sie das Haus verlassen hat.«

»Wo wollte sie hin?«, fragte Marie.

»Keine Ahnung. Sie sagt mir nie, wo sie hingeht.«

Das hörte sich seltsam resigniert an.

»Könnte man sagen, dass Sie ein kompliziertes Verhältnis zu Margaux haben?«

»Eigentlich gar keins. Ich hoffe, es bessert sich irgendwann mal wieder. Ist ja ein schwieriges Alter. Ich erinnere mich, dass ich meine Eltern da auch blöd fand.«

»Und was ist mit Margaux' Vater?«

»Ach, die können erst recht nicht miteinander. Damit hat's ja angefangen. Mein Mann liebt Ordnung und klare Regeln und ist da vielleicht ein bisschen zu streng mit den Kindern. So von der alten Schule, wie er es von zu Hause kennt. Die waren zu neunt, da hatte man zu parieren. Aber das waren eben andere Zeiten. Margaux hat irgendwann aufbegehrt und uns an den Kopf geworfen, dass sie am liebsten andere Eltern hätte.«

»Was für welche?«

»Da fragen Sie mich was. Mein Mann arbeitet bei der Post, und ich bin Altenpflegerin im Seniorenheim. Wir haben ein Leben lang geschuftet, um dieses Eigenheim zu finanzieren und unsere Kinder zu versorgen. Ihnen hat es nie an irgendwas gefehlt. Früher hat Margaux noch geholfen und sich um ihre Geschwister gekümmert, aber seit ein, zwei Jahren nicht mehr. Die will nur noch weg von hier. Im letzten Winter war sie schon mal für zwei Tage weg.« Michelle Perrin nahm die Brille ab und rieb sich mit beiden Händen die Augen, bevor sie sie wieder aufsetzte. »Wir wissen bis heute nicht, wo sie sich rumgetrieben hat. Aber sie ist ja wohlbehalten wieder aufgetaucht, und deshalb haben wir uns gestern nicht gleich bei der Polizei gemeldet. Ich habe mir erst mal keine Sorgen gemacht, ich war nur sauer auf sie.«

»Hatte Margaux eine Tasche dabei, als sie gestern das Haus verlassen hat?«

»Wahrscheinlich. Sie schleppt immer eine riesige Umhängetasche mit sich rum, und die ist nicht mehr da. Keine Ahnung, was sie da alles drin hat. Anscheinend geht mich das auch nichts an. Das hat sie mir auf jeden Fall geantwortet, als ich sie mal danach gefragt habe.«

Die Verletztheit der Mutter war nicht zu überhören.

»Hat sie sonst irgendwelche Sachen mitgenommen?«

»Weiß ich nicht. Margaux kümmert sich selbst um ihre Klamotten. Die sucht sie sich in der Altkleidersammelstelle vom Roten Kreuz zusammen – aus Protest gegen den Konsumwahn unserer Gesellschaft, sagt sie. Na ja, wahrscheinlich denken Sie jetzt, dass ich eine schlechte Mutter bin.«

»Das würde ich mir niemals anmaßen, Madame Perrin. Ich versuche lediglich, ein Gefühl dafür zu bekommen, ob Ihre Tochter in Gefahr sein könnte.«

Unweigerlich musste Marie an Jeanne Laroussine denken, die sich als Mutter nie infrage zu stellen schien.

»Und glauben Sie wirklich, dass sie in Gefahr ist?«, fragte Michelle Perrin in skeptischem Ton.

Allem Anschein nach machte sie sich immer noch keine ernsthaften Sorgen um ihre Tochter.

»Das kann ich Ihnen noch nicht sagen«, gab Marie zu. »Erzählen Sie mir bitte noch mehr von Margaux. Wo geht sie zu Schule?«

»In Sarlat. Sie macht nächstes Jahr Abi.«

Also besuchte sie dieselbe Schule wie Emma, aber eine Stufe höher – Emma würde erst in zwei Jahren ihr Abitur machen.

»Am Telefon haben Sie meinem Kollegen gesagt, dass Sie von dem anderen Mädchen erfahren haben, das verschwunden ist. Sie geht auch in Sarlat aufs Gymnasium. Hat Ihre Tochter mal eine Emma Laroussine erwähnt?«

»Nein. Aber Margaux erzählt uns sowieso nichts.« Das klang hilflos. »Könnte es da einen Zusammenhang geben?« Sie rieb sich nervös den Arm. »Vielleicht sind die beiden in irgendwas reingeraten oder haben die falschen Leute kennengelernt. Eigentlich sind sie in dem Alter noch halbe Kinder.«

»Wie sieht es mit Drogen aus?«

»Soweit ich weiß, nimmt Margaux keine. Aber beschwören würde ich das nicht«, antwortete die Mutter, die allmählich doch beunruhigt wirkte. »Sie erzählt mir ja nie, was sie in ihrer Freizeit so alles macht, wohin sie geht und mit wem sie sich trifft.«

»Lassen Sie uns nicht gleich vom Schlimmsten ausgehen. Wahrscheinlich gönnt sie sich nur eine kleine Auszeit«, sagte Marie, um die Mutter zu beruhigen. Allerdings meinte sie das auch ernst, denn so, wie Michelle Perrin ihre Tochter beschrieb, konnte Margaux auch einfach das Weite gesucht haben. »Aber da wir noch ganz am Anfang der Ermittlungen stehen, dürfen wir mögliche Szenarien nicht voreilig ausschließen.«

»Aber ist es nicht seltsam, dass zwei Mädchen am selben Tag aus Montignac verschwinden?«

»Wie gesagt ... wir dürfen beim jetzigen Stand der Ermittlungen nichts ausschließen, auch nicht, dass das bloß Zufall ist.« Beruhigend klang das vermutlich nicht für die Mutter, aber beschönigen konnte Marie die Sachlage auch nicht.

»Ja, vielleicht ist es Zufall. Wie dem auch sei ... Wenn ich so über unsere Älteste nachdenke, habe ich immer mehr das Gefühl, dass eine Fremde unter unserem Dach lebt. Ich weiß nicht, was ich falsch gemacht habe. Früher was sie doch so ein Strahlekind.«

»Wie versteht sich Margaux denn mit ihren Geschwistern?«

»Mit ihrem Bruder ... na ja, geht so. Aber mit der Kleinen super. Ich höre die beiden oft zusammen lachen. Sie teilen sich ein Zimmer.«

»Wenn Sie einverstanden sind, würde ich gern mit Ihren Kindern sprechen.«

Marie betrat zusammen mit Michelle Perrin die funktional eingerichtete Küche, in der die Geschwister auf sie warteten. Die zwei saßen am weißen Laminattisch und hantierten mit ihren Handys.

Marie wechselte ein paar Worte mit ihnen und fragte dann: »Und, erzählt Margaux euch schon mal, was sie so macht oder vorhat?«

Das Mädchen, das sich bei der Begrüßung mit Ambre vorgestellt hatte, antwortete sofort, als habe sie nur darauf gewartet, etwas sagen zu dürfen.

»Klar! Margaux will später im Zirkus arbeiten, in einem Wohnwagen leben und ganz viel reisen. Das ist total cool.« Da klang Bewunderung und Zuneigung für die große Schwester durch.

Dem Foto nach sah Ambre ihrer Schwester ähnlich. Sie hatte eine Lücke zwischen den beiden oberen Schneidezähnen. *Les dents du bonheur* – Glückszähne. Sie erinnerte Marie an die junge Vanessa Paradis.

Die Mutter schaute ihre Tochter ungläubig an, und Marie hatte das Gefühl, dass sie zum ersten Mal von den Zukunftsplänen ihrer Tochter hörte.

»Im Zirkus?«, wiederholte Michelle Perrin dann auch prompt. »Das wird ja immer schöner! Da schuftet man, damit aus den Kindern etwas wird – und dann so was!«

Da prallten wohl zwei Generationen mit völlig unterschiedlichen Vorstellungen von einem schönen Leben aufeinander.

Marie wandte sich wieder Ambre zu. »Und hat sie dir in letzter Zeit erzählt, dass sie wegwollte?«

»Ja, das sagt sie immer.«

Marie drehte sich zu dem Jungen um, der an seinen Nägeln kaute. Trotz seines gestylten Äußeren wirkte er unsicher.

»Und hast du irgendwas mitbekommen?«

»Nee. Ich seh meine Schwester kaum. Außerdem ist die total durchgeknallt.« Seine Stimme klang heiser.

»Verstehe.« Marie richtete die nächste Frage an alle drei. »Hat Margaux eigentlich einen Freund?«

»Nicht dass ich wüsste«, antwortete die Mutter rasch. Es klang allerdings nicht überzeugt. Nach dem, was Marie gehört hatte, würde ihre Tochter ihr so etwas wohl auch nicht anvertrauen.

»Die ist in François verknallt«, rief Ambre. Man sah ihr an, dass sie stolz war, das berichten zu können.

»Und wer ist das?«, fragten Marie und Michelle Perrin unisono.

»Ich hab ihn noch nie gesehen. Aber der muss total cool sein!«

»Und weißt du, wie er mit Nachnamen heißt?«, hakte Marie nach.

Ambre schüttelte bedauernd den Kopf.

François war einer der häufigsten französischen Vornamen. Und zu wissen, dass Margaux' Schwarm total cool sein musste, würde Marie ebenfalls kaum helfen, ihn zu finden.

Marie stellte noch eine Reihe weiterer Fragen zu Margaux, aber auch die Antworten darauf brachten kein Licht ins Dunkel. Dann ließ sie sich das Zimmer der Mädchen zeigen, fand jedoch keinerlei Hinweise, die ihr weiterhalfen, und verabschiedete sich von den dreien.

Sie musste als Nächstes herausfinden, wer das Gymnasium in Sarlat leitete, und sich dann im Lehrerkollegium umhören. Dort würde sie bestimmt mehr über Margaux und auch über Emma herausfinden.

*

Léonie hatte Georges während des Frühstücks überredet, mit ihr nach Domme zu fahren, um Rose in der Rehaklinik zu besuchen. Schließlich war es sein Schwein Joseph gewesen, dem die Nachbarin diesen Aufenthalt verdankte, und es konnte ja nicht schaden, wenn er ihr seine Genesungswünsche persönlich überbrachte. Außerdem fehlte ihr Rose, selbst ihren manchmal übertriebenen Hang zum Klatsch und ihre Neugier vermisste sie. Sie wohnten schon ein Leben lang Haus an Haus, tranken täglich gemeinsam Kaffee und tratschten gern über das Treiben im Dorf. Saint-André kam ihr leer vor ohne Rose.

Das Taxi, das Léonie bestellt hatte, würde sie in einer knappen Stunde abholen und dann in das malerische Dorf bringen, das auf einem Felsen hoch oberhalb der Dordogne lag. Léonie war seit einer Ewigkeit nicht dort gewesen – und Georges noch nie.

Es war leider nicht davon auszugehen, dass Marie heute, wie vorgesehen, mit ihr zur Félibrée fahren würde. Das war Léonie mittlerweile klar. Aber vielleicht morgen – wenn sie das verschwundene Mädchen bis dahin hoffentlich gefunden hatte. Doch die Spritztour ins Nachbartal war für Léonie mehr als nur ein kleiner Trost. Wann machte sie schon mal einen Ausflug mit Georges? Nie! Dabei wurden sie nicht jünger.

Sie suchte Georges auf dem Hof und fand ihn natürlich im Gehege der Schweine.

Er saß auf seiner Lieblingsbank im Schatten der alten Linde und beobachtete versonnen seine vierbeinigen Schützlinge. Augustine lag mit ihren gut hundert Kilo zufrieden in der Morgensonne und schnarchte, während der ewig hungrige Joseph nach Essbarem suchte und mit der Schnauze grunzend den Boden durchforstete.

»Eigentlich hab ich keine Lust, dahin zu fahren«, sagte Georges missmutig, nachdem Léonie sich zu ihm gesetzt und ihn an die kleine Reise erinnert hatte. »Es ist gerade so schön ruhig hier.« Im Gegensatz zu ihr hatte er sich auch noch nicht umgezogen.

»Es ist nicht ruhiger als sonst. Außerdem stünde dir das gut zu Gesicht nach dem, was passiert ist.« Eigentlich wollte Léonie ihn nicht maßregeln, aus dem Alter waren sie wirklich raus. Aber sie musste schon ein bisschen Druck ausüben, damit Georges sich überhaupt einmal aus Saint-André herausbewegte.

»Ich wüsste nicht, warum!«

Sie seufzte still vor sich hin. Er konnte so unfassbar bockig sein.

»Es ist überhaupt nicht bewiesen, dass Joseph Rose umgeworfen hat«, fuhr er fort. »Sie kann doch genauso gut über ihre eigenen Füße gestolpert sein. Und dann hat sie ihm die Schuld zugeschoben. Das ist ja einfach. Wie soll der Arme sich bitte schön verteidigen?«

Ja, auf seine Schweine ließ Georges nichts kommen. Sie schaute ihn ernst an.

»Und dass wir ihn in ihrer Küche neben dem kaputten Einmachglas und mit Himbeermarmelade auf dem Rüssel gefunden haben, ist kein Beweis?«

»Nein, wieso? Haben wir jetzt zwei Kommissarinnen im Haus, oder was?«

Georges meinte es nicht böse, dazu war er gar nicht in der Lage. Nach den mehr als sechs Jahrzehnten, die sie inzwischen gemeinsam verbracht hatten, wusste Léonie das ganz genau. Aber er war stur wie ein Esel, und obwohl er genauso gut wie sie wusste, dass Joseph ihre Nachbarin zu Fall gebracht hatte, würde er das niemals zugeben. Noch nicht mal ihr gegenüber. Da konnte passieren, was wollte – die Tiere gingen vor. Auch vor ihr. Zum Glück hatte sich Léonie längst damit abgefunden, dass sie es nicht persönlich nehmen durfte.

Mit Argumenten würde sie nicht weiterkommen, so viel stand fest. Also musste sie andere Register ziehen.

»Und wenn ich dir sage, dass ich, Léonie Mercier, mir wünsche, dass du mich begleitest und wir zusammen mal etwas unternehmen?« Sie legte den Kopf zur Seite und lächelte ihn an.

Er atmete tief ein, hielt die Luft an und schaute Hilfe suchend zu Augustine hinüber, aber die schnarchte weiterhin selig vor sich hin. Nach einer Weile stieß er die Luft wieder aus und drehte sich zu ihr.

»Na gut, weil du es bist.«

Einen schöneren Grund könnte es für Léonie nicht geben.

»*Merci*, Georges!« Léonie küsste ihn zärtlich auf beide Wangen und stand vorsichtig auf. Sie wollte ihr neues Kleid nicht schmutzig machen. Das hatte sie eigentlich für die Félibrée gekauft, aber nun würde sie es Rose schon mal vorführen können. Die würde gleich erkennen, dass es neu war. Georges war das natürlich völlig entgangen.

Kapitel 11

Auf der Straße nach Montignac, Samstag, 1. Juli

Richard, der am Steuer seines Wagens saß und in Richtung Montignac fuhr, war erleichtert: Bei der großräumigen Suche rund um die Borie hatten sie weder eine Mädchenleiche noch irgendeinen Hinweis auf eine Gewalttat gefunden. Aber er verspürte auch eine gewisse Enttäuschung, denn wenn man es recht bedachte, war bei der ganzen Aktion nichts herumgekommen.

Drei Stunden lang hatten sie das Gelände durchkämmt. So lange war Richard schon seit vielen Jahren nicht mehr an einem Stück gelaufen. Im Gestrüpp war er mehrmals hingefallen und hatte sich trotz seiner Hose aus festem Stoff an einigen Stellen die Haut aufgeschürft. Seine Knie fühlten sich immer noch weich an. Vielleicht sollte ich wirklich mal ein bisschen Sport treiben oder mir von Sophie ein paar Yogaübungen zeigen lassen, dachte er. Die würde sich darüber freuen. Aber ihm selbst wurde schon allein bei der Vorstellung regelmäßiger sportlicher Betätigung mulmig, zumal er mit seiner Freizeit wesentlich Besseres anzufangen wusste.

Jeanne Laroussine war die ganze Zeit über in der ersten Reihe mitgelaufen. An einer etwas steileren Stelle war sie ausgerutscht und gestürzt, und als hilfsbereiter Mensch hatte er ihr sofort die Hand hingestreckt, um ihr beim Aufstehen zu helfen. Zunächst hatte sie seine Hand ignoriert und den Kopf demonstrativ zur Seite gedreht – eine fast kindische Reaktion, die so gar nicht zu ihrer herrischen Art gepasst hatte. Da es in der Nacht stark geregnet hatte, war sie aber in dem Schlamm trotz einiger Versuche nicht aus eigener Kraft wieder auf die Beine gekommen und immer wieder weggerutscht. Und so hatte sie schließlich doch noch nach seiner Hand gegriffen.

Richard erreichte die Ortsgrenze von Montignac und fuhr weiter in Richtung des Parkplatzes von Lascaux 4, einer Nachbildung der berühmten Höhle, die mit ihren steinzeitlichen Malereien das Wahrzeichen des Dorfes war. Marie hatte ihm vorgeschlagen, sich vor dem Museum zu treffen, um anschließend den Stand der Dinge und das weitere Vorgehen zu besprechen. Seit dem frühen Morgen hatten sie sich per SMS gegenseitig auf dem Laufenden gehalten – sie hatte über Margaux Perrin geschrieben, die ebenfalls verschwunden war, er über die Fahndung. Nach dem Gespräch mit ihm wollte sie sich noch einmal auf der Félibrée umhören. Er wusste nicht, was genau sie sich davon erhoffte, aber anscheinend folgte sie ihrem Instinkt, und damit fuhr sie meistens gut.

Noch bevor Richard auf dem Parkplatz angekommen war, sah er Marie schon von Weitem: Sie saß auf dem niedrigen Mäuerchen seitlich des Weges, der zum Museum führte. Einen kurzen Moment glitt sein Blick über das Bauwerk. Er tat sich oft schwer mit moderner Architektur, musste aber zugeben, dass das Gebäude aus Glas und Beton mit dem begrünten Flachdach sich perfekt in die Landschaft einfügte.

Er parkte und ging hinüber zu Marie. Dabei hörte er vom Stadtzentrum her Musik. Vor zwei Jahren hatte die Félibrée in seinem Wohnort Périgueux stattgefunden, da war die traditionelle Volksmusik auch den ganzen Tag überall in der Stadt zu vernehmen gewesen.

Inzwischen stand die Sonne hoch, und es wurde warm. Richard hasste es, wenn die Temperaturen über fünfundzwanzig Grad stiegen. Unwillkürlich sehnte er sich nach einem Kaffee im Schatten. Ihm fiel ein, dass es im Museum ein schönes Café gab.

Vielleicht könnten sie dort auch eine Kleinigkeit essen. Es war schon längst Mittagszeit. Der Gedanke verlieh ihm neue Energie.

Marie hatte wieder mal ihr Handy am Ohr und beendete gerade ein Gespräch, als er bei ihr ankam. Sie stand leichtfüßig auf und steckte ihr Telefon weg.

»*Salut*, Richard. Ich habe vorhin die Rektorin des Gymnasiums von Sarlat angerufen. Sie selbst kennt die beiden Schülerinnen kaum. Aber die zwei haben eine gemeinsame Französischlehrerin, die in dem zurückliegenden Schuljahr auch die Klassenlehrerin von Emma war. Mit ihr habe ich gerade gesprochen. Praktischerweise lebt sie in Montignac, quasi gleich hier um die Ecke, und sie hat angeboten, dass wir uns in zehn Minuten im Museumscafé treffen. Es dürfte an diesem Wochenende einer der ruhigsten Orte im Städtchen sein – sind ja alle auf der Félibrée.«

»Einverstanden.« Vor allem die Wahl des Treffpunkts kam ihm sehr entgegen, aber das behielt er für sich.

Die Allee, die zu dem Museum führte, war von prächtigen Blumenwiesen gesäumt. Richard hatte noch nie so viele üppige Knoblauchblumen und Schmucklilien an einem Ort gesehen. Sie leuchteten blau und weiß und waren bestimmt einen Meter hoch.

Marie schien dafür gerade keinen Blick zu haben, sie hatte mal wieder ihren Turbo eingeschaltet. Das war wohl ein Überbleibsel aus ihrer Pariser Zeit, vermutete Richard. Obwohl seine Beine viel länger waren als ihre, hatte er Mühe, mit ihr Schritt zu halten. Überhaupt kam er sich in ihrer Gegenwart immer ein wenig behäbig vor. Dabei war er gerade mal sieben Jahre älter als sie.

Einen Moment später kehrten seine Gedanken wieder zu den verschwundenen Mädchen zurück. »Was haben Sie eigentlich für ein Gefühl bei Margaux Perrin?«

»Nach dem, was ich gesehen und gehört habe, ist eine Flucht aus dem elterlichen Haus durchaus denkbar, und das sieht ihre

Mutter im Grunde auch so. Margaux teilt sich mit ihrer kleinen Schwester ein Zimmer mit Etagenbett und träumt davon, mit einem Zirkus durch die Lande zu ziehen. Die Eltern zeigen kein Verständnis für ihre Interessen und für ihren Freiheitsdrang. Da lodert ein waschechter Generationenkonflikt.«

»Haben Sie bei ihr zu Hause irgendwelche konkreten Hinweise dafür entdeckt, dass sie einfach abgehauen ist?«

»Nein, gar nicht. Und da war auch nichts, was vielleicht Aufschluss über einen gewissen François hätte geben können, in den Margaux verliebt sein soll.«

»Wie sieht es mit einem Laptop aus?«

»Fehlanzeige. Ihre Schwester hat mir erzählt, dass Margaux ihr Handy und ihren Laptop immer bei sich trägt, damit niemand darin herumschnüffelt.«

»Oh! Scheinen ja nette Familienverhältnisse zu sein.« Traurig fand er das. »Und es gab auch keine Anzeichen darauf, dass Emma mit diesem Mädchen näher bekannt war, oder?«

Marie schüttelte den Kopf. »Leider nein. Apropos Emma: Konnte Jeanne Laroussine etwas mit dem Namen Margaux Perrin anfangen?«

»Nein.«

»Läuft doch alles wie am Schnürchen!«

Kurz zuvor musste in Lascaux eine Führung zu Ende gegangen sein, denn eine ganze Schar Besucher kam auf einmal aus dem Gebäude heraus. Man sah den meisten an, dass sie von den steinzeitlichen Höhlengemälden beeindruckt waren, und viele unterhielten sich angeregt über das Gesehene. Richard wurde peinlich bewusst, dass er zwar das Café kannte, aber das neue Museum noch nicht besichtigt hatte. Sein letzter Besuch hier reichte zurück in die Schulzeit, und damals hatte es nur Lascaux 2 gegeben: die erste originalgetreue Reproduktion, bei der jedoch nur eine der beiden großen Hallen der berühmten Höhle nachgebildet worden war. Er tröstete sich mit dem Gedanken, dass viele Pariser bestimmt auch noch nie auf dem Eiffelturm oder im Louvre gewesen waren.

»Die zwei müssen aber den gleichen Schulbus genommen haben«, unterbrach Marie seine Gedanken. »Montignac liegt auf dem Weg nach Mussillac.«

Richard nahm sein Heft zur Hand, blieb stehen und notierte sich zur Sicherheit *Schulbus* und *Fahrer*.

Marie war einfach weitergegangen, und Richard musste förmlich rennen, um sie einzuholen. Erst bei den Wasserbassins kurz vor dem Eingang des Museums schloss er wieder zu ihr auf. Er sah links die großen, rechteckigen weinroten Sonnenschirme des Café-Restaurants. Als sie es wenige Momente später erreichten, war es dort erstaunlich ruhig. Marie hatte recht gehabt. Auf der Terrasse saß nur eine Handvoll Gäste an zwei kleinen Tischen. Es wehte eine angenehm leichte Brise, wie Richard feststellte: Selbst wenn die Temperatur weiter ansteigen sollte, würde er es hier gut aushalten können.

*

Kaum hatten sie Platz genommen, kam eine junge Frau in Jeans und T-Shirt mit hastigen Schritten auf sie zu. Sie hatte auffallend grüne Augen, und ihr hübsches Gesicht war mit Sommersprossen übersät. Marie schätzte sie auf Anfang dreißig.

»Madame la Commissaire, nehme ich an?«

»Richtig. Und Sie sind Violaine Marchand, die Französischlehrerin von Emma und Margaux, nicht wahr?«

»Stimmt«, antwortete diese ohne Umschweife und setzte sich unaufgefordert zu ihnen.

Marie stellte noch kurz Richard vor, und nachdem sie bei einem jungen Kellner Kaffee bestellt hatten, kamen sie sofort auf den Grund ihres Treffens zu sprechen.

»Natürlich habe ich dieses Jahr wegen der Französisch-Abiturprüfung viel mit Margaux zu tun gehabt«, hob die Lehrerin hervor.

Marie nickte. Im französischen Schulsystem war das Baccalauréat auf zwei Jahre verteilt, und die Schüler legten im vorletzten Schuljahr die mündlichen und schriftlichen Französischprüfungen ab.

»Sie ist lebhaft und klug«, sagte Violaine Marchand. »Sie wird das Abi bestimmt problemlos schaffen.«

»Erzählt sie in der Schule von ihren Plänen?«

»Ja, das machen die meisten Schüler, wenn sie welche haben. Margaux will eine Zirkusschule besuchen. Dass sie nicht studieren will, hat mich zuerst verwundert. Aber irgendwie passt es auch zu ihr.«

»Wie meinen Sie das?«, hakte Marie nach.

»Sie ist sehr kreativ, hat viel Fantasie und eine poetische Ader. Das erkennt man deutlich in ihren Aufsätzen. Sie spielt auch gerne mal den Clown, bisweilen in Situationen, wo es ziemlich unangemessen ist. Ich habe sie schon mehrmals während des Unterrichts ermahnen müssen.«

»Ihre Schwester meint, sie sei in einen François verliebt. Können Sie dazu etwas sagen?«

Die Lehrerin zog die Brauen zusammen, und man konnte ihr förmlich ansehen, wie sie ihre Schüler vor ihrem geistigen Auge Revue passieren ließ.

»Es gibt einen François in ihrer Klasse, aber ich kann mir nicht vorstellen, dass sie sich zu ihm hingezogen fühlt. Zu nerdig, und er wirkt von seiner Entwicklung her noch etwas unreif im Vergleich zu ihr.« Sie legte ihre linke Hand ans Kinn und tippte mit den Fingern der anderen auf den Tisch, als würde es ihr beim Denken helfen. »Nein, aus der Schule würde mir da niemand einfallen. Aber es gibt da eine Schülerin, die in den Pausen oft mit Margaux zusammenhockt und mit ihr eng befreundet zu sein scheint. Vielleicht weiß sie, wer dieser François ist, und kann

Ihnen weiterhelfen. Sobald ich zu Hause bin, schicke ich Ihnen die Kontaktdaten des Mädchens.«

Ihr Gespräch wurde kurz unterbrochen, da der Kellner den Kaffee brachte. Marie griff sofort nach ihrer Tasse und trank einen großen Schluck, sodass Richard ihr bei der nächsten Frage zuvorkam.

»Und wissen Sie, ob Margaux mit Emma Laroussine befreundet ist?«

»Da fragen Sie mich zu viel. Allerdings habe ich die beiden nie zusammen gesehen. Emma ist eine fleißige Schülerin, und ich bin sicher, dass auch sie ihr Abi mühelos schaffen wird. Von ihrem Wesen her kommt sie mir jedoch eher zurückhaltend, fast verschlossen vor. Ich bezweifle, dass es überhaupt jemanden gibt, mit dem sie enger befreundet ist.«

»Halten Sie es dennoch für möglich, dass die beiden zusammen abgehauen sind?«, fragte Marie und stellte ihre Tasse ab.

»Emma und Margaux? Nein!«, antwortete Violaine Marchand spontan. »Aber okay, Gegensätze können sich anziehen. Allerdings sehe ich nicht, was die beiden miteinander verbinden könnte.«

»Emma hat ja auch eine kreative Ader«, warf Richard ein und erzählte von ihren Fotos.

»Ach, das wusste ich gar nicht«, sagte die Lehrerin. »Aber sie gibt eben auch wenig von sich preis.«

Marie legte die Schwarz-Weiß-Fotos auf den Tisch, die Richard in Emmas Zimmer gefunden hatte.

»Können Sie erkennen, wen sie da fotografiert hat?« Große Hoffnungen konnte man sich nicht machen, aber es war einen Versuch wert. »Oder haben Sie diesen Hut vielleicht schon mal gesehen?«

Die Lehrerin schaute sich die Bilder eingehend ein.

»Nein, so leid es mir tut. Aber diese Bilder haben etwas Beklemmendes, finden Sie nicht?«

Das empfand Marie leider auch so, je öfter sie sie betrachtete. Kurz dachte sie an Robert Pinçon, der glaubte, den Hut schon einmal gesehen zu haben, sich jedoch noch nicht gemeldet hatte. Das war schlecht.

»In Emmas Schultasche haben wir dieses Zitat gefunden.« Richard zeigte auf das Handy-Foto des handgeschriebenen Zettels.

Was sie sah, schien die Lehrerin zu rühren, und sie trug die Zeilen des ganzen Gedichts laut aus dem Gedächtnis vor:

J'ai appris très tard à aimer les oiseaux
ils ne s'occupent pas de moi
je ne m'occupe pas d'eux
je les regarde
je les laisse faire
tous les oiseaux font de leur mieux
ils donnent l'exemple

Ich habe sehr spät gelernt, Vögel zu lieben
Die kümmern sich nicht um mich
Ich kümmere mich nicht um sie
Ich schaue sie an
Ich lasse sie machen
Alle Vögel geben ihr Bestes
Sie gehen mit gutem Beispiel voran.

»Wir sind dieses Jahr den Gedichtband *Paroles* von Jacques Prévert durchgegangen. Das Werk wurde 1946 geschrieben, aber selbst heute noch können sich junge Menschen für diesen Autor begeistern, und oft finden sie ein Zitat, das ihrer Gefühlswelt entspricht.«

»Können Sie sich erinnern, ob Emma sich in irgendeiner besonderen Weise zu Prévert oder seinen Gedichten geäußert hat?«, hakte Richard nach.

»Leider nein. Sie meldet sich kaum im Unterricht – und wenn, dann spricht sie nie über ihre Gefühle oder persönlichen Ansichten.«

»Kennen Sie Emmas Mutter?«

»Ich habe sie vor zwei, drei Jahren mal kurz getroffen. Ansonsten … Eigentlich kenne ich sie nicht, denn sie kommt nie zu den Elternsprechtagen.«

»Ist das nicht ungewöhnlich?«

»Na ja, soweit ich weiß, ist sie berufstätig und alleinerziehend. Außerdem ist Emma eine unproblematische Schülerin.«

»Könnten Sie sich vorstellen, dass Emma weggelaufen ist?«, fragte Marie.

»Ehrlich gesagt, wäre sie die letzte Schülerin, bei der mir das in den Sinn käme. Als Abenteuertyp kann ich sie mir ganz und gar nicht vorstellen. Bei ihr scheint immer jede Geste wohlüberlegt zu sein, was sie macht, macht sie sehr gründlich und sorgfältig.«

Marie erinnerte sich an Emmas saubere Handschrift und die akkurat geführten Hefte, die die Aussage der Lehrerin bestätigten.

»Hoffentlich ist ihr nichts passiert, und Sie finden sie bald!« Unruhig schaute Violaine Marchand auf ihre Uhr. »Wenn Sie keine weiteren Fragen haben, würde ich mich jetzt gern verabschieden. Meine siebenjährige Tochter wartet auf mich. Sie singt heute mit dem Kinderchor auf der Félibrée, und ich muss ihr noch beim Anziehen helfen.« Sie lachte kurz. »Diese Trachtenkostüme sind ja ziemlich aufwendig. Aber Hauptsache, es macht ihr Spaß – wer weiß, wie lange noch.«

Sie stand auf. Richard erinnerte sie daran, dass sie ihnen die Kontaktdaten der Mitschülerin von Margaux zuschicken wollte, und gab ihr seine Handynummer. Sie nickte ihnen freundlich zu und verabschiedete sich dann.

Richard schaute ihr nach, als sie sich mit federnden Schritten entfernte. »So eine empathische Französischlehrerin hätte ich auch gern gehabt. Meine am Gymnasium von Périgueux war ein alter Drache.«

Der Kellner kam wieder an ihren Tisch und erkundigte sich, ob sie etwas essen wollten.

»Wir könnten doch die nächsten Schritte bei einem *Salade Périgourdine* besprechen«, schlug Richard wie aus der Pistole geschossen vor. Er legte Marie die Speisekarte hin, die er anscheinend schon gelesen hatte, ohne dass ihr das aufgefallen war. »Salat mit geräucherter Entenbrust, Äpfeln, Walnüssen und geröstetem Brot – das klingt verlockend.«

»Sehr gute Wahl«, lobte der Kellner, der sichtlich froh war über die Aussicht, mehr als nur drei Kaffee in Rechnung stellen zu können.

Marie schaute Richard amüsiert an – und dann fiel ihr etwas ein.

»Ach, stimmt ja!«, rief sie. »Es ist längst Mittagszeit, Sie müssen ja vor Hunger sterben.« Sie wusste, dass ihr Kollege ein Freund von festen Essenszeiten war.

»Ich bin kurz davor.« Er legte theatralisch die Hand auf seine Stirn und neigte seinen Oberkörper zur Seite, als würde er gleich vor lauter Schwäche vom Stuhl fallen.

»Wir müssen schnell handeln, bevor uns unterlassene Hilfeleistung vorgeworfen wird!«, sagte sie mit einem Augenzwinkern zu dem Kellner und schaute dann selbst auf die Karte. »Ich nehme den *Salade de Cabécou.*« Der Salat mit Ziegenkäse, Walnüssen und Feigenconfit sprach sie mehr an als der mit Entenbrust.

Zu Maries Überraschung ließ sich der Kellner auf die komödiantische Einlage ein. Er eilte los und ahmte dabei das Geräusch einer Krankenwagensirene nach.

Das Essen wurde schon nach wenigen Minuten serviert.

»Es ist üppiger, als ich erwartet hatte«, stellte Richard mit glänzenden Augen fest. »In dieser Art von Bistros fallen die Portionen ja oft eher bescheiden aus.« Er kostete als Erstes ein Stück geräucherte Entenbrust. »Saftig und perfekt gewürzt.«

Rein kulinarisch gesehen, war alles zum Besten – aber auch nur in dieser Hinsicht. Marie war wahrlich nicht in Schlemmerlaune. Sie aß hastig, um so rasch wie möglich weiterziehen zu können. Wenn Léonie das wüsste! Marie leistete innerlich Abbitte, als sie den letzten Bissen hinunterschlang.

Kapitel 12

Montignac, Samstag, 1. Juli

Bevor Marie sich im Museumscafé von Richard verabschiedete, bat sie ihn, schnellstmöglich die Freundin von Margaux anzurufen. Immerhin gab es berechtigte Hoffnung, dass sie besagten François kannte. Und vielleicht würde sie auch etwas zu Emma sagen können.

Danach marschierte Marie mit energischen Schritten in Richtung Dorfzentrum. Unterwegs hörte sie auf ihrem Handy eine Nachricht von Michel ab. Er würde mit dem Mitarbeiter des Innenministeriums zu Mittag essen und noch einiges erledigen müssen, denn es gab unvorhergesehene Entwicklungen, über die er später mit ihr sprechen wollte. Leider würde er nicht vor sechs Uhr abends in Saint-André ankommen, was er bedauerte. Immerhin klang seine Stimme trotz der zusätzlichen Arbeit am Samstag entspannt, wie Marie feststellte, als seine Sprachnachricht mit einem Kuss endete.

Dann wird es wohl ein kurzes Wochenende für uns, dachte sie bekümmert. Aber sie würden immerhin zwei Abende und Nächte miteinander verbringen können. Vor allem Letzteres erfüllte sie mit einem wohligen Gefühl – Michel war ein leidenschaftlicher und auch zärtlicher Liebhaber.

Dann stutzte Marie. Nicht vor sechs Uhr, hatte er gesagt. Eine Formulierung, die nicht ausschloss, dass er womöglich später kommen würde. Hoffentlich konnte sie überhaupt den heutigen Abend mit Michel verbringen. Da fiel ihr ein, dass sie gar nichts mehr im Kühlschrank hatte. Zum Einkaufen und Kochen fehlte ihr die Zeit, und so reservierte sie kurz entschlossen einen Tisch im Café de la Place in Saint-André. Perfekt! Wenn alles gut ging, durfte sie sich auf ein *Dîner en amoureux* – ein romantisches Abendessen zu zweit – mit Aussicht auf eine lange Liebesnacht freuen.

Mithilfe von Mauer-Attrappen war das Zentrum von Montignac für die Félibrée wie eine mittelalterliche Festung umgestaltet worden. Um das Bild zu vervollständigen, waren auch drei imposante »Stadttore« errichtet und mit zahlreichen Girlanden dekoriert worden. Als Marie einen der breiten Eingänge passierte, fühlte sie sich beinahe erschlagen von dem ganzen Spektakel. Für ihren Geschmack war das alles viel zu kommerziell. Und diese urtümliche Musik im Hintergrund würde sie wohl auch nicht allzu lange ertragen. Die Leute, die hier wohnten und ein ganzes Wochenende dieser Beschallung ausgesetzt waren, hatten ihr volles Mitgefühl.

Kaum hatte sie das Tor hinter sich gelassen, klingelte ihr Handy. Sie meldete sich sofort.

»Jeanne Laroussine hier. Ich höre nichts von Ihnen.« Ihre Stimme klang vorwurfsvoll und leicht aggressiv.

»Madame Laroussine, ich melde mich bei Ihnen, sobald ich etwas Neues erfahre«, versuchte Marie die Mutter zu besänftigen. »Das hatte ich …«

»Was ist eigentlich mit der Fahndung wegen Entführung einer Minderjährigen?«, unterbrach die Frau sie barsch. »Wann wollen Sie die endlich in die Wege leiten?«

Darüber hatte Marie am Morgen mit dem Staatsanwalt gesprochen. Bei allem Mitgefühl verlangte er handfeste Anhaltspunkte für eine Entführung, einen Brief von einem Entführer oder andere nachweisliche Drohungen. Marie hatte den blutbesudelten Pullover erwähnt, aber der allein reichte dem Juristen nicht aus als Beweis für ein Gewaltverbrechen. Sie selbst hätte gern mehr unternommen, konnte sich aber nicht einfach über die Anweisungen des Staatsanwalts hinwegsetzen, und die Entscheidung war erst einmal vertagt worden.

Marie bemühte sich, all das Jeanne Laroussine möglichst behutsam zu erklären. Abschließend fügte sie hinzu: »Sie haben mir auch immer noch keinen Konkurrenten genannt, der Ihnen oder Emma womöglich schaden will. Wir brauchen da konkrete Hinweise, weil wir unmöglich alle Winzer des Départements ohne begründete Verdachtsmomente überprüfen können.«

»Ich verstehe. Sie warten lieber, bis meine Tochter vergewaltigt oder tot aufgefunden wird – erst dann wollen Sie endlich handeln!«, entgegnete die Winzerin, und in ihrer Stimme schwangen Bitterkeit und Verzweiflung mit.

Zum jetzigen Zeitpunkt konnte Marie ein Gewaltverbrechen natürlich nicht ausschließen, dennoch musste sie versuchen, die Mutter zu beruhigen. Allerdings missfiel ihr deren Ton.

»Ich respektiere Ihre Sorge, Madame Laroussine, möchte Sie aber um ein wenig Mäßigung bitten. Sie waren doch selbst bei der Suche heute Morgen dabei und haben gesehen, wie viele Beamte und freiwillige Helfer tatkräftig nach Ihrer Tochter gesucht haben.«

»Ja, aber dabei ist ja überhaupt nichts herumgekommen! Ich sage Ihnen etwas: Ich bin's leid zu warten, bis Sie die Entführung meiner Tochter endlich ernst nehmen. Der Präfekt ist ein guter Kunde von mir. Den rufe ich jetzt an, und dann sehen wir weiter. *Au revoir,* Madame la Commissaire!« Die letzten Worte hatte sie beinahe kreischend ausgestoßen.

Na super! Der Präfekt hatte Marie gerade noch gefehlt. Inzwischen war sie auf dem Platz des Bürgermeisteramts angekommen, und ihr Blick glitt zu der imposanten Uhr, die die Fassade des großen Gebäudes überragte. Viertel vor zwei. Vermutlich würde es keine fünfzehn Minuten dauern, bis der Präfekt sich bei ihr meldete. Bei dem Gedanken überfiel sie eine große Müdigkeit. Er liebte es, sich in Angelegenheiten einzumischen, die außerhalb seines Zuständigkeitsbereichs lagen.

Marie bahnte sich weiter einen Weg durch die Menschenmenge. Sie wollte sich noch einmal persönlich an den Nachbarständen der Winzerin umhören. Vor allem bei Robert Pinçon, der sich noch nicht wieder gemeldet hatte.

Allerdings kam sie nicht weit, denn plötzlich blieben die Menschen um sie herum stehen, und ein Raunen ging durch die Menge. Dann entdeckte Marie erneut die Königin der Félibrée und ihren Major, die mit majestätischer Körperhaltung durch die Straßen schritten. Heute trug die junge Frau, die über das ganze Gesicht strahlte, ein hellblaues Kleid und das Haar offen, was sie noch jugendlicher aussehen ließ als am Vortag.

Marie dachte wehmütig an Léonie, der sie versprochen hatte, sie zur Félibrée zu begleiten. Sie wusste, wie sehr sich ihre Großtante darauf gefreut hatte.

Warum nehme ich nicht einfach einen kleinen Film für sie auf?, überlegte sie, und am Abend schauen wir ihn dann zusammen an. Nicht ganz dasselbe wie ein gemeinsamer Besuch, aber vielleicht ein kleiner Trost. Sie schaltete die Videokamera des Handys ein, das sie noch in der Hand hielt, und machte zunächst eine Nahaufnahme des Paares, damit Léonie die Auserwählten in ihren Kostümen bewundern konnte. Der Major wirkte heute eher grimmig als erfreut unter seinem breitkrempigen schwarzen Hut. Vielleicht war es ermüdend, den ganzen Tag herumzustolzieren und den Begleiter zu spielen. Dann ging sie in die Weitsicht, nahm die ganze Szenerie und die bunte, fröhliche Menge auf.

Zwischen den vielen Menschen entdeckte Marie plötzlich Richard, dessen Blick ebenfalls auf das Félibrée-Paar gerichtet war, obwohl er mit seinen Gedanken ganz woanders zu sein schien. Marie betrachtete sein gutmütiges rundes Gesicht. Er hatte im Vaterschaftsurlaub wieder etwas zugelegt – seitdem sie ihn kannte, kämpfte er mal mehr, mal weniger erfolgreich gegen die Pfunde an –, aber er schien sich in seiner Haut wohlzufühlen wie nie zuvor.

Sie steckte das Handy weg und bahnte sich einen Weg zu ihrem Kollegen.

»Ah, da sind Sie ja!«, rief er, als er sie erblickte. »Also, ich habe die Schülerin erreicht.«

Marie machte ihm ein Zeichen, damit er ihr in eine ruhigere Ecke folgte.

Wenig später fanden sie sich in einer kleinen Gasse wieder, die von ihren Bewohnern mit zahlreichen Blumentöpfen in allen Farben dekoriert worden war. Ein älterer Mann hielt vor seinem Häuschen seinen Mittagsschlaf auf einem Campingsessel. Eine Katze hatte es sich auf seinem Schoß gemütlich gemacht. Das sah alles sehr friedlich aus.

Als Marie stehen blieb, begann Richard umgehend mit seinem Bericht.

»Also, Margaux' Freundin: Sie ist gleich zu Beginn der Ferien an die Atlantikküste gefahren und jobbt dort als Kellnerin. Mit Margaux hat sie seitdem weder gesprochen noch getextet, und sie hat auch keine Ahnung, wo sie sein könnte. Aber besorgt ist sie nicht, denn Margaux hatte ihr wohl gesagt, dass sie den Sommer auf keinen Fall in Montignac verbringen würde. Sie wollte irgendwas unternehmen.«

»Kennt die Freundin diesen François?«

»Gesehen hat sie ihn nie. Sie weiß nur, dass er nichts mit der Schule zu tun hat und dass er älter ist.«

»Wie viel älter?«

»Konnte sie nicht sagen.«

»Hatte sie sonst irgendeine Info über ihn?«

»Nein, Margaux war da wohl diskret. Ich habe sie dann noch auf Emma angesprochen. Die kennt sie aber nur von Weitem, und mit Margaux hat sie sie noch nie gesehen.«

Marie atmete tief ein. Die Hinweise kamen immer nur sehr spärlich und im Schneckentempo herein. Es war zum Verrücktwerden. Sie hatte sich vorhin auf Verdacht mal den Instagram-Account der Félibrée angeschaut, aber da war kein Foto zu sehen, auf dem die Mädchen oder auch nur eine der beiden zu sehen wäre.

Marie begab sich mit Richard wieder in den Trubel, und schon bald lief ihnen Agent Visla über den Weg. Er begrüßte Marie mit seinem offenen Lächeln. Richard bemerkte er erst ein paar Sekunden später und nickte ihm freundlich zu. Dabei fiel Marie auf, dass Richard das Nicken nur zögerlich erwiderte. So war er sonst nie. Was hatte das zu bedeuten?

Visla kam gleich auf Margaux zu sprechen. Die Nachricht von ihrem Verschwinden hatte im Ort bereits die Runde gemacht. Auch der Agent hielt es für möglich, dass sie einfach von zu Hause abgehauen war.

»Kennen Sie die Familie Perrin persönlich?«, fragte Marie, da sie wusste, dass er schon lange in Montignac lebte.

»Klar, seit einer Ewigkeit. Außerdem sehe ich Madame Perrin ab und zu im Seniorenheim von Montignac, weil meine Großmutter dort wohnt. Sie wird da oft auch von ihr betreut. Michelle Perrin ist immer mit der nötigen Sorgfalt bei der Sache, auch wenn sie schon mal leicht ruppig rüberkommt. Meine Oma hat sie gern.«

»Und Margaux?«, fragte Richard.

»Der begegne ich selten. Ich sehe sie manchmal mit anderen Jugendlichen rumhängen.«

Marie berichtete kurz von ihrer Befragung bei den Perrins und erwähnte dabei auch, dass Margaux womöglich in einen Mann namens François verliebt war, von dem sie ansonsten nichts wussten.

Visla runzelte die Stirn und holte ein kleines Notizheft mit Stift aus seiner Gesäßtasche.

»Einer der Taschendiebe, die wir gestern auf frischer Tat ertappt haben, heißt François. Er lebt ein paar Kilometer entfernt, und zwar in Mauriac-sur-Vézère. Wo Sie das gerade erwähnen ... Ich meine, ich hätte ihn mal mit Margaux gesehen.« Er blätterte in seinem Heft und unterstrich mit seinem Stift eine Stelle. »Hier, François Milliet, zwanzig Jahre alt. Ohne Beruf. Ich vermute stark, er ist im Drogengeschäft unterwegs. Jedenfalls werden wir ihn im Blick behalten. Hier steht's: Er wohnt in der Rue de l'Eglise, Hausnummer 10.«

Richard notierte es sich.

Marie, die ihre Notizen immer gleich in ihr Handy tippte oder diktierte, weil sie es praktisch fand und es zudem schnell ging, stellte amüsiert fest, dass die beiden Männer nahezu identische schwarze Hefte benutzten – und beide Linkshänder waren.

»Gute Info – und sehr gut kombiniert«, lobte sie Visla. »Vielleicht ist dieser François tatsächlich der Freund von Margaux.«

»Ich glaube jedenfalls nicht, dass er sich heute noch mal hier blicken lässt, auch wenn sein Opfer keine Anzeige erstattet hat. Den Typen habe ich übrigens vorhin wiedergesehen. Schon wieder bekifft ...« Visla schien seinen Ärger über den phlegmatischen Besucher noch nicht ganz überwunden zu haben.

Richard warf Marie einen fragenden Blick zu, und sie erzählte ihm von dem gestrigen Vorfall mit den Taschendieben.

Während er ihr zuhörte, glitt sein Blick zu Visla. Marie hatte den Eindruck, dass Richard ihn fast schon abweisend ansah. Auch als sie vor ein paar Tagen erwähnt hatte, dass sie sich den jungen Polizisten mittelfristig in ihrem Team vorstellen könnte, hatte er seltsam reagiert. Oder besser gesagt – er hatte überhaupt nicht reagiert. Selbst dann nicht, als sie ihm erklärt hatte, dass eine Vergrößerung des Teams Arbeitsentlastung bedeuten würde. Ob Richard sich um seine unangefochtene Position an ihrer Seite Sorgen machte, wenn sie einen weiteren Mitarbeiter mit ins Boot holte? Sie verwarf den Gedanken im selben Moment, einfach weil er für sie jeder Grundlage entbehrte.

Nachdem Visla weitergegangen war, nickte sie mit dem Kinn in Richtung der Stände. »Ich muss noch mit dem Kupferschmied sprechen. Und danach statten wir mal diesem François Milliet in Mauriac einen Besuch ab.«

»Vielleicht ist ja auch bei den Mädchen Rauschgift im Spiel«, überlegte Richard laut.

Drogen wurden auch auf dem Land zunehmend ein Problem. Einer internen Mitteilung des Kommissariats zufolge hatte es im letzten Jahr einen Anstieg von zwanzig Prozent der verhängten Strafen im Zusammenhang mit Drogen gegeben. Die Realität in den dörflichen Gegenden war nicht immer so idyllisch, wie man es sich vorstellte. Dealer hatten Teile der jugendlichen Landbevölkerung fest im Griff. Kürzlich hatten Kollegen neun Kilogramm Cannabis im Zimmer eines Schülers in Périgueux gefunden. Doch bei Emma und Margaux schien bisher nichts auf Drogen hinzuweisen. Zumindest hatte niemand aus ihrem Umfeld etwas erwähnt, das eine solche Vermutung nahelegte.

Kaum waren sie ein paar Schritte gegangen, klingelte Maries Handy ein weiteres Mal. Es war der Präfekt. Marie schaute auf die Uhr: drei Minuten vor zwei. Noch nicht mal eine Viertelstunde hatte es gedauert, bis er sich meldete. Zumindest ist er berechenbar, dachte sie mit einem Hauch Galgenhumor.

Nach dem üblichen Small Talk zur Begrüßung kam er gleich zur Sache und polterte los.

»Da müssen Sie dringend etwas unternehmen! Sie müssen das Mädchen so bald wie möglich finden!«, ermahnte er sie. »Unter keinen Umständen darf kolportiert werden, dass in meinem Département Mädchen verschwinden und die Polizei nichts unternimmt!«

Marie unterdrückte den Wunsch auszusprechen, was ihr spontan auf der Zunge lag, denn es wäre ganz und gar nicht höflich gewesen.

»Wir sind seit gestern Abend im Einsatz und …«

»Ja, und was ist mit der Fahndung nach entführten Minderjährigen? Warum ist die bitte schön noch nicht eingeleitet worden?«

Das hätte sie ja gern getan. Aber leider galt es, die Formalitäten zu berücksichtigen, wie dem Polizeipräfekten selbst bestens bekannt war. Außerdem wurde sie innerhalb einer Viertelstunde zum zweiten Mal grob unterbrochen und beschuldigt, nichts zu unternehmen.

»Monsieur, Sie wissen ja, dass diese Entscheidung nicht bei mir liegt, sondern beim Staatsanwalt. Und ich bin mir sicher, dass Gründe dafür vorliegen, dass er bislang noch keine Fahndung veranlasst hat.« Sie sprach betont freundlich. »Vielleicht sollten Sie sich diesbezüglich mit ihm persönlich austauschen. Ich gehe davon aus, Sie haben seine private Handynummer?«

»Äh, ja«, erwiderte er unsicher.

»Gut! Dann besprechen Sie das mit ihm, das dürfte wesentlich sinnvoller sein. Ich bin außerdem gerade auf dem Weg zu einem wichtigen Zeugengespräch. Wir bleiben in Kontakt. *A bientôt*, Monsieur le Préfet.« Sie beendete das Gespräch.

»Lässig!« Richard schmunzelte und reckte den Daumen empor.

»Ja, *trop à l'est, c'est l'ouest!*«, erwiderte Marie. Zu weit im Osten ist der Westen – was so viel hieß wie: »Bis hierher und nicht weiter.«

Mit ihrem Ratschlag an den Präfekten hatte sie dem Staatsanwalt, den sie eigentlich schätzte, sicherlich keinen Gefallen getan. Sie wusste, dass er diese Art von Einmischung liebte wie Bauchschmerzen. Aber aufgrund seiner Position besaß er immerhin genug Autorität, um den Präfekten in die Schranken zu weisen. Hoffentlich so, dass sie selbst für eine Weile ihre Ruhe hatte und sich auf die Suche nach Emma und Margaux konzentrieren konnte. Denn je mehr Zeit verging, desto schlechter waren, statistisch gesehen, die Aussichten, die Mädchen unversehrt zu finden.

Kapitel 13

Montignac, Samstag, 1. Juli

Schon den ganzen Tag war der Teufel los, und Robert Pinçon fragte sich allmählich, ob er sich mit den beiden Ständen nicht doch zu viel zugemutet hatte. Jeannes Wein verkaufte sich weiterhin gut, auch wenn manche Kunden enttäuscht waren, die Winzerin nicht persönlich anzutreffen. »Sind Sie Ihr Mann?«, war er mehrmals gefragt worden. Außerdem hatten sie ihn mit fachspezifischen Fragen förmlich bombardiert, und da er kein Winzer war, konnte er zu den Trauben und dem Reifungsprozess auch nicht viel mehr sagen als das, was auf den Etiketten stand.

Eine Kundin hatte ihn sogar gefragt, warum die Flaschen das Vegan-Zeichen hätten! Schließlich sei Wein per se ein vegetarisches Produkt. Robert hatte das grüne Logo, das sie ihm zeigte, nie bemerkt und wusste auch nicht, was es bedeutete.

Zum Glück hatte Claire ihm helfen können, da es in dem Moment gerade ruhig gewesen war an ihrem Stand und sie seine Not erkannt hatte. Sie erklärte der Frau, dass Jeannes Wein nicht mit Eiweiß, Milchproteinen oder tierisch hergestellter Gelatine gefiltert wurde und sich deshalb mit dem Vegan-Zeichen schmücken durfte. Die Kundin hatte daraufhin eine ganze Kiste *Le chant du merle* gekauft.

»Woher weißt du das alles?«, hatte er Claire dann fassungslos gefragt.

»Ich bin Veganerin!«

Das lag jenseits seiner Vorstellungskraft. Als waschechter

Périgourdiner aß er mit Vorliebe Fleisch, und das in jeder Zubereitungsform.

Kaum war die Kundin gegangen, warf Robert einen Blick auf sein Handy, das er heute entgegen seiner Gewohnheit bei sich trug – für den Fall, dass Jeanne ihn erreichen wollte. Aber nein, bislang hatte sie sich nicht gemeldet. Inzwischen erzählte man sich an den Ständen, dass ein weiteres Mädchen als vermisst galt. Ob das Panikmache war oder stimmte, wusste er nicht.

Als am frühen Nachmittag das Interesse an Jeannes Wein etwas nachließ, konnte Robert sich mehr um seinen eigenen Stand kümmern. Gerade wollte er sich den beiden Kunden zuwenden, die seine Auslage betrachteten, da erblickte er in der Menschmenge die junge Kommissarin. Er hatte sich vorgenommen, sie anzurufen, war aber vor lauter Arbeit noch nicht dazu gekommen.

Sie trat näher und stellte sich hinter das Pärchen, das sich auf Deutsch unterhielt und Interesse am jüngsten Erzeugnis seiner Handwerkskunst hatte, einem ovalen Bettwärmer aus Kupfer. Dabei handelte es sich um die Neuauflage eines alten Modells aus der Werkstatt seines Großvaters. In Zeiten, in denen man angehalten wurde, weniger zu heizen, war es doch nur sinnvoll, wieder zur Wärmflasche zu greifen. Und Kupfer hielt die Wärme viel besser und länger als eines dieser billigen Modelle aus Gummi. So konnten alte Berufe wie der seine einen Beitrag zum Thema Nachhaltigkeit liefern. Ein Gedanke, der Robert mit Stolz erfüllte.

Zu seiner Verwunderung sprach die Kommissarin plötzlich Deutsch mit den Kunden, und es hörte sich so an, als würde sie diese Sprache, die für ihn wie ein Zungenbrecher klang, perfekt beherrschen.

»*Bonjour,* Madame la Commissaire. Wie kommt es, dass Sie Deutsch sprechen?«, fragte er sie, nachdem das Paar seinen Stand mit einer kupfernen, zweihundert Euro teuren Wärmflasche verlassen hatte.

»*Bonjour*, Monsieur Pinçon. Mein Vater ist Deutscher, und ich bin zweisprachig aufgewachsen. Ich habe Ihren Kunden erklärt, wozu dieses Gefäß dient. Und dass es sich dabei um hochwertige Handwerkskunst handelt. Das hat ihnen gefallen.«

Robert war schwer beeindruckt. Die energische Kommissarin schien vielseitig begabt zu sein.

»*Merci beaucoup*! Loren ist also mit einem Deutschen verheiratet?«, staunte Robert.

»War. Ist lange her. Aber lassen Sie uns das Thema wechseln.«

Nun, er hatte sich schon gedacht, dass Marie Mercier nicht hergekommen war, um über ihre Mutter zu sprechen. Und warum sie keinen deutschen, sondern den Namen ihrer Mutter trug, wagte er nicht zu fragen. Aber wie er Loren kannte, hatte sie es vielleicht so gewollt. Die konnte sehr eigen sein und setzte sich immer durch.

»Können Sie sich wieder an den Besitzer des Huts erinnern?«, wollte sie dann auch gleich wissen.

»Ja, mir ist wieder eingefallen, woher ich den Hut kenne, und ich hätte Sie deswegen auch bestimmt noch angerufen«, antwortete er in entschuldigendem Ton. »Ein Tramper hat ihn getragen. Daran habe ich mich wieder erinnert, als ich vorhin einen jungen Mann mit abgetragenen Klamotten gesehen habe, der ein Anhalter zu sein schien. Solchen Leuten begegnet man immer häufiger.«

»Wann haben Sie diesen Tramper gesehen?«

»Ich denke, es war letzten Montagabend. Da lief nämlich eine Radiosendung im Auto, die ich mir jeden Montag von neun bis zehn Uhr anhöre. Es hat schon gedämmert, also muss es wohl knapp vor zehn gewesen sein. Ich war auf dem Weg nach Hause. Normalerweise nehme ich Anhalter ganz gerne mit, weil es mir die Gelegenheit gibt, mich mit jungen Menschen zu unterhalten, aber er wollte in die entgegengesetzte Richtung, also nach Montignac.«

»War das in der Nähe des Weinguts der Laroussines?«

»Jetzt, wo Sie mich fragen … Ja, das stimmt. Die Auffahrt zum Weingut war nicht weit entfernt.«

»Wie sah er aus?« Marie Mercier sah ihn auffordernd an, und ihr Herz schien plötzlich schneller zu schlagen.

»Das kann ich Ihnen leider nicht sagen. Es war ja fast dunkel, und er hatte diesen weiten Schlapphut auf. Deshalb konnte ich sein Gesicht nicht erkennen.«

»Sie können ihn also nicht beschreiben? Trug er denn etwas bei sich? Einen Rucksack vielleicht?«

»Keine Ahnung. Ich habe ihn ja nur ein paar Sekunden gesehen. Tut mir leid.«

»Aber Sie sind sich sicher, dass es ein Mann war?«

»Davon bin ich ausgegangen.«

»Das ist leider sehr unkonkret«, merkte die Kommissarin nachdenklich an.

Er wünschte, er könnte ihr mehr helfen – und vor allem hätte er gern selbst gewusst, warum Emma diese seltsamen Porträts von dem Typen aufgenommen hatte.

»Was kann er mit Emmas Verschwinden zu tun haben?«

»Das werde ich herausfinden.«

So entschieden, wie sie das sagte, wollte er ihr das gern glauben.

*

Schon die Taxifahrt nach Domme war ein Vergnügen, und Léonie freute sich über diesen spontanen Ausflug.

Georges hatte sich schließlich umgezogen und frisch rasiert. Er roch wunderbar nach einem Aftershave, das Marie ihm einmal geschenkt hatte. »Eau Sauvage: Das passt doch zu dir … wildes Wasser«, waren ihre Worte gewesen, als er sie nach dem Auspacken ratlos angeschaut hatte. So richtig geheuer war ihm das nicht, aber er trug es manchmal auf, um ihr eine Freude zu machen. Léonie liebte diesen Geruch.

Der Fahrer sprach nicht viel, war aber zuvorkommend. Als sie Saint-André verließen, hatte er sie gefragt, ob sie lieber die Strecke über Saint-Cyprien oder über Sarlat nehmen wollten. Die Routen waren in etwa gleich lang. Léonie hatte sich sofort für die attraktivere entschieden, die am Dordogne-Tal mit seinen mittelalterlichen Sehenswürdigkeiten entlangführte. So sahen sie das malerische Beynac und auch die hässliche Betonstruktur der Brücke, deren Weiterbau man nach einem erbitterten Kampf der Umweltschützer unterbrochen hatte. Nach einigen Kilometern kamen sie an der stattlichen Höhenburg von Castelnaud vorbei, die, auf einem Felsvorsprung errichtet, majestätisch über den Fluss ragte, und durchquerten kurz danach den kleinen Ort La Roque-Gageac, der wie Saint-André das Prädikat »Eines der schönsten Dörfer Frankreichs« erhalten hatte.

»Guck mal, da sind die Gabarres!«, rief sie Georges zu und deutete auf die Dordogne.

Auf dem Fluss fuhren einige dieser großen Flachboote, mit denen man sowohl segeln als auch rudern konnte. Es waren originalgetreue Nachbauten von Wasserfahrzeugen aus jener fernen Zeit, als La Roque-Gageac ein wichtiger Frachthafen für die Region gewesen war – lange bevor man die Eisenbahnlinie im Périgord gebaut hatte. Léonie sah Georges' verträumten Blick auf das Wasser. Mit einer gewissen Genugtuung stellte sie fest, dass er die Fahrt nicht weniger genoss als sie.

Er saß dicht neben ihr auf der Rückbank und hielt ihre Hand. Sie waren ein wenig wie ein junges verliebtes Pärchen. Immerhin, verliebt waren sie. Wie gern hätte sie ihm vorgeschlagen, hier irgendwann einmal wie Touristen eine Bootstour zu machen. Aber sie wusste, dass sie ihn damit nur unter Druck setzen würde. Georges war nun mal nirgendwo lieber als in Saint-André. Also war sie einfach dankbar für diesen gemeinsamen Ausflug.

Die Fahrt hinauf ins Zentrum von Domme war eine Herausforderung. Die steilen Kurven wollten kein Ende nehmen, sodass es einem auf der Fahrt schon mal flau werden konnte. Nicht umsonst nannte man den Ort die »Akropolis des Périgord«. Und nachdem sie eines der schweren, steinernen Stadttore passiert hatten, ging es weiter durch die schmalen Gassen des mittelalterlichen Festungsstädtchens. An manchen Stellen waren sie so eng, dass Léonie spontan die Schultern zusammenzog – als würde dies helfen, den Wagen ohne Kratzer durch die Gassen zu bringen.

Der Taxifahrer hielt schließlich vor dem Eingang der Rehaklinik, und sie vereinbarten, dass er sie nach drei Stunden wieder abholen würde.

»So spät erst?«, beschwerte sich Georges, doch Léonie ging nicht auf die Bemerkung ein. Nichts hatte Eile an diesem Tag.

Rose thronte im rosafarbenen Hausanzug auf ihrem gemachten Bett, das neben dem Fenster stand. Sie hatte die beiden schon erwartet und strahlte, als sie das Zimmer betraten. Léonie kam mit einem üppigen Strauß Blumen aus ihrem Garten im Arm, den sie am Morgen für ihre Freundin zusammengestellt hatte, und Georges mit einer großen Schale voller Obst in den Händen – natürlich auch alles selbst gepflückt.

Gleich bei der Begrüßung nahm Léonie eine vollkommen neue Lebenskraft bei Rose wahr. So fröhlich hatte sie ihre Freundin nicht mehr seit der Mittelmeerkreuzfahrt erlebt, die sie letztes Jahr gemeinsam unternommen hatten. Ihre Nachbarin blühte auf, sobald sie mit Menschen zusammen war und sich mit ihnen ausführlich unterhalten konnte – und das war hier in der Rehaklinik nahezu ständig der Fall. Dass sie in Saint-André allein lebte, hatte irgendwann das Schicksal so entschieden.

»Wir hier auf der Etage treffen uns jeden Nachmittag, und dann klönen wir gemütlich auf der Terrasse«, berichtete Rose voller Begeisterung. »Es gibt immer so viel zu erzählen!«

Und selbst in ihrem lichtdurchfluteten Zweibettzimmer mit Blick auf den begrünten Innenhof war sie nie allein. Sie teilte es sich mit einer Frau ihres Alters. Die beiden verstanden sich bestens und hatten die gleiche Leidenschaft für Krimiserien. So hatte es noch kein einziges Mal Diskussionen um die Wahl des Fernsehprogramms gegeben, wie Rose ihre Besucher wissen ließ.

Momentan jedoch war die Zimmergenossin anderweitig verabredet, also brauchten sie auf niemanden Rücksicht zu nehmen.

Nachdem Georges zwei Gästestühle ans Bett herangerückt und Léonie die Blumen in eine Vase gestellt hatte, kam Rose, wie es ihre Art war, gleich zur Sache.

»Habt ihr das mitbekommen? Inzwischen sind zwei Mädchen aus Montignac verschwunden!«

»Radio Vézère«, wie Marie ihre Nachbarin gern nannte, war also auch hier auf Sendung!

Léonie war irritiert. Wie hatte Rose das erfahren? Warum wusste sie mal wieder mehr als sie selbst? Marie hatte am Morgen nur von einem Mädchen berichtet.

»Die Tochter meiner Zimmernachbarin wohnt in Montignac und hat das vorhin erzählt«, gab Rose bereitwillig Auskunft, als Léonie sie nach ihrer Wissensquelle fragte. »Ob da noch weitere Mädchen verschwinden werden? Das fragen sich die Leute, und es gibt schon wilde Gerüchte. Sehr spannend! Vielleicht deckt Marie noch einen Mädchenhandel auf. Man sollte es vielleicht nicht meinen, aber auch auf dem Land können böse Dinge passieren. Sehr böse sogar. Was sagt denn unsere Kommissarin eigentlich dazu?«

Rose kam jetzt so richtig in Fahrt, und Léonie konnte Georges ansehen, dass für ihn der Moment gekommen war, still und leise Reißaus zu nehmen. Bis auf ein »*Bonjour*« hatte er noch nichts von sich gegeben und war immer wieder unruhig auf seinem Stuhl herumgerutscht. Jetzt stand er auf und fing an, langsam durchs Zimmer zu gehen.

»Und, Georges, was sagst du dazu?«, fragte Rose ihn unvermittelt.

»Ich? Nichts!«

Dabei wusste ihre Nachbarin doch eigentlich nur zu gut, dass er sich nie zu fremden Angelegenheiten äußerte.

»Ist ein prächtiges Obstjahr, oder?« Rose versuchte, ihm eine Brücke zu bauen, damit er an dem Gespräch teilnahm, und zeigte auf die Schale mit dem Obst, die er auf ihren Nachttisch gestellt hatte.

Er nickte.

Es war seit jeher eine ungute Kombination mit den beiden: Rose war so gesprächig wie Georges mundfaul. Die Stimmung stand kurz davor zu kippen, ahnte Léonie.

»Und, wie geht es deinem Rabauken?«, fragte Rose scherzhaft.

Léonie sah, wie Georges' Augen sich zu Schlitzen verengten.

»Joseph macht sich prima«, antwortete Léonie beherzt statt seiner und hoffte, auf diese Weise ein absurdes Plädoyer für das Schwein abzuwenden.

»Und er wünscht dir gute Besserung«, kam es gepresst aus Georges' Mund.

Woraufhin Léonie den Atem anhielt. Hoffentlich fühlt sich Rose nicht veräppelt!

»Das ist sehr freundlich von Joseph! Er ist wirklich ein besonderes Tier«, rief Rose erfreut, und Léonie war ihr dankbar für diese abgeklärte Reaktion – als wäre es das Normalste der Welt, dass ein Hängebauchschwein Genesungswünsche äußerte.

»Ja, Joseph ist sehr besonders«, bestätigte Georges mit stolzgeschwellter Brust.

Während des sonderbaren Gesprächs hatte er sich nach und nach der Zimmertür genähert und sie inzwischen fast erreicht.

»Ich muss mir die Beine vertreten und wollte mal rüber zum Aussichtsplatz. Der soll ja sehr schön sein«, verkündete er, als würde er sich für touristische Sehenswürdigkeiten interessieren.

Léonie wusste, dass er Rose am liebsten aus der Ferne mochte – das hatte sich im Laufe der letzten sechzig Jahren nicht geändert. Er wollte ihr nichts Böses, aber sie strengte ihn an.

»Ich komme später nach«, versprach sie ihm.

Georges verabschiedete sich artig von Rose und versicherte, sich weiterhin um ihren Garten zu kümmern. Was er in der Tat mit großer Hingabe machte, wie Léonie wusste. Im Garten ihrer Freundin war nicht eine einzige welke Blüte zu sehen.

»Danke! Auch für das Obst und den Besuch.«

Rose war es bestimmt auch recht, Léonie noch ein bisschen für sich zu allein haben.

Nachdem Georges die Tür hinter sich geschlossen hatte, sagte sie versonnen: »Schwein müsste man sein. Na ja, vielleicht im nächsten Leben.«

»Aber nur ein Schwein unter Georges' Obhut! Und das muss man sich im vorherigen Leben redlich verdient haben – da braucht es schon ein paar Heldentaten«, merkte Léonie mit einem Augenzwinkern an.

Rose schmunzelte und kam dann wieder auf das Thema zurück, das sie augenblicklich umtrieb. »Die Tochter meiner Zimmernachbarin meinte, eines der vermissten Mädchen sei irgendwie seltsam und würde sich mit fragwürdigen Gestalten rumtreiben.«

Léonie nahm es verdutzt zur Kenntnis. Wie immer war Rose ein Füllhorn an Informationen. Vielleicht war da auch etwas Interessantes für Marie dabei.

»Und woher weiß sie das?«

»Die wohnt in der gleichen Straße, aber Richtung Dorfmitte. Da, wo der Metzger ist. Das Mädchen ist neuerdings oft mit dem Mofa unterwegs. Und die Tochter hat auch mal gesehen, wie sie in Sarlat an einer Ampel jongliert hat, um Geld zu verdienen.«

»Und mit wem treibt sich das Mädchen so rum?«, hakte Léonie nach, die sich jetzt ganz im Dienste von Marie sah.

»Das weiß ich leider nicht«, gab Rose geknickt zu. »Hör mal, du rufst mich aber an, wenn du von Marie was erfährst, ja? Das heißt, ich komme ja nächste Woche eh nach Hause.«

»Ach, wie schön!«, entfuhr es Léonie, die das aufrichtig meinte.

»Klar! Ich werde zwar ein bisschen traurig sein, meine neuen Freundinnen hier zu verlassen, aber ich freue mich eben auch sehr auf mein Zuhause und meinen Garten. Und natürlich auf dich!«

»Wir machen es uns schön, wenn du wiederkommst«, sagte Léonie gerührt. »Und zur Abwechslung backe mal *ich* was Leckeres für uns.«

Eigentlich war Rose die begnadete Bäckerin, aber erst einmal musste sie ja wieder richtig auf die Beine kommen.

Wieder strahlte Rose. Dann beugte sie sich zu Léonie, um den Stoff ihres neuen Kleides zu befühlen.

»Sehr schön. In Rosa würde mir das auch gefallen!« Rose trug nur diese Farbe. Sie hielt ihrem Namen die Treue – das war für sie eine Frage des Prinzips.

Danach erzählte Léonie ihrer Freundin die letzten Neuigkeiten aus dem Dorf und musste ihr tausend Fragen beantworten. Wer hatte wie, wo, was gesagt …? Es entwickelte sich ein munteres Gespräch, fröhlich und vertraut.

Als schließlich eine Krankenschwester kam, um Rose an ihren Massagetermin zu erinnern, verabschiedete sich Léonie von ihrer Freundin.

»Ich begleite dich zur Tür«, kündigte Rose an. »Ohne Krücken!«, fügte sie stolz hinzu.

Sie lief tatsächlich mühelos, fast, als sei nie etwas passiert, stellte Léonie erleichtert fest. Der Unfall war zwar schlimm gewesen, aber diese Reha tat ihrer Nachbarin körperlich und seelisch richtig gut.

Als sie auf die Straße trat, wurde Léonie von der Sonne geblendet. Sie musste sich kurz orientieren und erkannte dann weiter unten ein Gebäude wieder: die große Markthalle mit den Arkaden aus runden Steinpfeilern. Sie war schon seit Jahren nicht mehr hier gewesen, und damals hatte es die vielen Souvenirläden noch nicht gegeben. Gerade fuhr auch noch eine kleine Bimmelbahn mit Touristen an ihr vorbei. Gut, dass es all das in Saint-André nicht gab. Und hoffentlich auch nie geben würde. Zum Glück achtete der Bürgermeister darauf, dass der Tourismus in ihrer Gemeinde nicht überhandnahm. Es gefiel Léonie durchaus, dass ihr Dorf im Sommer so belebt war, aber sie wollte sich auch weiterhin zu Hause fühlen können und morgens ungestört ihr Brot im Tante-Emma-Laden kaufen.

Léonie ging an der Kirche vorbei und schlenderte auf der lang gestreckten Esplanade de la Barre. Sie hielt nach Georges Ausschau, und bald schon entdeckte sie ihn: Er saß kerzengerade auf einer der städtischen Bänke aus Holz und Gusseisen im dichten Schatten hoher Kastanienbäume. Sie trat näher, ohne dass er sie bemerkte.

Genau dieser Platz hatte Domme berühmt gemacht, denn die kilometerweite Aussicht von hier auf das Tal der Dordogne war von beeindruckender Schönheit – und schien auch ihren Liebsten in den Bann gezogen zu haben.

Léonie setzte sich neben Georges, der sich weiterhin nicht rührte, und sie schwiegen eine Weile.

»Und, wie ist es so als Tourist?«, fragte sie ihn schließlich.

»Ungewohnt. Aber für einen Nachmittag lasse ich mir das gefallen.«

Léonie löste ihren Blick von dem Panorama und schaute sich um.

Links von ihnen sah sie ein Restaurant-Café mit einer einladenden Terrasse. Es sah ziemlich vornehm aus. Auf den Tischen lagen weiße Stoffdecken mit hübschen Blumengedecken darauf, und soweit sie das erkennen konnte, trugen die Kellner schwarze Anzüge. *Très chic!,* dachte sie und traf eine Entscheidung.

»Junger Mann, würden Sie mich zu einem Eis einladen?«, fragte sie Georges.

Er sah sie entgeistert an.

Sie stellte sich vor, wie es in seinem Hirn brodelte. Für ihn war das eine nie da gewesene Situation.

Und dann lächelte er.

»Es wäre mir eine Ehre, Mademoiselle.«

Kapitel 14

Mauriac-sur-Vézère, Samstag, 1. Juli

Richard hatte sein Auto auf dem Parkplatz von Lascaux 4 stehen lassen, und nun fuhren sie gemeinsam im Dienstwagen von Marie durch die beschauliche, in sattem Grün glänzende Landschaft. Sie durchquerten einen für die Gegend typischen Steineichenwald, gelangten in ein sanftes Tal und fuhren an einem Sonnenblumenfeld vorbei, das in voller Blüte stand. Es war ein perfekter Frühsommertag unter leuchtend blauem Himmel.

Nach zehn Minuten hatten sie Mauriac-sur-Vézère erreicht – ein schönes Dorf, das sich seit Generationen kaum verändert hatte. Es war etwas abseits gelegen und bot außer einer Bäckerei und einem Sternerestaurant keine weiteren Geschäfte oder Ausgehmöglichkeiten. Was macht ein junger Krimineller wie François Milliet hier? Und in welchen Verhältnissen mag er wohl leben?, fragte sich Marie.

Es war schon vier Uhr nachmittags, als sie an dem Restaurant Aux bons Amis vorbeifuhren, das als Gourmettempel galt. Sofort musste Marie an einen dramatischen Mordfall denken, den sie vor genau einem Jahr gemeinsam mit Richard gelöst hatte: Der ehemalige Besitzer des Restaurants, der nebenbei ein großer Sammler von prähistorischen Artefakten gewesen war, hatte diese Leidenschaft mit dem Leben bezahlt. Marie fiel nun auf, dass sich an der Restaurantfassade aus altem Sandstein seit dem letzten Jahr nichts verändert hatte. Immer noch gab es dort die großen Tongefäße, die als Blumentöpfe dienten und mit üppigen, farblich abgestimmten Stauden bepflanzt waren, und eine rote Markise spendete Schatten. Auf dem Parkplatz daneben standen fast ausschließlich luxuriöse Autos, und die elegant gekleideten Gäste auf der Terrasse schienen das gesellige Beisammensein zu genießen. Das Leben ging weiter – trotz des Mordes und seiner Folgen, die das Dorf erschüttert hatten.

Richard schossen wohl ähnliche Gedanken durch den Kopf, denn im nächsten Moment fragte er: »Sind Sie seit dem Fall Boisset noch mal hier gewesen?«

»Nein. Dabei gehört Mauriac eigentlich zu meinen Lieblingsorten in der Region. Zum Glück ist das Dorf authentisch geblieben und strahlt diese besondere Ruhe aus. Ich habe zwar nicht vor, Saint-André zu verlassen, aber hier könnte ich auch gut leben, die Lage an der Vézère ist einfach nur bezaubernd.«

Sie fuhr weiter und entdeckte schon bald die Rue de l'Eglise.

Das Haus Nummer 10 war einstöckig und ziemlich schmal. Es hatte nur zwei winzige Fenster zur Straße hin. Vermutlich war es zu einer Zeit erbaut worden, als es noch Fenstersteuer gab. Der ramponierten Fassade nach zu urteilen war es an die hundertfünfzig Jahre alt. Da sie weder eine Klingel noch ein Namensschild entdeckten, klopfte Richard energisch an die Holztür. Eine halbe Minute später wurde geöffnet.

Der junge Mann im Türrahmen war von schmächtiger Statur. In Nase und Ohren steckten Piercings, und sein T-Shirt ließ großflächige farbige Tattoos an seinen Armen erkennen.

»*Bonjour!* Sind Sie François Milliet?«, fragte Marie freundlich.

»Wer sind Sie?«, entgegnete er und starrte sie misstrauisch an.

Marie stellte Richard und sich vor.

»Dürfen wir reinkommen?«

Er nickte, machte einen kleinen Schritt zurück, als wolle er sie reinlassen. Doch dann trat er blitzschnell aus der Tür, schlug sie von außen zu, stieß Richard zur Seite und sprintete davon.

»*Merde!*« Marie eilte gleich hinterher, gefolgt von Richard, der sich wieder gefangen hatte.

Der Mann rannte durch die engen Gassen, wurde dabei immer schneller und lief schließlich zum oberen Teil des Dorfes, auf den Wald und das Schloss von Mauriac zu. Die Nachmittagssonne brannte erbarmungslos von oben herab, und der Weg führte steil nach oben. Das alles schien den Flüchtigen nicht zu stören. Er hetzte davon, als sei ihm der Teufel auf den Fersen.

Zum Glück hatte Marie durch ihr morgendliches Joggen eine gute Kondition und konnte den Abstand zu ihm stetig verringern. Gleich hab ich dich!, dachte sie. Doch sie hatte sich zu früh gefreut, denn auf einmal war er in dem dichten Wald unterhalb des Schlosses verschwunden. Sie blieb einen kurzen Moment stehen, hörte seine Schritte im Unterholz, orientierte sich und rannte in die Richtung, die er eingeschlagen hatte. Was nicht einfach war, denn der unebene Waldboden und vor allem die herausragenden Wurzeln der Bäume waren gefährliche Stolperfallen.

Zum Glück erblickte sie den Typen bald wieder. Er hatte das Schloss fast erreicht. Sie erhöhte wieder ihr Tempo. Jetzt zeigte sich, dass sie eine bessere Ausdauer hatte als er, denn nach etwa hundert Metern konnte sie ihn einholen. Mit einem Sprung warf sie sich von hinten auf ihn und brachte ihn zu Fall.

»Dazu haben Sie kein Recht! Lassen Sie mich los!«, fauchte er, während er unter ihr lag und sich zu wehren versuchte.

Doch Marie drehte ihm die Arme auf den Rücken und hielt ihn so am Boden fest.

»Ich werde Sie bestimmt nicht ein weiteres Mal gehen lassen. Ihr Fluchtversuch wird schon einen Grund haben.«

Marie sah, wie Richard sich den Berg hochkämpfte. Keuchend lief er den Schlossweg entlang, die Strecke durch den Wald hatte er sich wohl nicht zumuten wollen. Als er schließlich mit hochrotem Kopf ankam, legte er dem immer noch am Boden liegenden Mann Einweg-Handschellen aus dicken Kunststoffbändern an.

»Praktisch, diese Dinger … kann man einfach in die Hosentasche stecken«, japste er. »Die hatte ich heute Morgen vorsichtshalber mitgenommen.«

Marie reckte den rechten Daumen nach oben, um ihm ihre Anerkennung zu zeigen.

Richard mochte körperlich nicht der Fitteste sein, aber sein Verstand funktionierte tadellos.

Dann half sie dem jungen Mann auf, der jetzt kein Wort mehr sagte.

»Sind Sie nun François Milliet?«

Er nickte.

»Und wie es aussieht, haben Sie etwas gegen Polizisten. Sie werden uns gleich erklären, warum«, sagte sie ihm, während Richard ihn am Arm fasste und sich mit ihm in Bewegung setzte.

Milliet ließ den Kopf hängen und trottete widerstandslos mit.

Visla hatte Marie gesagt, dass er ein Taschendieb sei und vermutlich mit Drogen handele. Wichtig für sie war im Moment aber vor allem, ob er etwas mit dem Verschwinden der Mädchen zu tun hatte.

Marie und Richard hatten François Milliet in ihre Mitte genommen und gingen mit langsamen Schritten zu dessen Häuschen zurück. Der Weg war länger, als Marie ihn in Erinnerung hatte, sie waren dem jungen Mann eine weite Strecke hinterhergerannt. Kein Wunder, dass sie alle drei aus der Puste waren.

Als sie ins Dorf zurückkehrten, fiel Marie auf, dass die Straßen menschenleer waren; hier wurde noch Siesta gehalten. Links und rechts sah man gepflegte Gärten mit teilweise prächtigen Bäumen und Blumen, die in voller Blüte standen. Es herrschte Stille, nur ein paar Hunde bellten, als sie an ihnen vorbeigingen.

Dann betraten alle drei das schmale Haus in der Rue de l'Eglise. Marie schaute sich erst einmal um. Es gab nur einen einzigen Wohnraum, der spartanisch eingerichtet war: ein Einzelbett, ein Tisch mit drei Baststühlen, ein Eichenschrank, ein durchgesessener Stoffsessel, eine Kochnische mit einem Kühlschrank und ein verrußter offener Kamin. Die Wände, die vor Jahrzehnten weiß gewesen sein mussten, waren grau und kahl bis auf einen Kalender der Post vom letzten Jahr. Eine niedrige Tür führte zu einem bescheidenen Bad. Erstaunlich aufgeräumt war es in dem Haus, nirgendwo lag etwas herum – abgesehen von dem Notebook auf dem Tisch, das so gar nicht zu dem restlichen Ambiente passte. Neben der Eingangstür hing ein dunkler, langer, capeartiger Mantel, und ein auffallend großer, massiver Gehstock lehnte an der Wand.

Sieht aus wie das Haus eines alten Menschen, der hier schon seit Ewigkeiten lebt, dachte Marie spontan.

Was also hatte diesen Kleinkriminellen hierher verschlagen? Mit seinem Aussehen wirkte er in dieser Umgebung völlig deplatziert. Einzig der penetrante Dope-Geruch, der das Haus durchzog, ließ darauf schließen, dass er tatsächlich hier wohnte.

Marie ließ Richard Milliet die Handschellen wieder abnehmen in der Hoffnung, dass die Geste den jungen Mann dazu brachte, sich ihnen zu öffnen. Dann nahmen sie auf den drei wackeligen Baststühlen Platz.

»Wohnen Sie wirklich hier?« Marie stellte diese Frage bewusst im barschen Ton.

»Ja, seit mein Opa vor drei Monaten gestorben ist. Er hat es mir vererbt.« Abgesehen von seinem Protest, als er am Boden lag, waren das die ersten Worte, die er mit ihnen sprach. Dabei schwangen Respekt und Zuneigung in seiner Stimme mit. Anscheinend war sein Großvater eine wichtige Person für ihn gewesen.

»Mich interessiert gerade nicht, was Sie in Sachen Rauschgift oder Kleingaunereien betreiben. Darum werden sich unsere Kollegen später kümmern – als Dankeschön für den kleinen Sprint. Was mich interessiert, ist Ihr Verhältnis zu Margaux Perrin. Wie stehen Sie zu ihr? Ist sie Ihre Freundin?«

Er schaute Marie erstaunt an. Sein Blick war wach. Sollte er vor ihrem Eintreffen Drogen konsumiert haben, dann hatten sie durch die aufreibende Flucht ihre Wirkung verloren. Seine Wimpern waren noch heller als sein rot-blondes Haar; er sah ein wenig aus wie der junge Boris Becker in punkiger Version.

»Die sehe ich nicht mehr.«

»Was heißt das?«, wollte Richard wissen, dessen Wangen von der körperlichen Anstrengung immer noch stark gerötet waren.

»Sie hat von heute auf morgen Schluss gemacht.« Milliets Augen flackerten plötzlich.

»Sie waren also zusammen?«

»Ja. War auch total cool, aber vor zwei Wochen hat sie dann Schluss gemacht.« Er stockte kurz, als würde der Gedanke ihn schmerzen. »Sie hat sich in einen anderen verliebt.«

»Und wissen Sie, wer das ist?«

»Nein, keine Ahnung, wer der Typ ist. Interessiert mich auch nicht. Und Margaux hab ich seitdem nicht mehr gesehen.« Er hielt kurz inne, bevor er verärgert hinzufügte: »Soll die doch bleiben, wo der Pfeffer wächst.«

Konnte seine Eifersucht mit Margaux' Verschwinden zusammenhängen? Aggressiv wirkte er nicht, aber so ein verletztes Ego konnte durchaus zu unkontrollierten Reaktionen führen.

Milliets Handy, das auf dem Tisch lag, gab ein kurzes akustisches Signal von sich, und Marie warf automatisch einen Blick darauf. Das Display hatte aufgeleuchtet, nun war ein Foto zu sehen. Ihre Augen weiteten sich, als sie darauf Milliet erkannte – mit dem Schlapphut, der auch auf Emmas Fotoserie zu sehen war. Marie griff nach dem Handy und hielt es Richard hin. War das die Bestätigung, dass die beiden sich kannten?

Sie wandte sich an François Milliet. »Was ist das für ein Hut?«

»Wieso? Der gehörte meinem Opa. Den habe ich mit diesem Haus von ihm geerbt.«

»Wenn Sie uns den bitte zeigen würden«, forderte Richard ihn freundlich, aber bestimmt auf.

»Den Hut?«, fragte der junge Mann verwundert.

Da er an ihren Mienen aber offensichtlich erkannte, dass die Aufforderung ernst gemeint war, stand er auf und ging zu dem alten Eichenschrank, dessen Tür quietschte, als er sie öffnete.

Marie konnte von ihrem Platz aus dunkle Kleidungstücke erkennen, die an Bügeln hingen. Waren das die Sachen des Großvaters, die er ehrfurchtsvoll aufbewahrte? Es sah danach aus – ein Verhalten, das sie berührte. Sie hatte auch eine ganze Weile gebraucht, bis sie die Sachen ihrer Großmutter aus dem Kleiderschrank räumen konnte. Solange sie noch an ihrem ursprünglichen Platz gewesen waren, hatte sie das irgendwie tröstliche Gefühl gehabt, sie könne wiederkommen.

Milliet streckte die Hand zu einem Brett, das über der Kleiderstange angebracht war, und tastete nach einem Hut darauf. Er nahm ihn, kehrte zurück und legte ihn auf den Tisch. Man sah der speckig anmutenden Kopfbedeckung an, dass sie alt und abgetragen war.

Marie meinte, einen muffigen Geruch wahrzunehmen, und sah Milliet fragend an.

»Mein Opa war Schäfer. Den Hut hat er sein Leben lang getragen.«

Daher auch der lange Mantel und der große Stock neben der Tür.

»Würden Sie ihn bitte aufsetzen?«, forderte Marie den jungen Mann auf.

»Der ist mir viel zu groß.«

»Wir sind hier nicht beim Schönheitswettbewerb«, stellte sie klar.

Milliet setzte den Hut auf, und als er seinen Kopf ein wenig nach vorn neigte, verschwand sein Gesicht komplett darunter. Genau wie Robert Pinçon es beschrieben hatte.

»Können Sie uns bitte erklären, was Sie am vergangenen Montag bei Emma Laroussine gemacht haben?«, wollte Marie wissen.

»Äh? Wer soll das sein?«

Die Gleichgültigkeit in seinem Ton missfiel Marie.

»Emma Laroussine besucht dasselbe Gymnasium wie Margaux Perrin – Ihre Ex-Freundin –, und beide sind seit gestern Morgen verschwunden.«

»Und was geht mich das an?« Er zuckte gelangweilt mit den Schultern.

»Das sind schon erstaunliche Zufälle«, merkte Marie an.

»Sie sind am Montagabend in der Nähe von Emma Laroussines Haus gesehen worden«, sagte Richard.

»Kann nicht sein!«

»Okay. Dann erzählen Sie uns, wo Sie letzten Montagabend waren«, verlangte Richard.

»Mann! Keine Ahnung. Wahrscheinlich hier.« Er zeigte auf den Laptop, der auf dem Tisch lag. »Hab eine Serie geglotzt.«

»Kann das irgendjemand bezeugen?«

»Nee.«

»Das ist bedauerlich.« Marie holte ihr Handy aus der Tasche, rief Emmas Bilderserie mit dem Schlapphut auf und zeigte sie ihm. »Das sind doch Sie, oder?«

Die kleine Kerbe, die am Rand des Hutes auf den Fotos zu sehen war, fand sich an Milliets Kopfbedeckung wieder. Marie wies darauf hin.

François Milliet schüttelte unsicher den Kopf.

Anscheinend war er ein Anhänger reduzierter Kommunikation.

»Können Sie uns etwas zu diesen Bildern sagen?«

Er schaute weiter auf das Display, und seine Miene wirkte verwirrt.

Wusste er wirklich nichts von diesen Fotos – oder spielte er den Unwissenden nur?, fragte Marie sich.

»Wer soll das sein?«, meldete er sich schließlich zu Wort.

»Sie natürlich!«, erwiderte Richard, und Marie meinte eine

Spur von Gereiztheit aus seiner Stimme herauszuhören. »Uns interessiert, wann diese Aufnahmen gemacht wurden.«

François Milliet blickte ihn überrascht an. »Ich weiß nicht, wovon Sie sprechen.«

Marie wechselte das Thema. »Was machen Sie beruflich?«

Dieses Mal zuckte er nur mit den Schultern.

»Anders gefragt: Wovon leben Sie? Außer von dem, was Sie als Taschendieb erbeuten?«

»Ich schlage mich so durch«, antwortete er mit gesenktem Blick.

Marie meinte hinter seinen Tattoos, Piercings und der betont coolen Art eine gewisse Sensibilität zu erkennen, die auch zu dem aufgeräumten Haus und der Wertschätzung für seinen Großvater passte. Doch gleichzeitig hatte er etwas Rotziges und vielleicht auch Verschlagenes an sich. Sie vermutete, dass Milliet mehr wusste, als er zugab.

Vielleicht musste man ihm noch deutlicher auf die Sprünge helfen.

Sie stand abrupt auf, ging um den Tisch herum und tastete mit der flachen Hand die Unterseite der Tischplatte ab, aber da war nichts. Dann trat sie auf das Bett zu, hob vorne und hinten die schwere Matratze hoch. Auch da war nichts versteckt. Anschließend widmete sie sich dem Kleiderschrank. Ebenfalls nichts.

»Was suchen Sie?« Obwohl Milliet sich gelassen gab, verriet seine Stimme eine gewisse Nervosität.

Er stand langsam auf, aber Richard trat zu ihm und drückte ihn wieder auf den Stuhl zurück.

Gut so, werde du mal ruhig nervös, dachte Marie.

»Das wissen Sie ganz genau.«

Als sie zum Kühlschrank ging, wurde der junge Mann noch unruhiger, aber Richard hielt ihn weiterhin fest.

Kein abgebrühter Typ. Das macht ihn beinahe sympathisch, stellte Marie fest.

Im Kühlschrank standen außer ein paar Bierflaschen und einem Joghurtbecher nur noch zwei große Kaffeedosen aus Blech.

Marie holte die beiden Büchsen heraus und stellte sie auf den Tisch.

Der junge Mann stöhnte leise. Richard ließ ihn los und setzte sich ihm gegenüber.

»Dann wollen wir mal sehen, was das für ein besonderer Kaffee ist.«

Marie öffnete die erste Dose, und ein starker Cannabisgeruch strömte ihr entgegen. Die Büchse war bis oben mit Graspäckchen gefüllt. Die zweite Dose wies den gleichen Inhalt auf.

Richard stieß einen kurzen Pfiff aus.

»Bei dieser Menge und Art der Verpackung wird Ihnen kein Richter Eigenbedarf abnehmen. Das kann Sie direkt ins Gefängnis bringen.« Marie ließ mehrere Päckchen auf den Tisch fallen. »Wir haben uns über Sie erkundigt. Sie sind bis jetzt nicht vorbestraft, und es würde Ihnen bestimmt den Weg in die Zukunft erleichtern, wenn es dabei bliebe. Wir könnten ein gutes Wort für Sie einlegen.«

»Seien Sie einfach kooperativ«, fügte Richard hinzu.

François Milliet starrte sie hilflos an.

»Möchten Sie uns nicht etwas zu den beiden verschwundenen Mädchen sagen?«, fragte Marie mit Nachdruck. »Das ist es nämlich, was uns brennend interessieren würde.«

Schweigen.

»Okay, vielleicht sind Sie auf dem Kommissariat gesprächiger.« Ihr reichte es. »Wir rufen jetzt die Kollegen an, damit die Sie erst einmal zur Wache von Montignac bringen. Sie haben natürlich das Recht, einen Anwalt zu kontaktieren.«

Er schaute zu ihr hoch. Sein Blick hatte etwas Verlorenes.

Wie ist dieser junge Typ auf die schiefe Bahn geraten?, fragte sich Marie. Hatte er außer von seinem Großvater, den er zu schätzen schien, keinen Halt im Leben gehabt? Traurig war das, sollte das der Grund gewesen sein. Traurig war allerdings auch, dass sie immer noch nichts Neues über die Mädchen herausgefunden hatten – außer dass Margaux angeblich bis vor Kurzem mit François Milliet liiert gewesen war, inzwischen aber einen anderen Freund hatte.

Kapitel 15

Montignac, Samstag, 1. Juli

Richard fuhr mit den Kollegen, François Milliet und den »Kaffeedosen« zur Polizeiwache von Montignac. Marie folgte ihnen in ihrem Dienstwagen.

Als die Polizisten den jungen Mann ins Gebäude brachten, sah Richard, dass Marie zunächst im Auto blieb und telefonierte. Er wartete, bis sie das Gespräch beendet hatte. Als sie dann ausstieg und auf ihn zukam, hatte sie den Hut von François Milliet unter den Arm geklemmt.

»Ich habe Robert Pinçon gebeten, für eine Gegenüberstellung herzukommen. Er wird in einer halben Stunde hier sein«, teilte sie ihm mit.

Richard schaute sie verwundert an und zeigte auf das bescheidene Gebäude.

»Wie wollen Sie das denn hier in diesem kleinen Polizeirevier mit seinen begrenzten räumlichen und personellen Möglichkeiten machen?« In Périgueux waren sie deutlich besser aufgestellt.

»Das kriegen wir schon hin. Wir müssen uns nur den Gegebenheiten anpassen.«

»Wäre es nicht doch besser, ins Präsidium nach Périgueux zu fahren?«, hakte er nach, auch wenn er ahnte, dass Marie sich bereits entschieden und womöglich vom Auto aus schon alles organisiert hatte.

»Nein, damit würden wir nur kostbare Zeit verlieren. Ich will wissen, ob der Kupferschmied diesen Milliet als den Tramper wiedererkennt, den er in Mussillac gesehen hat. Als wir losgefahren sind, habe ich Visla angerufen, damit er Kollegen bittet, ihre Zivilkleidung anzuziehen und sich für die Parade d'identification zur Verfügung zu stellen. Erstaunlicherweise gibt es hier einen Raum mit einem Einwegspiegel, wie er mir erzählt hat.«

Richard stolperte immer wieder über diesen Begriff der »Identifikationsparade« für eine Gegenüberstellung. Das klang so harmlos, ja, fast fröhlich – was es nun wirklich nicht war.

»Wir brauchen dafür aber vergleichsweise klein gewachsene und schlanke Männer.«

»Klar. Visla meint, die kriegt er zusammen. Er kennt ja hier Gott und die Welt.«

Visla schon wieder. Marie scheint einen Narren an ihm gefressen zu haben, dachte Richard mit Unbehagen. Letzten Mittwoch hatte sie erzählt, dass sie es begrüßen würde, wenn der junge Polizist eine Karriere als Kriminalbeamter einschlagen und eines Tages sie beide vielleicht sogar unterstützen würde. Richard war darüber irritiert gewesen, was er sich jedoch nicht hatte anmerken lassen. Hegte sie inzwischen etwa Zweifel an seiner Zuverlässigkeit und seinem Engagement als Kriminalbeamter? Vermutlich hätte er sich doch keinen so langen Vaterschaftsurlaub gönnen sollen. Das hatte wohl bei Marie den Eindruck erweckt, dass er sich von nun an hauptsächlich um seine Familie kümmern und seinen Dienst vernachlässigen würde. Er würde ihr aber beweisen, dass sie sich täuschte. Allerdings musste er sich eingestehen, dass Visla seine Aufgaben mit Sorgfalt ausführte, stets mitdachte und Probleme intelligent zu lösen wusste.

Gemeinsam betraten sie die Polizeiwache, in der Richard seit Jahren nicht mehr gewesen war. Sie wurden von einer jungen Kollegin empfangen, die Marie zu kennen schien, denn die beiden begrüßten sich vertraut.

»In zehn Minuten sind wir bereit für die Gegenüberstellung.

Der Verdächtige sitzt schon im Verhörraum. Ich bringe sie sofort dorthin«, verkündete die Polizistin voller Tatendrang. »Der Raum mit dem Einwegspiegel ist gleich hier gegenüber. Ich rufe Sie, wenn wir so weit sind.«

Einen Moment später betraten Richard und Marie ein enges, fensterloses Zimmer, in dem François Milliet saß. Auf einen Anwalt hatte er verzichtet.

Einer der beiden Kollegen, die ihn hierhergebracht hatten, war noch bei ihm. Bei ihrem Eintreffen verließ er kommentarlos den Raum.

Anschließend saßen sie wieder zu dritt an einem Tisch, über dem eine nackte Birne fahles Licht auf ihre Gesichter warf. Der junge Mann sah erschöpft aus und wirkte lethargisch.

Marie erklärte ihm, dass gleich eine Gegenüberstellung stattfinden würde. Dass es einen Zeugen gäbe, der ihn möglicherweise wiedererkennen würde.

Er zuckte daraufhin nur wortlos mit den Schultern. Man konnte den Eindruck gewinnen, dass er nichts zu befürchten hatte. Erneut stellten sie ihm Fragen zu den vermissten Mädchen, und wie schon zuvor in seinem Haus kam nichts dabei heraus.

Schließlich klopfte es an der Tür. »Ja, bitte!«, rief Marie, woraufhin die Kollegin vom Empfang eintrat.

»Sie können kommen.«

Gemeinsam verließen sie den Verhörraum.

»Wer soll mich denn überhaupt erkennen?«, fragte Milliet dann doch, als sie den Flur entlanggingen.

»Das dürfen wir Ihnen nicht sagen«, entgegnete Richard, und zusammen mit der jungen Polizistin führte er ihn in den Raum für die Gegenüberstellung.

Dort standen sechs Männer unter zwei langen Neonlichtröhren und hielten schweigend jeweils ein Pappschild mit einer Nummer vor der Brust.

Die Polizistin überreichte Milliet ein Schild mit der Nummer 7 und sagte: »Stellen Sie sich bitte rechts von der Nummer 6, schauen Sie geradeaus, und bewegen Sie sich nicht!«

Er tat wie geheißen.

Richard und Marie betraten den kleinen, bis auf einige übereinandergestapelte Kartons leeren Nebenraum, in dem Agent Visla auf sie wartete.

»Super, dass Sie das alles so schnell hinbekommen haben«, lobte ihn Marie.

»Stets zu Ihren Diensten«, antwortete er sichtlich stolz und schaute dann Richard an, der einen Daumen hochhielt, um zu zeigen, dass er ebenfalls beeindruckt war.

Das Zimmer war so klein, dass sie mehr oder weniger direkt vor der großen Scheibe standen, durch die sie die sechs Vergleichspersonen und ihren Verdächtigen sehen konnten.

Richard betrachtete Milliet, der mit erstarrtem Gesichtsausruck dastand und sich an seinem Schild förmlich festzuhalten schien. Im Vergleich zu den anderen Männern wirkte er schmächtiger, auch wenn Visla sich bemüht hatte, Kollegen von ähnlicher Statur zu finden.

»Ich lasse dann Monsieur Pinçon reinkommen, okay?«, fragte Visla.

»Ja. *Merci*«, antwortete Marie.

Er ging hinaus und kehrte kurz danach mit dem Kupferschmied zurück.

Pinçon nickte in die Runde.

»Vielen Dank, dass Sie sich die Zeit genommen haben, Monsieur Pinçon. Meinen Kollegen Inspecteur Martin kennen Sie, glaube ich, noch nicht.«

Richard reichte ihm die Hand und nahm den Blick des Mannes als gutmütig wahr.

Marie zeigte auf die Scheibe.

»Nehmen Sie sich die Zeit, die Sie brauchen«, sagte sie zu Pinçon. »Wir haben keine Eile.«

»Nummer 7!«, verkündete Pinçon nach einer Weile. »Zumindest von der Statur her. Ich muss nämlich dazusagen, dass der Typ neulich einen weiten Hut getragen hat, sein Gesicht war also nahezu komplett verdeckt.«

Richard ging daraufhin in den Verhörraum, um den Hut zu holen. Dann klopfte er an die Tür des Zimmers mit den Vergleichspersonen und dem Verdächtigen.

Die Kollegin trat sofort heraus.

»Bitten Sie alle sieben, nacheinander den Hut aufzusetzen und Richtung Spiegel zu schauen«, erklärte Richard und drückte ihr die Kopfbedeckung in die Hand.

Mit einem Nicken kehrte sie in den Raum zurück, und Richard gesellte sich wieder zu Marie, Visla und dem Kupferschmied.

Dann schauten sie wie gebannt durch den Spiegel.

Während der Hut von einem Mann zum nächsten wechselte, kam Richard nicht zum ersten Mal in den Sinn, wie unterschiedlich groß menschliche Schädel doch waren. Der Hut saß unterschiedlich tief auf dem Kopf einer Vergleichsperson und ließ dementsprechend mehr oder weniger von einem Gesicht erkennen. Bei Milliet verdeckte er das Gesicht bis auf die Kinnpartie.

»Es ist die Nummer 7. Das Gesamtbild passt.«

»Sind Sie sich da sicher?«, fragte Marie.

»Sagen wir mal so: Er sieht dem Mann, den ich Anfang der Woche in Mussillac auf der Straße gesehen habe, zum Verwechseln ähnlich. Weiß der überhaupt, welche Sorgen sich Emmas Mutter macht? Bei so einem Idioten kann einen wirklich die kalte Wut packen!« Er klang plötzlich sehr empört und zupfte hektisch an seinem grau melierten Bart.

»Wir bitten Sie, über all das hier Stillschweigen zu bewahren«, sagte Richard und erklärte ihm, dass er bei den Kollegen noch eine Zeugenaussage unterschreiben müsse.

»Klar«, grummelte Pinçon. »Aber ich muss jetzt schnell wieder zurück zu den Ständen.«

»Das dauert nur ein paar Minuten«, beruhigte ihn Marie. »Und nochmals vielen Dank, Sie haben uns sehr geholfen.«

»Gern. Hauptsache, Sie finden Emma.«

Visla bedeutete dem Kupferschmied, ihm zu folgen.

Nachdem die beiden den Raum verlassen hatten, ließ Marie Richard wissen, dass sie noch kurz dableiben wollte, um den Staatsanwalt anzurufen und ihn über die neuesten Entwicklungen zu informieren.

»Dann gehe ich jetzt wieder in den Verhörraum und warte da auf Sie«, antwortete Richard. »Und vorher bitte ich die Kollegin, uns den Verdächtigen dorthin zurückzubringen.«

Als Milliet wieder neben ihm saß, versuchte Richard erneut, mit ihm über die vermissten Mädchen zu sprechen. Aber da war nichts zu machen. Der junge Mann reagierte nicht auf seine Fragen. Warum auch immer.

Nach einer Viertelstunde betrat Marie das Zimmer. Noch im Stehen erklärte sie François Milliet, dass er nach Hause gehen dürfe, da er nicht vorbestraft sei.

»Bevor Sie das Revier hier verlassen dürfen, werden unsere Kollegen Sie allerdings noch wegen dieser Drogengeschichte vernehmen. In Anbetracht dessen, was wir in Ihrem Kühlschrank gefunden haben, wird Ihnen ein Prozess wohl nicht erspart bleiben.«

Milliet sagte dazu nichts, sondern blickte trübsinnig auf die Tischplatte.

Marie legte ihre Visitenkarte vor ihm hin. »Falls Sie uns doch noch sagen wollen, wo Margaux und Emma sind – hier ist meine Telefonnummer.«

Richard sah seiner Chefin die Enttäuschung an, Milliet gehen lassen zu müssen, auch wenn sie um einen neutralen Gesichtsausdruck bemüht war.

Er selbst war auch frustriert. Immerhin hatte Pinçon den Kerl wiedererkannt, und sie hatten reichlich Cannabis bei ihm gefunden – eine Nacht auf der Wache hätte ihn vielleicht dazu bewegt, mit der Wahrheit über die beide Mädchen herauszurücken.

Wenig später hielt Richard Marie die Eingangstür der Wache auf, und sie traten hinaus auf die Straße.

»Wirklich bitter, dass Milliet jetzt einfach so nach Hause gehen kann.« Richard konnte nicht länger zurückhalten, was ihm seit einer Weile auf der Zunge brannte.

»Das ist es. Aber da Pinçon das Gesicht des Trampers nicht erkennen konnte, wollte der Staatsanwalt das Ergebnis der Gegenüberstellung nicht anerkennen. Das hatte ich schon befürchtet, aber einen Versuch war es wert.« Seine Chefin wirkte auf einmal müde.

»Es war ein langer Tag, Richard. Für heute machen wir Schluss. Hoffentlich haben wir morgen mehr Erfolg.«

Er sah hinauf in den blauen Himmel.

»Dafür wird es ein schöner Abend«, versuchte er es mit Zuversicht.

»Ja, genießen wir ihn«, gab sie zurück, und er las neue Kraft aus ihrem Blick.

»Ich fahre jetzt zu Sophie. Sie ist mit der Kleinen bei ihrer Familie in Auberoche.« Rasch fügte er hinzu: »Falls Sie mich brauchen, bin ich ja nicht weit weg.« Der Bauernhof seiner Schwiegermutter war keine fünfzehn Kilometer von Montignac entfernt.

»Gut zu wissen. Aber heute werde ich mich bestimmt nicht mehr melden.«

Sie hob die Hand zu einem Abschiedsgruß, doch dann fiel ihr noch etwas ein.

»Sie haben mir gar nicht erzählt, ob Sie Emmas Vater erreicht haben oder ob wir die spanischen Kollegen einschalten müssen.«

»Entschuldigung, bei der Aufregung um Milliet habe ich das glatt vergessen … Ja, der Vater von Emma hat sich vorhin endlich zurückgemeldet. Er hat behauptet, mit seiner Tochter seit ihrem Geburtstag vor zwei Monaten nicht mehr gesprochen zu haben.«

»Hatte Jeanne Laroussine ihn über ihr Verschwinden informiert?«

»›Natürlich nicht‹, wie er selber sagte.« Ehe sie weiterfragen konnte, fuhr Richard fort: »Er hat angeblich nicht die geringste Ahnung, wo sie stecken könnte, dafür hätten sie zu wenig Kontakt. Aber er hat mich gebeten, ihn auf dem Laufenden zu halten, da seine Ex-Frau es bestimmt nicht tun würde.«

»Wie trostlos! Okay, lassen wir das für heute mal so stehen. Bis morgen, Richard. Grüßen Sie Sophie und ihre Familie.«

»Mach ich. Ich wünsche Ihnen einen schönen Abend.«

Marie dankte ihm, stieg in ihren Wagen und fuhr davon.

Richard schaute ihr kurz nach, dann begab er sich auf den Weg zu seinem Auto, das noch auf dem Parkplatz von Lascaux 4 stand.

In der Menschenmenge kam er nur langsam voran. Die Leute waren ausgelassen und lachten, tranken und aßen oder saßen vor irgendwelchen Ständen.

Nach einer Weile reihten sich plötzlich drei junge Frauen neben ihm ein, sicherlich Touristinnen, die augenscheinlich in Feierstimmung waren. Zwei hielten eine Bierflasche in der Hand, die dritte eine grellpinke und überdimensionierte *Barbe à Papa*.

Richard hatte die Begeisterung für Zuckerwatte noch nie verstanden: »Papas Bart« schmeckte doch einfach nur ekelhaft süß nach Zucker.

Eine der drei Frauen, und zwar die mit der Zuckerwatte, sprach ihn plötzlich an. »Wissen Sie, wo die Place d'Armes ist?«, wollte sie wissen und bot ihm gleichzeitig von dem süßen Zeug an. »Da findet nämlich der Ball statt«, fügte sie lächelnd als Erklärung hinzu.

Richard wehrte mit einer kleinen Handbewegung das Angebot ab, beschrieb ihr aber freundlich den Weg zum Paradeplatz, der auf der anderen Seite der Vézère lag.

»*Merci!* Wollen Sie uns nicht begleiten?«, forderte sie ihn ohne Umschweife auf. »Mir fehlt ein Kavalier. Und Tanzen macht happy!«

Nachdem er die Einladung dankend abgelehnt hatte, zog die Frau mit ihren Freundinnen kichernd davon.

Dass er angeflirtet wurde, war neu. Ja, dachte er, das Glücklichsein macht wohl attraktiv. Dabei hielt sich das Glücklichsein momentan in Grenzen. Dass sie bei der Suche nach den Mädchen auf der Stelle traten, bereitete ihm Sorgen.

Dennoch freute er sich jetzt auf seine Familie. Sophie hatte ihm im Laufe des Tages mehrere Fotos von Elodie geschickt: schlafend, beim Baden, auf einer bunten Decke im Garten liegend. Er konnte es kaum erwarten, sie in die Arme zu schließen.

Kapitel 16

In der Nähe von Saint-André-du-Périgord, Samstag, 1. Juli

Auf der Fahrt nach Hause dachte Marie ständig an Emma und Margaux. Es machte sie wahnsinnig, nicht die geringste Ahnung zu haben, wo sie waren und ob es ihnen gut ging. Mit dem Staatsanwalt hatte sie vorhin am Telefon vereinbart, dass am nächsten Morgen endlich eine Großfahndung eingeleitet würde. Nicht die ganz große nationale Fahndung für entführte Minderjährige – denn das gab es nur bei wenigen konkreten Entführungsfällen –, aber immerhin ein landesweiter Einsatz, bei dem Medien, Bahnhöfe und Flughäfen informiert wurden.

Sie hatte gerade das Ortsschild von Saint-André passiert, als ihr Handy klingelte. Ihr Blick glitt zum Display.

Bruno Dubosc! Der Bürgermeister bewies immer wieder ein besonderes Gespür für Timing. Eigentlich war es erstaunlich, dass er sich nicht früher gemeldet hatte, um sich nach dem Stand der Dinge zu erkundigen.

»*Salut*, Marie«, grüßte er sie, als sie das Gespräch nach kurzem Zögern annahm.

Sie hatte ein paar Sekunden mit dem Gedanken gespielt, ihn auf die Mailbox sprechen zu lassen. Aber aus Erfahrung wusste sie, dass er so lange anrufen würde, bis sie persönlich dranging. Und das Handy auszuschalten war keine Option, denn sie musste natürlich jederzeit erreichbar sein.

»*Salut*, Bruno«, erwiderte sie möglichst lässig.

»Wie ich höre, bist du mit dem Mädchen noch nicht weitergekommen, und jetzt wird auch noch ein zweites vermisst.« Bruno neigte dazu, sich im Ton zu vergreifen und tadelnd oder fast herrisch zu klingen, selbst wenn er es nicht böse meinte. Er war es nur gewohnt, dass die Dinge so liefen, wie er es sich vorstellte.

Marie weigerte sich, seine Bemerkung als Vorwurf aufzufassen. Sie berichtete ihm sachlich, was bislang geschehen war, und erwähnte zum Schluss die bevorstehende Großfahndung.

»Wie? Ihr wollt, dass die Medien das jetzt bekannt geben? Muss das wirklich sein?« Er dachte wohl an die Journalisten, die sich mit Sicherheit auf diese Nachricht stürzen würden, und vor allem wieder an den guten Ruf der Félibrée, der durch solche Berichterstattungen angekratzt werden könnte.

»Ja, das muss sein! Du wirst mir bestimmt recht geben, dass das Wohl von zwei Minderjährigen wichtiger ist als das Renommee der Félibrée – auch wenn die Organisation teuer und arbeitsintensiv war. Der Staatsanwalt sieht es zum Glück auch so, und deshalb wird morgen früh die Fahndung eingeleitet.«

»Klar, du hast recht«, gab er zu. Marie konnte es in seinem Hirn förmlich brodeln hören. Doch er war klug genug, nicht vorzuschlagen, die Großfahndung zu verschieben. »Dann viel Glück für morgen. Einen schönen Abend noch …« Und damit war das Gespräch beendet.

Zu Hause angekommen, stellte Marie erleichtert fest, dass Michels Auto vor der Hofeinfahrt stand. Auch er hatte sich verspätet, wie er ihr per SMS geschrieben hatte. Das Gespräch mit dem Vertreter des Ministeriums wurde ihr langsam suspekt. Sie hatte bis jetzt keine Zeit gehabt, sich darüber Gedanken zu machen – aber was hatte er eigentlich von Michel gewollt? Gab es Probleme, die ihr Freund bislang verschwieg?

Wie immer wurde sie auf dem Hof freudig von César begrüßt. Nachdem sie ihn ausgiebig geknuddelt hatte, rannte sie zu ihrem Haus.

Die Tür stand offen, und sie eilte voller Vorfreude in ihre helle, weitläufige Wohnküche. Auf dem Holztisch lag neben Michels Autoschlüssel und seinem Handy ein üppiger Strauß weißer und rosafarbener Pfingstrosen.

»Michel?«, rief sie fröhlich.

»Da bist du ja, *ma chérie*! Endlich!« Er kam ihr sogleich aus dem Wohnzimmer entgegen und schloss sie in die Arme.

»Wir haben übrigens für halb neun einen Tisch im Café de la Place«, ließ sie ihn wissen, nachdem sie sich lange und innig geküsst hatten. »Aber ich muss nach diesem langen Tag noch mal eben unter die Dusche.«

Ein hübsches Kleid wollte sie auch anziehen und sich endlich mal wieder ein bisschen schminken. Der Abend gehörte nur ihnen: Das war wie eine kleine Feier für sie beide.

»Gute Idee! Aber ich habe eine noch bessere: Wir gehen gemeinsam unter die Dusche. Mein Tag war nämlich auch lang.« Michel lächelte sie verschmitzt an und gab ihr einen zärtlichen Kuss.

»Klingt verheißungsvoll!« Marie stellte sich auf die Zehenspitzen und zog sein Gesicht nah zu sich heran. Sie schaute ihm in seine sanften grünen Augen und küsste ihn noch einmal leidenschaftlich. »Aber nicht zu heiß … Also, das Wasser.«

Gegen halb zehn erreichten sie vergnügt das Café de la Place. Die Dusche hatte etwas länger gedauert.

Sie stiegen die Stufen zur Terrasse hinauf und nahmen dort an einem Zweiertisch Platz, auf dem ein Zettel mit der Aufschrift *Réservé/Marie* lag.

Danielle, die Wirtin, hatte Wort gehalten und – obwohl sie eine Stunde später gekommen waren – weiterhin den besten Tisch für sie freigehalten: ein wenig abseits vom Trubel mitten auf der Terrasse, wo alle Tische besetzt waren. Von hier hatten sie zudem einen schönen Blick auf den Hauptplatz von Saint-André.

Dort hatten sich ein paar Jugendliche mit ihren Mofas um die Bänke unter einer großen Linde versammelt, schubsten sich laut lachend und rauchten lässig. Ein Stückchen weiter knutschte ein Pärchen.

Was gäbe ich darum, Emma und Margaux jetzt zwischen diesen jungen Leuten zu sehen, dachte Marie für einen kurzen Moment.

Michel streichelte ihre Hand. Sicherlich ahnte er, was ihr durch den Kopf ging. Sie lächelte ihn an und widmete sich wieder dem Hier und Jetzt. Und sah Danielle beschwingt auf sie zukommen.

Die Wirtin war ein großer Fan der Mode aus den Fünfzigerjahren und machte ihrem Ruf wieder einmal mit einem extravaganten Outfit alle Ehre. Heute trug sie ein eng tailliertes Cocktailkleid mit Volants und Zitronenmuster. Wo hatte sie das bloß wieder aufgetrieben? Die knallgelben Früchte und grünen Blätter waren in Originalgröße auf dem Stoff abgebildet, und ein breiter Gürtel mit üppiger Schleife rundete das »fruchtige Bild« ab. Natürlich hatte das Kleid ein tiefes Dekolleté: ein weiteres Markenzeichen von Danielles Garderobe. Auch zitronengelbe Retro-Pumps mit sehr hohen Absätzen fehlten nicht.

»Da seid ihr ja endlich«, sagte sie zur Begrüßung. Das klang zwar etwas vorwurfsvoll, war aber keineswegs so gemeint. Danielle hatte einfach eine leichte Neigung zur Ruppigkeit. »Die Küche hat inzwischen geschlossen, aber ich habe Jacques gebeten, zwei Tagesgerichte für euch zur Seite zu stellen. *Raie au beurre noir* und selbst gemachtes Kräuter-Kartoffelpüree mit Zucchini-Flan. Das bringe ich euch gleich.«

»Oh, du bist ein Schatz!« Marie liebte Rochen mit brauner Butter und stellte gerade fest, dass sie unbändigen Hunger hatte.

»Wenn Jacques später mit der Küche fertig ist, kommt er bestimmt mal bei euch vorbei.«

Danielles Mann war nicht nur ein sympathischer und lebensfroher Mann, sondern auch ein vorzüglicher Koch, der die regionale Küche hochhielt und sich als Wächter des kulinarischen Rufs des Périgord verstand.

»Großartig! Bereitet Jacques den Rochen eigentlich mit oder ohne Kapern zu?«, erkundigte sich Michel.

»Mit natürlich!«, antwortete Danielle. »Und als Vorspeise bringe ich euch einen Teller mit Jacques' neuester Wildschweinpasteten-Kreation.«

»Ich bin begeistert. Dazu könnten wir zur Abwechslung mal einen schönen Pouilly-Fuissé trinken.« Michel zeigte mit der einen Hand auf die Weinkarte und streichelte mit der anderen den Oberarm von Marie, die ein besonderes Faible für diesen Weißwein aus dem Burgund hatte. Und das wusste er natürlich.

Nachdem Danielle ihnen die Pasteten und die Flasche gebracht hatte, kosteten sie fast ehrfürchtig den perfekt gekühlten Wein.

»*Le petit Jésus en culotte de velour*«, verkündete Michel äußerst zufrieden.

Marie mochte diesen Ausdruck, der ein Höchstlob für Wein war. Schon das Bild gefiel ihr: Der Wein schmeckte, als würde das kleine Jesuskind in Samthosen die Kehle entlang in den Magen hinabgleiten.

Danielle nahm das Kompliment huldvoll entgegen und kehrte tänzelnd zu ihrem Tresen zurück. Dabei ließ sie die aufgedruckten Zitronen des Kleides um ihre ausladenden Hüften schwingen.

Marie schaute ihr fasziniert hinterher und bemerkte dann, dass Michel es ihr gleichtat.

Er lächelte. Nicht abwertend, sondern staunend, wie Marie zu erkennen meinte.

»Ich würde mich nie trauen, so was anzuziehen. Aber sie sieht super darin aus.« Marie sah Michel eindringlich an. »Jetzt erzähl mir endlich, wie es mit dem Typen vom Innenministerium war. Ich bin so gespannt.«

Michel nahm zunächst einen weiteren Schluck und stellte dann sein Glas bedächtig ab. Er schien es mit der Antwort nicht eilig zu haben.

Marie überkam ein ungutes Gefühl.

»Gut! Sehr gut sogar«, sagte er schließlich. »Er hat mir einen Posten in Paris angeboten, den man eigentlich nicht ablehnen kann. Als Berater im Innenministerium. Mit Dienstwohnung und allem Pipapo.«

Er fasste nach Maries Händen auf dem Tisch und drückte sie. Dabei schaute er ihr tief in die Augen.

Die Nachricht traf Marie mitten ins Herz. Damit hatte sie nun gar nicht gerechnet. Und warum hatte Michel ihr das nicht gleich erzählt? Letzten Sommer hatten sie beide eine tiefe Beziehungskrise durchlebt und einige Monate daran zu knapsen gehabt. Aber sie waren daran gewachsen und standen sich jetzt näher denn je. Heute wusste Marie, dass sie unbedingt mit Michel zusammenleben wollte. Und jetzt das: Er würde nach Paris ziehen. Die Vorstellung, dass sie demnächst noch weniger Zeit miteinander verbringen würden, stimmte sie tieftraurig.

Marie befreite ihre rechte Hand und nahm einen Schluck Wein, um sich zu fassen, war aber so aufgewühlt, dass sie nichts schmeckte. Genauso gut hätte sie Wasser trinken können. Sie überlegte schnell. Auch wenn es ihr ungeheuer schwerfiel – sie durfte Michel diese einmalige Chance nicht vermiesen. Es war eine beeindruckende berufliche Anerkennung für ihn.

»Das ist ja großartig! Ich gratuliere.« Sie lächelte Michel an, obwohl sie eigentlich am liebsten geweint hätte.

»Du weißt schon, dass du eine miserable Schauspielerin bist!« Michel lachte.

Marie schaute ihn perplex an – und war auch eine Spur pikiert.

»Aber auch das liebe ich an dir«, fuhr er fort. »Ich weiß, dass du mich niemals bitten würdest, auf eine solche Beförderung zu verzichten. Aber erinnerst du dich, was ich dir letztes Jahr gesagt habe, was ich machen würde, sollten wir mal ein Kind bekommen?«

»Klar! Wie könnte ich das vergessen? Dass du kündigst, dich als Hausmann um das Kind kümmerst und ich weiterarbeiten kann. Guter Plan.«

Langsam entspannte Marie sich wieder.

»Genau. Und das habe ich nicht einfach so dahergesagt.«

Michel war zehn Jahre älter als sie. Er war seit einigen Jahren Witwer und hatte somit am eigenen Leib erfahren müssen, dass das Glück an einem seidenen Faden hing. Und das vergaß er nie. Beruflich hatte er oft mehr Distanz zu den Dingen als sie – vielleicht oder wahrscheinlich auch deshalb.

»Meine Priorität ist unsere Beziehung. Und ich werde bestimmt nicht nach Paris ziehen, auch wenn ich erst mal nicht Hausmann werde. Du siehst übrigens wunderschön aus!«

Der Moment hatte etwas Feierliches.

Marie fühlte sich plötzlich federleicht und war einfach nur glücklich. Als hätte Danielle gewusst, dass dies ein besonderer Augenblick war, machte sie die Außenbeleuchtung der Terrasse an. Die Lichterketten, die unter den Linden angebracht waren, leuchteten sanft in den unterschiedlichsten Farben. Alles ist perfekt, dachte Marie. Nach dem anstrengenden Tag hatte sie das Gefühl, in einen verheißungsvollen Sommernachtstraum einzutauchen.

Das enervierende Vibrieren ihres Handys unterbrach den Zauber jäh.

Neuigkeiten zu Emma und Margaux? Nach ein paar Sekunden nahm sie den Anruf entgegen.

»Madame la Commissaire!« Es war Visla, und er klang aufgewühlt. »Entschuldigen Sie bitte die Störung am Samstagabend. Aber wir haben gerade am Ortsausgang von Montignac die Leiche eines Mannes gefunden. Alle Anzeichen deuten auf Mord hin.«

Kapitel 17

Montignac, Samstag, 1. Juli

Richard war so schnell wie möglich aufgebrochen, nachdem Marie ihn angerufen hatte. Und auch Fred und die Kollegen von der Spurensicherung, die er sofort nach dem Telefonat kontaktiert hatte, waren gleich losgefahren.

Sophie hatte zuerst gedacht, es sei ein Scherz, als er beim Nachtisch verkündet hatte, er müsse zu einem Einsatz. Zum Glück hatte sie es dann aber gelassen hingenommen.

Er seufzte leise, während er das Steuer fest umklammert hielt und konzentriert auf die Straße blickte. Dieser Tag schien endlos zu sein, brachte eine stressige, auch körperlich anstrengende Herausforderung nach der anderen. Am Vormittag war Richard stundenlang durch dichtes Gestrüpp rund um die Borie gestiefelt, hatte am Nachmittag wegen François Milliet in der Hitze einen gewaltigen Langstreckenlauf auf sich nehmen müssen, und nun ging es spätabends zu einem neuen Tatort.

Und das passiert einem Bürohengst wie mir! Er schüttelte fassungslos den Kopf.

Der Tatort befand sich an einer befahrenen Zufahrtstraße nach Montignac in Sichtweite des Dorfschilds. Auf dem Hof vor der Garage Durand standen zwei Streifenwagen. Auch Maries Auto war bereits da. Richard parkte daneben.

Zunächst betrachtete er durch die Windschutzscheibe seines Kombis das Gebäude vor ihm.

Es war ein gut erhaltener Bau aus den Sechzigerjahren mit zwei breiten Metalltoren auf der rechten Seite und einer kleinen Tür auf der linken mit der Beschriftung *Bureau*. Ganz links gab es eine Außentreppe, die vermutlich zu einer Wohnung führte.

Richard blickte hoch zu den Fenstern. Es war bereits dunkel, aber in der Wohnung brannte kein Licht. Die Jalousien waren hochgezogen, und von außen sah man jede Menge Pflanzen auf den Fensterbänken.

Als er ausstieg, fiel ihm auf, dass Marie wieder mal ihre Wagenfenster offen gelassen hatte. Das machte sie ständig, aber jetzt würde er sie bestimmt nicht darauf ansprechen. Er ging hinüber zu der abgesperrten Stelle vor dem rechten Werkstatttor und grüßte die uniformierten Kollegen. Einige von ihnen hatte er schon am Morgen bei der Hütte gesehen. Es war für sie alle ein langer Tag.

Marie, die etwas abseitsstand, war kaum wiederzuerkennen. Sie war geschminkt und trug lange Ohrringe zu den lose hochgesteckten Haaren. Ihr luftiges Trägerkleid in hellen blaugrünen Farbtönen endete einige Zentimeter über dem Knie. Und er sah sie zum ersten Mal mit hohen Absätzen. Sie schien von einem Rendezvous hierhergekommen zu sein. Richard wusste natürlich, dass sie mit seinem früheren Chef Michel Leblanc liiert war, wahrscheinlich waren sie ausgegangen.

Sie sprach mit Visla, der auch diesmal vor Ort war. Den womöglich zukünftigen Kollegen sah man jetzt ständig, wie Richard registrierte. Gemächlich schritt er auf die beiden zu.

»François Durand? Der Major von der Félibrée? Sind Sie sicher?«, hörte er Marie ungläubig nachfragen.

»Daran besteht kein Zweifel, Madame la Commissaire.«

Schon wieder ein François, dachte Richard unwillkürlich. Schon erstaunlich, auch wenn es ein weitverbreiteter Name war.

»Wieso ist er nicht bei der Félibrée?«, überlegte Marie laut.

»Weil er tot hier liegt«, merkte Visla trocken an.

Na, der Kollege wird sich schon mal gut mit Fred Blanquer verstehen, sagte sich Richard im Stillen. Auch der Gerichtsmediziner hatte die Angewohnheit, in diesem trockenen Stil Kommentare über Verstorbene von sich zu geben. Was Richard wohl immer ein wenig befremdlich finden würde.

Er trat neben die beiden und grüßte sie.

»Ach gut, dass Sie schon da sind, Richard. Dann schauen wir uns das mal genauer an.« Marie ging langsam auf den abgesperrten Bereich zu, wo der Tote lag.

Richard, der ihr mit Visla folgte, stellte fest, dass der Gerichtsmediziner und die Kollegen von der Spurensicherung noch nicht eingetroffen waren. Aber das war nicht weiter verwunderlich, da sie von Périgueux eine weitere Anreise hatten.

Als Richard an den Kollegen vorbeiging, sah er ihnen ihre Betroffenheit an und hörte, wie sie anerkennend über Durands hervorragende Arbeit als Automechaniker, seine Zuverlässigkeit und seine Freundlichkeit sprachen. Wahrscheinlich hatten sie alle seine Dienste in Anspruch genommen. So viele Kfz-Werkstätten gab es hier ja schließlich nicht.

»Warum trifft es immer die Besten?«, klagte einer, und die anderen nickten zustimmend.

Richard betrachtete den Toten nun genau. Er lag in Seitenlage auf dem asphaltierten Boden vor dem Garagentor, das von einem starken Aufprall eingedellt war. Blankes Entsetzen stand dem Mann ins Gesicht geschrieben, und ein inzwischen getrocknetes Rinnsal Blut war ihm aus dem Mund gesickert. Er war von schlanker Statur, musste um die vierzig gewesen sein und trug traditionelle Kleidung, wie man sie vielfach auf der Félibrée sah.

»Schauen Sie, seine Hose ist blutgetränkt.« Er zeigte Marie die Stelle, die er meinte. »Da, insbesondere auf Kniehöhe.«

Während er das aussprach, bemerkte er selbst, dass er angewidert das Gesicht verzog – und das war natürlich peinlich. Richard war Polizist, aber an den Anblick von Blut konnte er sich einfach nicht gewöhnen. Auch nach zwanzig Jahren Dienst nicht. Da zog sich bei ihm alles zusammen. Marie zeigte zum Glück Verständnis dafür, sie hatte deswegen seine Professionalität noch nie infrage gestellt. Dafür war er ihr dankbar.

»Wahrscheinlich ein offener Bruch, aber der wird ihn nicht umgebracht haben«, sagte Marie nachdenklich.

»Der muss überfahren worden sein.«

»Ja, aber ein üblicher Verkehrsunfall war das wohl kaum. Da muss jemand ganz bewusst den Hof angesteuert und dann hier vor dem Tor, wo der Mann vermutlich stand, richtig Gas gegeben haben«, schlussfolgerte sie und kniete sich neben den Toten, um ihn genauer in Augenschein zu nehmen.

»Kennen Sie ihn?«, fragte Richard.

»Nicht persönlich. Ich habe ihn genau wie Sie am Arm der Félibrée-Königin gesehen.«

»Stimmt, aber ich habe mir sein Gesicht nicht richtig angeschaut. Ich hätte ihn auf keinen Fall wiedererkannt.«

Marie stand auf und wandte sich wieder Visla zu, der ihr sofort seine ganze Aufmerksamkeit schenkte.

»Wer hat ihn gefunden?«

»Ein holländischer Tourist. Er hatte wohl vor, sich neben der Werkstatt in den Büschen zu erleichtern. Auf dem Weg dorthin hat er den Toten gesehen und uns sofort angerufen.«

»Ist ihm sonst noch was aufgefallen?«, hakte Marie sogleich nach.

»Das kann ich Ihnen leider nicht sagen. Er spricht kein Französisch, und ich kann nur ein paar Brocken Englisch. Vielleicht sollte einer von Ihnen die Befragung übernehmen.«

»Ich kann das machen«, bot Richard an, auch wenn sein Englisch nicht gerade berauschend war. Aber dieser Visla sollte ruhig wissen, dass er über Kenntnisse verfügte, die nicht selbstverständlich waren. »Und sonst keine Zeugen?«

»Leider nein.«

Richard schaute sich um. Das nächste Haus war fast hundert Meter entfernt. Es war unwahrscheinlich, dass die Nachbarn etwas mitbekommen hatten. Und was war mit den vorbeifahrenden Autos? Vielleicht hatte ein Fahrer etwas gesehen. Sie mussten über Radio und Internet einen Zeugenaufruf machen.

Endlich kamen Fred und die Kollegen von der Spurensicherung.

Der Gerichtsmediziner sprang hastig aus seinem Wagen, als könnte er es kaum erwarten, den Toten zu sehen, und kam dann eilig auf sie zugelaufen.

Richard hatte Fred noch nicht gesehen, seit er aus dem Vaterschaftsurlaub zurückgekehrt war. Etwas hatte sich verändert. Stimmt, Fred trug jetzt eine Brille. Na ja, er war um die fünfzig, da fing es mit der Kurzsichtigkeit an. Dass aber die Einfassungen der Gläser knallrot und die Bügel lila waren, fand Richard erstaunlich. Interessante Farbkombination! Brauchte er das, um auf sich aufmerksam zu machen?

»Ah, unser junger Vater – schön, dich nicht nur am Telefon zu hören, sondern auch mal wieder persönlich zu sehen. Scheint dir ja rundum gut zu bekommen, das Familienleben.«

Fred, dieser schlaksige Hungerhaken, zog ihn gern mit seinen Pfunden auf und tippte ihm nun leicht auf den Bauch – vermutlich als Zeichen seiner Wiedersehensfreude.

Er wartete gar nicht erst auf eine Entgegnung von Richard, sondern begrüßte gleich darauf Marie, und zwar ebenfalls auf seine spezielle Art.

»Und Sie heute so sommerlich elegant, Madame la Commissaire! Da kann sich das Opfer aber was drauf einbilden.«

Für gewöhnlich schien sie Freds Bemerkungen keine weitere Bedeutung beizumessen, aber jetzt schaute Marie doch einigermaßen gequält. Vermutlich fühlte sie sich in ihrem luftigen Kleid unwohl an einem Tatort mit Leiche.

Fred bemerkte natürlich nichts davon und ging unbeirrt an ihr vorbei zu dem Toten.

*

Die Spurensicherung hatte den Tatort mit Baulampen ausgeleuchtet. In dem grellen Licht sah die Leiche noch bedauernswerter aus.

Marie hatte sich neben Fred gekniet und versuchte dabei, so gut es ging, das Kleid über ihre nackten Beine zu ziehen. Ihr sommerliches Outfit war für eine Tatortbegehung denkbar unpassend, und sie fühlte sich inzwischen äußerst unwohl darin. Aber sie war gleich vom Café de la Place hierhergeeilt. Gut, dass sie nur ein halbes Glas Wein getrunken hatte. Sie hatte Michel nach Vislas Anruf in drei Sätzen über den Leichenfund informiert und ihn dann allein mit dem Pouilly-Fuissé zurückgelassen.

»Das holen wir bald nach«, hatte er zuversichtlich gesagt, nachdem sie ihn zum Abschied hastig geküsst hatte. Zum Glück musste sie ihm nicht erklären, wie ihr Beruf funktionierte.

»Der ist erst vor Kurzem ins Jenseits befördert worden«, teilte Fred ihr nun mit. »Vor einer Stunde vielleicht, allerhöchstens zwei.«

Er hatte sich über François Durands seltsam verrenkte Gestalt gebeugt. Seine Sprüche konnten schon mal provokant und respektlos wirken, aber sobald er sich mit den Opfern beschäftigte, war er mit hundertprozentiger Konzentration bei der Sache. Marie wusste, dass er immer versuchte herauszufinden, was sich in den letzten Augenblicken im Leben eines Opfers zugetragen hatte, und er war dabei vermutlich viel einfühlsamer, als er vorgab.

Sie ging davon aus, dass François Durand mit Absicht angefahren worden war, und fragte Fred, ob er das bestätigen könne.

»Ja! Und nicht nur einmal. Beim ersten Mal hat der Täter auf ihn zugehalten, ihn gegen das Garagentor gedrückt und ihm dabei die Kniescheiben zertrümmert. Das Opfer ist nach vorn gekippt und dann zur Seite gefallen. Der Fahrer oder die Fahrerin hat anschließend den Wagen zurückgesetzt und den am Boden Liegenden noch ein weiteres Mal überrollt. So ganz die feine Art! Ich schaue mir das später auf dem Obduktionstisch genauer an. Aber was man jetzt schon sieht, ist, dass der Brustkorb komplett zerquetscht worden ist.« Dabei fuhr er behutsam mit der Hand über den Oberkörper des Mannes. »Wollen Sie mal fühlen?«

Nein, das wollte Marie nicht. Sie richtete sich auf. Richard, der kurz fort gewesen war, um den niederländischen Zeugen zu befragen, hatte sich inzwischen zu ihnen gestellt und die letzten Sätze des Gerichtsmediziners mitgehört.

»War er sofort tot?«, fragte er.

»Nach dem zweiten Mal, ja«, antwortete Fred. »Zerstörte Organe, schwere innere Blutungen – da wird's gleich zappenduster. Beim ersten Zusammenprall muss er entsetzliche Schmerzen erlitten haben und ist vielleicht da schon in Ohnmacht gefallen. Wünschen wir es ihm. So muskulös und kräftig, wie der Mann war, muss er eine gute Kondition gehabt haben und wäre einem Angreifer wahrscheinlich entkommen, hätte er die Gefahr rechtzeitig erkannt. Aber wenn aus heiterem Himmel ein Auto gegen einen kracht, dann hilft auch die beste Verfassung nicht, wie man sieht.«

»Da müssen einige Emotionen im Spiel gewesen sein … bei einer solch brutalen Tat«, kommentierte Richard.

»Ja, vermutlich.«

Obwohl der Vorhof asphaltiert war, hoffte Marie, dass die Kollegen etwas mit den Abriebspuren der Reifen anfangen konnten.

Maries Blick glitt weiter über den unteren Teil des Tors, und sie erkannte einige Farbabdrücke auf dem lädierten Metall. Sie rief die beiden Mitarbeiter von der Spurensicherung zu sich, die darauf warteten, dass der Leichnam in den Krankenwagen transportiert wurde. Erst dann konnten sie den unmittelbaren Tatort genau untersuchen.

»Könnten diese weißen Farbstreifen von dem Täterauto stammen?«, fragte Marie.

Einer der beiden Kollegen, die herbeigeeilt waren, bückte sich, um die Stelle näher zu betrachten.

»Ist durchaus möglich. Wir müssen aber erst prüfen, ob sie wirklich durch den Unfall verursacht wurden oder älteren Datums sind. Da müssen Sie uns aber schon ein bisschen Zeit lassen.«

»Klar.« Marie wusste, dass sie im Ruf stand, immer alles möglichst sofort wissen zu wollen, und ihr das bei den Kollegen den Spitznamen *Speedy* eingebracht hatte. Leider hatten sie nicht unrecht, deshalb fügte sie noch halbherzig hinzu: »Ich will Sie natürlich nicht hetzen.«

Sie wandte sich an Richard. »Wir werden vermutlich nach einem weißen Täterauto suchen müssen.«

»Nur ist Weiß leider die gängigste Autofarbe in Frankreich – und verbeulte Stoßstangen und Motorhauben sind auf dem Land auch keine Seltenheit«, gab er zu bedenken.

Marie nickte. »Trotzdem sollten wir gleich morgen früh bei den Kfz-Werkstätten in der Umgebung nachfragen. Vielleicht wird oder wurde dort ein weißer Wagen zur Reparatur gebracht.«

»Mach ich.« Er hatte wieder sein Notizheft zur Hand genommen. Während er schrieb, sagte er: »Der holländische Zeuge, den ich vorhin befragt habe, hat leider außer dem Toten nichts gesehen. Also auch kein wegfahrendes Auto.«

»Wäre zur Abwechslung mal schön gewesen – ein Zeuge, der uns weiterbringt.«

»Außerdem habe ich mich bei den Kollegen über diesen

François Durand erkundigt. Er war zweiundvierzig Jahre alt, ledig und wohnte oberhalb der Garage. Und er ist vorbestraft.«

Marie sah ihn fragend an.

»Verkehrsdelikt unter Drogeneinfluss«, ergänzte Richard.

»Drogen?«

Nun war Marie völlig überrascht. Das war heute der zweite François, der etwas mit Drogen zu tun hatte. Außerdem hatte der Mann als Major der Félibrée eher bieder ausgesehen.

»Ist aber eine Weile her. Er hat vor zehn Jahren unter Cannabis-Einfluss einen Verkehrsunfall verursacht und dabei jemanden verletzt. Dafür hat er ein sattes Bußgeld bezahlt und ein Jahr Freiheitsstrafe auf Bewährung bekommen.«

»Hier in der Gegend?«

»Nein. Durand hat damals westlich von Limoges gewohnt. Er ist erst kurz nach seiner Verurteilung hierhergezogen.«

Limoges war knapp zwei Autostunden von Montignac entfernt, wie Marie wusste. »Weiß man, was ihn nach Montignac geführt hat?«

»Noch nicht.«

»Warum schauen wir uns nicht mal in seiner Wohnung um, während die Spurensicherung hier weiterarbeitet? Vielleicht können wir da noch etwas über das Opfer in Erfahrung bringen.«

Marie wandte sich an Blanquer, der dabei war, den Abtransport der Leiche zu organisieren.

»Fred, könnten Sie bitte nachschauen, ob das Opfer einen Schlüssel bei sich hat?«

»Schon passiert.«

Er hielt einen ordentlich verschlossenen Asservatenbeutel mit Schlüsselbund und Brieftasche hoch.

Richard nahm den Beutel und betrachtete die Gegenstände.

»Hatte er kein Handy bei sich?«, fragte er.

»Doch. Hab ich aber eingesteckt. Gefällt mir besser als meins.«

Fred reagierte schnell allergisch, wenn man auch nur ansatzweise infrage stellte, ob er bei seiner Arbeit alles bedacht hatte.

Richard ging auf die spitze Bemerkung nicht ein. Sie drei waren inzwischen ein eingespieltes Team, und jeder von ihnen kannte die kleinen Macken der beiden anderen.

»Vielleicht finden wir das Handy ja in der Wohnung, Richard«, sagte Marie. »Lassen Sie uns raufgehen! Und das Büro nehmen wir uns auch noch vor, ehe die Kollegen von der Spurensicherung dann alles gründlich durchkämmen.«

»Na bestens, da sind schon die ersten Schaulustigen.« Richard deutete auf die Einfahrt, vor der sich einige Menschen versammelt hatten, die mit langen Hälsen zum Tatort blickten. »Aber Visla managt das gut mit seinen Kollegen, wie ich sehe.«

Oh, Richard lobt unaufgefordert Visla, dachte Marie. Das ist doch schon mal ein Schritt in die richtige Richtung.

Kapitel 18

Saint-André-du-Périgord, Samstag, 1. Juli

Léonie wollte gerade ihre Küchentür zur Terrasse abschließen und zu Bett gehen, als sie César im Hof bellen hörte. Sie trat hinaus und sah Michel mit einer Weinflasche in der Hand den Hof betreten. Dann streichelte er César, der ihn freudig mit dem Schwanz wedelnd begrüßte.

Aber wieso war Michel allein?

Er entdeckte sie und winkte ihr zu. »Léonie! Mögen Sie ein Glas vorzüglichen Wein hier draußen mit mir trinken?« Er zeigte auf den Holztisch vor Maries Haus. »Allein trinken macht einsam.«

»Jetzt? Und wo haben Sie Marie gelassen?« Léonie war verdutzt. Vorhin hatte sie die beiden doch noch gemeinsam vom Hof gehen sehen. Und Marie hatte so fröhlich und wie verwandelt ausgesehen. Léonie war sogleich der Gedanke gekommen, dass das bestimmt nicht nur an ihrem hübschen Sommerkleid gelegen hatte.

»Sie muss noch arbeiten.«

»Um diese Zeit?«

»Ja. Das kann man sich in unserem Beruf nicht immer aussuchen. Ich hoffe, es wird nicht lange dauern.« Seinem enttäuschten Gesichtsausdruck nach zu schließen schien er jedoch selbst nicht so recht daran zu glauben.

Ob Marie wieder wegen der vermissten Mädchen im Einsatz ist?, fragte sich Léonie. Hoffentlich war ihnen nichts passiert. Sie wusste, dass es zwecklos war, Michel danach zu fragen. Er würde ihr nichts verraten.

»Also, was halten Sie vom einem Gläschen Wein?«, fragte er ein weiteres Mal, da sie auf seinen Vorschlag noch nicht geantwortet hatte.

Normalerweise trank sie nach dem Essen keinen Wein. Aber warum sollte sie Michel nicht Gesellschaft leisten? Sie hatte am frühen Morgen schon genau an dieser Stelle mit Marie gefrühstückt, und nun bot sich die Gelegenheit, den Tag hier mit einem Absacker beschließen. Schlafen konnte sie ja später noch. Allerdings lag das Abendessen bereits ein paar Stunden zurück. Und auf leeren Magen Alkohol zu trinken – das war nichts für sie. Sie sollte zumindest eine Kleinigkeit dazu essen.

»Einverstanden. Sie holen die Gläser, und ich bringe uns selbst geröstete Walnüsse.«

An langen Winterabenden knackte sie mit Georges die Früchte ihrer beiden Walnussbäume. Einen Teil der Nüsse röstete sie und bewahrte sie als Knabberzeug in Blechdosen für besondere Gelegenheiten auf. Und eine solche war heute Abend.

Wenige Augenblicke später saß sie auf Maries Bank, und Michel hatte ihr gegenüber auf einem Stuhl Platz genommen.

»*A la vôtre*, Léonie!«

Zu den Gläsern hatte er noch mehrere Kerzen auf den Tisch gestellt und angezündet. Der Mann hatte Sinn für Gemütlichkeit! Unweigerlich dachte sie an Georges, der in seinem Häuschen bestimmt schon fest schlief, und musste schmunzeln. Eine solche Inszenierung würde ihm in seinen kühnsten Träumen nicht einfallen!

Nachdem sie angestoßen und einen ersten Schluck getrunken hatte, spürte Léonie ein wohliges Gefühl. Ein Gläschen außer der Reihe war gar nicht so unangenehm.

»Musste Marie wegen der vermissten Mädchen wieder los?« Léonie konnte einfach der Versuchung nicht widerstehen, Michel auszufragen, trotz ihres gerade gefassten Vorsatzes, dies nicht zu tun.

»Nein, es ist ein anderer Fall.«

»Und Sie können mir nichts darüber sagen?«

»Nein, das wissen Sie doch, Léonie.« Da war kein Vorwurf in seinem Blick – nur Klarheit.

»Aber warum muss sich ausgerechnet Marie wieder darum kümmern? Sie ist doch nicht die einzige Kommissarin in der Gegend.« Léonie ärgerte sich. Es war nicht in Ordnung, dass ihre Großnichte so viel arbeiten musste und ihr selbst am Wochenende kein Privatleben vergönnt war!

»Auch bei der Polizei herrscht Personalmangel. Wie überall im öffentlichen Dienst«, erwiderte Michel ruhig und nahm sich ein paar Walnüsse aus der Schale, die Léonie auf den Tisch gestellt hatte.

»Und Marie muss das ausbaden?« Léonie war empört. »Ist das bei Ihnen in Bordeaux auch so?«

»Klar. ›Überstunden‹ ist auch für uns kein Fremdwort.«

»Immerhin hat es den Vorteil, dass Sie als Partner gegenseitig Verständnis dafür haben.« Léonie versuchte, der Situation etwas Positives abzugewinnen.

»Und das ist wichtig. Ich habe manche Ehen von Kollegen daran zerbrechen sehen. Diese vielen Einsätze zur Unzeit können eine starke Belastung für eine Beziehung sein.«

»Aber bei Ihnen beiden scheint alles im Lot zu sein, oder?«

Das »Oder« war ihr einfach rausgerutscht. Wie gut, dass Marie nicht da war! Ihre Großnichte konnte es nicht leiden, wenn sie so neugierig war. Wobei … Neugierig war sie doch gar nicht, sie informierte sich nur.

Michel schien das auch nicht zu stören. Er schaute sie weiterhin freundlich an und hielt selig lächelnd sein Glas in der Hand.

»Ja, und darüber bin ich auch sehr glücklich.«

Léonie fühlte sich ermutigt, weitere Fragen zu stellen.

»Und dass Sie sich nur am Wochenende sehen, ist kein Problem für Sie?«

»Doch. Ich könnte mir durchaus vorstellen, ganz hier zu leben.«

Léonie traute ihren Ohren nicht. Jetzt war sie total baff.

»Sie meinen … in Saint-André?«, fragte sie vorsichtshalber nach. Bei der Vorstellung, dass er hier bei ihnen wohnen könnte, ging ihr das Herz auf. Das wäre einfach großartig! Georges würde sich auch freuen, er schätzte Michel sehr. Das musste sie unbedingt Rose erzählen, wenn sie nächste Woche aus der Rehaklinik zurück war.

»Wieso nicht? Ist doch herrlich hier. Die Nüsse sind übrigens vorzüglich. Auf den Punkt geröstet!«

Aha, Themenwechsel, dachte Léonie. Ihre Fragerei war vermutlich auch Michel langsam zu viel. Na gut, dann unterhielten sie sich jetzt eben über Nüsse. Das würde ihrem Glück keinen Abbruch tun. Außerdem tranken sie vorzüglichen Wein im Kerzen- und Mondschein, und der Tag würde damit für sie so besonders enden, wie er angefangen hatte.

César, der zu ihren Füßen schnarchte, schien sich auch bestens aufgehoben zu fühlen, obwohl sein geliebtes Frauchen nicht da war.

*

Als Marie und Richard die Privaträume von François Durand betraten, zogen sie Einweghandschuhe an. Ihr Kollege hatte wieder mal vorgesorgt und auch für sie welche mitgebracht. Die kleine Wohnung war sauber und funktional: zwei Zimmer, Küche, Diele, Bad. Auffallend waren allerdings die vielen Pflanzen, die auf den Fensterbänken standen und allem Anschein nach sorgfältig gepflegt wurden.

Marie betrat das Wohnzimmer. Ein gigantischer Gummibaum nahm einen beträchtlichen Teil des Raumes ein. Daneben stand ein graues Sofa mit Blick auf einen großen Fernseher gegenüber. Die Fernbedienung lag griffbereit auf einem niedrigen weißen Laminattisch davor. Eine leere Fitnessgetränkedose war dort vergessen worden.

Nirgendwo sah man Fotos, an den Wänden hingen nur uninspirierte Landschaftsposter in gedeckten Farben. Es gab keine Bücher oder Zeitschriften. Bis auf die Pflanzen war hier alles farblos. »Einsamkeit« war das Wort, das Marie dazu einfiel.

»Ich finde nirgendwo einen Computer. Vermutlich steht er im Büro unten.« Richard kam aus dem Nachbarzimmer und fingerte an dem Schlüsselbund herum, den er noch in der Hand hielt. Er hatte vorhin die Wohnung aufgeschlossen. »Ich gehe davon aus, dass dieser Sicherheitsschlüssel hier ins Schloss der Bürotür passt. Dann gehe ich mal runter und schaue mich bei der Gelegenheit auch in der Garage um.«

»Okay, ich komme gleich nach.«

Richard verließ die Wohnung, und Marie ging vom Wohnzimmer in die ebenfalls in Grau gehaltene Küche. Auf der Ablage der Steinspüle waren noch ein Glas, ein Teller und Besteck, und auf dem kleinen Küchentisch am Fenster lag ein einzelnes, abwaschbares Tischset. Der Gesamteindruck stimmte Marie traurig. In dieser Junggesellenwohnung wirkte alles so, als habe Durand hier stets allein gelebt und sich sein einsames Dasein erträglicher gemacht, indem er festen Alltagsritualen gefolgt war: essen, fernsehen, schlafen …

Marie sah, dass der Tisch eine Schublade hatte, und öffnete sie. Darin lag ein brauner DIN-A3-Umschlag, auf dem, geschrieben mit einem Bleistift, lediglich »Juli« stand. Sie nahm das Kuvert heraus und machte es auf. Es war voller Fünfzig- und Hunderteuroscheine. Sie zählte alles zusammen: Es waren zweitausend Euro.

Warum hatte er so viel Bargeld in einer Küchenschublade

liegen? Heute war der erste Juli, und es konnten wohl kaum die Einnahmen des Tages sein. Außerdem war Durand tagsüber auf der Félibrée gewesen. Vielleicht eine ausstehende Bezahlung? Sie legte den Umschlag wieder dahin, wo sie ihn gefunden hatte.

Schließlich ging sie ins Schlafzimmer. Dort sah es etwas gemütlicher aus als in der übrigen Wohnung. Auf dem Doppelbett lagen einige bunte Kissen, und auf einem Beistelltisch standen diverse Teelichthalter, die dem Raum zumindest einen Hauch von Atmosphäre verliehen. Dann gab es noch einen altmodischen Stummen Diener und daneben einen einfachen Holzschrank. Marie schaute sich kurz dessen Inhalt an: Auf der einen Seite war Oberbekleidung und auf der anderen Wäsche, alles akkurat gefaltet. Durand schien ein ordentlicher Mann gewesen zu sein. Vor dem Fenster stand verloren eine imposante Trainingsmaschine, die eher an ein Foltergerät erinnerte. Unter dem Herstellernamen des Geräts stand ein Spruch: *Ihr komplettes Fitnessstudio auf 1,5 m²*.

Der Tote hatte anscheinend lieber zu Hause trainiert als im Studio. Weil dort zu viele Menschen waren?

Auf jeden Fall hatte Durand auf seine Figur geachtet. Auch Fred war der muskulöse Körperbau des Toten aufgefallen. Hatte der Mann mit seiner durchtrainierten Statur irgendwelche Eroberungen beeindrucken wollen?

Sie sollten später im Browserverlauf seines Computers überprüfen, ob er auf Datingportalen aktiv gewesen war.

Kurz musste sie an Pauline denken, die sich nach ihrem Rendezvous mit dem Schriftsteller noch nicht wieder gemeldet hatte.

Marie schaute sich weiter um, in der Hoffnung, Durands Handy zu finden. Die Deckenlampe war nicht hell genug, um das Zimmer richtig auszuleuchten, also machte sie die Nachttischlampe an. Da entdeckte sie ein kleines Bild über dem Nachttisch. Sie nahm es ab und betrachtete es. Es war ein Schwarz-Weiß-Foto von einer Eule, und Marie vermutete stark, dass es eine von

Emma Laroussines Aufnahmen war. Was bedeuten würde, dass der Ermordete und das vermisste Mädchen sich gekannt hatten! Gab es etwa einen Zusammenhang zwischen beiden Fällen?

Wie bei den anderen Fotos von Emma war das Hauptmotiv etwas aus der Bildmitte gerückt und der Hintergrund verschwommen. Und auch in diesem Bild lag die für Emma anscheinend typische leise Melancholie.

Marie drehte das Bild um und entdeckte auf der Rückseite eine Widmung:

Tous les oiseaux font de leur mieux, ils donnent l'exemple.
Für François! Von Emma

Da hatte sie die Bestätigung! Die beiden hatten sich gekannt. Und zwar so gut, dass Durand ein Bild von Emma mit einer Widmung neben seinem Bett hängen hatte. Und da war wieder dieses Vogel-Zitat. Worauf spielte das Mädchen an mit der Aussage, dass alle Vögel mit gutem Beispiel vorangingen? Jeanne Laroussine hatte Marie erzählt, dass Emma eine herausragende Vogelimitatorin war. Hatte auch das irgendeine Bedeutung für den Fall?

Und was war mit Margaux? Könnte Durand der ältere Freund von Margaux gewesen sein? Er hieß schließlich auch François.

Aber so richtig »cool« sah es hier nicht aus. Außerdem war er in etwa so alt wie ihr Vater.

Zurück zu Emma, dachte Marie. Sie musste so schnell wie möglich klären, welche Verbindung zwischen dem Mädchen und dem Toten bestand. Und das konnte nicht bis morgen warten. Als Erstes würde sie mit Emmas Mutter sprechen müssen.

Sie schaute auf die Uhr: Viertel vor elf. Das war spät, dennoch griff sie zum Handy in ihrer kleinen Ausgehtasche. Sie wollte sich bei Jeanne Laroussine ankündigen. Vielleicht konnte sie erklären, warum ein Foto ihrer Tochter bei François Durand hing. Sie hatte Marie bei ihrer ersten Begegnung erzählt, dass der Major der Félibrée ein guter Automechaniker war, also konnte man vermuten, dass sie ihn auch kannte. Marie war sich bewusst, dass sie die ohnehin schon nervlich angespannte Mutter zusätzlich beunruhigen würde, wenn sie sie auf das Verhältnis von Emma zu einem gerade erst ermordeten Mann ansprach. Aber sie musste ein Gefühl dafür bekommen, welcher Art die Beziehung zwischen Emma und François Durand gewesen war. Und zwar möglichst bald.

Ihre Gedanken wurden durch Rufe von unten unterbrochen. Es war Richard. Sie verstand nicht, was er sagte – hörte lediglich ihren Namen. Aber die Lautstärke, mit der er sie rief, konnte nur bedeuten, dass es dringend war. Schnell verließ sie die Wohnung.

Als sie die Treppe hinabstieg, kam ihr in den Sinn, dass sie in der Wohnung kein Handy gesehen hatte.

Hoffentlich war Richard im Büro fündig geworden.

Auf dem Hof standen neben Richard ein kahlköpfiger, kräftig gebauter Mann um die Fünfzig und eine junge Frau, die sich suchend umschaute.

Marie erkannte in ihr sogleich die Königin der Félibrée. Sie hatte dasselbe lange blaue Kleid an wie am Nachmittag. Der Mann, der einen traditionellen Félibrée-Anzug trug, war ihr allerdings unbekannt.

»Das sind Madame Mélanie Valet und Monsieur Baptiste Clerc von der Félibrée. Sie sind hergekommen, weil sie sich Sorgen um Monsieur Durand gemacht haben«, erklärte Richard, und Marie nahm eine gewisse Nervosität in seiner Stimme wahr.

Sie wusste, warum. Todesnachrichten zu überbringen fiel ihm schwer. Zum Glück war die Leiche schon abtransportiert worden.

»Wir haben gehört, dass François etwas zugestoßen ist. Ist er verletzt?«, erkundigte sich Baptiste Clerc, nachdem er stolz erklärt hatte, für den reibungslosen Ablauf der Veranstaltung verantwortlich zu sein.

»Es tut mir leid, Ihnen das mitteilen zu müssen. Monsieur Durand ist tot.« Marie sprach ruhig und beobachtete dabei aufmerksam die Reaktion des ungleichen Paar vor ihr.

»Tot?«, rief der Mann entgeistert aus. »Der war doch kerngesund! Hatte er einen Unfall?«

Der jungen Frau kamen sofort die Tränen, und sie hielt die Hände vor dem Mund.

»Er wurde vor seiner Garage überfahren«, antwortete Marie.

»Etwa mit Absicht?« Baptiste Clerc schien zu begreifen, dass er nicht ohne Grund auf Kriminalbeamte getroffen war.

»Wir gehen von einem Mord aus«, sagte Marie.

Mélanie Valet riss die Augen weit auf.

»Wissen Sie, ob Monsieur Durand Probleme hatte? Wurde er zum Beispiel bedroht?«, fragte Richard und reichte der jungen Frau ein Papiertaschentuch.

In seinen Hosentaschen gibt es anscheinend für jede Situation das passende Utensil, staunte Marie.

»Nein, ganz im Gegenteil. Er war sehr beliebt.« Der Mann schüttelte heftig den Kopf. »Jeder hier hat François gemocht. Er war immer freundlich, ein ganz und gar unkomplizierter Mensch.«

»Aber heute war er … anders als sonst«, sagte die Félibrée-Königin mit erstickter Stimme. Mélanie Valet, die jetzt nichts Königliches mehr an sich hatte, wirkte verunsichert und verletzlich. »Irgendwie war er durcheinander. Er hat kaum was gesagt und meistens ernst dreingeschaut. Unsere Auftritte schienen ihm keinen Spaß mehr zu machen.«

Marie dachte an den kleinen Film, den sie für Léonie gedreht hatte. Da war ihr die Lustlosigkeit des Majors auch aufgefallen.

»Wann hat dieser Wandel denn stattgefunden?«, hakte Richard nach.

»Gleich am Morgen. Wir haben uns um zehn Uhr getroffen, und da war er schon ziemlich seltsam.«

Leider hatte die junge Frau jedoch nicht die geringste Ahnung, weshalb ihr Begleiter so bedrückt gewesen war. Sie hatte sich auch nicht getraut, ihn zu fragen; so gut hatten sie sich nicht gekannt.

»Er war ja der Ältere, und ich fand, es stand mir nicht zu, ihn darauf anzusprechen«, erklärte sie auf Richards Nachfrage hin.

»Wieso war er heute Abend nicht auf der Félibrée? Gab es für ihn nichts mehr zu tun?«, wollte Marie wissen.

»Doch, mehr als genug sogar!«, entgegnete Baptiste Clerc und schaute nervös auf die Uhr.

Wahrscheinlich wird er auf der Félibrée erwartet, überlegte Marie. Aber darauf konnte sie jetzt keine Rücksicht nehmen und setzte die Befragung fort. »Und was genau wäre seine Aufgabe gewesen?«

»Um zehn Uhr hat der große Ball angefangen.« Er zeigte auf die Königin. »Und die beiden hätten natürlich dort sein müssen. Was glauben Sie, was da los ist! Aber eine Stunde vorher hat François plötzlich verkündet, ihm sei etwas dazwischengekommen.«

»Wir waren alle überrascht. Aber er hat sich das nicht ausreden lassen«, ergänzte die junge Frau. »Dabei hätten wir ja noch unseren Auftritt beim Ball besprechen müssen.«

»Also hat Monsieur Durand Sie einfach im Stich gelassen«, sagte Marie.

Mélanie Valet schaute zu Boden. Weil sie sich nicht negativ über einen Verstorbenen äußern wollte?

Baptiste Clerc schüttelte den Kopf. »Das war untypisch für ihn. Er war sonst hundertfünfzig Prozent zuverlässig und immer hilfsbereit.«

Manche Verabredungen lassen sich nicht verschieben, dachte Marie wehmütig – sie hatte wieder das Bild des Toten vor Augen.

»Waren Sie mit ihm befreundet?«

Der Mann zögerte.

»Ich habe ihn sehr geschätzt, allerdings kannte ich ihn nicht näher«, antwortete er schließlich. »Was den Umgang mit Menschen anbelangt, kam mir François immer freundlich und zugewandt vor, aber von sich selbst gab er kaum etwas preis. Er schien eine gewisse Scheu zu haben, Menschen näher an sich heranzulassen.«

»Können Sie uns Verwandte oder nahestehende Personen nennen, die wir über seinen Tod informieren sollten?«, fragte Richard.

»Mir fällt niemand ein.«

Das alles stimmte genau mit dem Eindruck überein, den Marie gerade in der Wohnung gewonnen hatte. François Durand musste ein Einzelgänger gewesen sein.

Doch Marie war dringend an weiteren Zusammenhängen interessiert und wechselte das Gesprächsthema.

»Haben Sie von den beiden vermissten Mädchen aus Montignac gehört?«

Richard schaute sie erstaunt an. Er wusste noch nichts von dem Bild in Durands Schlafzimmer und hatte daher auch keine Ahnung, dass es eine Verbindung zwischen Emma und dem Toten gegeben hatte.

»Ja, sicher. Das ist ja leider seit heute Mittag das Hauptgesprächsthema hier in Montignac«, antwortete Baptiste Clerc mit sorgenvoller Miene. »Das hat der fröhlichen Stimmung auf der Félibrée einen erheblichen Dämpfer versetzt. Und jetzt noch der Mord … Ich fürchte, nach diesem tragischen Vorfall müssen wir die weiteren Veranstaltungen absagen. Zumindest würde ich dafür plädieren. Aber die Entscheidung liegt natürlich beim Bürgermeister.«

»Hat François Durand sich zu den vermissten Mädchen irgendwie geäußert?«, erkundigte sich Marie.

»Zu mir hat er nichts gesagt«, erwiderte die junge Frau, die immer noch völlig aufgelöst war.

»Wissen Sie, ob er sie kannte?«

»Die kleine Laroussine kannte er sicherlich«, meinte der Mann. »Soweit ich weiß, hat er sich um alle motorisierten Geräte des Weinguts gekümmert. Was mit dem anderen Mädchen ist, weiß ich nicht. Aber halb Montignac hat Autos zur Reparatur hierhergebracht.«

Marie ahnte, dass das Gespräch zu keinen weiteren Erkenntnissen führen würde, und die Zeit drängte, denn sie wollte unbedingt heute Abend noch mit Jeanne Laroussine sprechen.

Sie bedankte sich bei den beiden, die erleichtert wirkten, endlich gehen zu können.

Marie schaute ihnen kurz nach, als sie sich entfernten. Der Mann hatte den Arm um die junge Frau gelegt und sprach auf sie ein.

Das war bestimmt nur lieb gemeint, vermutlich wollte er sie trösten, aber Marie missfiel die Geste. Für ihr Empfinden strahlte sie etwas Besitzergreifendes aus.

Sie nahm Richard kurz beiseite, um ihm von dem Foto in Durands Wohnung zu erzählen.

Sie vereinbarten, dass er am Tatort blieb, während sie nach Mussillac fahren würde.

Inzwischen hatte Richard auch die Personalakten und die Kontaktdaten von Durands Angestellten gefunden. Da gab es eine Sekretärin, einen Kfz-Gesellen und einen Lehrling. Er wollte versuchen, die drei telefonisch zu erreichen, auch wenn es ein Samstagabend und schon spät war.

»Mord kennt nun mal keine Feiertage«, stellte er lakonisch fest.

Stimmt, heute sind alle Regeln außer Kraft gesetzt, dachte Marie und fragte ihren Kollegen noch nach dem Handy von François Durand. Aber Richard hatte es auch nicht gefunden.

»Vielleicht hat der Täter es mitgenommen«, mutmaßte er.

»Oder die Täterin. Ja, wäre möglich. Vielleicht, weil seine

oder ihre Nummer in der Adress- oder Anrufliste auftauchen. Womöglich hatten sie ja kurz vor dem Mord noch Kontakt miteinander.«

Höchstwahrscheinlich hatte Durand seinen Mörder gekannt. Denn welchen Grund sollte ein Fremder haben, ihn derart brutal zu töten?

Kapitel 19

Montignac, Samstag, 1. Juli

Kurz vor zehn schloss Robert die beiden Stände – seinen und den von Jeanne – und verließ die Félibrée. Wie viele andere Aussteller war Claire geblieben. Sie alle hofften, dass sich noch zahlreiche Besucher, die auf dem Weg zum Ball waren oder von dort zurückkamen, für ihre Waren interessieren würden.

Für Robert war das Geldverdienen gerade nicht so wichtig. Immer wieder kehrten seine Gedanken zu Jeanne zurück. Sicherlich brauchte sie in dieser Situation moralischen Beistand. Er beschloss, noch nach ihr zu schauen und ihr zu zeigen, dass er für sie da war. Außerdem hatte er eine Idee gehabt, als er zwischen Jeannes Stand und dem eigenen hin und her geeilt war. Er könnte Weinflaschenständer aus Kupfer anfertigen und damit eine Verbindung zwischen ihren beiden Berufszweigen schaffen. Edler Wein und hochwertiges Kunsthandwerk mit Tradition – das hätte doch was. Vielleicht war Jeanne ja daran interessiert.

Robert schaute auf die vielen Leute, von denen etliche ziemlich angeheitert waren, was ihn aber nicht störte – er mochte es, wenn Menschen beim Feiern ausgelassen waren. Nur die Musik wurde ihm zu viel. Die Place d'Armes lag hinter dem Kirchplatz, und die Beschallung reichte bis zu ihnen hinüber. Er machte sich auf den Weg nach Mussillac zu seiner Nachbarin. Ihm war bewusst, dass Jeanne an diesem Abend nicht über neue Geschäftsmöglichkeiten nachdenken würde, aber seine Idee war ein guter Vorwand, um bei ihr vorbeizuschauen. Sie lag bestimmt noch nicht im Bett. Wenn sie überhaupt schlafen konnte, solange Emma verschwunden war.

Zu seinem Erstaunen brannte kein Licht, als er an ihrem Haus ankam, und er beschloss schweren Herzens kehrtzumachen. Dann sah er die Scheinwerfer eines herannahenden Autos. Es hatte etwas Gespenstisches – diese blendenden Lichter in der Finsternis. Aber nach wenigen Sekunden wurde ihm klar, dass es Jeanne war, die mit ihrem Käfer angefahren kam. Genauer gesagt, er erkannte das typische ratternde Motorgeräusch des Oldtimers.

Jeanne hielt an, stieg aus und nickte ihm zu. Sie schien nicht weiter verwundert zu sein, ihn vor ihrem Haus anzutreffen, und sagte nur: »*Salut.*«

Er erwiderte den knappen Gruß. Sie machte keinerlei Anstalten zu erklären, wo sie gewesen war und was sie heute gemacht hatte, und er traute sich nicht, sie danach zu fragen. Immerhin bot sie ihm an, mit ins Haus zu kommen.

Vielleicht freut sie sich ja sogar über meinen Besuch, dachte Robert.

Wenig später saß er wie schon am Morgen mit Jeanne an dem langen Tisch, und wieder tauchte die spärlich leuchtende Stehlampe den großen Wohnraum in ein diffuses Licht.

Jeanne wirkte fahrig, und ihre Jeans waren mit Lehmflecken übersät. Robert blickte verwundert auf ihre Hose, was sie bemerkte.

»Ich bin bei der Suchaktion heute morgen in ein Schlammloch gefallen«, erklärte sie. »Und später hab ich vergessen, mich umzuziehen. Anscheinend bin ich wirklich nicht mehr ganz bei mir.«

Er sah, wie sie mit ihrem rechten Daumennagel getrocknete Erde von ihrer Hose abkratzte.

»Was hast du heute sonst noch gemacht?« Nun wagte er es doch, sie zu fragen.

»Nichts. Gewartet.«

»Aber du warst unterwegs.« Er zeigte zum Fenster Richtung Parkplatz.

»Ich bin in der Gegend rumgefahren und habe Emma gesucht. Ich muss mein Kind selber finden. Die Bullen tun ja nichts.«

Das sah Robert anders.

»Ich wurde heute Nachmittag vorgeladen.«

Er erzählte ihr von der Gegenüberstellung und dem Typen mit dem Hut. Die Kommissarin hatte ihn zwar gebeten, Stillschweigen darüber zu wahren, aber er fand, dass Jeanne ein Recht hatte, davon zu erfahren. Und vielleicht würde es sie ja beruhigen zu wissen, dass die Polizei doch aktiv nach Emma suchte.

Allerdings schien es Jeanne eher zu irritieren.

»Wer war das?«

»Keine Ahnung. Irgendein tätowierter Halbstarker, höchstens zwanzig. Und er heißt François.«

»Den hast du hier in der Nähe gesehen? Und der soll irgendwas mit meiner Emma zu tun haben? Langsam frage ich mich, ob sie mir wirklich alles erzählt.« Diese Feststellung schmerzte sie ganz offensichtlich. »Also, die seltsamen Fotos, die diesen Typen mit dem Hut zeigen, hat sie jedenfalls nie erwähnt. Ich wüsste zu gern, was das zu bedeuten hat.«

Er schwieg lieber, als etwas Falsches zu sagen.

»Trinkst du ein Glas Wein mit mir?«, schlug sie plötzlich vor. »Ich könnte eine Stärkung gebrauchen.«

Robert nickte lächelnd.

»Einverstanden!«

Sie sprang gleich auf, um zwei Gläser und eine Flasche *Le chant du merle* zu holen, die auf einem der beiden hohen Weinfässer standen.

»Soll ich sie aufmachen?«, bot er an.

»Nein, ich mach das schon. Selbst ist die Frau.«

Klar, hätte er sich auch denken können.

Sie goss die Gläser voll und setzte sich wieder zu ihm.

Nachdem sie einen ersten Schluck getrunken hatten, ging er doch noch auf ihre Bemerkung über Emma ein.

»Ich kenne mich da nicht besonders gut aus … Aber ist es nicht normal, dass Kinder Geheimnisse vor ihren Eltern haben? Hattest du denn keine vor deinen Eltern? Also, ich schon.«

»Klar! Aber das war was anderes.«

»Wieso war das anders?«

»Ich war nie mit meinen Eltern befreundet.«

Er war erst einmal perplex. Konnten Eltern und Kinder wirklich miteinander befreundet sein? Das bezweifelte er – selbst wenn sie sich nahestanden und viele Dinge miteinander teilten. Er ließ sich aber nicht weiter auf diese heikle Diskussion ein, denn er ahnte, dass sie rasch in einer Sackgasse enden würde.

Plötzlich schreckte Jeanne auf. »Da kommt ein Auto!«

Sie rannte zu einem der Fenster, die zum Hof gingen, und er folgte ihr.

Das Licht von Autoscheinwerfern erhellte für einen Moment den Raum. Ein Wagen fuhr in den Hof und hielt ein Stück weit vom Haus entfernt.

Robert sah, wie sich in Jeannes Augen Hoffnung mit Angst vermischte.

»Ich schau mal nach, wer das ist«, sagte er.

»Nein, ich gehe. Um diese Uhrzeit kann das nur die Polizei sein.« Sie eilte zu Tür.

Hoffentlich gibt es jetzt endlich eine gute Nachricht!, dachte Robert.

*

Marie brauchte nicht anzuklopfen. Die Eingangstür wurde schon aufgerissen, als sie darauf zuging, und Jeanne Laroussine stand vor ihr.

Augenblicklich sah sich Marie mit einer Flut von Fragen konfrontiert.

»Haben Sie sie gefunden?«, rief die Mutter. »Wo ist sie? Warum ist sie nicht bei Ihnen?«

Dann entdeckte Marie den Kupferschmied, der hinter der Winzerin aufgetaucht war und besorgt dreinschaute.

»Nein, es tut mir leid, wir haben sie noch nicht gefunden. Aber ich hätte ein paar Fragen und würde Sie gern kurz unter vier Augen sprechen.«

»Klar, ich bin schon so gut wie weg«, sagte Robert Pinçon und ging an den beiden Frauen vorbei nach draußen. Als er sein Auto erreicht hatte, rief er noch: »*Au revoir!* Und, Jeanne, melde dich, wenn irgendwas ist.«

Jeanne Laroussine hatte Marie in die Küche geführt, aber sie bot ihr keinen Stuhl an und blieb ebenfalls stehen. Wahrscheinlich hoffte sie, Marie würde gleich wieder gehen, jetzt, wo sie davon ausgehen musste, dass es keine Neuigkeiten über Emma gab. Doch als Marie begann, ihr von dem Mord an François Durand zu berichten, musste die Winzerin sich setzen.

»Darf ich auch?«

Marie zeigte auf die Bank und nahm gegenüber der niedergeschlagenen Mutter Platz, ohne eine Antwort abzuwarten.

Die Winzerin schüttelte mehrfach ungläubig den Kopf und schaute wortlos ins Leere, während Marie erzählte, wie sie den Toten vorgefunden hatten.

»Kannten Sie den Automechaniker gut?«, fragte sie anschließend.

»Natürlich. Aber warum kommen Sie mit dieser furchtbaren Nachricht ausgerechnet zu mir, und das am späten Abend?«

Marie ging nicht auf den vorwurfsvollen Ton ein.

»Das erkläre ich Ihnen gleich. Aber ich wüsste zunächst gern, wie Sie zu Monsieur Durand standen.«

»Ich habe ihn oft wegen unserer Anbaugeräte angerufen. Heutzutage gibt es so viel Technik beim Weinanbau. Da ist immer irgendwas kaputt. François kam dann nach Feierabend und hat mir aus der Patsche geholfen. Der kannte sich besser aus als die Händler, die einem diese komplizierten Maschinen für teures Geld verkaufen. Er hat auch den alten Käfer, den mein Ex-Mann in der Scheune stehen gelassen hatte, komplett restauriert und wieder ans Laufen gekriegt.«

»Ich habe gehört, dass Monsieur Durand nicht aus der Gegend stammte.«

Marie wollte nicht gleich alles preisgeben, was sie wusste. Ihr Ziel war es, abzuwarten, was Jeanne Laroussine von sich aus sagen würde, bevor sie selbst mit weiteren Informationen herausrückte.

»Ja, das stimmt. Der kam irgendwo nördlich von hier und hat vor ungefähr zehn Jahren in der Werkstatt meines Ex-Mannes angeheuert.«

»Aha?« Marie musste an Robert Pinçon denken, der gestern erwähnt hatte, dass Jeanne Laroussines Ex-Mann eine Autowerkstatt hatte.

»Die hat er Vincent, also meinem Ex-Mann, abgekauft, als der nach Spanien gezogen ist.«

»Dann kann man also sagen, dass Monsieur Durand ein enger Freund der Familie war, oder?«

»Wir haben nie gemeinsam etwas unternommen oder zusammen Weihnachten verbracht, wenn Sie das meinen. Aber wir waren einander freundschaftlich verbunden. Ich konnte mich immer auf ihn verlassen, und wenn ich eine Rechnung mal nicht sofort bezahlen konnte, war das nie ein Problem.«

»Und wie verstand sich Monsieur Durand mit Emma?« Marie war gespannt.

Jeanne Laroussine wurde sofort hellhörig.

»Was hat das mit Emma zu tun?«

Marie ignorierte die Gegenfrage. »Hat er sich gut mit ihr verstanden?«

»Ja, er kannte sie von klein auf und hat oft etwas für sie gebastelt. Und zum sechzehnten Geburtstag hat er ihr ein altes Mofa geschenkt, das er restauriert hatte. Es sieht aus wie neu.«

»Das, was in der Scheune steht, die Sie mir gestern gezeigt haben?«

Jeanne nickte.

»Tolles Geschenk! Und ganz schön großzügig, oder?« Marie musste daran denken, dass sie als Jugendliche immer von einem Mofa geträumt hatte, doch ihr Wunsch war nie in Erfüllung gegangen.

»Ja, mir war es auch etwas unangenehm. Ich wollte ihm Geld dafür geben, aber da war nichts zu machen.«

»Und hatten Emma und Monsieur Durand sonst noch Kontakt miteinander?« Marie war bewusst, dass die Frage heikel war.

»Was wollen Sie damit andeuten?«

Mit einem Mal nahm Marie eine starke Feindseligkeit im Ton der Winzerin wahr.

»Na ja, es gibt da etwas, das mich irritiert.« Sie kramte das Handy aus ihrer Tasche. »Ich würde gern verstehen, warum im Schlafzimmer von François Durand dieses Foto von Emma hängt. Auf der Rückseite steht das Zitat, das wir auch in ihrem Zimmer gefunden haben, und eine Widmung von ihr.«

»Wie bitte?«

Marie zeigte ihr die Fotografie von der Eule und dann auch die Widmung.

»Das ist doch Emmas Handschrift, oder?«

»Ja.«

Jeanne Laroussine wurde blass und kniff Mund und Augen zusammen. Was sie da gerade erfuhr, schien ihr ganz und gar nicht zu gefallen.

»Wissen Sie, wann sie ihm das geschenkt haben könnte?«

»Ich habe nicht die geringste Ahnung, und mir wird so langsam klar, dass ich über meine Tochter so einiges nicht weiß. Dabei habe ich ihr immer alles erzählt.«

Seltsame Logik, dachte Marie. Außerdem, wollen Kinder wirklich, dass Eltern ihnen alles erzählen? Nicht in Maries Vorstellung. Sie konzentrierte sich wieder auf das Gespräch.

»Gab es etwas, das Sie an der Beziehung zwischen Emma und François Durand gestört hat?«, fragte sie.

Sie fand es äußerst ärgerlich, dass sowohl Emmas als auch Durands Handy verschwunden war. Die darauf gespeicherten Daten würden ihr vermutlich helfen, Antworten auf einige ihrer Fragen zu finden.

»Eigentlich … nicht.«

»Was so viel heißt wie ›ja schon‹. Also, was hat Sie gestört?«, hakte Marie nach.

»Nichts, was ich konkret benennen könnte«, gab die Mutter kleinlaut zu. »Ich hatte nur manchmal das Gefühl, außen vor zu sein, wenn die beiden sich unterhalten haben.«

»Verzeihen Sie bitte die direkte Frage, die ich Ihnen jetzt stellen muss.« Marie ging innerlich in Deckung. »Aber könnten die beiden ein Paar gewesen sein?«

»Sind Sie wahnsinnig? Der hätte doch ihr Vater sein können!«

Ein Ausdruck von Abscheu zeigte sich auf dem Gesicht der Winzerin.

Marie ließ einen Moment verstreichen, damit Jeanne Laroussine sich fassen konnte. Sie würde dennoch klären müssen, ob es da eine enge Beziehung zwischen Emma und Durand gegeben hatte. Warum machten sich sonst ein zweiundvierzigjähriger Automechaniker und eine sechzehnjährige Schülerin besondere Geschenke?

»Sie haben gerade Emmas Vater erwähnt. Hatte Monsieur Durand noch Kontakt zu ihm?«

»Keine Ahnung – und wenn, hätte er es mir bestimmt nicht erzählt.«

»Könnte er mit Emma darüber gesprochen haben?«

»Bis vor Kurzem hätte ich Nein gesagt, aber inzwischen bin ich mir da nicht mehr sicher«, gab Jeanne Larousinne verbittert zu.

»Sie wissen ja, dass noch ein Mädchen aus Emmas Schule vermisst wird. Sie hatte wohl einen Freund, der auch François heißt. Um noch einmal an meine Frage von eben anzuknüpfen: Könnten Sie sich generell vorstellen, dass Monsieur Durand sich besonders für Minderjährige interessierte?«

»Nein! Dafür war er nicht der Typ. Ehrlich gesagt, hatte ich eher den Eindruck, dass François an *mir* interessiert war. Auch wenn es unter diesen Umständen unpassend klingt, so etwas zu erwähnen.«

Ah, das war interessant. Jeanne Laroussine hatte demnach zwei Verehrer. François Durand und Robert Pinçon. Vielleicht waren die beiden sogar Konkurrenten gewesen. Nun, das würde sie überprüfen. Marie konzentrierte sich wieder auf die Winzerin.

»Hatten Sie denn eine Beziehung mit Monsieur Durand?«

»Ich? Ha, ha! Nein, danke. Wenn ich eins im Leben nicht brauche, dann ist das ein Mann. Ich habe mein Quantum an männlicher Nähe gehabt. Das Leben ist auch so schon anstrengend genug.«

Das war eine mehr als deutliche Aussage zu ihrer Einstellung gegenüber dem anderen Geschlecht. Marie war darüber nicht sonderlich verwundert.

Jeanne Laroussine griff hastig nach dem Glas, das vor ihr stand, und hielt dann in der Bewegung inne.

»Oh, tut mir leid! Ich habe Ihnen nichts angeboten. Möchten Sie auch ein Glas Wein?«

Marie war versucht, das Angebot anzunehmen, lehnte aber

dankend ab. Sie musste bei der Befragung einer Zeugin einen klaren Kopf bewahren.

Sie wechselte das Thema. »Wussten Sie, dass François Durand vorbestraft war?«

Die Winzerin hob erstaunt die Augenbrauen.

»Nein.« Sie schien nachzudenken. »Aber eigentlich überrascht es mich nicht. Er hat nie von früheren Zeiten erzählt und ist Fragen über seine Vergangenheit immer ausgewichen. Ich könnte Ihnen zum Beispiel nicht sagen, wo genau er aufgewachsen ist und ob er Geschwister hat. Ich meine aber, er hätte mal erwähnt, dass seine Eltern gestorben sind.«

Marie war sich ziemlich sicher, dass Richard inzwischen alle wichtigen Informationen über Durands Lebensgeschichte in Erfahrung gebracht hatte und ihr morgen davon berichten würde.

Jeanne Laroussine seufzte, trank einen Schluck und schloss für einen Moment die Augen.

»Da sie mir bislang nichts Neues über meine verschwundene Tochter erzählt haben, muss ich wohl davon ausgehen, dass Sie mit der Suche nach Emma nicht weitergekommen sind.«

»Wir werden morgen früh eine landesweite Fahndung starten.«

»Wegen Entführung einer Minderjährigen?«

»Nein, dafür fehlen die nötigen Indizien, das wissen Sie. Aber es ist eine Fahndung, bei der sämtliche Medien sowie Flughäfen, Bahnhöfe, Grenzstationen informiert werden. Das müsste uns weiterbringen.«

»Ihr Wort in Gottes Ohr! Tut mir übrigens leid wegen heute Mittag. Ich war ungerecht Ihnen gegenüber. Sie haben meine ganze Wut abgekriegt.«

Marie sah, wie die Mutter mit sich rang.

»Schon okay. Sie machen schwere Zeiten durch. Versuchen Sie, ein paar Stunden zu schlafen.«

Jeanne Laroussine begleitete Marie zu ihrem Auto.

»Ein bisschen Luft tut mir gut.«

Sie liefen an dem alten VW-Käfer vorbei, und Marie fiel auf, dass er vorn am rechten Kotflügel verbeult war. Und der Wagen war … weiß.

»Was ist mit Ihrem Auto passiert?«, erkundigte sie sich um einen beiläufigen Ton bemüht und zeigte auf den Schaden.

»Das war Emma.« Die Winzerin lächelte nachsichtig. »Ich gebe ihr bei uns auf dem Hof Fahrunterricht, und da hat sie bei einem der letzten Male die Entfernung zu dem Mäuerchen dahinten falsch eingeschätzt.« Sie deutete auf eine Abgrenzung, die den Parkplatz von einem Weinfeld trennte. Dann wurde sie wieder ernst. »François wollte den Schaden nächste Woche beheben. Er war etwas sauer und meinte, ein Oldtimer sei kein Fahrschulauto.«

Marie rief sich in Erinnerung, was sie vorhin mit Richard besprochen hatte. Weiße Autos waren keine Seltenheit, und das Gleiche galt für Beulen. Dennoch nahm sie die Information zur Kenntnis und würde Richard fragen, ob ihm der Schaden an dem Käfer aufgefallen war.

Marie verabschiedete sich von der Winzerin und stieg in ihren Wagen. Als sie den Motor einschaltete und dabei einen Blick aufs Armaturenbrett warf, stellte sie fest, dass es fast ein Uhr war. Wahrscheinlich hatten die Kollegen inzwischen den Tatort verlassen.

Bevor sie losfuhr, schickte sie Richard eine SMS: *Alles Weitere morgen. Gute Nacht.*

Wenige Sekunden später antwortete er ihr, allerdings nur mit einem »Daumen hoch«-Emoji. Sein Kommunikationsbedarf war wohl für heute gedeckt.

Der beinahe volle Mond erhellte die kurvigen Straßen und ließ die Bäume lange Schatten darauf werfen. Es war wie eine Fahrt durch einen Märchenwald. Marie ließ die beiden Seitenfenster herunter und genoss, wie der nächtliche Sommerwind ihr müdes Gehirn umwehte.

Sie vermutete, dass Michel schon schlief, wenn sie nach Hause kommen würde. Aber sie würde sich ganz eng an ihn schmiegen. Der Tag war anstrengend und unendlich lang gewesen, nun konnte die Nacht beginnen.

Kapitel 20

Périgueux, Sonntag, 2. Juli

Trotz der frühen Morgenstunde war Richard bereits im Präsidium, um in Ruhe über François Durand zu recherchieren. Es war ungewohnt für ihn, an einem Sonntagmorgen hier im Büro zu sitzen. Er schaltete den Zimmerbrunnen ein, und das sanfte Plätschern des Wassers schaffte gleich eine wohlige Atmosphäre.

Elodie war bereits um sechs aufgewacht und hatte, auch nachdem sie gestillt worden war, nicht mehr einschlafen wollen. Vielleicht wegen der ungewohnten Umgebung: Sie hatten zum ersten Mal mit der Kleinen bei Sophies Mutter übernachtet. Also waren sie aufgestanden und in die Küche gegangen. Er hatte noch mit Sophie gefrühstückt und ihr dann erklärt, dass er wegen der beiden vermissten Mädchen und des damit offenbar verbundenen Mordfalls so schnell wie möglich seine Ermittlungsarbeit fortsetzen musste. Sie war wie immer sehr verständnisvoll gewesen und hatte ihn mit einem langen Kuss verabschiedet.

Während seine Kaffeemaschine im Büro noch lief, dachte Richard an den Kaufvertrag der Werkstatt, auf den er gestern im Büro des Opfers gestoßen war. François Durand hatte die Garage von Vincent Jardel erworben, dem Ex-Mann von Madame Laroussine und Vater von Emma. War das ein Zufall? In Richards Beruf glaubte man ungern an Zufälle.

Und was hatte Durand eigentlich gemacht, bevor er nach Montignac gezogen war? Als guter Kriminalbeamter wusste Richard natürlich, dass man auch in der Vergangenheit des Automechanikers nach einem Motiv für dessen Ermordung suchen musste.

Ein Klopfen an der Tür unterbrach seine Gedanken. Wer zum Teufel kam auf die Idee, ihn an einem Sonntagmorgen um fünf vor acht im Büro aufzusuchen? Die Antwort bekam er noch im selben Moment, denn die Tür wurde geöffnet, bevor er »*Entrez!*« rufen konnte.

»Dachte ich's mir doch, dass ich dich hier finde«, sagte Fred gut gelaunt und betrat den Raum.

Bloß keine Floskeln! Mit Begrüßungsformeln hatte sich der Gerichtsmediziner noch nie aufgehalten.

»Ich wollte von meiner letzten Nacht berichten – und habe auf dem Weg ein paar Croissants und Pains au chocolat gekauft.« Er hielt eine braune Papiertüte hoch und schwenkte sie hin und her. »Oh! Und hier riecht es wunderbar nach Kaffee.«

»Ist gerade fertig geworden«, verkündete Richard. Er war angenehm überrascht. Nun musste er sich für das zweite Frühstück nicht mit den trockenen Keksen begnügen, die er als eiserne Reserve in einer seiner Schreibtischschubladen hortete.

Kurz darauf saßen sie am Besprechungstisch, und Fred tunkte genüsslich ein Croissant in seinen Kaffee.

»Wie bei Muttern«, sagte er mit einem breiten Grinsen. Dann kam er gleich wieder zur Sache. »Der Tote hatte beste Blutwerte. Der war in Topform.«

»Was ist mit Drogen?«, fragte Richard.

»Nicht die geringste Spur und null Promille. Er ist, wie vermutet, an inneren Blutungen gestorben. Aber eine Überraschung gibt es: Der schwarze Pullover mit dem ›Goldenen Blut‹, den ihr da in der Walachei gefunden habt – der muss ihm gehört haben.«

Richard starrte in Freds hocherfreutes Gesicht. Der hatte natürlich gewusst, dass er dem Kollegen eine ganz besondere Information überbringen würde. Daher wohl auch das improvisierte Frühstück.

»Erzähl!«, forderte Richard ihn auf.

»Also, du erinnerst dich wahrscheinlich, dass ich auf dem Pullover kleine Farbkleckse entdeckt habe?«

»Klar erinnere ich mich, denn im Gegensatz zum Gedächtnis mancher Mediziner ist meines bestens im Schuss«, stichelte Richard, als Retourkutsche für dessen gestrige Bemerkung mit dem Handy. »Aber worauf willst du hinaus?«

»Das war rosa Lack. Und Spuren von eben diesem Lack habe ich unter Durands Fingernägeln gefunden.« Fred sah ihn vergnügt an und wartete anscheinend auf eine Reaktion.

Richard war sofort hellhörig geworden. In Durands Werkstatt stand ein Auto, das gerade neu lackiert wurde – in Rosa. Er war so angespannt, dass er sich reflexartig ein zweites Pain au Chocolat nahm und gleich hineinbiss.

»Das war eigentlich für mich«, merkte Fred amüsiert an. »Aber iss ruhig … du stillst ja noch.«

Richard hörte auf zu kauen und wollte auf diese blöde Bemerkung mit vollem Mund etwas entgegnen, aber Fred sprach schon weiter.

»Jetzt plustere dich nicht auf! Als ich Vater geworden bin, habe ich auch jeden neuen Entwicklungsschritt so erlebt, als wäre auch ich ein bisschen die Mutter. Eine schöne Erinnerung.«

Richard war baff. Dass Fred Familienvater war, hörte er gerade zum ersten Mal. Er hatte bis jetzt ganz selbstverständlich angenommen, dass der Rechtsmediziner ein eingefleischter Junggeselle war.

»Alles lange her«, fügte Fred gleich hinzu, als wollte er seine Rolle als Familienmensch gleich herunterzuspielen. »Hat auch nicht lange gehalten. Meine Frau fand, dass ich nicht genug Zeit mit der Familie verbringe, und hat sich schnell einen besseren

Ehemann gesucht. Und meine Tochter ist inzwischen zwanzig und studiert in Kanada.«

Richard blickte ihn verwundert an.

Nach diesem Geständnis stand Fred auf. »So, genug der Gefühlsduselei. Ich nehme an, du hast zu arbeiten. Haltet mich auf dem Laufenden, wenn es etwas Neues gibt. *Salut!*«

Er verließ den Raum so schnell, wie er ihn betreten hatte, und Richard war seltsam gerührt. Noch nie hatte Fred ihm gegenüber etwas Privates von sich preisgegeben. Und dass er auch Vater einer Tochter war, tauchte ihn aus Richards Sicht in ein ganz anderes Licht. Bestimmt vermisst er sie, wenn sie so weit weg lebt, dachte er mitfühlend.

Er trank in Ruhe seinen Kaffee aus und kam zu dem Schluss, dass der Rechtsmediziner eigentlich ein netter Kerl war.

Dann säuberte er den Besprechungstisch und vertiefte sich wieder in die Recherchen.

Was Fred über den Pullover berichtet hatte, ließ Richard ratlos zurück. Sie mussten schnellstmöglich herausfinden, warum auch Emmas Blut auf Durands Pullover war. Als Emma sich an der Borie aufgehalten hatte, war der Automechaniker vermutlich in seiner Funktion als Major auf der Félibrée unterwegs. Oder gab es eine Lücke in Durands Zeitplan am Freitag? Auch das galt es zu überprüften. Das alles notierte er sich, um es gleich mit Marie zu besprechen. Doch die wesentliche Frage war, ob Durands gewaltsamer Tod mit Emmas Verschwinden in Verbindung stand.

Eben dieser Punkt machte ihm Angst. Bevor er Marie anrief, musste er dringend seine Gedanken sortieren.

*

Es war eine kurze, aber wunderbare Nacht gewesen. Wie gern hätte Marie noch den halben Vormittag mit Michel im Bett verbracht, aber daran war heute nicht zu denken. Sie löste sich vorsichtig aus seiner Umarmung und verließ leise das Zimmer, um nach unten in die Küche zu gehen. Wenigstens Michel sollte ausschlafen können.

Vor der Küchentür empfing Kater Gaston sie wie jeden Morgen mit einem vorwurfsvollen Miauen.

»Na, ist Monsieur hungrig?«

Marie streichelte den rotgetigerten Kater, der nun laut schnurrte, und bestückte dann seinen Napf mit Trockenfutter. Das war zumeist ihre erste tägliche Amtshandlung, denn Gaston wartete nicht gern. Sobald das Futter im Napf war, ignorierte er sie. Er wirkte dabei so majestätisch herablassend, dass es sie stets aufs Neue amüsierte.

Sie wollte sich gerade einen Kaffee machen, als ihr Handy klingelte.

Eine unbekannte Nummer … aber sie ging trotzdem dran.

»Madame la Commissaire? Entschuldigen Sie bitte die Störung am Sonntag … und dann auch noch so früh am Morgen. Mein Name ist Alain Crouzet. Ich bin Psychoanalytiker und der Therapeut von François Durand.«

Der Ermordete war also in therapeutischer Behandlung gewesen – eine wichtige Information, die dem Fall eine neue Wendung geben konnte. Marie war sofort ganz Ohr, nachdem sie Crouzet versichert hatte, dass er nicht störte.

»Ich wohne in Montignac, und als ich vorhin in der Bäckerei war, habe ich zufällig mitbekommen, wie zwei Kunden sich über Monsieur Durand unterhielten. Stimmt es, dass er ermordet wurde?«

»Er ist leider verstorben, aber über die Umstände seines Todes werde ich nicht mit Ihnen am Telefon sprechen. Wir könnten uns in einer Stunde im Präsidium in Périgueux treffen, wenn es für Sie machbar ist.«

»Okay, die Zeit nehme ich mir.«

»Wären Sie denn bereit, mit mir über Ihren Patienten und seine Therapie zu sprechen?«

»Wenn es dienlich ist, gern.«

»Gut, dann beantrage ich gleich eine Schweigepflichtenthebung beim Staatsanwalt.«

»Ja, tun Sie das. Ich fand Monsieur Durand sehr sympathisch, habe ihn immer als aufrichtig wahrgenommen, und sein Tod geht mir sehr nahe.«

»Lassen Sie uns alles Weitere persönlich besprechen. Und schicken Sie mir bitte per SMS Ihre Kontaktdaten und die Ihrer Praxis, damit ich alles Nötige sofort in die Wege leiten kann. Dann bis gleich, Monsieur Crouzet.«

Nachdem sie aufgelegt hatte, rief Marie den Staatsanwalt an.

Er bestätigte ihr, dass der Beginn der landesweiten Fahndung für neun Uhr terminiert war, und genehmigte ihr sofort die Schweigepflichtenthebung für den Therapeuten.

Rasch warf sie einen Blick auf die Uhr. Es war schon kurz vor acht. Jetzt musste sie sich sputen.

Im Hof war es ruhig. Léonies Fensterläden waren noch geschlossen. Michel hatte ihr in der Nacht erzählt, dass er noch spät mit ihr im Hof gesessen und ihr versprochen hatte, sie im Laufe des Tages zur Félibrée zu begleiten. Er war ein wahrer Schatz, und sie musste an die Redewendung denken: *Il n'y a pas d'amour, il n'y a que des preuves d'amour*. Es ist keine Liebe, solange die Liebe nicht bewiesen ist. Wie wahr!

Als sie die Hoftür erreichte, vernahm Marie ein Grunzen. Bitte nicht! Hoffentlich war Joseph nicht wieder stiften gegangen. Sie hatte jetzt wirklich keine Zeit, sich um diese Art von Späßchen zu kümmern. Sie öffnete die Tür mit einem Ruck, und zu ihrer großen Erleichterung erblickte sie Georges, der mit seinen beiden Schützlingen an der Leine vor ihr stand.

»*Bonjour*, Georges. So früh schon unterwegs?«

Er erwiderte den Gruß und erklärte mit größter Selbstverständlichkeit: »Augustine und Joseph hatten Lust auf Bewegung. Also waren wir beim Trüffelhain, bevor es zu warm wird. Da gehen die ja so gern hin!«

Was für ein Irrenhaus, dachte Marie. Aber ein fröhliches!

Augustine und Joseph grunzten, als sie Marie sahen, und beschnüffelten ihre Hosentaschen. Gelegentlich trug sie Leckerlis für César bei sich, und die Hängebauchschweine waren ganz verrückt danach.

»Tut mir leid. Ich hab nichts für euch. Aber ich wette, im Gegensatz zu mir habt ihr schon gefrühstückt.«

Sie kraulte die Schweine kurz am Kopf, erfreute sich für einen kurzen Moment an dem gutmütigen Blick aus ihren kleinen Augen, gab Georges ein Küsschen auf die Wange und eilte zu ihrem Wagen.

Kaum war sie losgefahren, rief sie Richard an und berichtete ihm vom Telefonat mit Durands Psychoanalytiker. Im Gegenzug erzählte ihr Mitarbeiter von Freds Entdeckung am Pullover mit Emmas Blut. Eine Neuigkeit, die sie ebenso rätselhaft wie beängstigend fand.

*

Richard wählte die Nummer der Police Municipale von Vilance, der Gemeinde, in der Durand aufgewachsen war. Er wollte herausfinden, ob es noch irgendwelche Angehörigen gab, die über sein Ableben informiert werden sollten. Bei der Durchsicht von Durands persönlichen Unterlagen gestern hatte er bis auf die Totenscheine der Eltern nichts dazu gefunden, und laut Akten war Durand ein Einzelkind.

Richard schaute erneut auf die Uhr. Halb neun an einem Sonntagmorgen. Wer würde sich auf der Wache eines Dreitausendseelendorfs melden?

Die Beamtin, die den Anruf schließlich entgegennahm,

musste der Stimme nach schon etwas älter sein. Vielleicht würde ihr der Name François Durand noch etwas sagen.

»Klar erinnere ich mich an ihn. Auch wenn wir ihn seit Jahren hier nicht mehr gesehen haben. Sein Vater besaß eine Autowerkstatt, und François hat seit Kindesbeinen mitgeschraubt. Die Eltern sind dann ziemlich plötzlich gestorben, und zwar kurz hintereinander. Herzinfarkt und Krebs. Traurige Sache, stellen Sie sich vor, die waren beide noch keine sechzig, und François, der bis dahin nie auffällig gewesen war, ist danach ziemlich abgedriftet.«

»Wie meinen Sie das?«

»Ganz klassisch. Alkohol, Drogen … Der hat sich gehen lassen und die Werkstatt nur dann geöffnet, wenn es ihm passte. Was selten der Fall war. Da gab es natürlich jede Menge Unmut bei den Kunden.«

»Und dann war da noch der Verkehrsunfall«, erinnerte sich Richard.

»Richtig. Ein Wunder, dass niemand ums Leben gekommen ist und es nur einen Verletzten gegeben hat. Ich hatte an dem Tag Dienst und war gleich an der Unfallstelle. François war unter Drogeneinfluss und hat auf dem Dorfplatz die Kontrolle über sein Fahrzeug verloren. Da standen drei junge Männer. Zwei haben ihn kommen sehen und konnten noch rechtzeitig zur Seite springen. Aber einer hatte ihm den Rücken zugewandt, und den hat er erwischt. Der Arme hat drei Monate im Krankenhaus verbracht.«

»Ich habe gelesen, dass Monsieur Durand dafür verurteilt wurde.«

Wobei die Strafe vergleichsweise mild ausfiel, wie Richard festgestellt hatte. Inzwischen waren die Strafen für Fahrdelikte unter Drogeneinfluss viel drastischer. Zu Recht, wie er fand. Nicht nur dieser Unfall belegte, wie gefährlich Drogenkonsum am Steuer war.

»Ja, und danach war er erstaunlich reumütig«, berichtete die Kollegin.

»Inwiefern?«

»Er hat sich in Grund und Boden geschämt. Hat die Werkstatt samt Familienhaus verkauft und den Erlös an den jungen Mann überwiesen, den er verletzt hatte. Dann hat er Vilance verlassen und wurde nie mehr gesehen.«

Die Kollegin schien froh zu sein, einen Ansprechpartner zu haben. Anscheinend war nicht viel los auf dem Revier.

Gut für mich, dachte Richard.

»Wie alt war das Opfer?«

»So gerade mal volljährig, wenn ich mich recht entsinne.«

»Und was ist aus ihm geworden?«

»Sie meinen David? Soweit ich weiß, lebt er hier noch bei seinen Eltern und arbeitet in einer Porzellanfabrik bei Limoges.«

»Wie lautet sein vollständiger Name?«

»David Gérard.«

»Hatte Monsieur Durand noch Verwandte in Vilance?«

»Einen Cousin. Ich suche Ihnen gleich die Nummer raus. Das ist ein komischer Kauz.«

Gleich nachdem er sich von der freundlichen Kollegin verabschiedet hatte, die ihm mit Sicherheit liebend gern noch weitere Geschichten aus ihrer Heimat erzählt hätte, wählte er die Nummer des Cousins.

Dieser nahm die Nachricht von Durands Tod gänzlich emotionslos auf und wollte nur wissen, ob es etwas zu erben gäbe. Richard machte deutlich, dass er kein Notar sei, und beendete das Gespräch für seine Verhältnisse eher brüsk. Womöglich würde dieser unsympathische Verwandte die Werkstatt tatsächlich erben, sollte Durand keine weiteren Vorkehrungen getroffen haben.

Ein Testament hatte Richard in Durands Unterlagen nicht gefunden. Aber er hatte sich am Vorabend die Umsatzzahlen angeschaut. Es war ein gut gehendes Unternehmen. Alles wirkte ordentlich geführt, wie Richard anerkennend festgestellt hatte.

Er klappte das Heft zu, in dem er sich während des Gesprächs seine Notizen gemacht hatte, um über das nachzudenken, was er gerade erfahren hatte.

Da hörte er Schritte auf dem Flur.

Kapitel 21

Périgueux, Sonntag, 2. Juli

Marie betrat das gemeinsame Büro und fand Richard vor seinem Computer sitzend vor. Das freie Wochenende und ihre schönen Pläne konnte sie vergessen, aber das war gerade das geringste Problem – sie mussten bei ihren Ermittlungen dringend vorankommen. Und zum Glück hatte sie ihren vertrauten Mitarbeiter wieder an ihrer Seite.

»Also, ich weiß jetzt ein bisschen mehr über François Durand«, sagte Richard, nachdem sie sich begrüßt hatten. »Er war schon ein erstaunlicher Mann.« Ausführlich berichtete er ihr von dem Gespräch mit der Kollegin aus Durands Heimatort.

»Dann bin ich gespannt, was der Therapeut uns gleich noch über das Opfer zu sagen hat«, meinte sie und goss sich einen Kaffee ein.

»Wenn es für Sie okay ist, werde ich nicht dabei sein. Ich habe mich um neun bei den Kollegen der Kriminaltechnik angemeldet, die Durands und Emmas Computer durchforsten.«

»Klar! Auch das könnte uns weiterbringen.«

Während sie die neuen Informationen verarbeitete, ließ Marie ihren Blick durch den Raum schweifen.

Ihr Büro war groß, hell und zweckmäßig eingerichtet. Und Richard hatte ihm eine persönliche Note verliehen – mit diversen Pflanzen, die er hegte und pflegte, und dem Zimmerbrunnen, der seit seiner Rückkehr wieder vor sich hin plätscherte.

Auf den Schreibtischen lag alles schön übersichtlich und griffbereit an seinem Platz, und die Akten standen alphabetisch geordnet in den Regalen. Marie nahm für sich in Anspruch, strukturiert zu sein, aber Richard setzte in puncto Ordnungsliebe noch einen drauf. In dem überladenen kleinen Büro, das sie sich bei der Brigade Criminelle in Paris mit Pauline geteilt hatte, wäre er sicherlich durchgedreht. Pauline war zwar eine großartige Ermittlerin, aber Ordnungssinn war nun wirklich nicht ihr Ding. Sie benötigte nur einen einzigen Tag, um ihren Schreibtisch mit Aktenbergen, Junkfood-Verpackungen und sonstigem Kram vollzustellen.

Für einen Moment genoss Marie die Klarheit und Ruhe in ihrem Büro. Die beiden großen Fenster, die auf den schmucklosen Hof hinausgingen, waren weit geöffnet, und es herrschte eine ungewöhnliche Stille. Viele benachbarte Büros waren verwaist, allerdings nicht die der Kollegen, denen man die Koordinierung der Großfahndung für die beiden Mädchen übertragen hatte.

Ihr Telefon klingelte. Es war die Kollegin vom Empfang: Alain Crouzet war eingetroffen.

Richard blickte auf seine Uhr und verließ den Raum mit einem kurzen Abschiedsgruß.

Zehn Minuten später saß der Therapeut mit Marie an ihrem Besprechungstisch.

Alain Crouzet musste um die sechzig sein. Er war ganz in Schwarz gekleidet, trug Leinenhemd und -hose und hatte einen Schnurrbart, der so grau und gepflegt war wie seine Haare. Ein schwerer Silberring zierte den Mittelfinger seiner rechten Hand.

Nach der Begrüßung kam Marie gleich zum Thema. Sie wollte in diesem Gespräch vor allem herausfinden, was für ein Mensch der Ermordete gewesen war.

»François Durand war seit fast zehn Jahren bei mir in Therapie. In all dieser Zeit hat er nicht eine Stunde ausfallen lassen«, begann Crouzet. Seine Stimme war so leise, dass Marie aufmerksam zuhören musste.

»Und was war der eigentliche Grund für seine Therapie?«

»Die Therapie war eine Auflage des Richters, der ihn nach dem Unfall verurteilt hatte. Ich habe Monsieur Durand aber von Anfang an als offen und kooperativ wahrgenommen. Er machte sich große Vorwürfe, drei junge Menschen in Gefahr gebracht zu haben.«

»Laut Akten sind zwei von ihnen unversehrt geblieben. Und unseren Recherchen nach hat sich der junge Mann, der angefahren und verletzt wurde, von dem Unfall erholt. Ist das richtig?«

»Ja. Allerdings musste er nach dem Unfall seine Sportler-Karriere aufgeben. Er war wohl ein talentierter Fechter gewesen. François Durand hat sich nie verziehen, die Zukunftsperspektive dieses jungen Mannes zerstört zu haben. Und auch der Gedanke, dass er mit seiner Fahrlässigkeit drei Leben hätte auslöschen können, hat weiter an ihm genagt.«

»Hat er sich deshalb nach dem Unfall so großzügig bei dem Opfer gezeigt?«

»Ach, das wissen Sie schon?« Crouzet schien verwundert zu sein. »Ja, daher diese Schenkung. Die Schuldgefühle haben ihn nie losgelassen, und er war ständig davon getrieben, etwas wiedergutmachen zu müssen.«

»Und wie äußerte sich das?«

»Er hatte eine panische Angst vor Kontrollverlust – und seit dem Unfall zum Beispiel nie wieder Drogen oder Alkohol angerührt.«

»Ist diese Angst nicht nach und nach weniger geworden? Zehn Jahre sind eine lange Zeit!«

»Nein, die Schuld hat sein Leben bestimmt. Und er war nicht auf irgendeine Form der Erlösung aus.«

»Aber warum ist er so lange in Therapie geblieben, wenn er keine Erlösung wollte?«, fragte Marie daraufhin.

Alain Crouzet überlegte kurz.

»Psychotherapien können unterstützen, klären. Sie sollen

zu einem besseren Verständnis und Umgang mit persönlichen Problemen beitragen. Monsieur Durand kam zu mir, weil er das Bedürfnis hatte, sich seine Gefühle von der Seele zu reden. Diese eine Stunde in der Woche war ihm wichtig.«

Er sprach mit großer Anteilnahme von seinem Patienten, was Marie zu der Vermutung veranlasste, dass diese Stunden im Laufe der Jahre auch für den Therapeuten an Bedeutung gewonnen haben mussten.

»Hatte François Durand denn keine Freunde, denen er sich anvertrauen konnte?«

»Nein. Zumindest keine engeren, soweit ich weiß. Das lag aber vielleicht auch daran, dass er außerhalb meiner Praxis nicht über sich sprach. Er maß seiner Person wenig Wert zu. Leider.«

»Im Rahmen der Ermittlungen habe ich mir seine Wohnung angeschaut und hatte den Eindruck, dass dort ein einsamer Mann gelebt hat. War er wirklich einsam?«

»Innerlich ja. Er mochte Menschen, hatte aber Schwierigkeiten, sich zu öffnen. Dabei hat er den ganzen Tag mit Kunden und Mitarbeitern verbracht und oft bis in den Abend hinein gearbeitet. Wissen Sie, er ist immer wieder eingesprungen, sobald sich jemand mit einer Panne oder einem praktischen Problem gemeldet hat. Außerdem hat er sich auch ehrenamtlich für seine Gemeinde engagiert.«

»Deshalb auch seine Teilnahme an der Félibrée?«

»Ja, er war stolz, zum Major ernannt worden zu sein. Das war für ihn eine wichtige Anerkennung.«

Durand war zweiundvierzig Jahre alt geworden. Da muss es doch noch mehr in seinem Leben gegeben haben, überlegte Marie.

»Wissen Sie etwas über Beziehungen? Hatte er eine feste Freundin?«

»Hier und da mal eine Affäre, aber nichts, was von Dauer gewesen wäre.«

»Sie würden also einen Mord aus Leidenschaft für unwahrscheinlich halten?«

»Auf jeden Fall! Von großen Gefühlen hat Monsieur Durand nie berichtet. Er hat aber mehrfach sein Bedauern angedeutet, keine feste Partnerin zu haben.«

»Mir ist zu Ohren gekommen, dass er für die Winzerin Jeanne Laroussine schwärmte.«

Der Therapeut lächelte milde.

»Das stimmt. Er meinte aber, sie sei unerreichbar für ihn. Was auch damit zusammenhing, dass sie die Frau seines Ex-Chefs ist.«

Da hatte er wohl recht. Marie erinnerte sich an die gestrige Bemerkung der Winzerin über Männer.

»Hat er auch die Tochter von Madame Laroussine erwähnt?«

»Hier und da mal. Sie verstanden sich wohl gut.«

Die Frage verwunderte ihn offensichtlich.

Marie erzählte von den vermissten Mädchen, von Emmas Blut auf Durands Pullover und von ihrem Bild in seinem Schlafzimmer.

Er hörte ihr schweigend zu. Marie las Verwunderung in seinen Augen.

»Vielleicht hatte er väterliche Gefühle für sie. Oder sie hat einen Vaterersatz gesucht«, mutmaßte er.

»Darüber hat er also nicht mit Ihnen gesprochen?«

»Nein, daran würde ich mich erinnern.«

Schließlich beschrieb Marie ihm, wie Durand ums Leben gekommen war.

»Ich bin erschüttert von dem, was Sie erzählen.« Tatsächlich stand ihm der Schock jetzt regelrecht ins Gesicht geschrieben. »François Durand war ein besonnener Mann. Ich weiß nicht, wer einen solchen Hass auf ihn haben könnte.« Marie sah, wie er angestrengt nachdachte. »Aber kann es nicht auch eine Verwechslung gewesen sein? Vielleicht sollte jemand anders umgebracht werden, und Monsieur Durand war zur falschen Zeit am falschen Ort.«

»Fällt mir schwer zu glauben«, antwortete Marie, die diese Hypothese bisher nicht in Erwägung gezogen hatte. »Er ist quasi vor seiner Haustür umgebracht worden und hatte kurz zuvor die Félibrée verlassen – trotz seiner Verpflichtungen.«

»Seltsam. Das sieht ihm gar nicht ähnlich.«

»Ihnen gegenüber hat er nie erwähnt, dass er sich bedroht fühlte?«

»Nein! Das hätte ich Ihnen doch gleich erzählt.«

»Was ist mit dem jungen Mann, dessen sportliche Karriere Monsieur Durand zerstört hat? Könnte er ihm noch etwas nachtragen?«, überlegte sie laut.

»Er hat nie etwas in der Art erwähnt. Und Sie wissen ja selbst, dass er sich sehr großzügig gezeigt hat. Nachdem er dem Opfer alles vermacht hatte, musste er hier in Montignac bei null anfangen.«

»Wissen Sie, ob er noch mit diesem jungen Mann in Kontakt stand?«

»Das glaube ich nicht. Im Übrigen bezeichnete mein Patient seine Heimat als ›Ort der Schande‹, und den wollte er nie wieder betreten.«

Marie bedankte sich bei Alain Crouzet und begleitete ihn zur Tür.

»Ich hoffe, Sie finden den Mörder«, sagte er zum Schluss. »Und sollten Sie noch Fragen an mich haben, stehe ich Ihnen selbstverständlich jederzeit zu Verfügung.«

*

Robert Pinçon war wie jeden Sonntagmorgen auf dem Weg nach Thenon, um seine Mutter im Altersheim zu besuchen. Sie lebte seit dem Tod seines Vaters dort. Wegen der Félibrée fuhr er heute früher hin, und er wollte auch nicht so lange wie sonst bei der Mutter bleiben. Zum Trost hatte er ihr in der Boulangerie ein *Eclair au café* gekauft. Das längliche Gebäck aus Brandteig mit Kaffee-Creme-Füllung würde sie milde stimmen.

Als er die Kreuzung von Mauriac-sur-Vézère überqueren wollte, näherte sich plötzlich von links ein weißer Renault Clio mit hoher Geschwindigkeit aus dem Dorf und nahm ihm die Vorfahrt. Diese Art von Rücksichtslosigkeit konnte Robert zur Weißglut bringen. Er hupte wild.

Den Fahrer beeindruckte das nicht. Der Kerl drehte den Kopf zur Seite und zeigte ihm den Stinkefinger, und jetzt erkannte Robert, wer hinter dem Steuer saß. Das war dieser Halbstarke, dieser François so und so, den er sich gestern bei der Gegenüberstellung in der Police Municipale genau angeschaut hatte.

Er zählte eins und eins zusammen und beschloss, dem Typen zu folgen. Mit etwas Glück würde der Kerl ihn direkt zu Emma führen. Wenn er heute frei hier rumlief, musste er die Polizisten davon überzeugt haben, dass er nichts mit ihrem Verschwinden zu tun hatte. Dabei hatte Robert ihn gestern doch identifiziert. Warum lassen die mich zur Wache kommen, wenn dann keiner auf mich hört?, fragte er sich verärgert. Wie dem auch sei, mit dem Typen stimmte etwas nicht, davon würde ihn keiner abbringen.

Sofort nahm er den Fuß vom Gaspedal und ließ sich von einem anderen Wagen überholen, um diesen François diskret zu verfolgen.

Nach sechs Kilometern bog der Renault links ab, in Richtung des Badesees Étang de Thenon. Robert folgte dem Wagen in einigem Abstand über die kleine Landstraße bis zu dem Parkplatz an einer Picknickstelle. Dort hielt der Renault an. Um diese Uhrzeit war da noch niemand, und um nicht entdeckt zu werden, parkte Robert sein Auto ungefähr hundert Meter weiter weg, direkt neben einem kleinen Ausflugslokal mit Seeblick. Schnell stieg er aus dem Wagen und lief über einen kleinen Pfad zu der Stelle zurück, wo der Halbstarke angehalten hatte. Dabei achtete er sorgfältig darauf, nicht gesehen zu werden.

Dann sah er den jungen Mann. Er war aus seinem Auto gestiegen und unterhielt sich mit einem Typen, der eine Baseballkappe trug. Sein Gesprächspartner war etwas älter und wirkte ziemlich heruntergekommen. Robert kannte ihn nicht. Er versteckte sich hinter einem Busch, und da die zwei Kerle, die sich vermutlich unbeobachtet fühlten, laut sprachen, konnte er ihr Gespräch mithören. Vielleicht würde er hier etwas über Emmas Aufenthaltsort erfahren.

»Nee, ich hab gerade nichts«, hörte er François sagen.

»Aber gestern hast du doch versprochen, mir was zu bringen«, warf der andere ihm vor.

Während er sprach, wedelte er wild mit den Armen. Der Kerl schien ziemlich aufgebracht. Aber worüber redeten die zwei eigentlich?

»Die Scheißbullen haben bei mir zu Hause rumgeschnüffelt und alles mitgenommen. Aber ich bekomme heute noch eine Lieferung von einem Kumpel. Super-Gras. Wir können uns um vier wieder treffen.« Er zeigte auf den hinteren Teil des Parkplatzes. »Da drüben.«

Der andere Typ murmelte etwas Unverständliches.

Ich glaube es ja nicht, dieser Vollidiot verkauft Drogen!, dachte Robert. Er würde nachher die Kommissarin anrufen und sie darüber informieren.

»Wo hast du eigentlich geparkt?«, fragte der Jüngere und schaute sich um. »Bist du etwa zu Fuß gekommen?«

Da stand in der Tat kein weiteres Auto, stellte auch Robert fest.

»Mein Wagen steht weiter hinten. Ich habe am See geschlafen.«

»Cool! Okay, wir sehen uns um vier.«

Der andere grummelte etwas und verschwand in nördlicher Richtung. Robert wusste, dass es dort einen weiteren, wesentlich kleineren Parkplatz am See gab, auf dem man ungestört übernachten konnte.

Der Dealer stieg wieder in sein Auto, und Robert eilte zurück zu seinem Transporter. Er würde den Kerl weiter beschatten. Kriminell war dieser François, das stand schon mal fest.

Kurze Zeit später fuhr er dem Renault erneut hinterher und folgte ihm bis nach Mauriac-sur-Vézère. Dort parkte der Dealer in einer kleinen Gasse, grüßte ganz entspannt einen Mann, vermutlich einen Nachbarn, und verschwand in einem bescheiden aussehenden Haus. Es sah aus, als wohne er dort. Emma würde er wohl kaum mitten im Dorf versteckt halten.

Robert überlegte, ob er warten sollte, bis der Typ wieder herauskam. Aber er hatte weiß Gott noch anderes zu tun.

Er schaute auf die Uhr. Es war halb zehn. Er nahm sein Telefon in die Hand, um die Kommissarin anzurufen, sie hatte ihm ja ihre Handy-Nummer gegeben. Es war besetzt. Er hinterließ auf ihrer Mailbox die Nachricht, dass er später noch einmal versuchen würde, sie zu erreichen. Nun musste er schleunigst zu seiner Mutter.

*

Richard hatte sich mit dem Kollegen von der Technik ausgetauscht und kehrte ins gemeinsame Büro zurück. Er ging sofort zu Maries Schreibtisch und setzte sich ihr gegenüber auf den Gästestuhl.

Sie schaute leicht grimmig, so wie sie es manchmal tat, wenn sie fand, dass die Dinge zu langsam voranschritten.

»Der Computer von Emma ist immer noch nicht ausgewertet«, berichtete er. »Da hat es ein Kuddelmuddel gegeben. Der eine Kollege dachte, der andere Kollege hätte es bereits erledigt.«

»Im Ernst jetzt?«

Nun guckte sie richtig grimmig.

»Leider. Die beeilen sich jetzt – aber immerhin sind wir durch mit dem Rechner von François Durand.« Er legte den Laptop, den er von der Technik mitgebracht hatte, auf den Tisch. Es nutzte nichts, über die verlorene Zeit zu lamentieren. Sie mussten weitermachen.

»Da findet sich kaum etwas Privates. Dating-Portale hat Monsieur Durand jedenfalls nicht besucht. Dafür hat er in letzter Zeit viel über die Geschichte der Félibrée recherchiert und unzählige Dokumente zusammengestellt. Der hätte genug Material gehabt, um ein Buch darüber zu schreiben.

»Okay. Und sonst? Keine privaten E-Mails?«

»Alle beruflich. Dann hat er viel für wohltätige Zwecke gespendet: Rotes Kreuz, Ärzte ohne Grenzen, UNICEF. Und er hat wohl auch nach einer neuen Fitnessmaschine gesucht und sich Angebote schicken lassen. Diese Foltergeräte kosten echt ein Vermögen.«

Eines stand fest: Richard würde es nicht in den Sinn kommen, für so etwas auch nur einen Cent auszugeben.

»Also nichts, was uns weiterbringt, oder?«, fragte Marie ein wenig resigniert.

»Doch, etwas gibt es! Wir haben eine Kopie von Durands Testament gefunden, das in Montignac beim Notar liegt. Jetzt raten Sie mal, wer die Garage nach seinem Ableben erben soll?«

Maries Augen wurden zu Schlitzen. »Emma?«

»Richtig.«

Wie hat sie das nur schon wieder erraten?, fragte sich Richard.

Sie lieferte ihm gleich eine Antwort.

»Es besteht irgendwie eine enge Verbindung zwischen Durand und Emma – der blutbesudelte Pullover, den beide wohl getragen haben, und die gegenseitigen Geschenke, die durchaus einen besonderen Wert haben.« Marie blickte nachdenklich.

»Aber all das gibt leider keinen Aufschluss, warum er sie als Erbin eingesetzt hat.«

»Vielleicht war sie eine Art Kindersatz. Er selbst hatte ja keine Kinder.« Ist mir dieser Gedanke womöglich nur aufgrund meiner neuen Situation als Vater gekommen?, schoss es Richard sogleich durch den Kopf. Immerhin gab es auch Menschen, die ohne eigene Sprösslinge glücklich lebten. »Oder er wollte sich mit dieser Geste bei seinem früheren Chef bedanken«, fügte er eine weitere mögliche Erklärung an.

Marie schaute ihn fragend an.

»Wofür?«

»Ich habe mir die Verkaufsakte der Autowerkstatt genauer angeschaut: Die Zahlung ist über einen Zeitraum von acht Jahren gestaffelt.«

Richard hatte zweimal nachgeschaut, weil es ihm so ungewöhnlich vorkam.

»Das ist ja äußerst kulant seitens des Verkäufers«, staunte Marie. »Sind Sie sicher?«

Das war eine von Maries Lieblingsfragen. Er ging gar nicht darauf ein.

»Wahrscheinlich hätte Durand den Kauf sonst nicht gestemmt bekommen. Da er ja ein paar Jahre zuvor alles verschenkt hatte, konnte er bei der Bank bestimmt keine Garantien für einen Kredit vorweisen. Vielleicht hatte er in den vier Jahren, in denen er angestellt war, etwas gespart – allerdings wohl kaum genug, um eine profitable Werkstatt zu erwerben.«

»Gut möglich. Aber warum hat sich Emmas Vater darauf eingelassen? Wie heißt er noch mal?«

»Vincent Jardel.«

»Das würde ich gern verstehen. Und zwar gleich. Rufen Sie ihn doch bitte an und organisieren Sie einen Videocall direkt im Anschluss. Ich will den Mann sehen, während wir mit ihm sprechen.«

Richard ging zu seinem Schreibtisch, auf dem das Notizbuch mit der Telefonnummer des Vaters lag. Hoffentlich hatte dieser Monsieur Jardel einen vernünftigen Internetanschluss dort, wo er wohnte.

»Ach, eine Sache noch, Richard«, hörte er Marie hinter sich sagen. »Ist Ihnen gestern aufgefallen, dass das Auto von Jeanne Laroussine vorne verbeult ist?«

Der plötzliche Themenwechsel irritierte ihn kurz. Dabei sollte er das ja eigentlich gewohnt sein von seiner Chefin. In Gedanken beschäftigte sie sich gern mit mehreren Sachen gleichzeitig. Und zwar jeweils mit derselben Priorität. Weiß der Himmel, wie sie das schaffte.

»Sie meinen den Käfer? Den habe ich, glaube ich, immer nur von hinten gesehen.«

»Ich bis vor Kurzem leider auch. Die Winzerin sagt, ihre Tochter sei für die Beule verantwortlich und dass Durand den Schaden reparieren wollte. Aber ob das wirklich stimmt?«

»Glauben Sie ernsthaft, dass Jeanne Laroussine die Täterin sein könnte?«

»Was sagt uns, dass wir es ausschließen können?«

Da hatte sie allerdings recht.

Kapitel 22

Périgueux, Sonntag, 2. Juli

Marie las den Bericht, den Richard ihr auf den Schreibtisch gelegt hatte. Darin hatte er die Gespräche mit François Durands Angestellten am gestrigen Abend dokumentiert.

Alle drei waren erschüttert und voll des Lobes für ihren Chef. Sie hatten nie erlebt, dass er jemals in einen Streit mit anderen verwickelt oder in irgendeiner Weise bedroht worden war.

»Und keiner ist verdächtig?«, murmelte Marie.

Nein, laut dem Bericht hatten sie alle drei wasserdichte Alibis.

Die Sekretärin war mit ihrer Familie auf dem Ball der Félibrée gewesen, der Kfz-Geselle hatte mit seiner Frau vor dem Fernseher gesessen, und der Azubi war mit Freunden unterwegs gewesen – was man an einem freien Samstagabend halt so machte …

Richard hatte inzwischen nach mehreren Versuchen Vincent Jardel erreicht und informierte ihn nun über die Fahndung nach den Mädchen. Doch dann wurde das Gespräch komplizierter, wie es Marie erschien, die mit einem Ohr zuhörte. Im Vorfeld des Telefonats hatte sie mit Richard vereinbart, dass sie Jardel erst bei dem Videocall über den Tod von François Durand informieren würden, um auch visuell nachvollziehen zu können, wie er darauf reagieren würde.

Richard schaltete das Gespräch nun auf Lautsprecher. Wahrscheinlich hatte er gemerkt, dass sie mithören wollte.

»Eine Videokonferenz, von hier aus?«, fragte Vincent Jardel in trägem Tonfall.

Richard war in der Regel langmütig, aber Marie spürte, dass Emmas Vater seine Geduld auf eine harte Probe stellte.

»Wo sind Sie denn in Nordspanien?«, erkundigte sich ihr Kollege, der jetzt nicht mehr ganz so freundlich klang.

»In Bilbao.«

Hat seine Ex nicht behauptet, er würde in Andalusien leben?, dachte Marie verwundert. Was macht er dann in Nordspanien?

»Bilbao ist doch eine große Stadt, da sollten Sie überall Internetempfang haben. Wenn Sie gerade keinen Laptop und kein Tablet bei sich haben, nehmen Sie halt Ihr Smartphone«, erklärte Richard.

»Sie meinen … jetzt sofort?«, entgegnete der Mann. Er schien aus allen Wolken zu fallen.

Marie konnte kaum an sich halten.

»Genau! Geben Sie mir bitte Ihre E-Mail-Adresse, damit ich Ihnen einen Link schicken kann. Und dann loggen Sie sich bitte unverzüglich ein. Und mit ›unverzüglich‹ meine ich ›unverzüglich‹.«

Recht hat er. Aber für seine Verhältnisse ganz schön fordernd. Bei dem Gedanken musste Marie schmunzeln.

Zehn Minuten später erschien Vincent Jardel auf Maries Bildschirm. Richard hatte seinen Bürostuhl neben ihren gerollt.

Der Mann musste um die fünfzig sein, war braun gebrannt und hatte etwas von einem in die Jahre gekommenen Sunnyboy. Befremdlich fand Marie, dass er sie mit den großen Augen eines Kindes anschaute. Er wirkte so ganz anders als Jeanne Laroussine, die Leute auf Distanz hielt und im Nu auf hundertachtzig war. Man kriegte es schwer zusammen, dass die beiden ein Paar gewesen waren. Da musste sie Robert Pinçon recht geben.

Es sah so aus, als würde Vincent Jardel in einem Hotelzimmer sitzen. Anscheinend hatte er sich mit einem Computer eingeloggt, das Bild war gestochen scharf. Das war schon mal gut.

Nachdem sie sich vorgestellt hatte, informierte Marie ihn ohne Umschweife über den Mord an François Durand. Dabei beobachtete sie ihn genau.

Der Mann wirkte geschockt, ihm entglitten sämtliche Gesichtszüge.

»François ist …«, er schluckte, »war der netteste Kerl, den ich jemals kennengelernt habe. Wer sollte ihm so was antun?«

Seine Augen wurden feucht, es wirkte nicht vorgetäuscht.

»Wann haben Sie ihn das letzte Mal gesprochen?«, fragte Richard, der zu seinem freundlichen Umgangston zurückgefunden hatte.

»So vor zehn Tagen. Die vorletzte Zahlungsrate der Werkstatt stand an. Wenn es so weit war, haben wir immer miteinander geredet. Er hat mir von der Werkstatt erzählt, von den Kunden, mir berichtet, wie der Auszubildende sich macht und was Emma so erlebt hat.«

»Und er hat nichts erwähnt, was ihn beunruhigt haben könnte?«, fragte Richard.

»Nein, im Gegenteil. Er war von seiner komischen Félibrée-Sache ganz begeistert.«

»Wir haben uns den Verkaufsvertrag der Werkstatt angeschaut«, sagte Marie. »Das ist ja ein eher ungewöhnliches Zahlungsmodell. Sehr entgegenkommend von Ihnen und nicht zu Ihrem Vorteil. Wie kommt es, dass Sie sich darauf eingelassen haben?«

Er lächelte traurig.

»Das kam uns beiden entgegen. François hätte nicht den nötigen Kredit gekriegt, um die Autowerkstatt zu kaufen, und ich wollte unbedingt, dass er sie übernimmt. Wir haben immer gut zusammengearbeitet, und die Werkstatt brummte. Was ehrlich gesagt sein Verdienst war.« Er schluckte und musste offensichtlich kämpfen, um nicht von seinen Gefühlen übermannt zu werden. Dann atmete er tief ein und sprach weiter. »François war der geborene Mechaniker. Ein Naturtalent. Was das Geld betrifft, wusste ich, dass er eine ehrliche Haut und absolut zuverlässig ist. Und für mich war die Zahlung in Raten eine Sicherheit. So etwas wie ein Schutz.«

»Erklären Sie mir das bitte!«, forderte Marie ihn auf. »Inwiefern sollte eine über Jahre gestaffelte Zahlung eine Sicherheit für Sie sein und Sie schützen? Da hätte doch wer weiß was dazwischenkommen können.«

»Ich bin miserabel im Verwalten von Geld. Es war, um mich vor mir selbst zu schützen. Hätte ich die ganze Summe auf einmal gehabt, wäre nach zwei Jahren alles futsch gewesen. So wusste ich, dass ich die nächsten acht Jahre finanziell überbrücken könnte, während ich mir in Spanien eine neue Existenz aufbaue. Und meiner Ex-Frau konnte ich den Unterhalt für Emma zahlen.«

Okay, das ergibt einen Sinn, befand Marie.

»Gab es eine Vereinbarung, was mit der Werkstatt passieren würde, sollte Monsieur Durand sie aufgeben wollen oder krank werden?«, fragte Richard. »Oder gar ums Leben kommen?«

»Für die Zahlung der Kaufsumme gibt es eine Versicherung im Falle seines Todes. Darüber hinaus hatten wir nichts vereinbart. Warum auch? Die Werkstatt gehörte ihm, und er konnte damit machen, was er wollte.«

»Wir haben sein Testament gefunden«, berichtete Richard. »Darin ist Ihre Tochter als Alleinerbin eingetragen.«

Vincent wirkte völlig überrascht, und erneut schien es, als müsse er gegen Tränen ankämpfen.

»Das wusste ich nicht!«

»Stand er Ihrer Tochter so nahe?«

Durand und Jardel mochten sich finanziell einig sein. Aber wie sah der Vater das enge Verhältnis zwischen seiner Tochter und seinem Geschäftspartner? Raum für Eifersucht wäre da durchaus gegeben.

»Er kannte sie von klein auf. Die beiden mochten sich schon

immer, aber dass er sie als seine Erbin einsetzen würde, hätte ich jetzt nicht gedacht.«

Irgendwas stimmte nicht. Die Augen des Mannes flackerten. Da war eine merkwürdige Unruhe.

»Ich frage mich zunehmend, ob Monsieur Durand nicht etwas mit Emmas Verschwinden zu tun hatte – was denken Sie?«, wollte Marie von ihm wissen.

»Wie … meinen Sie das?«

Marie fiel auf, dass seine Gegenfrage zögerlich kam.

»Was genau, kann ich Ihnen noch nicht sagen.«

Marie behielt absichtlich die Sache mit dem Pullover und dem Bild für sich. Jardel schwieg, und sie hatte das Gefühl, dass er etwas zurückhielt. Sie musste ihn mehr unter Druck setzen.

»Wo waren Sie gestern Abend zwischen acht und zehn Uhr?«, verlangte sie in strengem Tonfall zu wissen.

Die Frage erwischte ihn eiskalt, und er bekam einen Moment lang den Mund nicht mehr richtig zu.

»Das meinen Sie jetzt nicht im Ernst, oder?«

»Doch. Absolut ernst! Bilbao ist nur fünf Autostunden von Montignac entfernt. Also scheint mir diese Frage durchaus berechtigt.«

Zu der Trauer kam jetzt auch Nervosität. Jardel rutschte auf seinem Stuhl hin und her. Wurde er unruhig, weil die Polizei ihn verdächtigte – oder weil er etwas wusste, das er verschweigen wollte?

»Gestern Abend war ich noch in meiner Finca, also etwas nördlich von Sevilla. Ich bin heute Morgen um fünf losgefahren.«

»Kann das jemand bezeugen?«, hakte Richard nach, der alles von Hand notierte, obwohl das Gespräch aufgezeichnet wurde.

»Nein, ich lebe allein.«

»Haben Sie unterwegs getankt oder Mautgebühren bezahlt? Gibt es Belege und Kreditkartenabbuchungen, die das bezeugen könnten?«

»Getankt habe ich gestern Morgen, und die Straßen, auf denen ich gefahren bin, sind gebührenfrei.«

Richard ließ nicht locker. »Was machen Sie gerade in Bilbao?«

»Ich bin geschäftlich unterwegs. Ich kaufe Oldtimer, die ich dann restauriere. Hier in Bilbao habe ich ein gut erhaltenes, altes Ford Mustang Cabriolet gefunden, das ich für einen Kunden erwerben will.«

Marie recherchierte schnell auf ihrem Handy, was so ein restauriertes Auto heute wert war. Fünfzigtausend Euro aufwärts.

»Okay, Monsieur Jardel, ich bitte Sie, sich weiterhin zu unserer Verfügung zu halten.«

»Aber ich habe doch nichts getan«, sagte er nun beinahe weinerlich. »Ich …«

»Wir müssen einen Mord aufklären, Monsieur Jardel«, schnitt Marie ihm das Wort ab.

Dann verabschiedeten sie sich mit ein paar Höflichkeitsfloskeln, Marie klickte auf »Verbindung beenden«, und Vincent Jardel verschwand vom Bildschirm.

*

Léonie war mächtig stolz, als Michel, ganz Kavalier, ihr auf dem Parkplatz der Félibrée die Beifahrertür öffnete, damit sie aussteigen konnte. Es kam ihr so vor, als würde sie mit ihrem Schwiegersohn ausgehen. Das entsprach natürlich nicht den Fakten, da Michel der Freund ihrer Großnichte war. Aber so ähnlich musste es sich anfühlen. Marie war ihr im Laufe der letzten drei Jahre so sehr ans Herz gewachsen, als wäre sie ihre Enkelin. Und wenn Léonie an ihre verstorbene Schwester Madeleine dachte, Maries echte Großmutter, kam es ihr manchmal beinahe so vor, als würde sie ihr den angestammten Platz wegnehmen. Madeleine wäre bestimmt überglücklich gewesen, Marie noch einmal aus nächster Nähe zu erleben. Die beiden hatten ein inniges Verhältnis gehabt und sich wortlos verstanden. Das Schicksal hatte es jedoch anders gewollt, und Léonie versuchte, solchen Gedanken nicht zu viel Raum zu geben. Das Leben spielte sich hier und jetzt ab, und sie wollte es genießen.

Sie hörte immer wieder, dass Menschen sich vor dem Alter fürchteten. Doch für sie war jetzt die schönste Zeit ihres Lebens, auch wenn sie ihre Schwester vermisste. Klar, mit zweiundachtzig hüpfte sie nicht mehr wie ein junges Mädchen herum, aber sie musste auch nicht mehr sieben Tage die Woche auf dem Hof schuften, war so frei wie noch nie und konnte mit Georges in den Tag hineinleben. Ach, ihr Georges! Er hatte natürlich nicht mit nach Montignac kommen wollen und war bei seinen Schweinen geblieben. »Wir drei möchten ein bisschen Zeit miteinander verbringen«, hatte er allen Ernstes verkündet. Und doch konnte sie ein gerührtes Schmunzeln nicht unterdrücken.

»Also, womit fangen wir an, Léonie?«, fragte Michel und bot ihr seinen Arm.

Sie hakte sich bei ihm unter.

»Wir gehen zur Place du Tourny«, antwortete sie, ohne zu zögern. Beim Frühstück hatte sie eingehend das Programmheft der Félibrée studiert, das Marie ihr am Freitag mitgebracht hatte. »Da gibt es eine große Bühne, wo verschiedene Folkloregruppen auftreten. Darauf bin ich besonders gespannt!«

»Klingt gut! Ich bin Ihr ergebener Diener.«

Léonie war zwar klar, dass Michel gerade ein bisschen dick auftrug, um ihr eine Freude zu machen. Aber einen Kavalier der alten Schule hatte sie selten an ihrer Seite, und sie war gewillt, es in vollen Zügen zu genießen.

»Mögen Sie denn Folkloremusik?« So schätzte sie ihn eigentlich nicht ein.

»Ist nicht meine Leidenschaft. Aber heute sind *Sie* die Hauptperson. Und wenn Sie happy sind, bin ich es auch. Ich tanze sogar eine Bourrée mit Ihnen, wenn Sie es möchten.«

Der beliebte Volkstanz wurde oft auf der Félibrée vorgeführt, und manche Besucher schlossen sich spontan an und tanzten einfach mit. Léonie hatte allerdings das untrügliche Gefühl, dass Aktivitäten dieser Art sie überfordern würden.

»Das lassen wir besser sein, ich würde Ihnen nur auf die Füße treten«, erwiderte sie scherzhaft.

Natürlich wusste Léonie, dass Michel vor allem Marie zuliebe mit ihr zur Félibrée ging. Doch auch zwischen ihnen beiden war im Laufe der letzten zwei Jahre ein herzliches Verhältnis entstanden. Also war alles gut.

Die Sonne stand hoch, aber Léonie war mit ihrem neuen Strohhut gut geschützt, und ihr Kleid schwang angenehm leicht um ihre Beine. Sie war bestens gewappnet für die nachmittägliche Hitze.

Der Parkplatz am Vézère-Ufer war mit langen Tischen und Bänken belegt, und es herrschte großer Trubel.

»Hier findet also die Taulada statt«, bemerkte Michel.

Klar, als guter Périgourdiner kannte er die traditionelle große Tafel der Félibrée, bei der Hunderte von Menschen mit Spezialitäten aus der Region verköstigt wurden. Das gastronomische Zusammensein gehörte zum Brauchtum und zog sich als Höhepunkt der Festtage immer über Stunden hin. Und bei dem prächtigen Wetter würde das heute nicht anders sein.

»Und, wann geht es hier los mit dem Gelage?«, erkundigte er sich bei Léonie.

»Nach dem Umzug der Folkloregruppen durch den Ort, also in gut zwei Stunden. Da wird man sein eigenes Wort nicht mehr verstehen.«

Jung und Alt, Einheimische und Touristen nahmen, so wie sie kamen, an den langen Tafeln Platz und lernten sich näher kennen. Meistens trug der Bergerac-Wein dazu bei, die anfängliche Zurückhaltung und Sprachbarrieren schnell zu überwinden.

Léonie beobachtete die ehrenamtlichen Helfer, die in Windeseile die langen Tische deckten und dabei miteinander scherzten. Sie blieb stehen.

»In jungen Jahren habe ich mit meiner Schwester Madeleine auch ehrenamtlich als Kellnerin bei der *Taulada* gearbeitet. Das war ganz schön anstrengend, kann ich Ihnen sagen. Wir haben uns die Füße wund gelaufen. Aber wir hatten auch viel Spaß – und haben nette Bekanntschaften gemacht.« Sie zeigte auf eine Kellnerin und einen Kellner, die unverhohlen miteinander flirteten. »Allerdings war man da zu meiner Zeit viel diskreter.«

»Haben Sie regelmäßig bei der Félibrée mitgearbeitet?«, fragte Michel.

»Ach was. Das war nur ein einziges Mal. Wir hatten uns zwar geschworen, auch beim nächsten Mal mitzumachen, aber die Gelegenheit hatte sich leider nie wieder ergeben. Wir waren ja auf dem Hof eingespannt und mussten meistens sieben Tage die Woche hart arbeiten, sodass für anderes so gut wie keine Zeit übrig blieb. Und so eine Jugend verfliegt schneller, als man gucken kann.«

»Habe ich mir auch sagen lassen.«

In der Hauptstraße Rue du Quatre Septembre reihte sich ein Stand an den nächsten, und Besucherströme schoben sich durch die trubelige, farbenfrohe Szenerie. Waren das früher auch schon so viele gewesen? Léonie hatte es nicht so in Erinnerung.

Dann bewunderte sie die Kostüme, insbesondere die aufwendig genähten Kleider, die von Generation zu Generation weitervererbt wurden. Bei den Merciers hatte es diese Tradition leider nicht gegeben. Léonies Mutter hatte keinen Sinn für so etwas gehabt. Alles, was irgendwie als überflüssig angesehen werden konnte, hatte sie grundsätzlich abgelehnt. Bei den Merciers stand das Wohl des Hofs, der Tiere und der Ländereien im Vordergrund – da blieb für alles Weitere keine Zeit. Aber das lag inzwischen so weit zurück, und jetzt gab es für Léonie nur noch den Hof. Das Land hatten Madeleine und sie schon vor vielen Jahren verpachtet, und ihr Nutzvieh war schon davor den Weg allen Fleisches gegangen.

»Wo sind Sie mit Ihren Gedanken, Léonie? Sie sehen ein bisschen traurig aus.« Michel sah sie fast besorgt an.

»Ach, das bin ich ganz und gar nicht«, wiegelte sie mit einer Handbewegung ab. Aber er hatte recht, sie wollte doch die Félibrée genießen.

Plötzlich kitzelte ein süßer Geruch in ihrer Nase.

»Oh, hier riecht es lecker!« Sie schaute sich um und versuchte, den Duft zu orten.

Michel zeigte auf einen Stand mit der Aufschrift *Crêperie.*

»Darf ich Sie auf eine Crêpe einladen?«

»Sehr gute Idee!« Sie hatte tatsächlich Hunger.

Sie traten an den Stand. Ein kräftiger Mann bereitete auf einer großen runden Herdplatte die dünnen Pfannkuchen zu und glättete gekonnt den Teig mit einem Holzschaber.

»Madame, was darf es für Sie sein?«, fragte er.

»*Une Crèpe Suzette*!«, rief Léonie spontan. Die mit Grand-Marnier-Likör flambierte Crêpe hatte sie schon lange nicht mehr gegessen.

»Bitte zwei!«, ergänzte Michel und drehte sich dann zu Léonie um. »Ich wusste, dass Sie die richtige Wahl treffen würden! Dazu trinkt man eigentlich ein Glas Cidre. Sind Sie dabei?«

»Bin ich!«, rief sie und fühlte sich mit einem Mal geradezu beschwingt.

Sie kletterten auf die großen Hocker eines Hochtischs, von dem aus Léonie nun einen umfassenden Blick auf das Geschehen hatte.

Dieser improvisierte Imbiss gefiel ihr wirklich sehr.

Zu Hause hatte sie zwar ein leichtes Mittagessen vorbereitet, aber das würde sich im Kühlschrank bis zum Abend halten.

Georges würde schon zurechtkommen, auch wenn sie zur Mittagzeit nicht da war. Und Anlass zur Sorge bestand auch nicht. Er wusste ja, dass sie mit Michel in bester Begleitung war.

Die Crêpes waren ein Festmahl gewesen. Léonie war dann mit Michel weitergezogen, weil sie die Folkloregruppen nicht versäumen wollte.

Als sie an seinem Arm die Place du Tourny erreichte, gab es zu ihrem Erstaunen keine Aufführung, und das Publikum schaute betroffen zur Bühne.

»Sind Sie sicher, dass es hier stattfindet?« Michel schien ebenso verwundert zu sein wie sie.

Sie traten näher an die Bühne.

Dort stand der Bürgermeister von Montignac – Léonie hatte sein Foto schon öfter in der Lokalzeitung gesehen. Er war im traditionellen Kostüm der Félibrée gekleidet und bat mit lauter Stimme die Anwesenden um Ruhe. Offenbar wollte er eine Rede halten.

»Komisch, dass der hier auftritt«, flüsterte sie Michel zu. »Das steht gar nicht im Programm.«

Vor der Bühne in der ersten Reihe erkannte sie Bruno Dubosc, den Bürgermeister von Saint-André. Er hielt den Kopf gesenkt und schien mit ernster Miene seine Schuhe zu betrachten.

Sein Amtskollege auf der Bühne räusperte sich, dann begann er zu sprechen. »Nach dem unerwarteten tragischen Tod unseres hochgeschätzten Mitbürgers François Durand, des Majors der diesjährigen Félibrée, hatten wir zunächst überlegt, alle weiteren Festivitäten abzusagen. Aber das wäre sicherlich nicht in François' Sinn gewesen. Ihm war wichtig, die Traditionen zu bewahren, und er hat sich in den letzten Monaten unermüdlich für unser schönes Fest engagiert. Also haben meine Kollegen und ich schließlich entschieden, das Programm weiterlaufen zu lassen.«

Ein erleichtertes Raunen ging durch die Menge.

Léonie sah, wie Dubosc seinem Amtskollegen kopfnickend zustimmte, und sie war nicht weiter erstaunt darüber. Bruno war ein Pragmatiker, und ganz vorn stand für ihn neben seinem geliebten Saint-André immer auch das Wohl des Vézère-Tals.

»Ich schlage vor, eine Gedenkminute für François abzuhalten«, fuhr der Bürgermeister von Montignac mit ernster Stimme fort. »Und im Anschluss daran sollten alle gemeinsam die Tanzvorführungen möglichst fröhlich genießen. Später bei der *Taulada* werden wir dann feierlich auf ihn anstoßen.« Er machte eine kurze Pause, um sich zu vergewissern, dass er die Aufmerksamkeit seines Publikums hatte. »Wir werden ihn und seine verbindliche Art zutiefst vermissen. Er wird unserer Stadt fehlen.«

Anschließend nahm er seinen Hut ab und senkte den Kopf.

Alle Männer, die eine Kopfbedeckung trugen, taten es ihm gleich. Es folgte eine Schweigeminute, in der mehrere Kleinkinder weiterplapperten und von ihren Eltern mit »*Chutttt!*« ermahnt wurden.

Léonie zog rasch ein paar Schlüsse: Dieser tragische Tod musste dafür gesorgt haben, dass Marie gestern am späten Abend losgezogen war – und heute Morgen schon nicht mehr da gewesen war, als sie selbst aufstand. In dem schönen Montignac hatte es einen Mord gegeben.

Sie schaute zu Michel, der neben ihr stand. Er schien mit wachem Blick alles genau zu beobachten.

Nach der Schweigeminute ging der Geräuschpegel langsam wieder hoch, und erste Musikklänge ertönten. Doch der Zauber des Festes war dahin, und Léonie sah ratlose Touristen um sich. So hatte sie sich den langersehnten Félibrée-Besuch nicht vorgestellt.

»Kannten Sie den Verstorbenen?«, fragte Michel sie.

»Nein. Ich glaube auch nicht, dass er von hier war.«

»Die Stadt hat einen Major auserwählt, der kein Einheimischer war? Die Zeiten ändern sich.«

»Aber anscheinend nicht immer zum Guten!«, stellte Léonie wehmütig fest.

*

Endlich hatten die Kollegen sich auch mit Emmas Computer befasst und ihn mit ihrer Auswertung in Maries Büro gebracht.

Neben Schulaufsätzen gab es jede Menge Naturfotos, und in ihrem Browserverlauf fanden sich zahlreiche Seiten über Fotokunst, Weinanbau, Vögel und Vogelimitationen.

Wie fokussiert Emma ist, dachte Marie, als sie sich die Ergebnisse durchlas. Keine Spiele, Filmchen oder Musikvideos. Auch keine aufgerufenen Chatforen. Marie fand das schon fast befremdlich. Dann entdeckte sie, dass Emma mehrere Seiten über Andalusien angeklickt hatte. War das wegen ihres Vaters?

»So, ich habe mir von der Kollegin aus Vilance die Unterlagen zu dem Unfall senden lassen und sie in unseren digitalen Ordner gelegt«, rief Richard ihr von seinem Schreibtisch aus zu.

»Danke, schaue ich mir gleich an.«

»In der Zeit hole ich uns etwas zu essen, bevor die Bäckerei schließt. Worauf hätten Sie Lust?«

Marie schaute auf die Uhr. Es war schon Mittag!

»Oh, ich weiß nicht. Was nehmen Sie denn?«, fragte sie ihn. Sie selbst hätte das Mittagessen sausen lassen, aber sie wollte nicht unhöflich sein.

»Die Gemüse-Quiche schmeckt super. Die machen sie selbst und sparen nicht an Butter und Crème fraîche.«

Marie schmunzelte. Was für ein Leckermaul Richard doch war!

»Hört sich gut an. Nehme ich auch.«

»Alles klar, ich bin dann mal für eine halbe Stunde weg. Bis gleich.«

Erst jetzt fiel Marie auf, wie farbenfroh er gekleidet war. Er trug ein himmelblaues T-Shirt und eine orangefarbene Hose. Und Sneaker! Das alles war ganz neu.

Kaum hatte Richard den Raum verlassen, klingelte ihr Handy. Es war Robert Pinçon, der auch vorher schon versucht hatte, sie zu erreichen. Er erzählte ihr aufgeregt, dass François Milliet mit Drogen dealte, und beschrieb dann, wie er ihn verfolgt hatte. Auch wenn das, was er herausgefunden hatte, für sie nicht zu neuen Erkenntnissen führte, würde sie gleich im Anschluss Agent Visla darüber informieren. Der junge Polizist wollte sich gewiss nicht die Gelegenheit entgehen lassen, François Milliet und seinen Drogenkunden auf frischer Tat zu ertappen. Danach würde sie ein weiteres Mal mit Milliet sprechen. Das hatte sie ohnehin noch vorgehabt.

»Was für einen Wagen fährt François Milliet?«, fragte sie den Kupferschmied.

»Einen Clio, der schon mal bessere Tage gesehen hat.«

»Und welche Farbe?«

»Weiß.«

»Irgendwelche markanten Schäden am Auto?«

»Das Auto hat überall Dellen, was bei dem Fahrstil nicht verwunderlich ist. Der fährt, als würde ihm die Straße ganz allein gehören.«

Marie speicherte diese Information in ihrem Gedächtnis ab. Allerdings gab es, soweit sie wusste, keine Verbindung zwischen Durand und Milliet, und Letzteren konnte sie sich kaum als brutalen Mörder vorstellen.

Die Kollegen von der Spurensicherung hatten inzwischen bestätigt, dass Durand von einem weißen Auto überfahren worden war. Zu den Reifen hatten sie keine genauen Angaben machen können, außer dass die Abriebspuren auf gängige Reifenmodelle eines kleinen Pkws hindeuteten.

»Haben Sie schon von François Durands Tod erfahren?«, fragte Marie.

»Ja sicher«, antwortete Robert Pinçon. »Das ist wirklich furchtbar! Wie ist er denn eigentlich gestorben? Da kursieren ja die wildesten Gerüchte.«

»Wir ermitteln noch«, erwiderte Marie. »Kannten Sie Monsieur Durand gut?«

»So gut, wie man seinen Automechaniker eben kennt.«

Sie beschloss, ihn aus der Reserve zu locken – in der Hoffnung, ihn zu einer Äußerung zu verleiten, die ein neues Licht auf die Sache warf.

»Es heißt, er habe für Jeanne Laroussine geschwärmt. Können Sie mir dazu etwas erzählen?«

Für einen Moment schien er zu zögern, dann entgegnete er kurz und knapp: »Davon weiß ich nichts.«

»Wie lange waren Sie schon bei Madame Laroussine, bevor ich gestern Abend bei ihr ankam?«

»Wie meinen Sie das?«

»Wie ich das sage.«

Daraufhin blieb er zunächst stumm, Maries hörte ihn nur schwer atmen.

»Vielleicht ... ähm ... so etwa ... eine halbe Stunde ...«, stammelte er schließlich.

»Und war Madame Laroussine zu Hause, als Sie bei ihr eintrafen?«

Marie konnte regelrecht hören, wie er den Atem anhielt. Zwei, drei lange Momente der Stille.

»Ja«, antwortete er schließlich.

Mehr nicht. Irgendetwas stimmt da nicht, dachte Marie. Der Mann neigt doch sonst nicht zur Wortkargheit.

»Gut. Wir werden das ohnehin noch überprüfen. Vielen Dank für Ihren Anruf und die wertvollen Informationen, Monsieur Pinçon«, sagte Marie und beendete das Gespräch.

Sie glaubte nicht, dass der Kupferschmied etwas mit dem Mord an François Durand zu tun hatte. Er hätte die beiden

Stände auf der Félibrée nicht unbemerkt verlassen können. Aber sie war sich nahezu sicher, dass er ihr etwas über Jeanne Laroussine verschwieg. Sie musste herausfinden, was es war.

Als Nächstes rief Marie Visla an, um ihn über Milliets geplanten Drogendeal auf dem Parkplatz vom Étang de Thenon in Kenntnis zu setzen.

»Der schon wieder!«, rief er empört. »Den schnappe ich mir persönlich! Aber wie haben Sie das herausgefunden?«

»Jemand hat zufällig ein Gespräch zwischen ihm und einem seiner Kunden mitbekommen und mich informiert.« Sie vermied es, Robert Pinçon zu erwähnen, damit Visla ihn nicht auch noch befragte. Womöglich war er ein wichtiger Zeuge in ihrem Mordfall, und wenn er zu sehr von Polizisten bedrängt wurde, könnte ihn das dazu bringen, sich ganz abzuschotten.

»Und wissen Sie auch, wer der Kunde ist?«, hakte er nach.

»Nein, aber das finden Sie bestimmt gleich selbst heraus.«

»Gut, ich organisiere das sofort, und dann werden wir diesem Milliet samt Kunden eine hübsche kleine Überraschung bereiten. Darauf können Sie wetten!« Visla war voller Eifer. Die Diebstahlgeschichte war ihm anscheinend nach wie vor ein Dorn im Auge.

»Wenn Sie Milliet haben, rufen Sie mich bitte an, dann komme ich zur Wache. Ich möchte ihm wegen der verschwundenen Mädchen noch einmal persönlich auf den Zahn fühlen.«

Kaum hatte Marie ihr Telefon auf dem Schreibtisch abgelegt, gab es plötzlich einen Erinnerungsalarm von sich. Dafür hatte sie den Refrain des Liedes *Il est où le bonheur?* gespeichert. Im ersten Moment war sie so verdutzt, dass sie einige Sekunden brauchte, um das Handy wieder in die Hand zu nehmen, während Christophe Maé mit rauer Gesangsstimme mehrmals fragte: »Wo ist das Glück?«

Mist! Das hatte sie bei ihrer ganzen Ermittlungsarbeit doch

glatt vergessen – der vereinbarte Videocall mit ihrer kleinen WhatsApp-Familiengruppe, der Kölner Verwandtschaft. Zu der gehörten ihr Vater und ihre beiden Cousins, die Zwillingsbrüder Viktor und Moritz. Nachdem die drei letztes Jahr Marie für mehrere Tage in Saint-André besucht hatten, war es zu einer festen Gewohnheit geworden, sich jeden ersten Sonntag des Monats mittags oder nachmittags anzurufen. Diese Gespräche dauerten gern mal eine ganze Stunde. Da berichtete jeder, was er in den letzten Wochen erlebt hatte. Am allermeisten erzählte für gewöhnlich Viktor: Er hatte vor einem halben Jahr seine Heimat Köln verlassen und führte nun zusammen mit seiner Freundin ein neues Leben in Brasilien.

Den Videocall-Termin konnte Marie heute aber unmöglich einhalten.

Tut mir sehr leid, Ihr Lieben, aber ich muss mich leider ausklinken. Ein dringender Fall!, schrieb sie den dreien auf WhatsApp. Sie konnte im Moment noch nicht einmal einen Alternativtermin anbieten.

Ach was, das ist ja mal was ganz Neues, antwortete Viktor nur Sekunden später. Er musste gerade sein Handy zu Hand haben, obwohl es bei ihm erst früher Morgen war.

Das versetzte Marie einen kleinen Stich. Viktor bezog sich mit dieser Bemerkung auf ihren Besuch im letzten Juli. Damals hatte Marie ebenfalls in einem Mordfall ermitteln müssen und sich ihrer Familie nicht gebührend widmen können.

Aber du bist okay, oder?, fragte ihr Vater besorgt.

Ja, ich stehe nur ziemlich unter Druck und muss gleich weiter. Grüßt bitte Moritz von mir! Hab euch alle lieb.

Wir dich auch, du treulose Tomate, schrieb Viktor und fügte drei Herz-Emojis hinzu.

Ihren Vater würde Marie anrufen, sobald wieder Land in Sicht war.

Kapitel 23

Périgueux, Sonntag, 2. Juli

Während Richard das Mittagessen besorgte, saß Marie allein im Büro und durchstöberte die zehn Jahre alte Durand-Akte. Darin lag auch ein Foto von dem Mann. Erstaunlicherweise sah er darauf überhaupt nicht jünger aus. Sein Gesicht wirkte aufgedunsen, und er war insgesamt korpulenter. Er hatte eine schlaffe Körperhaltung, mit hängenden Schultern und leicht vornübergeneigtem Kopf. Das Bild musste nach dem Unfall aufgenommen worden sein.

Sie blätterte weiter durch die Akte, las diverse Zeugenaussagen und das Geständnis Durands, in dem er alle Schuld auf sich nahm. Und dann stieß sie auf ein weiteres Foto, das sie ebenfalls genau anschaute. Es zeigte David Gérard, den jungen Mann, den Durand angefahren hatte. Er posierte in der weißen Schutzkleidung eines Fechters, hielt seine Maske in der einen Hand, als hätte er sie gerade abgenommen, und einen Degen in der anderen. Dabei strahlte er Energie und Kampfgeist aus und lächelte selbstbewusst in die Kamera.

Marie betrachtete aufmerksam das Foto, das aus der Zeit vor dem Unfall stammen musste. Das Gesicht kam ihr vage bekannt vor. Sie versuchte sich zu erinnern, aber ihr wollte partout nicht einfallen, woher sie den Mann kannte.

Plötzlich kam ihr Pauline in den Sinn, die ein fotografisches Gedächtnis hatte. Sollte dieser Mann mit einem früheren Fall in Paris in Verbindung gestanden haben, würde sie das sagen können.

Marie beschloss, ihre Freundin per Videocall anzurufen. Bei diesem Gedanken meldete sich zunächst ihr schlechtes Gewissen, weil sie ihrer Familie vorhin abgesagt hatte; aber dann sagte sie sich, dass es ja in erster Linie um ein berufliches Anliegen ging. Sie dachte auch kurz daran, dass Pauline am Wochenende gern bis in die Puppen schlief, aber inzwischen war der Vormittag längst vorbei, sodass selbst sie wach sein musste.

Nach dem fünften Klingeln erschien Pauline auf dem Display von Maries Handy.

Augenblicklich wurde Marie bewusst, wie sehr sie ihre ehemalige Kollegin vermisste. Sie hatten sich seit dem letzten Winter nicht mehr gesehen. Damals war Marie für ein Wochenende in ihre alte Heimat gefahren und mit der Freundin kreuz und quer durch Paris gezogen. Pauline wohnte, wie sie früher auch, in dem lebhaften Viertel am Canal Saint-Martin. Sie hatte Marie die neuen angesagten Bars gezeigt, und sie hatten diverse farbenfrohe Cocktails ausprobiert.

Auch wenn Marie längst gut in ihrem neuen Leben im Périgord angekommen war, vermisste sie bisweilen den täglichen Kontakt mit der einstigen Kollegin. Sie beide waren Seelenverwandte. Bei Pauline konnte Marie sich fallen lassen oder einfach nur albern sein. Das konnte sie bei Michel natürlich auch, aber mit einer Freundin war das noch mal etwas anderes.

Pauline trug ein weites T-Shirt und hatte ein pinkes Handtuch wie einen Turban um ihr Haar geschlungen, was ihr etwas Majestätisches verlieh. Ihr Gesicht war mit einer grünlichen Maske bedeckt – nur die Lippen und Augen waren ausgespart. Letztere glänzten wie die eines Kindes bei der weihnachtlichen Bescherung.

»Generalüberholung?«, neckte Marie sie.

»Ja, ist nach den zwei letzten Nächten dringend nötig.«

»Also alles gut mit der Literatur?«

»Ich sag mal so – ziemlich spannend.«

Trotz Maske merkte Marie, dass Pauline irgendwie anders war.

»Du bist also noch nicht durch damit?«

»Nein, bin ich nicht.«

Da war ein Ausdruck in Paulines Augen, den Marie bei ihr nicht kannte. Sie stutzte. Und plötzlich wusste sie es.

»Du bist verliebt!«

»Ach was! Ist einfach nur ganz nett.« Das klang so gar nicht überzeugend.

»Wer's glaubt, wird selig. Ich habe dir doch gesagt, dass es dich eines Tages erwischen wird. Darauf hätte ich mal eine Kiste Wein wetten sollen.«

»Ist ja gut«, antwortete Pauline.

Pauline hatte vor vielen Jahren entschieden, dass sie nicht an die Liebe glaubte und Männer zum Vergnügen da waren – Hauptsache, sie sahen gut aus, und man konnte eine aufregende Nacht mit ihnen verbringen. Nun schien diese Einstellung ins Wanken geraten zu sein.

»Jetzt erzähl endlich!«, forderte Marie sie auf und lehnte sich gemütlich in ihrem Bürosessel zurück. Eigentlich hatte sie gar keine Zeit, aber das war immerhin eine absolute Ausnahmesituation. Pauline war zum ersten Mal in ihrem Leben verliebt!

Nach zehn Minuten war sie bestens über den Mann informiert, der es geschafft hatte, das Herz ihrer Freundin zu erobern. Er lebte in Paris und hatte schon mehrere Romane veröffentlicht. Thriller!

»Ob ich bei meinem Job unbedingt so was lesen muss, weiß ich nicht, aber als Typ ist er schon ziemlich heiß«, verkündete Pauline mit vielsagender Miene.

»Und spart bei seinen nächsten Recherchen vielleicht einen Haufen Zeit«, ergänzte Marie augenzwinkernd. »Übrigens ziemlich attraktiv, dein Herzensbrecher!«, stellte sie anerkennend fest, als sie ein Foto von ihm auf ihrem Monitor erblickte. Sie hatte ihn gegoogelt, kaum dass Pauline ihr seinen Namen genannt hatte.

»Jetzt häng es mal nicht zu hoch«, protestierte Pauline.

Vielleicht braucht sie ein bisschen Zeit, um dieses neue Gefühl zu verinnerlichen, mutmaßte Marie und bohrte deshalb nicht weiter nach.

»Ich habe dich auch aus beruflichen Gründen angerufen«, sagte sie unvermittelt. Sie wusste, dass Pauline ihr diesen harten Themenwechsel nicht übel nehmen würde, und erzählte von dem Foto des jungen Mannes in Durands Akte.

Pauline war von jetzt auf gleich bei der Sache.

»Schick mir das Bild.«

»Könnte es etwas mit einem früheren Fall zu tun haben?«, fragte Marie, nachdem Pauline das Foto erhalten hatte.

Pauline schaute es sich eingehend an.

»Nein. Nie gesehen«, stellte sie dann kategorisch fest.

»Wahrscheinlich habe ich mich getäuscht«, überlegte Marie laut. Dieser David Gérard hatte einfach ein Allerweltsgesicht.

Danach erzählte sie Pauline von den vermissten Mädchen.

Ihre Freundin wurde ernst. Marie wusste, dass auch sie gleich an ihren ersten gemeinsamen Fall dachte, und begann, über ihre damaligen Ermittlungen zu reden.

»Diese Geschichte ist mir lange nachgegangen«, gestand Pauline.

»Ja, ich weiß. Uns beiden.«

Es war das erste Mal, dass sie nach all den Jahren darauf zu sprechen kamen.

Im nächsten Moment betrat Richard mit einer braunen Papiertüte das Büro.

»Ich muss jetzt weitermachen«, sagte Marie zu Pauline.

»Tut mir leid, dass ich dir gerade nicht weiterhelfen konnte. Aber melde dich, wenn ich irgendetwas tun kann«, ließ Pauline sie wissen.

»Das tue ich. Und du, besuch mich bald mal wieder. Du warst seit zwei Jahren nicht mehr hier. Ganz schön lang!«

Damals hatten sie in Saint-André eine wunderbare Zeit miteinander verbracht, und Pauline hatte mit dem schillernden Charme einer Großstädterin ganz nebenbei auch noch das Herz von Léonie und Georges erobert.

»Mach ich, versprochen!«, erwiderte Pauline.

»Und sehr gern auch mit Begleitung. Ich platze natürlich vor Neugierde!«

»Ohhhh! Immer schön mit der Ruhe!«

Marie musste lachen, denn der Spruch passte so gar nicht zu Pauline.

»Wie du willst. Hauptsache, du kommst bald. Du fehlst mir!«

*

Der Mittagssnack war köstlich gewesen – zumal Richard beim Bäcker kurz entschlossen noch zwei Schokoladentörtchen für den Nachtisch gekauft hatte, schließlich war heute Sonntag! –, aber eine wirkliche Pause hatten sie nicht gemacht. Er hatte beim Essen auf Maries Bitte hin das Bild von David Gérard mehrmals betrachtet. Aber auch ihm sagte das Gesicht nichts.

Nun hatte er sich neben sie an ihren Schreibtisch gesetzt, und gemeinsam schauten sie sich auf ihrem Computer den kleinen Film an, den sie auf der Félibrée mit ihrem Smartphone aufgenommen hatte.

»Vielleicht fällt uns noch etwas auf, das uns bisher entgangen ist«, sagte Marie.

»Ich werde mir auf jeden Fall François Durand genauer angucken. Gestern habe ich ihn ja kaum wahrgenommen.«

Ihre Nasen berührten fast den Bildschirm, so sehr waren sie darauf bedacht, dass ihnen nicht das kleinste Detail entging.

»Wie kommt es, dass Sie ihn gefilmt haben?«, fragte Richard. »Haben Sie hellseherische Fähigkeiten, die Sie mir verheimlicht haben?«

»Das ist viel profaner, als Sie denken. Das Video war eigentlich für meine Großtante gedacht, die ein großer Félibrée-Fan ist – da ich es ja nicht schaffe, mit ihr dorthin zu gehen.«

Seine Chefin war ein Familienmensch, so wie er neuerdings auch. Sie hatte sich also bei all der Ermittlungsarbeit noch die Zeit genommen, ihrer Großtante eine Freude zu machen. Das gefiel ihm.

Bald erkannte Richard unter den Zuschauern die Frau, die ihn zum Ball eingeladen hatte. Gestern Abend hatte er Sophie davon erzählt, und sie war ganz schön fuchtig geworden. »Was bildet diese blöde Kuh sich ein?«, hatte sie geschimpft. Er musste zugeben, dass dieser kleine Anflug von Eifersucht seinem Ego geschmeichelt hatte.

Wenig später hatte Marie die Handykamera auf die Königin der Félibrée gerichtet. Die junge Frau warf ihrem Partner mehrfach verunsicherte Blicke zu, schaute zwischendurch aber immer wieder ins Publikum und lächelte dabei strahlend wie ein Bühnenprofi.

Schließlich rückte François Durand in die Mitte des Bildes. Das braune Haar wirkte gepflegt, die Schläfen waren ergraut. Soweit Richard das beurteilen konnte, sah er mit den dunklen Augen und gleichmäßigen Zügen ziemlich gut aus, wenngleich seine Miene etwas Maskenartiges hatte. Immer wieder blickte er nervös von links nach rechts, bis er irgendwann unvermittelt auf sein Handy schaute, das er in der Hand hielt. Danach wirkte er noch angespannter.

»Da muss ihn jemand angerufen oder angesimst haben. Der Mörder vielleicht?«, mutmaßte Richard.

»Auf jeden Fall scheint er sich unwohl zu fühlen. Und wenige Stunden später war er tot«, stellte Marie fest.

Zu seinem Erstaunen entdeckte sich Richard schließlich selbst in dem Video, das wenige Sekunden später abrupt endete.

»Wie gehen wir jetzt am effektivsten vor?«, überlegte Marie

laut und hielt kurz inne. »Ich schlage vor, dass wir uns trennen. Sie fahren in François Durands Heimatort und nehmen dort Kontakt zu David Gérard auf. Vielleicht bringt uns das ja weiter. Und ich besuche noch mal Jeanne Laroussine. Da liegt noch zu viel im Unklaren, was Emma und Durand betrifft.«

Er schaute auf die Uhr.

»Okay, so machen wir's«, stimmte er ihr zu, obwohl er sich die Fahrerei gern erspart hätte. »Ich breche sofort auf.«

»Gut. Und apropos Emma: Bevor ich zu ihrer Mutter fahre, sollte ich noch kurz bei den Kollegen von der Großfahndung vorbeischauen.«

»Hoffentlich gibt es inzwischen brauchbare Hinweise. Die Mädchen können sich ja nicht einfach in Luft aufgelöst haben. Irgendjemand muss sie doch gesehen haben«, sagte Richard, wie um sich selbst zu überzeugen.

Dann räumte er rasch noch seine Sachen auf dem Schreibtisch auf und steckte sein Handy ein. Sobald er unterwegs war, würde er Sophie anrufen. Er sehnte sich nach ihr.

Zusammen mit Marie verließ er das Büro und ging auf sein Auto zu.

*

An den Kunsthandwerksständen der Félibrée war gerade wenig los.

Die meisten Besucher schlagen sich jetzt auf der anderen Seite der Vézère bei der *Taulada* die Bäuche voll, dachte Robert. Er selbst fühlte sich erschöpft – die vielen Ereignisse des Wochenendes steckten ihm in den Knochen.

Am frühen Morgen hatte Jeanne ihn angerufen, um ihn zu fragen, ob er sich auch heute um ihren Stand kümmern könne.

»Ich bin immer noch so angespannt. Wenn es für dich okay ist, würde ich heute gern in den Weinberg gehen und meinen

Stand noch mal dir überlassen. Es tut mir gut zu arbeiten, aber je weniger Menschen ich sehe, desto besser.«

Natürlich hatte er sich einverstanden erklärt und seine Müdigkeit überspielt.

Zugleich war er beunruhigt. Das Telefongespräch mit der Kommissarin wollte ihm nicht mehr aus dem Kopf gehen. Aus ihren Worten hatte er schließen müssen, dass sie ihn verdächtigte, François Durand ermordet zu haben, und das erschütterte ihn. Klar hatte es ihm nicht gefallen, dass der Automechaniker ständig um Jeanne herumscharwenzelt war, aber deswegen brachte man doch jemanden nicht gleich um. Und dann hatte die Kommissarin ihn auch noch gefragt, ob Jeanne gestern Abend zu Hause war, als er zu ihr gefahren war. Das bedeutete wohl, dass sie auch Jeanne verdächtigte, irgendetwas Unrechtes getan zu haben. Da hatte er gelogen, und das auch noch schlecht, wie er sich eingestehen musste. Das zögerliche Ja war ihr sicherlich aufgefallen. So wie er sie einschätzte, entging ihr auch sonst nichts. Die war ganz schön auf Zack.

Er schaute zu Claire, bei der auch schon seit Längerem keine Kunden stehen geblieben waren und die sich hinter ihrem Stand zu langweilen schien. Lustlos durchblätterte sie eine Zeitschrift.

Er ging zu ihr hinüber.

»Sag mal, könntest du für anderthalb Stunde auf Jeannes und meinen Stand aufpassen?«, fragte er sie gerade heraus. »Ich würde gern noch mal nach Jeanne schauen.«

»Klar, hier ist ja kaum was los«, willigte sie spontan ein. »Grüß Jeanne lieb von mir.«

Er bedankte sich und machte sich gleich auf den Weg nach Mussillac.

Eine halbe Stunde später parkte Robert vor Jeannes Haus. Er hatte kurz befürchtet, sie könnte wieder unterwegs sein, aber ihr Auto war da. Er stieg aus und klopfte an der Eingangstür, erhielt aber keine Antwort. Stimmt, sie wollte doch in ihrem Weinberg arbeiten. Aber wo genau war sie? Das Grundstück war weitläufig. Er rief nach ihr.

»Ich bin hinten auf der Terrasse«, hörte er sie antworten.

Er ging um das Haus herum und sah Jeanne an einem alten Marmortisch sitzen.

Der Anblick, der sich ihm hier und jetzt bot, erschien ihm wie das Bild eines perfekten Sommertages, und für einen Moment genoss Robert die friedvolle Aussicht.

Von der Terrasse aus schaute man weit über die hügelige Landschaft mit den Weinbergen. Die aneinandergereihten Rebstöcke hatten dichtes Blattwerk aus zartem Grün, und am Ende jeder Weinstockreihe stand traditionsgemäß ein niedriger Pfirsichbaum. Die Winzer der Region pflegten seit jeher solche Bäume anzupflanzen, um den Befall von Mehltau frühzeitig erkennen und bekämpfen zu können. Die Pfirsiche wurden etwa zeitgleich mit den Trauben reif. Es waren dunkelrote, besonders aromatische Früchte mit einer pelzigen Haut. Robert liebte sie und freute sich immer, wenn seine Nachbarin ihn ein Mal im Jahr mit einer Kiste frisch gepflückter Pfirsiche bedachte. Das vergaß sie nie.

Jeanne, die auffallend blass war und tiefe Augenränder hatte, saß vor einem aufgeschlagenen Fotoalbum. Auf dem Tisch lagen weitere Alben.

»Alles in Ordnung auf der Félibrée?«, fragte sie, ohne ihn zuvor zu grüßen. »Wie kommt es, dass du hier bist?« Natürlich musste sie sich wundern, dass er nicht an ihren Ständen war.

»Es war gerade nichts los. Da habe ich Claire gebeten, alles im Blick zu behalten, weil ich kurz bei dir vorbeischauen wollte.«

»Das ist lieb von dir. *Merci!* Ich versuche gerade, nicht verrückt zu werden«, sagte sie und zeigte auf die Fotos.

Robert beugte sich zu ihr und betrachtete ebenfalls die Aufnahmen, während sie das Album durchblätterte. Auf den Fotos war Emma als kleines Mädchen zu sehen – meistens allein, manchmal mit ihrer Mutter und sehr selten mit ihrem Vater. Auf keinem der Bilder waren sie zu dritt. Doch, hier war eins … Aber darauf schauten Jeanne und Vincent in entgegengesetzte Richtungen, und das Mädchen wirkte dazwischen ein wenig verloren.

Eine glückliche Familie sieht anders aus, stellte er wehmütig fest.

»Ich versuche herauszufinden, was mir bei Emma entgangen sein kann. Eigentlich dachte ich immer, ich kenne sie in- und auswendig.«

»Seit wann kennt man Menschen in- und auswendig? Im Übrigen wäre das auch langweilig, oder?«

Sie guckte ihn erstaunt an.

»Das habe ich nie so empfunden. Ich frage mich allmählich, ob ich ihr vielleicht nicht genügend Freiraum gelassen habe. Andererseits habe ich ihr nie verboten, sich mit Gleichaltrigen zu treffen. Es war ihre Entscheidung.«

Immerhin, die Sorge um ihre Tochter brachte Jeanne dazu, ihr Verhalten als Mutter zu überdenken.

Robert hätte sich nie auch nur im Ansatz getraut, sie in dieser Hinsicht zu kritisieren. Dann wäre ihre Freundschaft beendet gewesen. Er wusste, dass Erziehungstipps von einem kinderlosen Junggesellen nicht gut ankamen – erst recht nicht bei einer so selbstbewussten Frau wie Jeanne. Insgeheim fragte er sich, ob sie mittlerweile Zweifel an einer Entführung hegte und womöglich in Betracht zog, dass ihre Tochter ihr Zuhause aus freien Stücken verlassen haben könnte.

Robert zeigte auf ein Foto von Emma und ihrem Vater. Sie saß auf seinen Schultern, trug einen lustigen Pagenkopfhaarschnitt, strahlte und streckte die Arme zum Himmel hoch. Die pure Lebensfreude.

»Die Kommissarin hat mich gefragt, ob Vincent ein guter Vater war.«

Kaum hatte er das gesagt, wusste er, dass es ein Fehler gewesen war.

»Was geht diese Frau das an?«, wetterte Jeanne dann auch prompt. »Im Übrigen hat der sich doch nur für seine Autos interessiert und sonst wie ein Schluck Wasser in der Kurve rumgehangen. Macht das etwa einen guten Vater aus?«

Robert war erstaunt über ihre Wut. Immerhin war sie schon seit sechs Jahren von ihrem Ex-Mann getrennt. Sie konnte da wohl nicht über ihren eigenen Schatten springen.

»Marie Mercier hat mir auch von François Durand erzählt. Schlimme Sache«, wechselte er das Thema.

Sie nickte, und gleichzeitig bekamen ihre Gesichtszüge etwas Hartes. Aber sie sagte nichts – noch nicht einmal ein Wort des Bedauerns, dass ein Freund des Hauses ein so schreckliches Ende gefunden hatte.

»Sie hat mich gefragt, ob du zu Hause warst, als ich dich gestern Abend besucht habe. Ich habe sie angelogen und ja gesagt, um dir unnötige Fragen zu ersparen.«

»Oh! Das ist nett. *Merci*«, bedankte sie sich, und ihr Tonfall verhieß Gleichgültigkeit.

Robert wunderte sich.

»Dass du nach Emma gesucht hast, geht sie schließlich nichts an. Wo hast du eigentlich nach ihr gesucht?«, wagte er zu fragen.

»Ich weiß es schon gar nicht mehr. Überall und nirgends.«

Das war ja sehr vage. Sie musste doch wissen, wo sie gewesen war. Warum weicht sie mir so aus?, fragte er sich mit Unbehagen.

Er versuchte es noch mal. »Wie weit bist du denn gefahren?«

»Arbeitest du jetzt für die Polizei?«, entgegnete sie ruppig.

Die Stimmung drohte zu kippen, das konnte bei Jeanne in Sekunden geschehen. Aber Robert wollte nicht, dass sie ihm misstraute. Er musste sie beschwichtigen.

»Ach was, ich habe einfach nur so gefragt. Aber jetzt muss ich auch wieder zurück, ich will Claire nicht zu lange allein lassen. Übrigens soll ich dich von ihr grüßen.«

»Euch beiden nochmals vielen Dank für eure Hilfe! Und sorry, dass ich gleich so kratzbürstig geworden bin.« Jeanne stand auf, sichtlich erleichtert, dass das Gespräch beendet war, und zeigte auf den Weinberg. »Ich sollte mich auch wieder an die Arbeit machen. Das ist das Beste, was ich jetzt tun kann.« Nach einem wehmütigen Blick auf den Tisch mit den Alben griff sie nach der elektrischen Gartenschere, die auf einem Mäuerchen lag.

Robert verabschiedete sich und ging zu seinem Auto. Er war in der Hoffnung gekommen, ein ungutes Gefühl loszuwerden. Aber davon konnte keine Rede sein. In Wahrheit fürchtete er jetzt mehr als vorher, Jeanne könnte etwas mit Durands Tod zu tun haben.

Robert hatte manchmal, wenn er Emma und den Automechaniker zusammen gesehen hatte, eine große Nähe zwischen den beiden bemerkt, sich aber nichts weiter dabei gedacht. Die zwei hatten sich offensichtlich gut verstanden. Zu gut vielleicht?

Kapitel 24

Périgueux, Sonntag, 2. Juli

Im Präsidium angekommen, stand Marie nun im Büro der vier Kollegen, die für die Fahndung nach den vermissten Mädchen zuständig waren. An einer langen Wand hingen die Fotos von Emma und Margaux und eine große Frankreichkarte. Wegen der Zeugenaufrufe im Internet und im Radio liefen die Drähte bei den Kollegen heiß. Leider waren bislang kaum sachdienliche Hinweise eingegangen.

Viele Anrufer, die es gut meinten, sich jedoch offenkundig irrten, und etliche Verrückte blockierten die Leitungen. Aber auch die Meldungen, die möglicherweise der Wahrheit entsprachen, waren widersprüchlich. Man meinte, die Mädchen an den unterschiedlichsten Orten gesichtet zu haben: an einer Autobahnauffahrt nahe der Atlantikküste, in einem Supermarkt bei Angoulême, am Bahnhof von Poitiers oder – mehrere Hundert Kilometer entfernt und in der entgegengesetzten Richtung – in der Altstadt von Rodez. All diese Orte wurden von einer Beamtin mit einem roten Stift auf der Landkarte eingekreist.

»Es gibt auch anonyme Anrufe, um Sekten oder Nachbarn zu denunzieren, die sich angeblich an jungen Mädchen vergreifen«, ergänzte einer ihrer Kollegen. »Auch dem müssen wir natürlich nachgehen.«

Die Hinweise einzeln zu überprüfen war zu zeitaufwendig, also wurde die jeweilige örtliche Polizei eingeschaltet. Allerdings waren viele Reviere sonntags unterbesetzt, was die Nachforschungen erschwerte. Bisher gab es keinen Hinweis, der zu der Hoffnung berechtigte, dass die Mädchen gefunden würden.

Leicht nervös blickte Marie auf die Uhr. Die Zeit war ihr größter Feind: Emma und Margaux wurden inzwischen seit achtundvierzig Stunden vermisst. Womöglich waren sie inzwischen sogar im Ausland, was die Suche noch schwieriger machen würde.

Trotz allem gab sie die Hoffnung nicht auf, dass wenigstens *ein* Anrufer sie auf eine heiße Spur führen könnte.

Bevor sie nach Mussillac zu Jeanne Laroussine fuhr, ging sie noch kurz zurück in ihr Büro, um in Ruhe mit Michel zu telefonieren. Sie vermisste ihn. Er nahm ihren Anruf sofort entgegen, und nachdem sie kurz von ihren Ermittlungen berichtet hatte, erzählte er vom Besuch der Félibrée.

»Nach meinem Ausflug mit Léonie habe ich übrigens Georges noch die Haare geschnitten«, fügte er amüsiert hinzu.

Er war seit zwei Jahren Georges' Privatfigaro. Léonie hatte immer ihre liebe Not gehabt, Georges dazu zu bewegen, die Frisörin aufzusuchen, die alle paar Wochen mit ihrem Wohnmobil in Saint-André Station machte, und eines Tages hatte Michel seinen Dienst angeboten und damit gleich zwei Menschen glücklich gemacht: Léonie, die nicht länger auf ihren Gefährten einreden musste – und Georges, dem die verhassten Termine mit der stets zum Plaudern aufgelegten Frisörin erspart blieben. Michel versicherte Marie, dass er Spaß daran habe, und sie glaubte ihm.

»Ja, das ist in der Tat ein originelles Wochenendprogramm«, sagte sie lachend.

»Es ist absolut okay. Ich mag die beiden und verbringe gern Zeit mit ihnen.«

Marie tat es gut, das zu hören. Léonie und Georges waren wichtige Menschen in ihrem Leben, und sie war glücklich, dass Michel ebenfalls eine herzliche Beziehung zu ihnen entwickelt hatte.

»Aber du fehlst mir!«, fuhr er fort. »Wie wäre es mit einem Kurzurlaub am Meer, sobald deine Fälle gelöst sind? Ich kenne ein schönes Hotel mit Meerblick südlich von La Rochelle.«

»Das klingt wunderbar! Ich bin dabei.«

»Super! Mit so guten Aussichten kann ich mich gleich an ein Schreiben machen, um das Angebot des Innenministeriums so höflich wie möglich abzulehnen. Ich will es nicht länger vor mir her schieben. Das verlangt allerdings etwas Fingerspitzengefühl. Die Damen und Herren sind es nicht gewöhnt, dass man ihre großzügigen Angebote verschmäht.« Auch das schien ihn zu amüsieren.

»Und du hast dir das wirklich überlegt? Deine Entscheidung steht?«, fragte sie nach. Sie wollte nicht, dass er eines Tages bereute, diese Chance nicht genutzt zu haben.

»*Absolument, ma chérie. Du* bist meine Priorität, und zwar eine wunderschöne. Und ich halte es mit Balzacs Spruch: *La conviction est la volonté humaine arrivée à sa plus grande puissance*« – ›Die Überzeugung ist der menschliche Wille, der zu seiner größten Stärke gelangt ist.‹«

Eine Marotte, die Marie mit der Zeit lieb gewonnen hatte: Michel war ein Fan des berühmten französischen Schriftstellers und liebte es, ihn in den unterschiedlichsten Lebenslagen zu zitieren.

Als sie das Gespräch beendete, hatte Marie das Gefühl, zumindest privat angekommen zu sein. Und das war großartig und erfüllte sie mit Dankbarkeit. Mit neuer Energie sah sie nun der Befragung von Jeanne Laroussine entgegen.

Während der Autofahrt nach Mussillac dachte Marie kurz an Richard, der inzwischen Vilance fast erreicht haben musste und dort hoffentlich neue Erkenntnisse gewinnen würde, die Licht in den Mordfall Durand brachten. Dann schaltete sie das Radio ein und hörte laut Rockmusik und sang mit, wenn auch furchtbar schief, aber das hörte ja niemand. Sie hoffte, ihr Gehirn auf diese Weise auf *Reset* zu stellen, um anschließend klar und effizient zu denken. Das Gespräch mit der Winzerin würde nicht einfach werden.

Als sie die Straße zum Weingut hochfuhr und einige Male zur Seite schaute, entdeckte sie plötzlich Jeanne Laroussine zwischen den Rebstöcken. Marie hielt am Straßenrand an und ging zwischen zwei langen Reihen auf die Weinbäuerin zu, während sie die Pflanzen links und rechts von ihr betrachtete, die ungefähr eineinhalb Meter hoch waren und gut gepflegt aussahen. Sie besaßen ein dichtes Blattwerk, und die jungen Trauben hatten das gleiche frische Grün wie das kräftige Laub.

Die Winzerin trug einen Arbeitsoverall und eine rote Schirmmütze, um sich gegen die Sonne zu schützen. Sie war dabei, die Reben zu beschneiden, unterbrach jedoch ihre Tätigkeit, als sie Marie kommen sah.

»Haben Sie endlich etwas über Emma erfahren?«, rief sie ihr hoffnungsvoll entgegen.

»Noch nicht«, entgegnete Marie, als sie die unglückliche Mutter erreicht hatte.

Mit einem bitteren Zug um den Mund widmete sich Jeanne Laroussine sofort wieder ihren Rebstöcken.

»Nach der Blüte muss man die Anzahl und die Verteilung der Trauben an den Rebstöcken bestimmen. Wenn es zu viele Trauben gibt, müssen sie ausgedünnt werden«, erklärte sie, als hätte Marie sie danach gefragt. Ihre Stimme war dabei völlig emotionslos. »Eine zu hohe Anzahl an Trauben kann die richtige Reife der Rebe beeinträchtigen und …«

Marie verstand, dass dieser unter den gegebenen Umständen etwas absurd wirkende Monolog eine Übersprunghandlung war. Wahrscheinlich versuchte Jeanne Laroussine auf diese Weise, ihre Selbstbeherrschung zu bewahren.

»Ein anderes Mal würde ich mir gern erzählen lassen, wie Sie

Ihren Wein anbauen, aber gerade fehlt mir die Zeit dazu«, unterbrach sie die Winzerin freundlich.

Darauf schnitt Jeanne Laroussine wortlos weiter überflüssige Trauben, die sie in einen Korb warf. Die elektrische Gartenschere erzeugte ein Stakkato an Geräuschen und sah gefährlich aus. Vermutlich hatte man mit diesem Instrument binnen Sekundenbruchteilen einen Finger sauber durchtrennt.

»Ich hatte Ihnen doch das Foto von dem Pullover gezeigt, auf dem wir Emmas Blut gefunden haben«, fuhr Marie fort. »Wir wissen jetzt, von wem das Kleidungsstück stammt.«

Jeanne Laroussine erstarrte, die Schere verstummte.

»Es gehörte François Durand.«

Jetzt richtete sich die Weinbäuerin auf und schaute Marie überrascht an.

»Wir haben darauf Lackspuren eines Autos gefunden, das er zuletzt in seiner Werkstatt restauriert hat. Das heißt, er muss den Pullover noch vor Kurzem getragen haben.«

»Das verstehe ich nicht!«, sagte die Winzerin sichtlich irritiert.

»Und es gibt noch etwas, was einer dringenden Erklärung bedarf. Hat er jemals mit Ihnen über sein Testament gesprochen?«

»Nein! François war Anfang vierzig und alleinstehend. Warum sollte er da ein Testament aufsetzen wollen?«

»Offenbar hatte er seine Gründe. Wir haben es gefunden – und darin ist Emma als Alleinerbin eingetragen«, eröffnete ihr Marie.

»Was?«

Die Überraschung der Mutter wirkte nicht gespielt. Sie starrte Marie an und wirkte völlig verwirrt.

»Aber warum? Hat er dazu irgendeine Erklärung hinterlassen?«, fragte sie nach.

»Nein. Zumindest haben wir nichts dergleichen gefunden. Hat Emma mit Ihnen nie über François Durand gesprochen?«

Jeanne Laroussine schüttelte den Kopf.

»Mir ist aufgefallen, dass es zwischen ihm und Ihrer Tochter eine Reihe von Verbindungen gibt: ein Pullover, den beide getragen haben, ein Bild mit persönlicher Widmung, ein teures Geschenk, ein Testament. Sie müssen mir helfen, das zu verstehen. Was kann Monsieur Durand mit Emmas Verschwinden zu tun gehabt haben? Wer könnte ein Motiv haben, um ihn derart brutal zu ermorden?«

Die Winzerin ging sofort in die Defensive. »Woher soll ich das wissen?«

»Haben Sie mit Monsieur Durand über Emmas Verschwinden gesprochen? Er hat doch sicherlich am Freitag auf der Félibrée auch davon erfahren und muss gewusst haben, dass Sie sich furchtbare Sorgen machen. Hat er sich bei Ihnen gemeldet?«

»Nein«, antwortete die barsch.

»Finden Sie das nicht erstaunlich für jemanden, der Ihnen – wie Sie selbst ausgesagt haben – besonders zugewandt war?«

»Ganz und gar nicht. Er war ja ziemlich eingespannt als Major bei der Félibrée.«

Für eine SMS findet man immer Zeit, dachte Marie.

»Und Sie haben auch nicht versucht, ihn zu sehen oder zu sprechen?«

»Nein!«

»Ihnen kam zu keinem Zeitpunkt die Idee, dass er etwas über Emmas Verschwinden wissen könnte?«

»Noch mal: Nein!«, antwortete Jeanne Laroussine energisch.

»Wo waren Sie gestern am frühen Abend?«, fragte Marie ohne Umschweife.

Sie hatte das Gefühl, dass die Winzerin ihrem Blick auswich.

»Hier! Sie haben mich doch gesehen.«

»Ich bin erst am späten Abend gekommen.«

»Sie verdächtigen mich?«

»Ich wäre eine schlechte Ermittlungsbeamtin, wenn ich gewisse Verdachtsmomente einfach ignorieren würde. Und ein Motiv könnten Sie haben.«

»Und welches, bitte?«

»Sollten Sie zum Beispiel François Durand verdächtigt haben, dass er mit dem plötzlichen Verschwinden Ihrer Tochter etwas zu tun hatte, könnten Sie zu ihm gefahren sein, um ihn zur Rede zu stellen. Er könnte sich geweigert haben, Ihnen etwas zu sagen. Und daraufhin haben Sie die Beherrschung verloren.«

Die Augen von Jeanne Laroussine verengten sich zu Schlitzen. »Treten Sie immer nach, wenn ein Mensch ohnehin schon am Boden liegt? Das macht Ihnen großen Spaß, was?«

Das ist mal ein harter Angriff!, dachte Marie. Aber dass Madame Laroussine aus der Haut fahren konnte, hatte sie vorher schon gewusst. Die Frage war nur: Zu welchen Attacken würde sie sich hinreißen lassen, wenn sie richtig wütend war? Würde sie zum Beispiel willentlich einen Menschen überfahren können?

»Ich versuche, das Verschwinden von zwei Minderjährigen und einen brutalen Mord aufzudecken, und frage Sie, wie andere auch, nach einem Alibi. Also bitte noch mal, Madame Laroussine: Wo waren Sie gestern Abend zwischen acht und zehn Uhr?«

»Zu Hause!«

»Kann das jemand bezeugen?«

»Normalerweise könnte das meine Tochter. Die ist aber nicht da. Sie erinnern sich vielleicht?«

Marie ignorierte diesen weiteren verbalen Hieb und blieb beim Thema.

»Sie haben Monsieur Durand also in den letzten Tagen nicht kontaktiert?«

»Nein! Verdächtigen Sie nur weiterhin, wen Sie wollen. Mein Kind haben Sie mit Ihrer Methode jedenfalls nicht gefunden«, fauchte Jeanne Laroussine. »Und ich habe jetzt zu tun.« Sie wandte Marie abrupt den Rücken zu und widmete sich wieder ihren Rebstöcken.

Das Stakkato der Gartenschere erschien Marie diesmal noch schneller und misstönender.

*

Vilance lag fünfzehn Kilometer westlich von Limoges und war ein schmuckloses Dorf ohne Flair, was sich unter anderem darauf zurückführen ließ, dass die Route Nationale mitten durch den Ort verlief. Zudem lag es weiter nördlich als das Périgord, und das Klima war hier rauer.

Richard fuhr durch verschiedene Nebenstraßen des Dorfs, um ein Gefühl für das Umfeld zu bekommen, in dem François Durand jahrzehntelang gelebt hatte. Eine Kirche, eine Grundschule neben dem Bürgermeisteramt, eines der obligatorischen Kriegerdenkmäler, die nach den beiden Weltkriegen in ganz Frankreich errichtet worden waren, ein kleiner Supermarkt, eine Bäckerei, ein Zeitungsladen. Jetzt, am Sonntagnachmittag, hatte alles geschlossen. Sogar die Brasserie du Centre. Schade! In der Gaststätte hätte Richard sich gern umgehört.

Er gab die Adresse der Eltern von David Gérard in sein Navigationssystem ein, die ihm die Kollegin der hiesigen Police Municipale per SMS geschickt hatte. Richard hatte keine Vorstellung davon, was ihn erwarten würde. Er hatte sich bewusst im Vorfeld nicht angekündigt, denn er wollte nicht, dass sie sich in irgendeiner Form auf seinen Besuch vorbereiteten.

Kurz vor seiner Ankunft kam er an einer Autowerkstatt vorbei. War es die, die einmal der Familie Durand gehört hatte?

Richard hielt an, um das Gebäude zu betrachten. Für eine Provinzwerkstatt war es einigermaßen groß. François Durand hatte sicherlich einen guten Preis dafür ausgehandelt. Dass er das ganze Geld dem Unfallopfer David Gérard gegeben hatte, fand Richard ziemlich beeindruckend. Die Werkstatt war natürlich geschlossen, und ein angrenzendes Wohnhaus gab es nicht.

Hier ist keine Menschenseele, dachte er und startete wieder den Motor.

Er fuhr in die nächste Seitenstraße, vorbei an einer tristen Reihenhaussiedlung, die aus den Achtzigerjahren stammen musste. Erst am Ende der Straße wurde die Bebauung wieder großzügiger. Vor einer Doppelhaushälfte verkündete ihm die blecherne Frauenstimme seines Navigationssystems, dass er sein Ziel erreicht hätte.

Richard parkte und ging auf das Haus mit den blauen Fensterläden zu. Es war von einer Hecke umgeben, in deren Mitte sich ein kleines Tor mit einer Klingel befand. Darauf stand *Gérard*. Er blickte über die niedrige Umfriedung in den Vorgarten, neben dem sich ein Carport befand. Ein Paar im Freizeitlook, das um die sechzig sein musste, saß an einem kleinen Tisch im Schatten eines Sonnenschirms und trank Kaffee. Als er klingelte, vernahm er sogleich Gebell aus dem Garten und sah nun einen Pinscher wild kläffend auf ihn zustürzen.

Hoffentlich legt sich keiner unserer Nachbarn jemals einen solchen Hund zu, flehte Richard innerlich.

Die sportlich gekleidete Frau stand auf und ging zum Gartentor. Sie bückte sich und nahm das kleine, wild gewordene Etwas mit besänftigenden Worten auf den Arm. Das schien aber nicht wirklich zu helfen. Immerhin – anstatt ungestüm zu kläffen, gab der Hund nur noch ein bösartiges Knurren von sich.

Richard stellte sich der Frau vor und verschwieg auch nicht, dass er von der Polizei war. Daraufhin öffnete sie das Törchen und bedeutete ihm mitzukommen.

Er folgte ihr zu dem Tisch.

Ihr Mann, der eine Radlerhose und ein buntes T-Shirt trug, legte sein Kreuzworträtselheft beiseite und reichte Richard verunsichert die Hand.

»Ist etwas passiert?«, erkundigte er sich gleich, nachdem sie sich gegenseitig vorgestellt hatten.

»Nein, nein, keine Sorge«, beruhigte Richard ihn. »Es tut mir leid, Sie am Sonntagnachmittag zu stören. Ich bin auf der Suche nach Ihrem Sohn David. Man sagte mir, dass er bei Ihnen wohnt.«

»Was wollen Sie von ihm?«, fragte die Mutter alarmiert.

»Ich möchte mich nur kurz mit ihm unterhalten. Möglicherweise hat er Informationen, die uns bei einem Fall weiterhelfen können.«

Die Mutter entspannte sich etwas und setzte sich wieder zu ihrem Mann an den Tisch. Den immer noch knurrenden Hund behielt sie im Arm. Sie zeigte auf einen Stuhl.

»Nehmen Sie doch bitte Platz!«, forderte sie Richard auf. »David lebt schon lange nicht mehr bei uns. Er ist nach Limoges gezogen.«

»In welcher Angelegenheit wollen Sie meinen Sohn denn sprechen?«, verlangte der Vater zu wissen. Er wirkte reserviert.

»Der Name François Durand wird Ihnen ein Begriff sein, nicht wahr?«, sagte Richard und setzte sich in einen freien Gartenstuhl.

»Allerdings!«, antwortete das Paar im Chor.

»Was ist mit ihm?«, wollte die Frau wissen.

»Er ist verstorben.«

Ihr Mann blickte erstaunt. »Der war doch noch jung. Hatte er einen Unfall?«

»So in etwa.« Richard wollte konkrete Informationen noch zurückhalten.

»Und warum kommen Sie mit dieser Nachricht ausgerechnet zu uns?« Die Frau schaute ihn misstrauisch an.

»Wir versuchen die Umstände seines Todes zu klären«, erwiderte Richard, der mit einer gewissen Befriedigung feststellte, dass der Hund sich inzwischen beruhigt hatte.

»Ich kann nicht sagen, dass sein Tod mich besonders traurig stimmt«, gestand der Mann, »denn er hat den Lebenstraum unseres einzigen Sohnes zerstört. Aber man muss ihm zugutehalten, dass er seine Schuld sofort eingestanden und alles getan hat, um es wiedergutzumachen.«

»Na ja, falls man da überhaupt von Wiedergutmachung sprechen kann«, widersprach seine Frau.

Richard ignorierte ihre Bemerkung und wandte sich an David Gérards Vater: »Sie meinen die großzügige Schenkung?«

Der Mann schien verwundert zu sein, dass Richard davon Kenntnis hatte.

»Ja. Er wäre keinesfalls dazu verpflichtet gewesen. Er hat unserem Sohn alles gegeben, was er besaß«, sagte er fast anerkennend.

»Natürlich musste David sechzig Prozent Steuern zahlen, da keine verwandtschaftliche Beziehung zwischen den beiden bestand – bei so was kennt das Finanzamt ja keine Gnade«, warf die Mutter ein. »Aber mit dem, was übrig war, nachdem der Staat sich bedient hatte, haben wir immerhin die besten Rehakliniken bezahlen können, und David kann heute wieder ohne Einschränkung laufen.«

»Und er hat sich eine Wohnung in Limoges gekauft«, fügte der Vater hinzu. Er schien François Durand für sein Verhalten nach dem Unfall weitaus mehr Anerkennung zu zollen als seine Frau.

»Hat Ihr Sohn nach dem Unfall feindselige Gefühle gegenüber Monsieur Durand gehegt?«

»Nein, er hat diesbezüglich nie etwas angedeutet«, antwortete Monsieur Gérard. »Man kann ja auch nicht ein Leben lang dem Schicksal hinterherweinen. Es war halt Pech. David war zur falschen Zeit am falschen Ort. Und Durand hat sich ja wirklich großzügig gezeigt.«

»Sind Sie mit ihm in Kontakt geblieben?«, wollte Richard wissen.

»Nach dem Unfall musste David einige medizinische Behandlungen über sich ergehen lassen, und Durand hat sich damals regelmäßig nach seinem Befinden erkundigt«, antwortete Madame Gérard. »Aber später ist der Kontakt abgebrochen. Und dann ist er ja auch weggezogen. Soweit ich weiß, hat er Vilance nie wieder betreten.«

Ihr Mann bestätigte ihre Aussagen mit einem Kopfnicken.

»Hat Ihr Sohn noch Kontakt zu ihm?«

»Warum sollte er? Die kannten sich kaum, auch wenn sie im selben Dorf gelebt haben. Durand war ja viel älter als unser David. Da gab es keine Gemeinsamkeiten oder Anlässe, um sich weiter auszutauschen.«

Richard erinnerte sich, in den Akten gelesen zu haben, dass David Gérard vor zehn Jahren erst achtzehn gewesen war.

»Würden Sie mir dennoch die Adresse Ihres Sohnes in Limoges geben?«

»Klar«, antwortete die Frau. Sie griff nach einem Zettel, der auf dem Tisch lag und notierte eine Nummer. »Aber Sie werden ihn dort nicht antreffen. David hat zurzeit Urlaub. Momentan ist er bei einem regionalen Fechtturnier in der Nähe von Toulouse.«

»Fechtet er denn selbst noch?«, fragte Richard überrascht.

»Nein, seit dem Unfall hat er nicht mehr das Reaktionsvermögen, das man zum Fechten auf hohem Niveau unbedingt braucht«, erklärte der Mann. »Aber er interessiert sich natürlich immer noch für diesen Sport und besucht öfter Wettkämpfe. Außerdem plant er, in Limoges eine Fechtschule zu eröffnen.«

So wie der Vater davon sprach, bedeutete es ihm viel, dass sein Sohn das schaffte, vermutete Richard.

»Und was macht David beruflich?«

»Er arbeitet in einer Porzellanfabrik ... Also, übergangsweise.« Es klang, als hielte er diese Tätigkeit für unzureichend.

Limoges war berühmt für die hervorragende Qualität seines Porzellans. Noch immer gab es dort große Manufakturen, wenngleich die Globalisierung auch diesen einst in der Region florierenden Industriezweig stark geschwächt hatte.

Schließlich verabschiedete sich Richard von dem Ehepaar, nachdem die beiden ihn zum Gartentor begleitet hatten. Sie schienen über seinen Besuch immer noch verwundert zu sein. Wahrscheinlich rufen sie gleich ihren Sohn an, vermutete Richard.

Wieder saß Richard im Auto. Die N 21 von Limoges nach Périgueux war eine schöne Route, die streckenweise durch den Parc Naturel Régional Périgord-Limousin verlief. Dichte, hohe Wälder säumten die Straße. Es gab wenig Verkehr, und er konnte ungestört seinen Gedanken nachhängen.

Die Erkenntnisse, die er durch das Gespräch mit den Gérards gewonnen hatte, bestätigten in keiner Weise die Annahme, dass François Durands Ermordung einen Grund in dessen Vorgeschichte haben könnte. Zehn Jahre waren eine lange Zeit, und anscheinend hatten das Opfer des Verkehrsunfalls sowie seine Eltern längst einen Schlussstrich unter die Vergangenheit gezogen. Durands Mörder oder Mörderin waren wohl eher in oder um Montignac zu suchen.

Er atmete tief durch und wählte Sophies Nummer. Auf dem Hinweg hatte er sie nicht erreicht, aber jetzt ging sie sofort dran.

»Ich hatte mich kurz zu Elodie gelegt, um sie zum Einschlafen zu bringen, und dabei bin ich selber eingedöst und habe dann wohl das Handy nicht gehört«, erklärte Sophie. »Eigentlich wollte ich mit meinen Schwestern den Speicher aufräumen. Aber die haben mich nicht geweckt.«

Ihre Stimme klang warm und fröhlich, und er konnte es kaum erwarten, sie in die Arme zu schließen.

»Dafür kann *ich* ja jetzt mit dir reden. Und nach der Arbeit.«

»Wann kommst du denn nach Hause?«, fragte sie ihn, und es klang wunderbar sehnsüchtig.

»Das kann ich leider nicht sagen. Jetzt bin ich erst einmal auf dem Weg zum Präsidium.«

»Dieses Wochenende ist ja der reinste Marathon für dich«, sagte sie mitfühlend.

Mit einem Hauch von Unbehagen erinnerte er sich an die Geschichte von Fred Blanquer und erzählte Sophie, dass der Gerichtsmediziner von seiner Frau verlassen worden war, weil sein aufreibender Beruf ihn daran gehindert hatte, genügend Zeit mit seiner Familie zu verbringen.

»Hoffentlich wird das nicht auch bei uns zum Problem«, schloss er.

»Ach, das kriegen wir schon hin«, versicherte sie ihm. »Keine Sorge, uns beide wirst du so schnell nicht los.«

Kapitel 25

Saint-André-du-Périgord, Sonntag, 2. Juli

Léonie hatte sich für den Tag vorgenommen, Aprikosenmarmelade zu kochen, und Georges half ihr bei den Vorbereitungen. Nach seinem obligatorischen Mittagsschlaf hatte er ihr einen großen Weidenkorb voll reifer Früchte gebracht. Und er hatte ihr auch den großen alten Kupfertopf von ihrer Großmutter herbeigeholt, den sie immer zum Einkochen der Früchte verwendete. Ihr kam in den Sinn, dass der Großvater von diesem Robert Pinçon, den Marie neulich erwähnt hatte, ihn geschmiedet hatte. Das gute Stück war praktisch unverwüstlich, wenn man es zu pflegen wusste, und würde auch noch Maries Kinder überleben, sollte sie welche bekommen. Hoffentlich!

Die schönsten Aprikosen hatte Léonie zur Seite gelegt. Davon würde sie eine mit Vanillekonditorencreme ausgelegte *Tarte aux abricots* backen – der selbst gemachte Blätterteig und die Crème Patissière ruhten schon im Kühlschrank. Sie würde das Gebäck in zwei Hälften teilen, die eine Hälfte für Georges und sie selbst und die andere für Marie und Michel. Ihre Großnichte liebte diese Tarte und würde sich bestimmt freuen, wenn sie nach Hause kam. Irgendwann würde ihr Arbeitstag ja auch mal ein Ende haben.

Während Georges und sie jeweils in Gedanken versunken die Aprikosen entkernten und viertelten, unterbrach das Läuten des Festnetztelefons ihre gemütliche Zweisamkeit.

Auf dieser Nummer rief kaum noch jemand an, außer arme

Teufel, die versuchten, einem etwas zu verkaufen, das man nicht brauchte. Aber das normalerweise nicht an einem Sonntag.

»Nie hat man seine Ruhe«, schimpfte Georges. »Wahrscheinlich würde heutzutage auch in einer einsamen Hütte im Wald noch das Telefon bimmeln.«

Léonie wusste, dass er diese gemeinsamen Momente bei der Zubereitung von Essen besonders mochte. Genauso wie sie auch.

Sie nahm den Hörer ab. Es war Rose.

»Um Himmels willen, Rose, was ist passiert? Bist du wieder gestürzt?«, fragte Léonie besorgt. Es musste einen triftigen Grund geben, wenn ihre Nachbarin anrief. So gern sie schwätzte, so ungern telefonierte sie. Da fehlte ihr der persönliche Bezug.

Als Georges begriff, dass es Rose war, seufzte er so laut, dass Léonie fürchtete, Rose würde es mitbekommen. Sie hüstelte, um ihren Freund zu übertönen.

»Nein, alles gut. Aber was ist denn da in Montignac los?« Rose klang aufgeregt. »Ich habe gehört, dass es einen Mord gegeben hat. Der Major der Félibrée soll umgebracht worden sein, hat mir die Tochter meiner Zimmernachbarin erzählt.«

Die schon wieder!, dachte Léonie. Na, da haben sich ja zwei Hobbydetektivinnen gefunden. Und der Tote von der Félibrée ist also tatsächlich ein Mordopfer.

Das bestätigte Léonie, was sie schon vermutet hatte: Marie musste also gleichzeitig einen Mörder und zwei verschwundene Mädchen suchen. Personalmangel hin oder her, ihr leuchtete einfach nicht ein, warum sich ausgerechnet ihre Großnichte immer um alles kümmern musste. Léonie war empört und auch besorgt.

»Hallo? Bist du noch dran?«, rief Rose.

»Ja, ja!« Léonie wollte nicht zeigen, dass sie mal wieder diejenige war, die am wenigsten Ahnung von allem hatte. »Ich war heute Morgen bei der Félibrée und habe die Rede des Bürgermeisters gehört. Er hat verkündet, dass die Veranstaltung fortgesetzt würde, trotz des tragischen Tods, wie er es nannte. Und dann hat er noch zu einer Schweigeminute aufgerufen.«

»Ach, das hätte ich ja so gern selbst miterlebt«, seufzte Rose.

Ihr Bedauern erfüllte Léonie mit einer gewissen Genugtuung.

Derweil grummelte Georges weiter vor sich hin und schüttelte den Kopf. Rose sprach so laut, dass er bestimmt jedes Wort mitbekam. Léonie fühlte sich bei ihrem Anflug von Geltungsdrang ertappt und ruderte zurück.

»Na ja, viel zu sehen gab es eigentlich nicht. Nur schweigende Menschen, die auf ihre Schuhe geschaut haben«, berichtete sie.

Rose war aber anscheinend nicht gewillt, sich ihre Sensationslust trüben zu lassen.

»Ja, und was sagt Marie? Wie geht es mit den Ermittlungen voran?«

»Sie ist noch dabei.«

»Und du weißt sonst nichts?«

»Nein«, gab Léonie zu.

»Schade! Sehr schade sogar! Die Tochter meiner Zimmernachbarin sagt nämlich, dass es ein bestialischer Mord gewesen sein muss.«

Léonie lief ein kalter Schauer über den Rücken.

*

Nachmittags um halb fünf erhielt Marie einen Anruf von Agent Visla. Aus seiner Stimme hörte sie Stolz heraus.

»Wir haben ihn! Sie hätten mal sein Gesicht sehen sollen, als wir plötzlich aus den Büschen rausgekommen sind.«

»Sehr gut!«

»Seinen Kunden haben wir gleich mit einkassiert. Und wissen Sie, wer das ist?«

Marie überlegte schnell, aber ihr fiel niemand ein, der bei Milliet Drogen kaufen würde.

»Kenne ich ihn etwa?«

»Das ist der Typ, der am Freitag keine Anzeige gegen halbe Kinder erstatten wollte. Sie erinnern sich?«

Oh, das musste mehr als nur eine kleine Genugtuung für Visla sein.

»Die kannten sich also?« Marie stutzte. »Aber warum hat Milliet dann versucht, ihn zu beklauen?«

»Das habe ich ihn auch gefragt. Aber er war es gar nicht, sondern irgendein anderer Typ, der mit ihm unterwegs war.« Spöttisch fügte er hinzu: »Die haben sich noch nicht mal abgesprochen. Sind halt keine Profis.«

Nur waren Kommunikationsprobleme unter Kriminellen im Moment nicht gerade Maries Aufgabenbereich.

»Wie dem auch sei … Ich muss hier gerade noch etwas regeln und bin dann in etwa einer Stunde bei Ihnen auf der Wache«, kündigte Marie an. »Sorgen Sie bitte dafür, dass ich in Ihrem Vernehmungsraum mit Milliet reden kann!«

Dann hörte sie, wie jemand in der Leitung anklopfte. Es war Richard. Sie verabschiedete sich von Visla, um den Anruf entgegenzunehmen.

»Wenigstens wissen wir jetzt, dass wir da nicht weitersuchen müssen«, sagte Marie, nachdem Richard ihr von seinem Ausflug nach Vilance berichtet hatte.

»Da dieser David Gérard sich derzeit in Toulouse aufhält, habe ich ihm die Nachricht hinterlassen, dass er sich bei mir zurückmelden soll«, informierte er Marie. »Aber mehr als seine Eltern wird er uns wohl kaum sagen können.«

»Wo sind Sie denn gerade?«

»Kurz vor Périgueux.«

»Dann fahren Sie bitte gleich bis Montignac weiter«, bat sie ihn und berichtete ihm von der Begegnung mit Jeanne Laroussine und von François Milliets Verhaftung. »Ich hätte gern, dass Sie bei dem Gespräch mit Milliet dabei sind. Vielleicht kriegen wir nach seiner zweiten Verhaftung ja mehr aus ihm heraus. Also gut – wir sehen uns dann in einer guten halben Stunde in Montignac.«

Als die beiden die Wache von Montignac betraten, herrschte dort Hochbetrieb. Bei der Taulada war eine Prügelei ausgebrochen, wahrscheinlich hatten die Beteiligten ein paar Gläser zu viel von dem Rosé getrunken. Ein Mann hielt sich ein blutiges Taschentuch vor die Nase und beschimpfte einen anderen, der ein zugeschwollenes Auge hatte. Zwei Frauen, vermutlich die jeweiligen Lebenspartnerinnen, bemühten sich, die beiden Kampfhähne zu beruhigen.

Visla musste schon auf Marie und Richard gewartet haben, denn er kam gleich auf sie zu.

»Milliet ist im Vernehmungsraum. Möchten Sie auch mit seinem Kunden sprechen?«, fragte er.

Marie schaute Richard an.

»Ich glaube, im Moment brauchen wir ihn nicht«, meinte sie. »Oder sind Sie anderer Ansicht?«

Richard schüttelte bedächtig den Kopf und wandte sich dann an Visla.

»Nicht nötig. Den überlassen wir Ihnen. Vielen Dank! Das hat ja super geklappt.«

Marie vernahm wohlwollend, dass Richard Visla erneut ein Kompliment machte und nicht an möglichen kleinen Empfindlichkeiten festhielt.

Anschließend schlängelten Richard und sie sich an den vier wild diskutierenden Festbesuchern vorbei und gingen zum Vernehmungsraum.

François Milliet saß vornübergebeugt am Tisch und hatte seinen Kopf auf die gekreuzten Arme gelegt. Er veränderte diese Haltung auch nicht, als sie hereinkamen und ihm gegenüber Platz nahmen.

»*Bonjour*, Monsieur Milliet«, begrüßte Marie ihn. »Sie erinnern sich an uns?«

Er hob den Kopf und schaute sie verloren an. Aber er sagte nichts – auch nicht, als Richard ihn freundlich ansprach.

»Einsicht ist also offenkundig nicht Ihre größte Tugend«, stellte Marie fest. »Ich fürchte, Sie haben sich da in eine ungute Situation hineinmanövriert. Der Staatsanwalt wird sich jetzt nicht mehr kulant zeigen. Es sei denn, Sie kooperieren bei der Suche nach Margaux und Emma. Dann könnte ich ein gutes Wort für Sie einlegen.«

Er sah sie hilflos an.

»Jetzt erklären Sie uns endlich, wie es kommt, dass Emma Laroussine Sie fotografiert hat«, verlangte Richard zu wissen.

»Was weiß ich«, entgegnete Milliet. »Ich kenne sie überhaupt nicht.«

»Aber sie hat Sie fotografiert«, erwiderte Richard.

»Nein, sie hat nur meinen Hut aufgenommen. Mein Gesicht ist doch auf dem Foto gar nicht zu sehen, oder?« Auf einmal sprach er fast energisch. Es wirkte wie eine Mischung aus Hilflosigkeit und Wut. War er wegen der Verhaftung wütend?

Marie nickte. Im Grunde hatte er recht: Sein Gesicht konnte man auf den Fotos nicht erkennen. »Aber wie kommt es dann, dass Ihr Hut auf Bildern von Emma auftaucht?«

»Keine Ahnung. Vielleicht hat Margaux ihn ihr mitgebracht.«

»Und wieso war der Hut gestern wieder in Ihrem Schrank?«

»Woher soll ich das wissen?«, antwortete er müde. »Margaux weiß, wo ich meinen Hausschlüssel verstecke. Die kann ihn ihr ja für diese blöden Fotos ausgeliehen und später wiederzurückgebracht haben.«

Marie schüttelte den Kopf. »Finden Sie das nicht ein bisschen an den Haaren herbeigezogen?«

»Eine andere Erklärung habe ich aber nicht«, antwortete er und sah sie offen an.

Ob er vielleicht doch die Wahrheit sagt?, dachte sie. War die Person auf den Fotos womöglich Margaux? Laut Suchmeldung war sie einen Meter zweiundsiebzig groß und von schlanker Statur.

»Wie groß sind Sie?«, fragte sie Milliet.

»Einen Meter vierundsiebzig.«

Und nicht gerade ein Bodybuildertyp. Marie kam ins Grübeln.

Ein Klopfen an der Tür unterbrach ihre Gedanken, und Visla steckte den Kopf durch die Tür.

»Madame La Commissaire, kann ich Sie kurz sprechen?«

Seine ernste Miene ließ vermuten, dass es sich um etwas Wichtiges handelte.

Marie folgte ihm sofort zum Empfangsbereich, wo wieder Ruhe herrschte. Die Streithähne waren anscheinend entlassen worden.

Ein älterer Herr mit einer Baskenmütze in der Hand wartete nervös vor dem Tresen.

Visla führte Marie zu ihm.

»Monsieur, können Sie Madame la Commissaire bitte wiederholen, was Sie mir gerade erzählt haben?«

Der Mann begrüßte Marie respektvoll und fing gleich an zu reden.

»Gestern Abend bin ich gegen halb zehn an der Werkstatt von François vorbeigefahren.« Er schüttelte fassungslos den Kopf. »Der Arme, wie furchtbar!«

»Was genau haben Sie da gesehen?« Nur mit Mühe gelang es ihr, ihre Ungeduld zu unterdrücken. Sie war wirklich äußerst angespannt.

»Da kam ein Auto mit Vollgas aus seiner Einfahrt geschossen. Ich habe mich gewundert, weil ich ja wusste, dass François bei der Félibrée war, und normalerweise ist das Tor zu, wenn er nicht da ist.« Er machte eine kleine Pause.

»Und können Sie der Kommissarin bitte sagen, was das für ein Auto war?«, forderte Visla ihn auf. So hibbelig hatte Marie ihn noch nie erlebt.

»Klar, so was sieht man nicht alle Tage. Es war ein uraltes VW-Käfer-Modell. Noch so eins mit Winkern. Die sogar zum Blinken benutzt wurden! Das weiß ich noch, weil ich mich gewundert hatte, wo der Wagen doch mit solchem Karacho da rauskam.«

Also könnte sie es doch gewesen sein, dachte Marie. »Und welche Farbe hatte der VW?«

»Weiß.«

In Maries Hirn lief ein ganzer Film ab.

»Konnten Sie die Person am Steuer erkennen?«, fragte Visla.

»Das ging alles so rasend schnell. Aber ich glaube, es war eine Frau.«

Kapitel 26

Mussillac, Sonntag, 2. Juli

Nach der Aussage des alten Mannes auf der Wache in Montignac waren Marie und Richard unverzüglich losgefahren. Sie hatten die weitere Befragung von François Milliet auf unbestimmte Zeit verschoben. Er würde ohnehin erst einmal in U-Haft kommen und in einer Gefängniszelle der Wache einsitzen, wo sie ihn jederzeit verhören konnten.

Nach einer knappen halben Stunde waren sie erneut auf Jeanne Laroussines Weingut eingetroffen, gefolgt von zwei uniformierten Polizisten in einem Streifenwagen. Marie parkte ihr Auto direkt neben dem alten VW-Käfer. Richard und sie stiegen aus und nahmen den Oldtimer genauer in Augenschein. Die Delle am rechten Kotflügel fiel sofort auf, aber mehr war dort auf den ersten Blick nicht zu erkennen.

»Das Auto ist bei der letzten Restaurierung neu lackiert worden«, sagte Richard.

»Und die war ja erst vor Kurzem, also ist das ein frischer Lackschaden«, stellte Marie nachdenklich fest. »Wie frisch er ist und was es da sonst noch zu entdecken gibt, werden uns nur die Kollegen von der Technik sagen können.« Leider. Sie hatte gehofft, mit dem bloßen Auge etwas erkennen zu können, das Jeanne Laroussine als Täterin überführen würde.

Sie schaute zu, wie Richard zum Streifenwagen ging und die beiden Beamten informierte. Sie sollten mit der Kriminaltechnik Kontakt aufnehmen, damit die das Auto abholten, und nur dann vor Ort in Aktion treten, falls es bei dem Gespräch mit der Winzerin Probleme gab.

Mit einem mulmigen Gefühl im Bauch wandte sich Marie dem Wohnhaus zu und ließ den Blick über das Anwesen schweifen. Die Sonne schien auf das alte Weingut und verlieh dem ockerfarbenen Sandstein einen goldenen Glanz. Idyllisch sah es aus, was so gar nicht zu dem Anliegen passte, das sie hierherführte.

Im nächsten Moment öffnete sich die Tür, und die Winzerin kam herausgelaufen. »Emma!« Mit ängstlichen Schritten bewegte sie sich auf den Streifenwagen zu. »Haben Sie meine Tochter endlich gefunden?«

Marie trat rasch zu ihr und hielt sie mit einer dezenten Handbewegung auf. »Nein, leider nicht, die Fahndung läuft noch. Aber wir müssen mit Ihnen reden.«

Jeanne Laroussine drehte sich zu ihr um. Sie trug noch ihren Arbeitsoverall, und die Haare standen wirr von ihrem Kopf ab.

»Worüber?« Der Ausdruck ihrer übermüdeten Augen zeigte sowohl Enttäuschung als auch Beunruhigung.

»Dürften wir bitte reinkommen?«

Jeanne Laroussine nickte stumm. Sie hatte sofort verstanden, dass die Frage rhetorisch gemeint war.

Marie und Richard folgten ihr auf dem Weg ins Haus. In der geräumigen Wohnküche bat Emmas Mutter sie mit einer knappen Geste, auf einer der unbequemen Bänke an dem langen Tisch Platz zu nehmen. Sie selbst setzte sich auf die Bank gegenüber. Ihre Haltung war stolz und ihr Gesicht jetzt völlig ausdruckslos.

Bis auf das Summen hartnäckiger Fliegen war es gespenstisch still.

Marie betrachtete die Winzerin und empfand Mitleid mit ihr, auch wenn sie sich gleichzeitig bewusst machte, dass Jeanne Laroussine wahrscheinlich einen Menschen getötet hatte. Diesmal musste sie härter mit ihr umgehen. Sie beschloss, sie direkt mit der Aussage des Zeugen zu konfrontieren, der gestern am späten Abend gesehen hatte, wie sie von Durands Werkstattgelände weggefahren war.

»Was haben Sie uns dazu zu sagen?«, fragte sie dann.

Die Winzerin starrte sie und Richard nur stumm an.

»Madame Laroussine, ist Ihnen bewusst, dass Sie damit zur Hauptverdächtigen für den Mord an François Durand geworden sind?«, fragte Richard sie.

Sie zeigte keine Reaktion.

»Wenn Sie sich nicht kooperativ zeigen, muss ich Sie in Untersuchungshaft nehmen lassen. Es kostet mich nur einen Wink, und unsere Kollegen da draußen bringen Sie ins Gefängnis.«

Die Drohung zeigte Wirkung. In die versteinerte Miene ihres Gegenübers kam Bewegung.

»Es … stimmt … Ich war gestern Abend bei François.« Die Worte kamen zögerlich. »Ich hatte … am Nachmittag mehrmals versucht, ihn telefonisch zu erreichen, weil ich sicher war, dass er etwas mit Emmas Verschwinden zu tun hat. Warum sonst sollte Emmas Blut auf seinem Pullover sein? Das hat mir keine Ruhe gelassen.«

Dann hielt sie wieder inne und betrachtete eingehend ihre Hände, die sie auf den Tisch gelegt hatte.

»Und?« Marie bemühte sich, Ruhe zu bewahren. Sie merkte, wie Richard, der sie gut kannte, ihr verstohlene Blicke zuwarf.

»Ich habe ihm auf die Mailbox gesprochen«, fuhr Jeanne Laroussine mit leiser Stimme fort. »Er hat mich später zurückgerufen und vorgeschlagen, dass wir uns abends um halb neun bei ihm treffen.«

Deshalb also hatte Durand seine Königin und Baptiste Clerc, den Organisator der Félibrée, versetzt. Für Jeanne Laroussine war er anscheinend von seinen Prinzipien abgewichen und hatte seinen Ruf als zuverlässiges Gemeindemitglied aufs Spiel gesetzt.

Das zeigte wohl, wie viel sie ihm bedeutet hatte. Aber vielleicht war ihm auch etwas bekannt gewesen, das mit Emmas Verschwinden zusammenhing, und er hatte es Jeanne sagen wollen.

»Und, waren Sie pünktlich da?«, fragte Marie.

»Ja, auf die Minute. Ich bin immer pünktlich.«

Und plötzlich war sie wieder da: die prinzipientreue, herrisch klingende Winzerin. Trotz drohender Mordanklage. Die Frau überraschte Marie immer wieder.

»Als ich auf den Hof gefahren bin, habe ich ihn sofort vor dem Werkstatttor liegen sehen. Es war ein furchtbarer Anblick. Ich bin ausgestiegen, um ihm zu helfen, aber da war nichts mehr zu machen.«

Marie bat sie, ihre Eindrücke von der vorgefundenen Szenerie genau zu beschreiben. Alles, was die Winzerin daraufhin berichtete, stimmte mit dem überein, was Marie gestern Abend selbst am Tatort gesehen hatte.

»Und was haben Sie dann gemacht?«, wollte sie wissen.

»Sie werden mich sicherlich für ein gefühlloses Monster halten, aber ich war so durcheinander, dass ich gleich wieder nach Hause gefahren bin.«

»Das wundert mich aber, denn bisher machen Sie kaum den Eindruck einer kopflosen Person«, warf Marie kühl ein. »Und als ich Sie gestern am späten Abend aufgesucht habe, wirkten Sie vollkommen ruhig.«

»Ich habe mit der Zeit gelernt, mich zu verstellen. Das ist eine Überlebensstrategie, wenn man in einer von Männern dominierten Branche nicht untergehen will. Jede Gefühlsregung wird als Schwäche gedeutet.«

Wieder das Feindbild Mann.

»Und warum haben Sie uns nicht informiert, nachdem Sie sich wieder beruhigt hatten?«, wollte Richard nun wissen.

Sie schaute ihn an, als würde sie ihn erst jetzt bemerken, ehe sie antwortete.

»Weil das François sowieso nicht mehr geholfen hätte und mir klar war, dass Sie mich gleich verdächtigen würden, ihn umgebracht zu haben. Es war ja offensichtlich, dass François keinen Unfall gehabt hatte.« Sie blickte wieder zu Marie. »Bei unserem letzten Gespräch hatten Sie den Verdacht schon angedeutet.«

»Gibt es etwas, das Ihre Unschuld beweisen könnte?«, hakte Richard nach.

»Ich wüsste nicht, was.« Sie seufzte tief. »Aber wenn Sie meine Tochter nicht finden, können Sie mich auch gleich des Mordes beschuldigen. Im Grunde ist es dann egal, ob ich hier oder im Gefängnis hocke.«

Das klang nicht mehr kämpferisch, sondern erschöpft und resigniert.

Marie fiel auf, wie ausgezehrt sie aussah. Vermutlich hatte sie in den letzten zwei Tagen kaum etwas gegessen.

»Sie bleiben aber dabei, François Durand nicht umgebracht zu haben?«, fragte sie noch einmal ausdrücklich.

»Ja!«

»Wir lassen Ihren Käfer gleich zu unserer technischen Abteilung transportieren, damit er dort untersucht werden kann«, erklärte Richard in sachlichem Ton. »Danach werden wir wissen, ob die Spuren, die wir auf dem Hof von Monsieur Durand gefunden haben, zu Ihrem beschädigten Wagen passen.«

»Würden Sie mal eben bei den Kollegen nachfragen, wann die Leute, die das Auto abholen sollen, voraussichtlich hier sind, Richard?«, bat Marie.

»Hatte ich ohnehin vor«, erwiderte er prompt und verließ den Raum.

Natürlich hatte er sofort begriffen, dass Marie allein mit der Winzerin sprechen wollte, in der Hoffnung, bei einem Gespräch von Frau zu Frau mehr aus ihr herauszulocken.

Kaum war er fort, setzte Marie das Verhör fort. »Weshalb

glauben Sie, dass Monsieur Durand etwas mit Emmas Verschwinden zu tun hatte?«

Jeannes Laroussines entspannte Mimik auf ihre Frage hin ließ Marie vermuten, dass die Winzerin tatsächlich erleichtert war, allein mit ihr im Raum zu sein. Dabei hatte Richard nun wirklich nichts Machohaftes oder gar Bedrohliches an sich.

»Ich habe in den letzten drei Tagen viel über Emma und unser Leben nachgedacht.« Jeanne Laroussines Stimme klang beinahe sanft. »Für mich war es perfekt, so wie es war. Meine Tochter und das Weingut – mehr brauche ich nicht. Aber inzwischen sind mir Zweifel gekommen, ob sie das auch so empfunden hat.«

»Haben Sie denn nie mit ihr darüber gesprochen?« Marie bemühte sich, geduldig zu sein, obwohl sie auf ihre Frage keine Antwort erhalten hatte.

Jeanne Laroussine schloss einige Sekunden lang die Augen. »Nein. Und mir ist auch erst im Lauf des Wochenendes klar geworden, dass François wohl eine Vertrauensperson für Emma gewesen sein muss.«

»Das haben Sie bis jetzt nie angedeutet«, sagte Marie.

»Da ich ihn ständig wegen unserer Maschinen gerufen habe, war er viel bei uns, und ich habe mir nie Gedanken darüber gemacht, wenn er sich mit meiner Tochter unterhalten hat. Es wirkte alles so … normal, als hätte er keine besondere Bedeutung für sie. Emma hat auch nie gezeigt, dass sie sich sonderlich freute, ihn zu sehen. Sie war da sehr diskret. Was sie sowieso ist. Schon immer.«

Was für eine erstaunliche Person sitzt mir da gegenüber?, dachte Marie. Innerhalb von wenigen Minuten geht sie von totaler Abwehr zu unmittelbarer Vertraulichkeit über. Allerdings war die Frau seit achtundvierzig Stunden aus ihrem Alltagsleben herausgerissen – einem Leben, in dem sie sicher war, alles unter Kontrolle zu haben. Und nun musste sie sich Fragen stellen, die ihr sonst vermutlich nie in den Sinn gekommen wären.

Doch Marie wollte beim Thema bleiben. »Noch mal die Frage: Weshalb könnte François Durand etwas mit dem Verschwinden Ihrer Tochter zu tun haben?«

»Darüber zermartre ich mir seit gestern den Kopf. Wobei ich mir immer noch nicht vorstellen kann, dass sie freiwillig gegangen ist. Mich ohne Vorwarnung zurückzulassen – so etwas würde meine Emma nicht tun. Ich bin sicher, dass sie ihm etwas anvertraut hat, und kann einfach nicht verstehen, warum er es mir verschwiegen hat. Und dann das Blut auf seinem Pullover. Ich habe mich sogar gefragt, ob er Emma etwas angetan hat.«

Letzteres glaubte Marie nicht. Sie dachte aber kurz darüber nach, was in Durand vorgegangen war, sollte Emma ihm tatsächlich etwas anvertraut haben. Falls das Mädchen ihm das Versprechen abgenommen hatte, ihrer Mutter nichts zu verraten, musste er in einer schwierigen Situation gewesen sein. Hatte er am nächsten Tag dennoch beschlossen, die besorgte Mutter – wie auch immer – zu beruhigen?

»Anscheinend wollte er gestern Abend mit Ihnen sprechen, und zwar über etwas, das ihm so wichtig war, dass er dafür seine Verpflichtungen bei der Félibrée hintangestellt hat.«

Jeanne Laroussine beugte sich über den Tisch zu Marie und schaute ihr direkt in die Augen.

»Er war tot, als ich ankam.«

Marie nickte. »Lassen wir das jetzt mal so stehen. Es wird ein paar Stunden dauern, bis wir die Ergebnisse der Untersuchungen an Ihrem VW haben. Ich …«

»Keine Sorge, ich verlasse mein Weingut nicht. Könnte ich auch gar nicht. Mein Transporter steht noch in Montignac bei meinem Stand.«

Das stimmte. Außerdem würde Jeanne Laroussine nicht verschwinden, solange sie nicht wusste, wo ihre Tochter war, dessen war sich Marie absolut sicher. Sie bat die Winzerin, in der Nähe ihres Handys zu bleiben, stand auf und verabschiedete sich. Sie würde als Nächstes Robert Pinçon einen Besuch abstatten, um herauszufinden, warum er sie angelogen hatte. Bei dem Gedanken daran fiel ihr ein, dass sie eine Frage noch nicht gestellt hatte.

»Ach, da wäre noch etwas: Haben Sie Monsieur Pinçon gebeten, uns zu sagen, dass Sie gestern den ganzen Abend zu Hause waren?«

»Robert ist ein erwachsener Mann und sagt, was er zu sagen hat«, entgegnete sie harsch.

Hatte der Kupferschmied lediglich seine Freundin schützen wollen, oder wusste er noch etwas? Visla hatte inzwischen den gestrigen Tagesablauf des Mannes überprüft: Pinçon war von morgens bis abends an seinem und Jeanne Laroussines Stand gewesen, anscheinend hatte er sich zwischendurch kaum länger als fünf Minuten entfernt.

»Und, glauben Sie ihr?«, fragte Richard, als Marie ihn neben ihrem Auto antraf. Er saß auf einer niedrigen Mauer neben dem Wagen und hielt sein Handy in der Hand. Marie meinte, auf dem Display ein Foto von Elodie zu erkennen.

»Ich weiß es nicht. Tendenziell schon, aber die Tatsache, dass sie gestern so abgebrüht reagiert hat, als ich sie kurz nach dem Mord aufgesucht habe, lässt mich an der Wahrheit ihrer Aussagen zweifeln. Und dann die Härte und die Wut, die sie vor sich her trägt – die Frau steht immer kurz vorm Explodieren. Wozu sie wohl fähig wäre, wenn sie tatsächlich die Beherrschung verliert?«

»Und wenn sie gerade auf einen Mann wütend ist«, führte Richard ihren Gedanken fort.

»Dabei gab es bis gestern gleich zwei Männer, die sie verehrt haben. Fakt ist aber, dass wir hier nicht weiterkommen und uns die Zeit davonläuft. Während ich zu dem Kupferschmied gehe, machen Sie mit Milliet weiter, einverstanden? Ich bin sicher, er hält Informationen zurück. Zumindest was Margaux angeht.«

»Gut, ich nehme ihn mir noch mal vor.«

Richard deutete auf die zwei Streifenbeamten, die inzwischen ihren Wagen verlassen hatten und, an die Motorhaube gelehnt, entspannt die Weinberge betrachteten. »Die beiden bleiben, bis der VW-Käfer abgeholt wird. War nicht ganz einfach, das an einem Sonntag zu organisieren. Und es wird noch eine gute Stunde dauern, bis die Leute herkommen, um den Wagen fortzuschaffen. Mal schauen, ob sich dann irgendwelche Kollegen von der Technik noch bereitfinden, an einem Wochenendabend zu arbeiten.«

Pauline würde sich die Haare raufen, wenn es bei ihren Ermittlungen solche Verzögerungen geben würde, dachte Marie. Auf dem Land waren die Wege weit – und somit herrschten andere Gesetze. Sie verfügten hier auch über eine geringere Anzahl von Polizeikräften. Es war in vielerlei Hinsicht ein anderes Arbeiten.

*

Auf der Félibrée war es inzwischen still geworden, und Robert sah nur noch vereinzelt Besucher zwischen den Ständen umherschlendern. Das Festival würde bald schließen, und es herrschte allgemeine Aufbruchstimmung. Wie die meisten Kollegen packte er langsam seine Sachen zusammen. Mit seinem Stand war er fast fertig, und anschließend musste er noch den von Jeanne abbauen. Das Zelt, die Tische und das Werbematerial würde er in ihrem Transporter verstauen. Nur den restlichen Wein und ihre Kasse wollte er ihr nachher vorbeibringen.

Am Freitag, zu Beginn der Félibrée, als die Welt noch in Ordnung gewesen war, hatte Robert Claire, Jeanne und Emma vorgeschlagen, am Sonntagabend gemeinsam essen zu gehen. Zur Belohnung für die getane Arbeit. Sie hatten ja alle gewusst, wie anstrengend das Wochenende sein würde. Die Frauen waren von der Idee angetan gewesen, und er hatte sich für einen Abend als Hahn im Korb gesehen. Da hatte er sich zu früh gefreut.

Er nahm die letzte kupferne Wärmflasche, die ihm noch geblieben war – am Wochenende hatte er vier Stück verkauft –, und ging damit zu Claire, die gerade dabei war, ihre Töpferwaren sorgfältig in Zeitungspapier zu verpacken.

»Als Dankeschön für deine Hilfe«, sagte er und hielt ihr die Wärmflasche entgegen.

Erfreut lächelte sie ihn an.

»Das habe ich gern gemacht, aber ich freue mich sehr darüber. Ich finde die Dinger klasse.«

Er stutzte kurz bei der Bezeichnung »Dinger«, doch er wusste, dass Claire es nicht despektierlich meinte.

»Und, wirst du dir nach der Félibrée einen neuen Töpferofen leisten können?«, fragte er.

»Sieht ganz gut aus. Ich mache noch ein paar Sommermärkte – und selbst wenn das Geschäft dann nur halb so gut laufen sollte wie hier auf der Félibrée, müsste es mit dem Ofen klappen. Ist auch nötig, denn der alte hat schon ziemliche Macken.«

Robert freute sich für Claire. Endlich mal eine gute Nachricht.

Plötzlich sah er die Kommissarin auf sich zukommen. Das gefiel ihm nicht, auch wenn sie ihm eigentlich sympathisch war. Er bemerkte, dass sie finster in seine Richtung schaute. Hätte sie schlechte Neuigkeiten über Emma erfahren, würde sie nicht ihn aufsuchen, sondern Jeanne. Es musste also einen anderen Grund geben, und er befürchtete, dass ihr Besuch nichts Gutes für ihn verhieß.

Also ging er ihr entgegen – Claire musste nicht mithören, was sie zu sagen hatte – und begrüßte sie betont forsch, um sein Unbehagen zu überspielen.

»Hallo! Und, haben Sie den Drogendealer in flagranti erwischt?«

»Ja, dank Ihres Hinweises.«

»Sehr gut!« Er war ein wenig stolz auf sich, dass er der Polizei dabei behilflich hatte sein können, diesen Mistkerl zu schnappen. »Hat er auch etwas über Emma erzählt?«

»Wir arbeiten noch dran. Aber deswegen bin ich nicht hier.«

Das hatte er befürchtet. Er hätte sie heute Morgen nicht anlügen dürfen. Bestimmt kam sie wegen Jeanne.

Mit knappen Worten erzählte sie ihm, dass Jeanne zur Tatzeit bei Durand gesehen worden war. Das versetzte ihm einen gewaltigen Schock – und bestätigte leider auch seine Vorahnung. Was hatte Jeanne bloß getan? Eine große Traurigkeit überfiel ihn.

»Warum haben Sie mir heute am Telefon erzählt, Madame Laroussine sei zu Hause gewesen, als Sie gestern Abend zu ihr gefahren sind? Ihnen sollte schon klar sein, dass Sie sich damit strafbar gemacht haben. Haben Sie mich sonst noch bei irgendeiner Sache belogen oder mir etwas Wichtiges verschwiegen?«

Obwohl die Kommissarin das im ruhigen Ton sagte, kam Robert sich wie ein kleiner Junge vor, der etwas angestellt hatte.

»Ich wollte Jeanne nur vor weiteren Fragen schützen. Sie hat doch schon Kummer genug«, antwortete er. Dass es unbeholfen klang, war ihm klar.

»Dessen bin ich mir durchaus bewusst. Aber wir haben hier einen Mord aufzuklären. Und auch wenn Madame Laroussine sich verständlicherweise große Sorgen um ihre Tochter macht, darf die Rücksichtnahme auf ihre Situation nicht dazu führen, dass Sie uns bei den Mordermittlungen durch Falschaussagen in die Irre führen. Hat sie Ihnen erzählt, wo sie gestern war?«

»Nur dass sie Emma gesucht hat.« Er wusste, dass die Kommissarin nicht lockerlassen würde, und fügte gleich hinzu: »Wo sie war, hat sie mir nicht gesagt.«

»Wissen Sie, seit wann der Käfer von Madame Laroussine vorne am rechten Kotflügel einen Schaden hat?«, wollte sie als Nächstes wissen.

»Was für ein Schaden?« Robert war verwirrt.

»Der ist nicht zu übersehen«, betonte sie.

»Hab ich aber offenbar.« Er sah ihrem Gesichtsausdruck sofort an, dass sie ihm das nicht abnahm. Aber es stimmte. Er achtete nicht sonderlich auf das Äußere von Fahrzeugen.

»Haben Sie Emma auf dem Gelände in Mussillac mal fahren sehen?«

»Ich bin ja nicht tagtäglich bei den Laroussines«, antwortete er ausweichend, um nichts Falsches zu sagen.

»Okay. Aber Monsieur Durand sind Sie dort öfter begegnet?«

Er nickte zustimmend. Dabei presste er die Lippen fest zusammen, denn sprechen wollte er darüber nicht. Ja, François war ständig bei Jeanne gewesen. Robert hatte sich sogar schon gefragt, ob er die Maschinen immer nur halbherzig reparierte, um zwei, drei Tage später wieder gerufen zu werden. Das behielt er aber für sich, sonst würde die Kommissarin ihn auch noch verdächtigen. Womöglich wegen Mordes aus Eifersucht.

»Kurze Frage, kurze Antwort, Monsieur Pinçon: Könnte Ihre Nachbarin Durand umgebracht haben?«

Robert verschlug es für einen Moment den Atem. Aber er fasste sich sofort wieder, schaute ihr in die Augen und sagte im Brustton der Überzeugung: »Nein!«

Dabei war er weit davon entfernt, sich dessen sicher zu sein. Aber irgendwie musste er Jeanne doch schützen! Wenn sie es wirklich getan hatte, dann bestimmt aus einem guten Grund. Nur kannte er den nicht.

»Nun, wir werden herausfinden, ob Sie mit Ihrer Einschätzung recht haben. *Merci*, Monsieur Pinçon.«

Die Kommissarin entfernte sich und ließ ihn zutiefst beunruhigt zurück.

Er eilte zu seinem Stand, um so schnell wie möglich zu Ende zu packen und zu Jeanne zu fahren. Kurz brachte er sich in Erinnerung, dass er vor seinem Aufbruch noch ihren Transporter würde umparken müssen, denn der Wagen stand direkt neben der Kirche, also im Halteverbot, wenn nicht gerade Félibrée war.

Er schaute sich um, vergewisserte sich, dass er nichts vergessen hatte, und verabschiedete sich dann von Claire.

Auf der Fahrt nach Mussillac kreisten seine Gedanken nur noch um eine Frage: Was hat Jeanne da bloß getan?

Kapitel 27

Montignac, Sonntag, 2. Juli

Wie mit Marie vereinbart, fuhr Richard direkt zur Polizeiwache von Montignac. Dort ließ er sich von der Kollegin, die gestern schon da gewesen war, wieder in den kleinen Vernehmungsraum bringen. Im Vorbeigehen hörte er aus einem Nebenraum Vislas Stimme. Sie klang laut und verärgert. Wahrscheinlich hielt er gerade dem Kunden des Dealers eine gehörige Standpauke.

Im Vernehmungsraum angekommen, bat Richard die junge Frau, Milliet zu ihm zu bringen.

»Klar.« Sie lächelte ihn an und verschwand.

Kurze Zeit später kehrte sie mit dem Verhafteten zurück. Richard erkannte sofort, dass sich etwas an seinem Gesichtsausdruck geändert hatte: Resignation war Sorge gewichen.

Sehr gut, dachte Richard. War sich Milliet inzwischen seiner misslichen Lage bewusst geworden? Dann galt es jetzt, ihm weiter zuzusetzen, damit er endlich redete. Richard begrüßte ihn betont kühl, ignorierte ihn dann und vertiefte sich mit lauten Seufzern in seine Notizen.

Milliet rutschte auf seinem Stuhl hin und her.

Nach zehn Minuten hatte Richard den Eindruck, dass der junge Mann einigermaßen weichgekocht war.

»Also, Monsieur Milliet, wie machen wir weiter?«, fragte er ihn barsch.

»Was springt denn für mich raus, wenn ich Ihnen einen Hinweis gebe?«

Anscheinend war Milliet um Forschheit bemüht.

»Es kommt auf den Hinweis an. Je mehr Sie uns helfen, die vermissten Mädchen zu finden, desto milder dürfte das den Staatsanwalt stimmen.«

Richard sah, wie der Dealer mit sich rang. Er kam ihm geradezu unreif vor. Als hätte er so gar nicht das Zeug zu einem Kriminellen. Allenfalls zu einem Mitläufer, der sich von falschen Freunden zu kriminellen Handlungen verführen ließ.

»Margaux ist nach Spanien abgehauen«, sagte Milliet plötzlich. »Sie wollte zu einem Straßentheater-Festival in Andalusien.«

Schon wieder Spanien und Andalusien, dachte Richard.

»Ich musste ihr versprechen, es niemandem zu sagen«, fügte Milliet kleinlaut hinzu. »Sie versteht sich nämlich nicht mit ihren Eltern und will für längere Zeit nix mehr mit denen am Hut haben.«

»Wie wollte Margaux dahin?«

Milliet schaute ihn betreten an. »Ich hab ihr vor ein paar Wochen einen superschnellen E-Scooter besorgt, der locker vierzig Stundenkilometer draufhat. Damit wollte sie los. Den Führerschein dafür hat sie heimlich gemacht.«

Richard konnte sich lebhaft vorstellen, wie er den Roller finanziert hatte: mit seinen Drogendeals.

»Nach Andalusien mit einem Scooter, der nicht mehr als vierzig Stundenkilometer fährt?«, staunte Richard. »Das sind immerhin um die tausendfünfhundert Kilometer. Fanden Sie das nicht ziemlich waghalsig?«

Richard ärgerte sich über Milliets mangelndes Verantwortungsbewusstsein. Wie konnte er eine solche Expedition zulassen, gar unterstützen?

»Sie hat nur gesagt: ›Keine Sorge, ich schaff das schon.‹ Und wenn Margaux sich etwas in den Kopf setzt, macht sie das auch.«

Richard hörte die Bewunderung in Milliets Stimme. Er musste noch immer verliebt in sie sein.

»Ist sie mit Emma unterwegs?«

Richard stellte sich zwei junge Mädchen auf einem Scooter vor, die durch die sengende Hitze Spaniens fuhren, und fand das Ganze reichlich absurd.

»Kann ich mir nicht vorstellen. Margaux hat sie nie erwähnt.«

Mist! Dass Margaux ihr Zuhause aus freien Stücken verlassen hatte, wertete Richard unter den gegebenen Umständen zwar als gute Nachricht, abgesehen von dieser idiotischen Scooter-Geschichte natürlich. Aber was war mit Emma?

Und war es einfach Zufall, dass Margaux ausgerechnet nach Andalusien wollte? Da lebte Emmas Vater, und Emma hatte im Internet viel darüber recherchiert. Oder war es eben gerade kein Zufall? Aber wie sollte es zu einer Verbindung zwischen Margaux und Emmas Vater gekommen sein? Auch gab es noch immer keine Erklärung für die Bilder mit Milliets Hut. Allmählich fragte sich Richard, ob sie jemanden übersehen hatten. War da noch eine Person, die mit dem Verschwinden eines der Mädchen – oder gar beiden – in Verbindung stand?

»Ist Margaux mit ihrem neuen Freund gefahren?«, setzte Richard die Befragung fort.

»Ich hoffe nicht«, antwortete Milliet gequält.

»Und wann haben Sie das letzte Mal mit ihr gesprochen?«

»Am Donnerstag. Sie war total aufgekratzt und wollte am nächsten Morgen los.« Milliet atmete schwer aus und blickte ein wenig ängstlich auf. »Mehr weiß ich wirklich nicht. Werden Sie jetzt dem Staatsanwalt erzählen, dass ich Ihnen geholfen habe?«

»Das wird die Kommissarin tun.«

Da der junge Mann noch nicht vorbestraft war, würde er wahrscheinlich mit einem blauen Auge davonkommen. Aber das wollte Richard ihm nicht sagen, der Kerl sollte ruhig noch ein bisschen schmoren.

»Ich gebe Ihnen den dringenden Rat, sich gut zu überlegen, wie Sie Ihr weiteres Leben gestalten wollen. Wenn Sie so weitermachen wie bisher, werden Sie nämlich ganz schnell im Gefängnis landen. Ernst gemeinte Reue würde den Richter auch milder stimmen. Denken Sie darüber nach.«

Richard stand auf und rief die Kollegin herbei, die Milliet wieder in die U-Haft-Zelle zurückbrachte. Danach setzte er sich wieder hin.

Er musste sich schnell mit den spanischen Kollegen in Verbindung setzen und die französisch-spanischen Grenzposten im Baskenland informieren. Hoffentlich war Margaux nicht schon in Spanien. Er holte sein Smartphone hervor und schaute im Internet nach. Im westlichen Teil des Grenzgebiets gab es siebzehn Übergänge, wovon fünf derzeit gesperrt waren. Auch mit einem E-Scooter konnte das Mädchen inzwischen längst im Nachbarland sein. Er rechnete schnell nach: Bis zum nächsten französisch-spanischen Grenzübergang waren es weniger als vierhundert Kilometer, und der E-Scooter war mit ungefähr vierzig Stundenkilometern unterwegs – was knapp zehn Stunden reine Fahrtzeit für die Strecke bedeutete. Und Margaux war vor fast zweieinhalb Tagen aufgebrochen! Wahrscheinlich war sie längst über alle Berge – zumindest über die Pyrenäen.

*

Marie war frustriert, als sie von der Begegnung mit dem Kupferschmied zur Wache zurückkehrte. Sie bekam kein eindeutiges Gefühl für Jeanne Laroussine. Und Pinçons Antwort auf ihre Frage, ob er es für möglich hielte, dass die Winzerin Durand umgebracht hatte, maß sie keine große Bedeutung zu, auch wenn er sein »Nein« mit Nachdruck geäußert hatte. Er war zu sehr von dieser Frau eingenommen und hatte vermutlich nur seiner Hoffnung Ausdruck verliehen, dass sie nichts Unrechtes getan hatte.

Vor dem Empfangsschalter traf sie Visla, der mit einem Mann

sprach. Als sie näher kam, erkannte sie ihn wieder: Es war Milliets Kunde. Er sah ziemlich heruntergekommen aus, und sein Bart war in den drei Tagen deutlich dichter geworden.

»Und sehen Sie bloß zu, dass Sie sich hier nicht mehr blicken lassen«, drohte ihm Visla.

Besonders beeindruckt schien der Mann allerdings nicht zu sein. Er wirkte abwesend.

»Wie komme ich zu meinem Auto zurück?«, wollte er nur wissen.

»Sie haben ja Füße. Vielleicht hilft Ihnen ein Spaziergang, um auf vernünftige Gedanken zu kommen.«

Milliets Drogenkunde zuckte mit den Schultern und verließ gemächlich die Wache.

»Sie lassen Ihren neuen Freund wohl nur ungern gehen«, stellte Marie ein wenig scherzhaft fest.

»Der Typ gefällt mir nicht«, gestand Visla, der immer noch verärgert aussah. »Der hat etwas Verschlagenes an sich.«

Visla hatte einen guten Instinkt, was die kriminelle Energie eines Menschen anbelangte. Aber Marie irritierte ein wenig, dass er sich aufgrund einer Antipathie so festbiss – als handle es sich um eine persönliche Angelegenheit. Er würde noch lernen müssen, seine Emotionen besser zu kanalisieren. Auch sein leicht abschätzig wirkender Ton dem Mann gegenüber missfiel ihr. Das konnte in ihrem Beruf schnell als Amtsmissbrauch interpretiert werden. Bei Gelegenheit würde sie mit ihm darüber reden müssen.

Das Summen ihres Telefons riss sie aus ihren Gedanken. Es war ein Kollege von der Fahndung.

»Madame la Commissaire, ich glaube, wir haben endlich einen konkreten Hinweis erhalten! Einen, der uns wirklich weiterbringen könnte!« Die Stimme klang geradezu euphorisch.

»Jetzt machen Sie es nicht so spannend, kommen Sie zum Punkt!« Marie konnte ihre Ungeduld kaum zügeln und ahnte zugleich, dass bei den Kollegen ihr Spitzname *Speedy* wieder die Runde machen würde. Doch das war ihr im Moment egal.

»Zeugen haben auf unseren Fahndungsaufruf hin auf der Autobahn bei Biarritz Margaux auf dem Rücksitz eines Autos erkannt, und sie waren so geistesgegenwärtig, ein Foto zu machen.«

»Und sie ist es wirklich?«, fragte Marie nach.

»Wir hier glauben, ja. Ich habe Ihnen das Bild gerade geschickt.«

Es erschien im selben Moment auf dem Display ihres Handys.

Marie kannte das Mädchen nur von einem Foto … Aber ja, das musste Margaux sein. Sie schaute verträumt aus dem Wagenfenster und hatte dabei dennoch diese energische Ausstrahlung. Marie versuchte zu erkennen, ob auf dem Rücksitz jemand neben ihr saß. Ja, da war jemand, aber sie konnte nur einen dunklen Umriss im Gegenlicht erahnen. Sie vergrößerte das Bild, ohne jedoch weitere Details ausmachen zu können.

»Haben die Zeugen erkannt, wer neben ihr saß?«

»Leider nein. Das ging einfach zu schnell.«

»Mist!«

»Es gibt noch eine gute Nachricht: Die Zeugen haben auch das Nummernschild des Wagens fotografiert. Wir haben den Besitzer schon ausfindig gemacht.«

So macht Arbeit Spaß, dachte Marie. Aufmerksame Zeugen und Kollegen, die auf Zack sind!

»Super!«

Ihr Telefon gab einen weiteren Laut von sich. Sie hatte gerade den Namen und die Telefonnummer des Fahrzeugeigentümers zugeschickt bekommen.

»Vielen Dank, gute Arbeit. Ich melde mich später.«

»Ist Richard im Vernehmungsraum?«, fragte Marie Visla, der während des Telefonats an ihrer Seite geblieben war und sie gespannt ansah.

»Ja, er wartet da auf Sie. Haben Sie die Mädchen gefunden?«

»Zumindest eins, so wie es aussieht. Beide wären mir lieber gewesen, aber das ist zumindest mal ein Anfang«, erwiderte sie.

Dann ging sie mit energischen Schritten zum Vernehmungsraum.

Kapitel 28

Montignac, Sonntag, 2. Juli

Als Marie das Zimmer betrat, sah sie Richard gut gelaunt von seinen Notizen aufblicken.

»Ah, schön, dass Sie da sind! Wir sind ein Stück weiter«, verkündete er stolz. »Milliet hat schließlich ausgepackt. Margaux ist am Freitag ausgerissen und nach Andalusien aufgebrochen. Jetzt halten Sie sich fest: Sie will per E-Scooter zu einem Straßentheater-Festival.«

»Sie ist vor zwanzig Minuten auf der Autobahn nach Spanien auf der Höhe von Biarritz fotografiert worden.«

»Woher wissen Sie das schon wieder?« Er schaute sie verdutzt an.

Marie setzte sich hin und erzählte ihm, was sie gerade erfahren hatte.

»Und jetzt rufen wir den Besitzer des Autos an, in dem Margaux gesehen wurde. Ein gewisser Monsieur Delamaison aus Bidart.« Das war kurz vor dem französisch-spanischen Grenzübergang bei Irun.

Sie wählte die Nummer und schaltete auf Lautsprecher.

Nach dreimaligem Klingeln antwortete eine Männerstimme mit einem knappen: »Hallo.«

Die Hintergrundgeräusche verrieten Marie, dass ihr Ansprechpartner noch im Auto saß und über die Bluetooth-Anlage telefonierte.

Sie stellte sich vor, und er bestätigte ihr, dass er Monsieur

Delamaison sei. Um sich zu vergewissern, dass sie offen mit ihm reden konnte, fragte sie ihn, ob er allein im Auto wäre.

»Meine Frau sitzt neben mir, warum?« Er wirkte weniger beunruhigt als vielmehr verwundert.

Marie begrüßte Madame Delamaison und erklärte den Grund ihres Anrufs.

Daraufhin machte die Frau ihrem Mann lautstark Vorwürfe. »Ich hab dir doch gesagt, dass du sie nicht mitnehmen sollst. Dass sie bestimmt von zu Hause abgehauen sind!«

Marie fiel ein Stein vom Herzen. Die Frau hatte die Pluralform verwendet!

»Ach, du bist immer so übervorsichtig«, erwiderte der Mann gereizt. »Dabei bist du doch als Jugendliche auch getrampt. Hast du das vergessen? Außerdem waren sie volljährig.«

»Und ich bin die Königin von Saba. Du glaubst aber auch alles, was man dir sagt.«

Um die Stimmung im Auto schien es nicht zum Besten bestellt zu sein.

Marie hüstelte, um sich in Erinnerung zu bringen.

»Sie haben also mehrere Personen mitgenommen?«

»Ja, zwei Tramperinnen – Céline und Julie, sehr nette Mädchen«, antwortete der Mann. »Die wollen den Sommer in Spanien verbringen. Die Gesprächigere von den beiden hat dort eine Tante, die wohl gerade ein Haus renoviert. Der wollen sie helfen.«

Marie überkamen Zweifel. Konnte es da eine Verwechslung geben? Bitte nicht!

»Haben Sie heute mehrere Tramperinnen mitgenommen?«, erkundigte sie sich.

»Ach wo. Wir sind in Bordeaux gestartet, sind also keine allzu lange Strecke gefahren.«

»Haben die beiden Ihnen gesagt, wo sie herkamen?«

Marie hoffte, dass die Mädchen ihnen ein Lügenmärchen aufgetischt hatten, weil sie schließlich davon ausgehen mussten, dass die Polizei sie suchen würde.

»Ja, aus der Gegend von Poitiers. Sie haben uns an der Tankstelle einer Autobahnraststätte angesprochen. Es war also nicht die Art von Trampen mit hochgerecktem Daumen an der Straße. Die beiden sind an den parkenden Wagen vorbeigegangen und haben sich die Autofahrer genau angeschaut. Die wollten nur bei seriös wirkenden Leuten mitfahren. ›Am liebsten sind uns Paare; das ist sicherer‹, hat die eine, die uns angesprochen hatte, erklärt. Das fand ich ganz clever, also habe ich sie einsteigen lassen. Wir haben schließlich auch eine Tochter in dem Alter.« Der letzte Satz war vermutlich an seine Frau gerichtet.

Während sie ihm zuhörte, starrte Marie auf das vorhin aufgenommene Foto. Sie zeigte es Richard.

»Für mich besteht kein Zweifel, das ist Margaux. Was meinen Sie?«, fragte sie ihn leise.

»Ja, eindeutig. Auf dem Bild erkennt man auch das kleine Muttermal am Kinn«, flüsterte er zurück und zeigte es ihr auf dem Foto, das Madame Perrin ihnen mitgegeben hatte.

Wie immer war Richard auch hier nicht das kleinste Detail entgangen.

»Könnten Sie bitte bei der nächsten Gelegenheit anhalten«, bat sie Monsieur Delamaison. »Ich schicke Ihnen Fotos von den beiden Mädchen, die wir suchen.«

»Okay, wir sind ja nicht mehr auf der Autobahn. Gleich da vorn kann ich kurz parken.«

Für eine Minute waren nur noch die Hintergrundgeräusche zu hören. Dann war ein wenig gedämpft die Stimme der Frau zu vernehmen.

»Klar sind die das! Und jetzt haben wir den Ärger!«, warf sie ihrem Mann vor.

Marie atmete erleichtert auf.

Das Ehepaar stritt sich weiter, bis Marie sie unterbrach.

»Wo haben Sie die Mädchen rausgelassen?«

»An der Tankstelle der Raststätte in Bidart. Da waren sie wohl mit jemandem verabredet, und wir mussten danach sowieso von der Autobahn runter.«

Marie schaute schnell auf ihr Handy, um es genau zu lokalisieren.

»Also auf der A 63, richtig?«

»Ja.«

»Haben die zwei erzählt, mit wem sie dort verabredet waren?«

»Nein.«

»Sie haben auch nicht gesehen, ob sie da jemanden getroffen haben?«

»Leider nein. Wir sind gleich weitergefahren.«

»Und wann war das?«

»So vor etwa zehn Minuten. Kurz bevor Sie angerufen haben.«

Marie bedankte sich und beendete das Gespräch.

»Ich kümmere mich darum, dass Kollegen vor Ort sich sofort auf den Weg machen. Bin gleich wieder da«, sagte Richard und verließ eilig den Raum.

Marie lehnte sich auf ihrem Stuhl zurück und atmete tief aus. Ihr fiel eine Zentnerlast vom Herzen. Den Mädchen ging es gut! Zwar wusste sie immer noch nicht, wie die zwei zusammengekommen waren, aber nun stand zumindest fest, dass die beiden aus freien Stücken ihr Zuhause verlassen hatten und nicht entführt worden waren. Allerdings war Bidart nur dreiundzwanzig Kilometer von der spanischen Grenze entfernt. Hoffentlich würden die Beamten noch rechtzeitig an der Raststätte eintreffen! Denn sollte es den Mädchen gelingen, den Zuständigkeitsbereich der französischen Polizei zu verlassen, könnte es eine Menge zusätzlicher Probleme geben.

»Die Kollegen aus Bidart sind unterwegs«, verkündete Richard, als er den Raum wieder betrat, »sie müssten gleich dort sein.«

»Vielleicht sind die Mädchen mit Emmas Vater verabredet«, überlegte Marie laut. »Bilbao ist nur eine gute Stunde von Bidart entfernt. Womöglich wollten sie ja mit ihm in den Süden fahren. Was ist das eigentlich für eine Geschichte mit diesem Straßentheater?«

»Ich rufe ihn an.« Er wählte Vincent Jardels Nummer, und Marie konnte hören, wie sich gleich die Mailbox einschaltete. »Wir haben ihm doch gesagt, dass er erreichbar bleiben soll«, murmelte er verärgert.

»Der wird schon seine Gründe haben, warum er nicht drangeht«, schlussfolgerte Marie. Währenddessen tippte sie »Straßentheater-Festival Andalusien« in ihr Handy.

»Hier! Bei Granada findet nächste Woche ein internationales Festival statt. Ob die dahin wollen?«

Sie fragte sich auch, was Vincent Jardel dazu bewogen haben mochte, mit zwei minderjährigen Ausreißerinnen im Ausland herumreisen zu wollen. Er sollte doch wissen, dass er sich damit strafbar machte – nicht nur, was Margaux betraf, sondern auch hinsichtlich seiner Tochter, da er kein Sorgerecht hatte und zudem die Mutter von Emma auch nicht über ihren Aufenthaltsort informiert war.

»Wann kriegen wir eigentlich die Ergebnisse von der Technik für den Käfer?«, erkundigte sie sich bei dem Gedanken an Jeanne Laroussine.

»Ich habe tatsächlich zwei Kollegen gefunden, die bereit sind, an einem Sonntagabend zu arbeiten und sich sofort um die Sache zu kümmern. Aber die benötigen bestimmt noch ein, zwei Stunden.«

Jetzt hieß es also warten. Marie fühlte sich zunehmend eingeengt in dem düsteren Raum.

»Ich brauche ein bisschen frische Luft und geh mal vor die Tür. Sagen Sie mir Bescheid, sollten die Kollegen schon vorzeitig Ergebnisse haben?«, bat sie Richard.

»*Bien sûr*«, antwortete er und sah sie ein wenig verwundert an.

Als sie nach draußen trat, wurde Marie von der Sonne geblendet. Sie blieb einen Moment stehen und schloss kurz die Augen. Dann überquerte sie die Straße, schlenderte zur Vézère und stützte sich nach einer Weile mit den Ellbogen auf die raue Ufermauer. Die warmen Sonnenstrahlen taten ihr gut. Sie hatte sich bislang gar nicht richtig am Sommer erfreuen können, so sehr war sie in der letzten Zeit eingespannt gewesen. Hoffentlich würde sich bald die Möglichkeit ergeben, ihn zusammen mit Michel zu genießen und wieder gemeinsam an ihrer Lieblingsstelle am Fluss schwimmen zu gehen. Sein Vorschlag, spontan ans Meer zu fahren, kam ihr in den Sinn, aber jetzt war nicht der richtige Moment, um mit dieser Idee zu liebäugeln. Also verbannte sie diese wunderbare Vorstellung wieder aus ihren Gedanken. Sie musste konzentriert bleiben.

Sie schaute nach rechts, zu der alten Steinbrücke, die den Fluss überspannte und beide Teile des Dorfes miteinander verband. Da die Félibrée nun vorbei war, würde sie bald wieder für den Autoverkehr geöffnet sein.

Marie senkte den Kopf und schaute nach unten. Das vorbeiströmende Wasser wirkte so friedlich an diesem strahlenden Sommertag, dabei war die Vézère unberechenbar. Alle paar Jahre bereitete sie in der Regenzeit den Bewohnern von Montignac Sorgen. Da erinnerte man sich sofort an die Überschwemmung von 1960, als der Fluss zeitweise um fast neun Meter angestiegen war und die Brücke wegzureißen drohte. Jung und Alt kannten diese Hochwassergeschichten, selbst wenn sie sie – wie Marie – nicht persönlich miterlebt hatten. Das ganze Dorf sowie die Nachbarorte im Tal hatten damals unter Wasser gestanden. Auch die Straßen waren überschwemmt gewesen, und die Bewohner hatten sich mit Booten fortbewegen müssen.

Marie sah die letzten Festbesucher vorbeischlendern, manche von ihnen trugen Tracht. Diese besondere Kleidung würde bald wieder in den Schränken verschwinden – bis zur nächsten Félibrée. Eine fröhlich lärmende Gruppe Jugendlicher brachte sie zum Lächeln. Einer hatte einen falschen Bart bei sich und überredete einen Freund nach dem anderen, ihn anzulegen, was jeweils mit lautem Gelächter quittiert wurde.

Marie schaute ihnen amüsiert zu. Es war beeindruckend, wie sehr ein Bart einen Mann veränderte. Sie versuchte, sich Michel mit Bart vorzustellen, und kam zu dem Ergebnis, dass er nur sein schönes Gesicht verdecken würde.

Plötzlich stutzte sie. Sie verharrte für einen Moment – und rannte dann in Richtung Wache zurück.

Sie hatte ihr Ziel fast erreicht, da sah sie, dass Richard mit strahlendem Gesicht aus dem Gebäude trat. Als er sie ebenfalls erblickte, hob er die Arme und reckte beide Daumen hoch.

*

Zufrieden ließ Léonie den Blick über ihr Werk gleiten. Auf dem Küchentisch standen, ordentlich aufgereiht, zwanzig sauber etikettierte Einmachgläser. Die Aprikosenmarmelade hatte eine satte orangene Farbe. Das kam durch den Zitronensaft, den sie neuerdings hinzufügte, und war auch der Tatsache zu verdanken, dass sie die Marmelade nicht mehr allzu lange kochen ließ. Sie hatte das Rezept ihrer Mutter abgewandelt und war Maries Tipp gefolgt. Das war ihr anfangs wie ein Frevel vorgekommen, aber sollte sie in kulinarischer Hinsicht nicht auch mal mit der Zeit gehen? Außerdem blieb es doch immer noch ein Familienrezept.

»Soll ich sie in die Vorratskammer bringen?«, fragte Georges, der es liebte, ihre gemeinsamen Werke akkurat einzuordnen, das war für jemanden wie ihn Millimeterarbeit. In der vorigen Woche hatten sie schon Erdbeeren und Rhabarber eingekocht. Am Ende des Sommers erinnerte ihre Vorratskammer stets ein wenig an Ali Babas Höhle.

»Ach, lass mich den Anblick noch kurz genießen.«

Léonie wusste, dass ihr Verhalten ein bisschen albern war, aber das hatte sie wohl mit der Muttermilch aufgesogen: Maman hatte ihre Gläser mit Selbstgemachtem – ob Süßes, Gemüse oder Pasteten – auch immer mindestens einen halben Tag wie Trophäen in der Küche stehen lassen.

Auf einmal hörten sie draußen ein lautes Scheppern – etwas zerbrach –, und gleich danach war ein gieriges Grunzen zu vernehmen.

»Oh, nein! Die Tarte!«, rief Léonie entsetzt. Sie hatte sie vorhin draußen im Schatten auf dem kleinen Metalltisch abgestellt und seitdem nicht mehr an sie gedacht. Léonie griff nach einem Besen und eilte zur Tür. »Na warte, Freundchen!«

Das konnte natürlich nur dieser Gierschlund Joseph sein.

Georges folgte ihr mit weit aufgerissenen Augen.

Als sie am Tatort eintrafen, hatte der Eber schon alles verputzt, und sein sonst rosafarbener Rüssel leuchtete orange im Licht der strahlenden Sonne. Die Aprikosentarte, die er sich in Windeseile einverleibt haben musste, hatte ihm anscheinend gut geschmeckt. Der schöne blau-weiße Kuchenteller, ein Familienerbstück, lag zerbrochen auf dem Steinboden.

»Zum Glück hat er die Scherben nicht gegessen«, seufzte Georges sichtlich erleichtert. »Der Arme hätte sich verletzen können.«

Léonie war fassungslos. Das schlug dem Fass den Boden aus! Also wirklich, bei aller Liebe! Die Tarte und der Teller waren ihm völlig egal. Hauptsache, das blöde Vieh hatte sich nicht wehgetan!

Sie rang nach Luft. Gleich würde sie Georges endlich in deutlichen Worten sagen, was sie von seiner Haltung zu diesem unmöglichen Schwein hielt. Wäre sie vor wenigen Augenblicken in der Nähe der Tarte gewesen, hätte Joseph sie in seinem Eifer bestimmt auch noch umgeworfen – wie die arme Rose!

Da hörte sie ein lautes Lachen und drehte sich um. Es war Michel.

Er lachte weiter, während er langsam auf sie zukam. »Ihr Gesicht hätten Sie sehen sollen, Léonie!«

Seine Heiterkeit nahm ihr die Wut, und sie schaute zu Georges, der seinen Eber bekümmert wieder einfing und ihrem Blick auswich. Dann zerrte er Joseph Richtung Gehege, und Léonie hörte das Schwein empört quieken.

»Wenn Sie das jemandem erzählen, glaubt Ihnen das keiner, oder?« Die Empörung in ihrer Stimme ließ sich jetzt allerdings nur noch erahnen.

Michel lächelte sie freundlich an und hob die Scherben auf. »Nein, wirklich nicht! Was war denn so Besonderes auf diesem Teller?«

»Eine Aprikosentarte – auch für Sie und Marie ... Sollte sie irgendwann noch mal nach Hause finden.«

»Das ist natürlich ein herber Verlust«, stellte er seufzend fest. »Hätte ich das gewusst, wäre ich Joseph zuvorgekommen.«

»Sieht so aus, als hätte Joseph eine feinere Nase als Sie. Einen Blätterteig schaffe ich heute nicht mehr, denn der braucht Zeit zum Ruhen. Aber einen Aprikosen-Crumble könnte ich vielleicht noch hinkriegen. Ich habe noch Butter, braunen Zucker, Vanille und gehobelte Mandeln.«

»Klingt gut. Sollen wir den vielleicht zusammen machen?«, schlug er mit einem charmanten Lächeln vor. »Ich habe den ganzen Nachmittag vor dem Computer gesessen. Es wäre also eine willkommene Abwechslung. Vorausgesetzt natürlich, Sie können einen Assistenten gebrauchen. Was meinen Sie?«

Der einzige Mann – abgesehen von Georges –, den Léonie bisher in ihrer Küche geduldet hatte, war Maries Vater. Das war letztes Jahr gewesen, als er sie und Marie mit seinen Neffen besucht hatte. Ein schönes Erlebnis, das ihr in bester Erinnerung geblieben war.

»Einverstanden!« Léonie musste an ihre Großnichte denken, die bestimmt auch Spaß daran gehabt hätte, mit ihnen in der Küche zu werkeln. »Und von Marie haben Sie in den letzten Stunden immer noch nichts gehört?«

»Doch, sie hat mir vorhin eine SMS geschrieben. Sie kommt gut voran.«

»Das freut mich! Dann kann sie also bald Feierabend machen?«

»Nein.«

Leonie suchte nach Anzeichen der Enttäuschung in Michels Gesicht. Doch er schien mit Maries Abwesenheit gelassen umzugehen. Allerdings schaute er etwas besorgt in Richtung Gehege.

»Und was ist mit Georges?«, fragte er mitfühlend. »Kommt er auch dazu?«

»Ich glaube nicht. Der muss erst mal verdauen, was gerade passiert ist. Den bekommen wir vor dem Abendessen nicht mehr zu Gesicht. Er wird eine passende Erklärung finden wollen, warum der arme Joseph gar nicht anders konnte, als den Kuchen zu vertilgen. Sie werden sehen, am Ende bin ich schuld an dem ganzen Malheur, weil ich den Kuchen draußen abgestellt habe.«

Als sie sah, dass Michel schmunzelte, musste sie auch lachen. Sie konnte Georges einfach nie so richtig böse sein.

Kapitel 29

Montignac, Sonntag, 2. Juli

»Wir haben sie!«, rief Richard Marie schon von Weitem zu. Ihm war ein riesengroßer Stein vom Herzen gefallen. Nicht zu wissen, was den Mädchen passiert war, hatte die letzten Tage schwer auf seiner Seele gelastet.

Während er Marie lächelnd entgegensah, fiel ihm auf, dass sie irgendwie seltsam wirkte. Sie schien sich nicht wirklich über die Nachricht zu freuen. Wie konnte das sein? Auch ihr war das alles doch sehr nahegegangen. Vielleicht liegt es an der Müdigkeit, dachte er. Dieses Wochenende musste gerade für sie besonders anstrengend gewesen sein.

»Die Kollegen in Bidart haben die Mädchen abgefangen, als sie gerade in das Auto eines Mannes steigen wollten«, berichtete er. »Sie hatten recht: Es war Vincent Jardel!«

»Alles problemlos verlaufen?«

»Diese Margaux hat wohl ein bisschen rebelliert, mehr war aber anscheinend nicht. Was machen wir jetzt mit diesen dreien?«

»Richten Sie den Kollegen aus, sie sollen Jardel und die Mädchen sofort nach Montignac bringen«, wies seine Chefin ihn an.

Richard schaute auf seine Uhr.

»Bis hierher sind das knapp vier Stunden Fahrt, dann werden sie kurz vor Mitternacht hier sein.« Der Abend ist also noch lange nicht vorbei, wurde ihm bewusst. Als Nächstes würden sie die Eltern informieren.

Ihm kam ein Gedanke. »Wollen Sie die Mädchen etwa noch in der Nacht vernehmen?«

»Ihre Mütter werden sie abholen, und wir sollten schon hören, was sie zu erzählen haben, bevor wir sie nach Hause schicken.«

Richard bemerkte die Unruhe in Maries Blick. Das war ungewöhnlich.

»Sie wirken plötzlich so anders. Stimmt etwas nicht?«, fragte er sie besorgt. In den rund zehn Minuten, die sie draußen gewesen war, musste irgendetwas passiert sein. Er schaute sich um, sah aber nichts Auffälliges, abgesehen von einer Gruppe von Jugendlichen, die lachend die Straße hinunterliefen.

»Ich muss sofort Visla sprechen. Kommen Sie mit! Sie werden gleich verstehen, worum es mir geht.«

Kaum hatten sie das Büro von Visla erreicht, bat Marie ihn, ihr die Aussage von Milliets Drogenkunden zu geben. Richard stellte mit einer gewissen Genugtuung fest, dass der Kollege ebenso wenig wie er selbst zu verstehen schien, was Marie damit wollte.

»Gerade ausgedruckt«, erklärte Visla und hielt sie ihr hin.

Richard war neugierig geworden. Er trat neben seine Chefin und starrte ebenfalls auf das Blatt Papier. Im nächsten Moment begriff er ihre Aufregung. Er las noch einmal, um sicherzugehen, aber da stand es schwarz auf weiß: Der Name des Drogenkunden war David Gérard.

Wie Marie da draußen plötzlich den Zusammenhang hergestellt hatte, war ihm ein Rätsel.

»Wieso kauft Durands ehemaliges Unfallopfer ausgerechnet in Montignac Drogen? Und vor allem – was macht er hier genau zu der Zeit, in der Durand ermordet wurde?«, überlegte Marie laut.

Visla schaute sie ratlos an.

»Wir müssen ihn so schnell wie möglich finden«, fuhr sie fort. »Der hat doch vorhin etwas von einem Auto gesagt.«

»Ja, es steht wohl noch am Étang de Thenon, da, wo wir ihn vorhin einkassiert haben«, berichtete Visla.

»Fahren Sie mit Richard sofort dahin, und schnappen Sie sich den Kerl!«, befahl sie. »Weit kann er nicht gekommen sein, wenn er sich zu Fuß oder als Tramper auf den Weg machen musste. Ich bleibe hier und rufe die Mütter der Mädchen an. Die haben ein Recht, so schnell wie möglich zu erfahren, dass ihre Töchter wohlauf sind.«

Richard sah, wie Visla verzweifelt versuchte, gedanklich mitzuhalten. Ja, das kann schon vorkommen, wenn man mit Marie Mercier zusammenarbeitet, dachte Richard und schmunzelte in sich hinein.

»Ich erkläre Ihnen das alles unterwegs«, sagte er zu dem Kollegen. »Fahren Sie bitte, Sie kennen sich hier besser aus.«

Visla griff nach einem der Autoschlüssel, die hinter dem Empfangstresen der Wache hingen.

»Bitte mitkommen!«, rief er dann den zwei Kollegen zu, die vorhin noch bei Madame Laroussine gewesen waren.

Auf jeden Fall reagiert er schnell, stellte Richard anerkennend fest.

*

In der letzten halben Stunde hatten sich die Ereignisse überschlagen. Marie war so aufgewühlt, dass sie sich nach einem Moment allein sehnte, um ihr inneres Gleichgewicht wiederzufinden. Sie verließ die Wache, ging um das Gebäude herum und setzte sich auf die Stufen des Hintereingangs. Die Fensterläden der gegenüberliegenden Häuser waren geschlossen. Sie atmete tief durch und genoss die Ruhe. Hier würde sie auch ungestört telefonieren können. Nach ungefähr einer Minute holte sie ihr Handy hervor.

Zunächst rief sie Michelle Perrin an.

Margaux' Mutter hatte gerade Dienst im Altersheim. Marie

hörte im Hintergrund das Klappern von Geschirr. Wahrscheinlich wurde dort zu Abend gegessen.

»An der spanischen Grenze!?«, fragte Madame Perrin ungläubig, nachdem Marie berichtet hatte, wie und wo ihre Tochter gefunden worden war. »Dieses Kind ist mir wirklich ein Rätsel. Da wird mein Mann gleich auf hundertachtzig sein.«

Obwohl sie das Mädchen nicht persönlich kannte, empfand Marie sofort Mitgefühl für Margaux. So wie es aussah, würden die Eltern sich nicht fragen, warum ihre Tochter das Weite gesucht hatte, sondern ihr vor allem Vorwürfe machen. Als trüge sie die alleinige Schuld an dem zerrütteten Verhältnis zwischen ihnen.

Michelle Perrin seufzte, und Marie hoffte, dass die Frau ihr bisheriges Verhalten als Mutter zumindest ansatzweise überdenken würde.

»Vielleicht versuchen Sie zuerst, in Ruhe mit Margaux zu sprechen«, schlug sie vor.

»Wie soll das gehen, wenn sie nicht mit mir reden will«, erwiderte Margaux' Mutter.

»Wer sagt, dass sie nicht auch gern mit Ihnen sprechen würde? Vielleicht weiß sie einfach nur nicht, wie sie es anstellen soll.« Marie überlegte kurz, ob sie es wagen sollte, einen Vorschlag zu machen, und gab sich dann einen Ruck. »Nach einem solchen Ereignis kann es aber auch helfen, gemeinsam einen Therapeuten aufzusuchen. Allein um zu verhindern, dass die Kommunikation mit Ihrer Tochter komplett abbricht.«

»Meinen Sie?«

»Einen Versuch ist es doch allemal wert, oder? Ich schicke Ihnen später die Telefonnummern von zwei Hotlines, die auf Eltern-Kind-Konflikte spezialisiert sind.« Weiter durfte Marie sich nicht einmischen.

»Mein Mann wird bestimmt nichts davon halten«, erwiderte Michelle Perrin zögernd. »Aber Sie haben recht, so kann es nicht weitergehen. Vielleicht gehe ich da mal mit Margaux hin.«

Immerhin ein Anfang, stellte Marie erleichtert fest.

Sie vereinbarten dann, dass Marie sie anrufen würde, sobald die Mädchen eingetroffen waren.

»Gut, ich hole sie dann ab. *Merci beaucoup*, Madame la Commissaire!«

Und jetzt würde Marie Jeanne Laroussine anrufen. Aber sie wartete einen Augenblick damit, denn sie wollte erst kurz darüber nachdenken, was genau sie ihr erzählen und wie sie es formulieren würde. Zwar würde sie die Winzerin endlich von ihrer Sorge um ihre Tochter befreien können, aber nicht von dem Mordverdacht. In dem Zusammenhang musste sie auch an Emma denken, die später erfahren würde, dass François Durand, mit dem sie sich angefreundet hatte, ermordet worden war – womöglich sogar von der eigenen Mutter.

Sie hörte ein Auto vor dem Eingang des Hinterhofs parken und erkannte die Stimmen ihrer Kollegen. Sie stand auf.

Richard und Visla hielten David Gérard in ihrer Mitte, der laut protestierte.

»Was wollen Sie von mir? Was schikanieren Sie mich wegen ein bisschen Gras? Ich werde mich bei Ihren Vorgesetzten beschweren«, schimpfte er und fasste sich an seinen struppigen Bart.

Marie trat näher, baute sich vor ihm auf, auch wenn das bei ihrer Körpergröße von einem Meter sechzig vermutlich nicht besonders eindrucksvoll wirkte. Trotzdem verstummte der Mann.

»*Bonjour*, Monsieur Gérard. Ich bin Commissaire Marie Mercier, und ich habe Sie herholen lassen, um mit Ihnen zu sprechen. In zehn Minuten habe ich Zeit dafür. Bis dahin bleiben Sie in der Obhut meines Kollegen.« Sie zeigte auf Visla, sah dabei aber Gérard weiterhin in die Augen. »Haben Sie mich verstanden?«

Er schaute sie verwundert an, ohne etwas darauf zu erwidern.

»Ich muss noch einen Anruf tätigen und melde mich dann bei Ihnen«, sagte sie anschließend zu Visla.

Der junge Polizist nickte nur.

Marie wandte sich an Richard. »Kommen Sie mit?«

»Und, wo haben Sie ihn gefunden?«, fragte Marie, nachdem sie in den Vernehmungsraum zurückgekehrt waren.

»Er war noch nicht weit gekommen. Lief die Landstraße entlang. So ungepflegt, wie er aussieht, wollte ihn wohl keiner mitnehmen.«

»Haben Sie ihn gefragt, wo sein Auto steht?«

»Er behauptet jetzt, er hätte keins.«

»Milliet hat er doch gesagt, dass er es am Badesee abgestellt hat.«

»Ich weiß, wir haben schon den Streifenwagen hingeschickt. Die werden es wohl schnell finden.«

»Und was macht er für einen Eindruck auf Sie?«

»Ich glaube, der könnte gut einen Joint vertragen. Scheint ziemlich am Ende zu sein.«

»Okay, ich rufe jetzt Madame Laroussine an, und dann knöpfen wir ihn uns vor.«

Sie wählte die Nummer der Winzerin.

»Madame Laroussine, wir haben Emma gefunden. Ihr geht es gut«, teilte Marie ihr nach der Begrüßung mit – und empfand eine große innere Befriedigung, der verzweifelten Frau endlich die ersehnte Nachricht überbringen zu können.

»Emma … endlich … endlich …«, stammelt die Mutter mit brüchiger Stimme, und doch konnte Marie ihre Erleichterung durch das Telefon regelrecht spüren. In solchen Momenten liebte sie ihren Beruf.

Danach berichtete Marie kurz und knapp, dass Emma offensichtlich aus freien Stücken von zu Hause weggelaufen war und man sie zusammen mit dem anderen vermissten Mädchen kurz vor der Grenze nach Spanien aufgegriffen hatte. Beide würden jetzt von Polizisten zur Wache von Montignac gebracht.

»Und ihr geht es wirklich gut?«, fragte die Winzerin zögerlich nach, als könne sie ihrem Glück nicht trauen.

»Laut unseren Kollegen, ja.«

»Was hat sie an der Grenze gemacht? Das verstehe ich nicht!«

Marie erzählte ihr, wie die Polizei die Mädchen gefunden hatte und dass Emmas Vater bei ihnen war.

»Vincent?« Jeanne Laroussines Stimme wurde schneidend.

»Ja, ich kann mir vorstellen, dass Sie das ziemlich ärgert«, antwortete Marie. »Aber immerhin war Emma klug genug, sich in die Obhut eines Erwachsenen zu begeben, dem sie vertrauen konnte.«

»Ich verstehe gar nichts mehr, aber das ist mir auch egal.« Die Winzerin schien sich wieder zu beruhigen. »Das Einzige, was zählt, ist, dass mein Kind gesund ist und ich sie hoffentlich bald wieder in die Arme schließen kann!«

Ihre Stimme war sanft geworden, und Marie war erleichtert.

»Ja. Wir sind alle froh, dass die Mädchen unbeschadet gefunden wurden.«

»Ich bin so glücklich, das können Sie sich gar nicht vorstellen! Wann kommt sie genau an?«

»So gegen Mitternacht.«

»Emma wird mir wohl viel zu erzählen haben.« Vorwurf klang da nicht mit, sondern eher Demut. »Es sieht so aus, als müssten wir uns neu kennenlernen. François war bestimmt über alles informiert – er und Vincent hatten wohl trotz der räumlichen Distanz weiterhin engen Kontakt.«

»Das werden wir vermutlich bald erfahren.«

»Kann ich Emma abholen, wenn sie bei Ihnen eingetroffen ist?«, wollte Jeanne Laroussine noch wissen.

Marie stutzte. »Aber Sie haben doch keinen Wagen. Ich nehme mal an, dass Ihr Transporter noch in Montignac steht.«

»Robert Pinçon ist bei mir und würde mich sicherlich bringen.«

»Okay, ich rufe Sie an, sobald die Mädchen hier sind. Versuchen Sie, sich bis dahin ein bisschen auszuruhen. Sie müssen völlig erschöpft sein. Bis später.«

»Ja, bis ganz bald. *Merci!*« Das »*Merci*« kam sehr leise – aber immerhin.

Marie hatte den Verdacht, der auf Jeanne Laroussine lastete, mit keinem Wort erwähnt. Ihr die glückliche Nachricht mitzuteilen und sie zu beruhigen: Das allein war Sinn und Zweck des Anrufs gewesen. Aber wie ging es mit Emmas Mutter weiter, falls sie tatsächlich die Täterin war? Marie musste sich so schnell wie möglich Klarheit darüber verschaffen, ob dieser Verdacht begründet war oder nicht.

Als sie aufgelegt hatte, wandte sie sich Richard zu, der sie mitfühlend anschaute.

»Der VW-Käfer … hat die Technik sich immer noch nicht gemeldet«, fragte sie Richard.

Er lächelte. »Wenn dem so wäre, hätte ich es Ihnen längst gesagt.«

»Sorry, ich bin unmöglich.«

»Schon gut, ich hole mal Monsieur Gérard.«

»Nein, wir sollten erst noch mit Milliet sprechen. Ich möchte wissen, woher er diesen Kunden kennt und was er über ihn weiß.«

Wenige Minuten später saß der junge Dealer wieder vor ihnen und war offensichtlich bemüht, weiter zu kooperieren, wie Marie rasch feststellte. Richard hatte vorhin einen guten Job gemacht.

»David kommt seit zwei Jahren immer zum Monatsende von Limoges ins Périgord und bleibt dann ein paar Tage hier«, erzählte Milliet. »Er hat Kohle und ist … äh, war mein bester Kunde.«

»Wo haben Sie ihn kennengelernt?«, fragte Marie.

»In einer Kneipe in Montignac. Ich hab ihn angesprochen und ihm guten Stoff angeboten. Er war gleich interessiert und hat sich danach regelmäßig gemeldet.«

»Er wird sicherlich nicht nur deswegen nach Montignac gekommen sein, guten Stoff gibt es ja bestimmt auch in Limoges. Wen hat er hier besucht?«

»Keine Ahnung. Ich hab ihn nie gefragt.«

»Hat er jemals den Automechaniker François Durand erwähnt?«

»Nee, wieso hätte er das tun sollen?« Der Mann stutzte. »Ich hab gehört, der ist gestern verunglückt, stimmt das?«

Marie nickte.

»Der Durand war ein Supertyp. Wenn man mal gerade knapp bei Kasse war, hat er einem trotzdem das Auto repariert und Kredit gegeben. Der hat sich immer um die alte Karre von meinem Opa gekümmert. Die mochten sich, und Durand ist sogar zur Beerdigung gekommen.« Wieder bekam sein Gesicht diesen weichen, fast kindlichen Zug.

Wenig später ließen sie Milliet wieder in seine Zelle bringen und baten, dessen Drogenkunden in den Vernehmungsraum zu führen.

»Dass Gérard seit zwei Jahren regelmäßig in Durands Wohnort kommt, ist schon erstaunlich«, bemerkte Richard, als sie für einen Moment nur zu zweit waren. »Hört sich nach einer merkwürdigen Fügung des Schicksals an …«

»Ich glaube nicht an merkwürdige Fügungen des Schicksals«, erwiderte Marie.

Kurz darauf fläzte sich David Gérard auf den unbequemen Kunststoffstuhl, als wäre es ein Klubsessel, die Beine weit nach vorne gestreckt. Er war mittelgroß, schlank, und in seinen braunen Haaren und in seinem Bart waren schon vereinzelte graue Haare zu erkennen. Seinem Aussehen und Geruch nach zu urteilen, hatte er seit Tagen weder geduscht noch die Kleidung gewechselt. Seine schmuddelige Jeans war an den Knien ausgebeult, und der Schnürsenkel von einem seiner ehemals weißen Sneaker hatte sich gelöst. Marie wusste aus den Akten, dass er achtundzwanzig war. Seinem Auftreten nach hätte er gut zehn Jahre jünger und dem Aussehen nach zehn Jahre älter sein können.

Marie bemerkte Richards heruntergezogene Mundwinkel. Ihr Kollege, der immer wie aus dem Ei gepellt war und Hygiene besonders ernst nahm, war ganz offensichtlich angeekelt von diesem Zeitgenossen.

»Wissen Sie noch immer nicht, warum wir Sie hergeholt haben?«, fragte Marie ihr Gegenüber. »Um es gleich vorwegzunehmen – Ihre Drogengeschichten interessieren uns nicht.«

»Dann habe ich keine Ahnung.« Der Ton war so betont lässig wie seine Haltung.

Sie legte ihm sein Porträtfoto aus der Unfallakte vor, und es kam ihr unwirklich vor, dass er einmal so gepflegt ausgesehen hatte. Kein Wunder, dass sie so lange gebraucht hatte, um den Mann wiederzuerkennen. Daneben platzierte sie das alte Foto von François Durand, der vor zehn Jahren, zur Zeit des Unfalls, einen ähnlich desolaten Eindruck auf die Kollegen von seinem Heimatort Vilance gemacht haben musste.

Es war schon erstaunlich, wie gewisse Sachverhalte sich wiederholten, nur war die Lage heute eine ganz andere und noch dramatischere. Durand hatte sich damals wegen eines Verkehrsunfalls verantworten müssen, bei dem jemand verletzt worden war, während Gérard heute wegen eines brutalen Mordes Rede und Antwort stehen sollte.

»Vielleicht helfen Ihnen ja diese Fotos auf die Sprünge«, legte Marie ihm nahe.

»Ich wüsste nicht, warum«, erwiderte er ungerührt.

»Aber Sie erkennen sie wieder, nicht wahr?«, vergewisserte sich Richard.

»Klar. Lange her. Aus einem anderen Leben.«

Er tat ganz schön cool.

»Sie wissen, dass François Durand gestern unter tragischen Umständen verstorben ist?« Den Mord wollte Marie nicht gleich erwähnen.

Gérard reagierte überrascht. Seine Augen weiteten sich.

»Nein. Was ist passiert?«

»Er hatte, sagen wir mal, einen Autounfall.«

»Das tut mir leid. Wohnte er hier in der Nähe?«, fragte er verwundert.

Ist er das wirklich?, fragte sich Marie. Milliet hatte gerade erzählt, dass Gérard sich jeden Monat ein paar Tage hier im Ort aufhielt. Und trotzdem wollte er Durand nie begegnet sein?

»Wann haben Sie ihn das letzte Mal gesehen?«, wollte sie wissen.

»Durand? So vor zehn Jahren, als er mich im Krankenhaus besucht hat. Wenn Sie diese Fotos haben, werden Sie ja wohl wissen, unter welchen Umständen wir uns kennengelernt haben.« Bei den letzten Wörtern deutete er mit den Zeigefingern Anführungszeichen an.

»Und seitdem haben Sie sich nie wiedergesehen?«, hakte sie nach.

»Nein. Es gab auch keinen Grund. François Durand hat mir eine großzügige Schenkung gemacht – wieder die Anführungszeichen –, sozusagen als Abfindung. Ich habe sie guten Gewissens angenommen, schließlich hat er mein Leben grundlegend verändert. Und damit war die Sache gegessen.«

»Um Ihre Frage zu beantworten: Monsieur Durand hat in Montignac gelebt«, merkte Richard an.

»Ach, das ist ja ein Ding! Hätte ich das gewusst, hätte ich ihn vielleicht mal besucht.«

Er wirkte immer noch völlig entspannt.

»Darf ich Sie fragen, was Sie – außer Cannabis zu kaufen – gerade in Montignac machen?«

»Urlaub. Es ist eine wunderbare Gegend.« Er ignorierte Maries Spitze mit einem Schmunzeln.

»Kommen Sie eigentlich öfter hierher?«, erkundigte sich Richard, als würde er eine beiläufige Bemerkung machen.

»Nein, ist das erste Mal.«

Il ment comme un arracheur de dents, dachte Marie. »Er lügt wie ein Zahnzieher« war das Pendant zur deutschen Redewendung »Er lügt, dass sich die Balken biegen« – und ein geflügeltes Wort, das wohl aus Zeiten stammte, als selbst ernannte Zahnärzte, bei denen es sich für gewöhnlich um Barbiere handelte, auf Marktplätzen ihre Dienste anboten und behaupteten, den Kunden beim Zähneziehen nicht wehzutun.

»Da haben wir aber etwas ganz anderes gehört. Ein Zeuge hat ausgesagt, dass Sie seit zwei Jahren jeden Monat herkommen«, entgegnete sie.

Gérard verlor kurz die Fassung, fing sich aber schnell wieder.

»Okay … Ich besuche eine Frau, die … na ja, die verheiratet ist.« Er verzog das Gesicht zu einer Miene der Verlegenheit.

»Würden Sie uns dann bitte ihren Namen, die Telefonnummer und Adresse nennen?«, fragte Richard und hielt schon den Stift parat, um sich alles zu notieren.

»Das geht nicht, ich möchte sie nicht in eine unangenehme Situation bringen. Niemand darf erfahren, dass wir uns treffen.«

»Das ist sehr ritterlich, aber Sie werden uns ihren Namen schon verraten müssen, denn sonst könnten Sie selbst sich in einer unangenehmen Lage wiederfinden«, erklärte Marie.

»Nein, das kann und werde ich nicht tun!«

Gérard war an sich kein unattraktiver Mann, wie Marie bereits festgestellt hatte. Aber so ungepflegt, wie er inzwischen war, konnte sie sich kaum vorstellen, dass ihn hier im Ort eine heimliche Geliebte sehnsüchtig erwartete. Außerdem verlor sie langsam die Geduld mit diesem Kerl.

»Okay, dann sage ich Ihnen jetzt mal was. Wir ermitteln in einem Mordfall. François Durand wurde vor seiner Haustür überfahren – uns zwar ein bisschen so wie Sie vor zehn Jahren. Aber in diesem Fall geschah es absichtlich und mit großer Brutalität. Und wenn Sie jetzt nicht endlich mit offenen Karten spielen, müssen wir uns fragen, warum Sie etwas verbergen, und Sie in den Kreis der Verdächtigen aufnehmen.«

In dem Moment klopfte es, und nach einem lauten »Herein!« von Marie steckte Visla den Kopf durch die Tür.

»Madame la Commissaire, wir haben das Auto gefunden.«

Kapitel 30

Montignac, Sonntag, 2. Juli

Robert Pinçon ging im weichen Abendlicht mit Jeanne durch die Weinberge.

»Ich kann jetzt nicht stundenlang herumsitzen und warten, ich muss mich bewegen«, hatte sie ihm nach dem Anruf der Kommissarin erklärt. »Hast du Lust auf eine kleine Wanderung?«

Spaziergänge waren eigentlich nicht so sein Ding, aber Robert war mitgegangen, und im Grunde genommen tat es ihm nach dem vielen Stehen am Wochenende auch richtig gut. Vor allem war er froh, Jeannes Glück mit ihr teilen zu können. Sie schien förmlich zu schweben – Emma war gesund und auf dem Weg zurück zu ihr.

»Aber was Vincent damit zu tun hat, verstehe ich nicht«, bemerkte er nach einer Weile.

»Emma wird ihn angerufen haben. Vielleicht hat er sich dann daran erinnert, dass er Vater ist. Ist eine komplizierte Sache mit dem Elternsein.« Jeanne blieb stehen und schaute in die Ferne. »Ich habe in den letzten Tagen viel über meine eigene Mutter nachgedacht. Die hat nie geredet, immer nur alles erduldet. Und da sie sich mir nie anvertraut hat, habe ich mich ihr auch niemals anvertraut. Ein Leben lang nicht. Das hat sich selbst an ihrem Sterbebett nicht geändert – wir haben uns stumm voneinander verabschiedet. Mir ist jetzt klar geworden, dass ich im Grunde genommen dem gleichen Muster gefolgt bin, obwohl ich mir als junge Frau geschworen hatte, es einmal anders zu machen. Ich habe mein Leben zwar selbst in die Hand genommen, anstatt alles zu erdulden, aber der Rest ist gleich. Ich habe nie wirklich mit meiner Tochter gesprochen und sie nicht mit mir.«

In ihren Worten erkannte Robert Verwundbarkeit, aber auch Stärke und eine seltsame Mischung aus Resignation und Kampfgeist.

Wie gern hätte er sie jetzt in die Arme genommen, aber er wollte die Vertrautheit dieses Moments nicht gefährden. Jeanne bestand nicht nur aus Widersprüchen, sie war obendrein auch unberechenbar. Deshalb blieb er ein wenig auf Abstand, streckte vorsichtig die Hand aus und streichelte mit dem Zeigefinger ihre Wange. Sie griff nach seiner Hand und drückte sie fest.

»Ich weiß gar nicht, wie ich diese Tage ohne dich überstanden hätte, Robert. *Merci!*«

Ihr Blick ruhte auf ihm. Er war klar und voller Wärme. Robert musste schlucken.

Doch dann huschte ein trauriges Lächeln über Jeannes müdes Gesicht, das von den Strahlen der Abendsonne zart gestreift wurde.

»Jetzt muss ich mich nur noch aus den Fängen der Kommissarin befreien.«

*

Marie kehrte mit dem Asservatenbeutel, den Visla ihr ausgehändigt hatte, zurück in den Vernehmungsraum und hielt die Plastiktüte hoch. Darin befand sich ein Handy in einer Schutzhülle aus schwarzem Leder.

»Das haben unsere Kollegen in Ihrem Auto gefunden«, ließ sie David Gérard wissen. »Sie haben doch einen weißen Kangoo mit einer ordentlichen Delle vorne rechts, oder?« Sie las ihm das Kfz-Kennzeichen vor, das Visla für sie auf einem Zettel notiert hatte.

Gérard blieb stumm, aber Marie sah, dass sein linkes Augenlid nervös zuckte.

Sie setzte sich ihm gegenüber, zog Latexhandschuhe an und nahm das Telefon aus dem Beutel. Da sie den PIN-Code des Handys nicht kannte, richtete sie ihr Augenmerk auf die Schutzhülle. Sie öffnete das Etui und schaute sich den Inhalt des Kartenfachs an. Dort fand sie Briefmarken, einen zusammengefalteten Zwanzigeuroschein und die Kundenkarte einer Supermarktkette. Sie war auf den Namen François Durand ausgestellt. Marie legte sie auf den Tisch.

»Ich nehme an, es ist nicht Ihr Handy, da Ihres vorn bei den Kollegen am Empfang liegt. Wenn Sie mich fragen, gehört das hier François Durand. Wir suchen es seit gestern Abend. Können Sie uns bitte erklären, wie es in Ihren Wagen gekommen ist?«

»Ich habe keine Ahnung. Jemand muss es da reingelegt haben, um mir etwas in die Schuhe zu schieben.«

Angesichts dieser kindischen Lüge verlor Marie endgültig die Geduld.

»Monsieur Gérard, unsere Kollegen werden in kurzer Zeit festgestellt haben, dass sich Ihre Fingerabdrücke auf diesem Telefon befinden und die Lackspuren am Tatort von Ihrem Auto herrühren, das beschädigt worden ist, als Sie Monsieur Durand getötet haben. Sollten Sie der Meinung sein, wenn Sie sich dumm stellen, kämen Sie ungeschoren aus der Sache raus, muss ich Sie enttäuschen. Das Einzige, was Ihre Lage jetzt noch ein wenig verbessern kann – was sich womöglich strafmildernd auswirkt –, ist ein umfassendes Geständnis. Aber ganz gleich, wofür Sie sich entscheiden: Ich verhafte Sie hiermit wegen des dringenden Verdachts, François Durand ermordet zu haben.«

»Sie haben das Recht auf einen Anwalt. Möchten Sie davon Gebrauch machen?«, fragte ihn Richard.

Gérard verharrte reglos.

Für einen Moment war es still im Raum.

Marie lehnte sich in ihrem Stuhl zurück. Richard legte seinen Stift auf sein Notizheft und tat es ihr gleich.

Nach einer Weile gab Gérard seine flegelhafte Haltung auf und setzte sich mit aufgerichtetem Oberkörper hin. Dann legte er die Hände auf seine Oberschenkel, atmete tief ein und stieß dann die Luft mit einem lauten Seufzer aus.

»Vor zwei Jahren habe ich zufällig Durands Adresse herausgefunden. Es gibt ja unzählige François Durands in Frankreich, und ich hätte nicht gedacht, dass er wieder eine Autowerkstatt eröffnen würde.« Gérard schaute zur Decke, während er sprach. »Das hat mich neugierig gemacht, und ich habe ihn spontan besucht. Er hat mich nett empfangen und sich gefreut, dass ich wieder normal gehen kann. Im Laufe des Gesprächs habe ich ihm erzählt, dass ich eine Fechtschule gründen wolle, und er war von der Idee so begeistert, dass er sofort angeboten hat, mir zu helfen.« Endlich löste er seinen Blick von der Decke, aber er schaute weder Marie noch Richard an, sondern die Tischplatte vor sich. »François meinte, er würde in seinem Job viel Schwarzgeld verdienen und könnte mich damit unterstützen. Die Bedingung war, dass ich niemandem davon erzähle und unsere Treffen geheim halte. Er hatte eine panische Angst davor, dass man in Montignac von seiner Vorstrafe erfuhr. Von da an habe ich ihn jeden Monat aufgesucht und einen Umschlag mit Bargeld abgeholt.«

Sofort kam Marie das Kuvert mit den zweitausend Euro in den Sinn, das sie in Durands Küchenschublade gefunden hatte. Das also war der Verwendungszweck für das Geld. Eine stolze Summe.

»Jetzt wissen Sie alles«, behauptete Gérard.

»Das war dann auch der Grund, weshalb Sie an diesem Wochenende in Montignac aufgetaucht sind – um bei Durand einen Umschlag mit Geldscheinen abzuholen, nicht wahr?«, schlussfolgerte Richard.

»Ja.«

»Wann sind Sie angekommen?«, fragte er.

»Gestern Abend spät. Wir waren für heute Abend verabredet.«

»Jetzt lügen Sie schon wieder«, rief Marie verärgert. »Ich habe Sie am Freitagabend auf der Félibrée gesehen, als Milliet und seine Kumpane Ihnen die Brieftasche klauen wollten. Mein Kollege draußen wird es bestätigen. Ersparen Sie uns bitte weitere Unwahrheiten, und erzählen Sie endlich, wie Sie an Durands Handy gekommen sind und warum Ihr Auto zerbeult ist.«

Gérard schien zu überlegen. Schließlich gab er sich einen Ruck und blickte auf.

»Okay, ich sag jetzt die Wahrheit.«

»Gut, denn jede weitere Lüge verschlimmert Ihre Lage nur«, warnte Marie ihn.

»Ich weiß nicht, wie, aber François hat kürzlich spitzgekriegt, dass ich das Geld, das er mir gegeben hat, nicht in die Gründung einer Fechtschule investiert habe. In der Porzellanfabrik haben die letztes Jahr viele entlassen, und als Alleinstehender war ich als Erster betroffen. Mit dem Arbeitslosengeld bin ich nicht über die Runden gekommen.«

»Sie meinen, Sie konnten sich davon keine Drogen leisten?«

»Das mit den Drogen hatte François leider auch rausgekriegt. Er meinte am Telefon, ich bräuchte nie wieder nach Montignac zu kommen, er würde mir nicht länger Geld geben, weil er keine Drogen finanzieren würde. Und er warf mir vor, ich hätte ihn betrogen.«

»Wann war das?«

»Am Donnerstag. Ich habe ihn am Samstagmorgen in aller Frühe aufgesucht, um ihn umzustimmen. Ich wollte ihm erklären, dass ich gerade einen schlechten Lauf hätte und er mir eine zweite Chance geben müsse.« Seine Stimme wurde härter. »Aber er hat mich nicht ausreden lassen und gesagt, ich solle aus seinem Leben verschwinden.«

»Und dann?«

»Nichts. Ich war so sauer, dass ich sein Handy geklaut habe, nur um ihn zu ärgern, und bin zum Étang de Thenon gefahren.«

Der Mann ist ein notorischer Lügner. Marie seufzte.

»Auch das stimmt nicht. Wir haben Monsieur Durand gestern Nachmittag noch mit seinem Handy gesehen.«

Marie nahm ein weiteres Blatt Papier aus ihrer Tasche, das Visla ihr vorhin gegeben hatte.

»Unser Kollege hat über Sie recherchiert. Es liegen derzeit diverse Anzeigen wegen unbezahlter Rechnungen gegen Sie vor … außerdem zwei Anzeigen wegen Körperverletzung. Und da werden Sie beide Male als gefährlich jähzornig beschrieben.«

Wenn Visla sich einer Sache annimmt, kann man sich darauf verlassen, dass er alles wirklich gründlich macht, stellte Marie anerkennend fest.

Wieder reagierte Gérard mit Schweigen. Oder überlegte er sich gerade einfach eine neue Lüge?

»Dabei dachte ich immer, dass Selbstbeherrschung eine Grundvoraussetzung für das Fechten ist«, bemerkte Richard.

Gérard verschränkte die Arme vor der Brust, als könne er sich durch eine defensive Körperhaltung vor weiteren Anschuldigungen schützen.

»Da Sie sich anscheinend nicht äußern wollen, versuche ich einmal zu schildern, was sich bei Ihrer letzten Begegnung mit Monsieur Durand abgespielt haben dürfte«, sagte Marie. Sie hoffte, ihn auf diese Weise zu einem Geständnis zu bewegen. »Ich glaube, Sie haben gestern Abend in Ihrem Auto vor der Werkstatt auf François Durand gewartet. Tagsüber auf der Félibrée konnten Sie ja nicht mit ihm sprechen. Richtig?«

Marie versuchte, Blickkontakt mit Gérard herzustellen, aber da war nichts zu machen. Er starrte unbewegt ins Leere.

»Er kam erstaunlich früh nach Hause, weil er, was Sie nicht wussten, um halb neun einen Termin dort hatte. Sie sind ausgestiegen, haben ihn vor dem Garagentor abgefangen und versucht, ihn umzustimmen. Vergebens. Dann haben Sie ihm gedroht, der Presse zu verraten, dass der Major der Félibrée vorbestraft ist und das Leben eines jungen Mannes zerstört hat. Etwas in der Art. Aber das hat Monsieur Durand diesmal nicht beeindruckt. Das hat sie wütend gemacht. Sie sind in Ihr Auto gestiegen und haben dann in Ihrer Verzweiflung und Wut aufs Gaspedal gedrückt.«

Endlich regte sich Gérard. Er fixierte Marie mit zusammengekniffenen Augen.

»Bis zu dem Unfall vor zehn Jahren war ich ein Wunderkind.« Seine Stimme bebte. »Alle haben an mich geglaubt, mir eine großartige Zukunft als Sportler vorhergesagt und zu mir aufgeschaut. Dann passierte der Verkehrsunfall, und plötzlich war ich ein Niemand. Man hat mich nicht mehr bewundert, sondern bemitleidet, und bald wollten die Leute nichts mehr mit mir zu tun haben … als würde das Pech an mir kleben. Als sei mein Unglück ansteckend. Und anstatt auf internationalen Siegerpodesten zu stehen, habe ich mich in der Fabrik in einem Vorort von Limoges zu Tode gelangweilt. Das mit der Fechtschule war mein Rettungsanker. Und neben meinem Vater war François der Einzige, der an mich geglaubt hat. Als er mir sein Vertrauen entzogen hat, habe ich rotgesehen. Da habe ich beschlossen, ihm die Beine zu brechen – so, wie er sie mir gebrochen hatte.«

Marie zeigte keinerlei Emotion angesichts Gérards Bericht. Weder sie noch Richard rührten sich, um den endlich geständigen Mörder nicht zu unterbrechen.

»Ja, ich war so wütend, dass ich tatsächlich gegen seine Beine gefahren bin. Und als er laut schreiend auf dem Boden lag, da habe ich Panik gekriegt. Hatte Angst, dass er mich anzeigt. Und in dem Moment habe ich nur noch eine Lösung gesehen: Ich habe zurückgesetzt, bin wieder auf ihn zugefahren und mit dem Wagen über seinen Körper hinweggerollt. Das Geräusch von brechenden Knochen werde ich nie vergessen.« Bei den letzten Sätzen schien seine Wut verraucht zu sein. Sie kamen fast flüsternd. Gérard holte tief Luft und sprach dann weiter. »Und das Handy – Sie wollten wissen, wieso ich es habe. Es ist ihm beim Sturz aus der Tasche gefallen. Ich bin noch schnell aus dem Wagen und habe es eingesteckt, damit die Polizei nicht meine Nummer darin entdeckt. Dann bin ich weggefahren.«

»Wieso haben Sie die Gegend nicht sofort verlassen?«, fragte Richard. Er hatte recht. Wäre Gérard gleich nach Limoges zurückgekehrt, hätten sie ihn vermutlich niemals als möglichen Täter auf dem Radar gehabt und weiterhin Jeanne Laroussine verdächtigt.

»Ich war am Sonntagmorgen mit Milliet verabredet. Ohne den Stoff wollte ich nicht wegfahren. Aber dann sagte er mir, er könne ihn erst am Nachmittag besorgen. Tja, und was danach passierte, wissen Sie ja … dumm gelaufen.«

Was für eine traurige Geschichte. Durand hatte die letzten zehn Jahre mehr oder weniger damit zugebracht, seine Schuld an dem Unfall zu büßen, und schließlich dennoch mit dem Leben dafür bezahlen müssen.

*

Kurz vor Mitternacht stand Marie ein weiteres Mal mit Richard und Visla im Empfangsbereich der Wache von Montignac. Die Tür zur Straße war weit geöffnet. In dem Ort war wieder Ruhe eingekehrt, und der Mond tauchte die dörfliche Idylle, die sich den Betrachtern von hier aus bot, in ein verträumtes Licht. Marie fühlte sich bei diesem Anblick unweigerlich an einige der schönsten Postkarten aus dem Périgord erinnert.

David Gérard hatte inzwischen sein Geständnis unterschrieben und war vor einer halben Stunde ins Gefängnis von Périgueux überführt worden. Richard würde am nächsten Morgen seine Eltern so behutsam wie möglich darüber informieren, welche dramatischen Wendungen das Leben ihres Sohnes genommen hatte.

»Zum Glück sehen wir diesen Kerl hier so schnell nicht wieder«, meinte Visla zufrieden.

»Du mochtest ihn ja von Anfang an nicht. Warum eigentlich?«, fragte ihn Richard.

Marie fiel auf, dass Richard Visla duzte. Das war neu, wahrscheinlich hatte es sich bei der gemeinsamen Suche nach Gérard einfach so ergeben. Sie selbst hatte bisher nie den richtigen Moment gefunden, um Richard das Du anzubieten. Eigentlich war es längst überfällig. Das sollte sie wirklich bald mal machen!

»Keine Ahnung«, antwortete Visla. »Schon als ich ihn das erste Mal gesehen habe, sind bei mir die Alarmglocken angegangen.«

»Ihre Arbeit war super, und Sie hatten den richtigen Instinkt. Auch wenn man sich in unserem Beruf immer vor Augen halten sollte, dass man sich nicht zu sehr von persönlichen Emotionen leiten lässt«, beschied ihn Marie. Das sollte für den Moment genügen, alles Weitere würde sie mit Visla in einem ruhigen Moment besprechen.

»Bin mal gespannt, was aus Milliet wird«, wechselte Richard taktvoll das Thema. Er musste ihr Unbehagen angesichts gewisser Verhaltensweisen von Visla gespürt haben.

Der junge Drogendealer durfte, nachdem Marie mit dem Staatsanwalt gesprochen hatte, wieder nach Hause gehen. Nun lag sein weiteres Schicksal in seiner eigenen Hand: Es würde im Wesentlichen davon abhängen, wie er sich beim anstehenden Prozess verhalten und ob er eine Lektion aus den Stunden mitnehmen würde, die er in U-Haft verbracht hatte.

Endlich meldeten sich auch die Kollegen von der Technik und informierten Marie, dass der Lack von dem Käfer nicht mit den Farbspuren auf Durands Garagentor übereinstimmte. Marie verschwieg den beiden Männern, dass sie es schon wusste, und dankte ihnen für ihren engagierten Arbeitseinsatz am späten Sonntagabend.

Sie griff zum Handy, um Jeanne Laroussine umgehend darüber zu informieren. Doch ein Telefonat war gar nicht nötig, denn im selben Moment sah sie, wie ein weißer Transporter vor der Wache hielt. Marie erblickte Robert Pinçon am Steuer. Neben ihm saß die Winzerin, die nur eine Sekunde später aus dem Wagen stieg und zur Eingangstür eilte.

Die ist so geduldig wie ich, dachte Marie amüsiert.

»Sind die immer noch nicht da?«, fragte Jeanne Laroussine ohne Umschweife.

»Sie müssten in den nächsten zehn Minuten hier ankommen. Aber es trifft sich gut, dass Sie schon da sind. Ich habe eine weitere gute Nachricht für Sie.«

Jeanne Laroussine schaute sie hoffnungsvoll an – und zum zweiten Mal an diesem Abend konnte Marie die vom Schicksal gebeutelte Frau von einer großen Sorge erlösen: Rasch berichtete sie der Winzerin, dass sie nicht länger im Verdacht stand, Durand getötet zu haben, der Mord aufgeklärt war und der Täter bereits im Gefängnis saß.

Nur einen Moment später rief Visla: »Da sind sie!«

Marie blieb mit Jeanne Laroussine an der Türschwelle stehen. Sie beobachtete, wie die beiden Mädchen samt Vincent Jardel aus dem Streifenwagen stiegen und auf die Wache zukamen.

Marie genoss den Moment. Die letzten achtundvierzig Stunden standen ganz oben auf der Liste der verpfuschten Wochenenden, aber gerade wurde sie dafür entschädigt.

Margaux und Emma gingen voraus – und hielten sich demonstrativ an den Händen. War es eine Form von gegenseitiger Unterstützung, oder wollten sie zeigen, dass sie zusammengehörten? Das vermochte Marie nicht zu sagen. Sie schaute kurz zu Emmas Mutter. Die starrte die beiden Mädchen an, ohne sich zu regen.

Margaux, die eine bunte Latzhose trug, war die zierlichere.

Schmal wie Milliet. Marie war sich in diesem Augenblick sicher, dass sie die Person mit dem großen Hut auf Emmas Bildern war. Sie kam erhobenen Hauptes auf sie zu und schaute selbstbewusst. Nicht arrogant, sondern wie jemand, der um sein Lebensglück kämpfen wollte. Marie mochte sie auf Anhieb.

Emma entsprach dem Bild, das Marie sich von ihr gemacht hatte. Sie sah ihrer Mutter in ihrer ganzen Haltung verblüffend ähnlich, wirkte dabei aber ziemlich schüchtern und schaute nun zu Boden.

Marie begrüßte die beiden. »*Bonsoir*, Margaux, *bonsoir*, Emma. Ich bin Commissaire Marie Mercier, und ich freue mich wirklich sehr, euch zu sehen!« Sie ließ ihren Blick für einen Moment auf den Mädchen verweilen und spürte dabei, wie ihr mit einem Mal ganz leicht ums Herz wurde. »Und das hier sind meine Kollegen: Inspecteur Martin und Agent Visla.« Margaux, die Visla kannte, grüßte ihn entspannt mit einem »*Salut*«.

Emma sah zu ihrer Mutter. Als diese – für Marie überraschend – in Tränen ausbrach, löste sich Emma von ihrer Freundin und nahm ihre Mutter in die Arme. Die beiden hielten sich einen langen Moment umschlungen, ohne etwas zu sagen.

Hinter den Mädchen erschien Vincent Jardel. Er war kleiner, als Marie erwartet hatte. Seinem angespannten Gesichtsausdruck nach zu urteilen hatte er ein schlechtes Gewissen.

»*Bonsoir*, Monsieur Jardel«, riefen Marie und Richard im Chor. Der Mann schien einen Moment zu brauchen, um sie wiederzuerkennen, und erwiderte dann mit leiser Stimme ihren Gruß.

Der kleine Vernehmungsraum war überfüllt. Sie hatten alle Stühle aus der Wache holen müssen, damit ausreichend Sitzplätze vorhanden waren. Die beiden Mädchen saßen nebeneinander und hatten ihre Stühle eng zusammengerückt. Vincent Jardel hatte neben Emma Platz genommen, und Margaux' Mutter, die inzwischen auch eingetroffen war, saß neben ihrer Tochter. Sie war ohne ihren Mann gekommen, der das erstaunlich ruhige Wiedersehen zwischen Mutter und Tochter vermutlich arg gestört hätte. Jeanne Laroussine hatten Marie und Richard auf der gegenüberliegenden Seite in ihre Mitte genommen. Visla stand an die Wand gelehnt.

Die Kollegen hatten Saft und Kekse auf den Tisch gestellt in der Annahme, dass die Mädchen Hunger und Durst haben würden. Dem war auch so, und nach wenigen Minuten war alles aufgegessen und ausgetrunken.

»Also, wer fängt an?«, fragte Marie schließlich und blickte in die Runde am Tisch.

Margaux, die wieder Emmas Hand hielt, ergriff das Wort.

»Das Ganze war allein meine Idee. Ich bin schuld an allem – aber ich bereue keine Sekunde«, verkündete sie selbstbewusst und strahlte dabei Emma an, die zurücklächelte. »Wir haben uns erst vor drei Wochen richtig kennengelernt, als der Schulbus eine Panne hatte und wir über eine Stunde mitten in der Pampa auf einen Ersatzbus warten mussten. Wir haben da blöd rumgehockt, und dann hat Emma irgendwann ihre Kamera aus der Tasche geholt und ist damit ins Gebüsch gegangen. Das hat mich neugierig gemacht, und ich bin ihr gefolgt. Sie hat den Gesang einer Amsel imitiert, um sie vor die Kamera zu locken. Das müssten Sie mal hören, das ist der Hammer! Da haben wir uns zum ersten Mal unterhalten. Die Sonne schien, und es war superheiß, und ich hatte zum Glück den Hut von einem Freund dabei, den ich dann aufgesetzt habe. Nach der Amsel hat Emma dann mich fotografiert, weil sie diesen riesigen Hut cool fand. War alles total mega, und ich habe ihr dann irgendwann spontan vorgeschlagen, auf dem Straßentheater-Festival bei Granada mit einer gemeinsamen Nummer aufzutreten. Da wollte ich immer schon mal hin. Ich würde jonglieren und sie Vogelstimmen imitieren. Auf so was stehen die Leute.«

Das Mädchen schaute Emma verliebt an. Ja, ein anderes Wort dafür gibt es nicht, dachte Marie gerührt.

»Und warst du gleich damit einverstanden?«, fragte Marie Emma.

Sie antwortete nicht, doch ihre Freundin sprang für sie ein.

»Ich habe darauf bestanden, bis sie Ja gesagt hat.«

»Und dann seid Ihr einfach abgehauen?«, sagte Marie und schaute dabei erneut Emma an.

Die blickte zu ihrer Mutter und begann endlich zu sprechen.

»Ich wusste nicht, wie ich es dir sagen sollte, Maman. Hatte Angst, wie du darauf reagieren würdest. Deshalb bin ich einfach so gegangen.« Sie hatte Tränen in den Augen. »Ich hatte dir einen Brief geschrieben, in dem ich dir alles erklärt habe. Den habe ich aber vor lauter Aufregung in meiner Hosentasche vergessen und ihn dann von unterwegs losgeschickt. Es tut mir so leid. Du hast dir bestimmt Sorgen gemacht.«

Jeanne Laroussine nickte, während sie ihre Tochter zärtlich anschaute. »Ist ja jetzt vorbei«, sagte sie mit bewegter Stimme.

»Ich wollte mich am Freitag mit Margaux an der Borie treffen, aber wegen dem abgebrochenen Schlüssel im Zündschloss konnte ich mein Mofa ja nicht nehmen. Also bin ich mit dir zur Félibrée gefahren und habe dort François um Hilfe gebeten. Er hat mich dann zu der Hütte gebracht, hat mir Geld und einen Pullover, den er noch bei sich im Auto liegen hatte, mitgegeben. Daran hatte ich nicht gedacht, irgendwie war ich völlig kopflos an dem Morgen.«

Bei dem Stichwort »Pullover« musste Marie an das Blut darauf denken. Sie sah, dass Emma eine große Schürfwunde auf der Stirn hatte. War sie gestürzt? Das würde das Blut an dem Kleidungsstück erklären.

Emma schaute ihre Mutter flehend an. »Du darfst nicht mit François schimpfen – bitte, Maman. Er hat mich verstanden und mir geholfen. Es war so wichtig für mich, mit Margaux zu fahren.«

Marie sah, wie Jeanne Laroussines Augen sich wieder mit Tränen füllten, und es ging ihr nahe. Die Winzerin hatte in den letzten Tagen viel durchmachen müssen. Marie beobachtete auch, wie Vincent Jardel sich kurz die Augen rieb, als seine Tochter den Automechaniker erwähnte.

Richard reichte der Winzerin diskret ein Taschentuch.

Michelle Perrin wirkte da um einiges gefasster. »Aber womit seid ihr denn gefahren?«, fragte sie ihre Tochter.

»Mit einem E-Scooter, den ein Freund mir besorgt hatte.«

»Wie, besorgt?« Die Mutter wollte es genau wissen.

»Einfach so. Euch konnte ich ja nicht darum bitten. Papa hätte mir gleich irgendwelche Vorhaltungen gemacht. Zu gefährlich, zu teuer, wie wär's mit arbeiten … und dazu noch einen Schwank aus seiner trostlosen Kindheit.« Sie seufzte und senkte den Blick. »Wenn ich etwas brauche, frage ich meine Freunde.«

Ihre Mutter machte eine Mundbewegung, als würde sie nach Luft schnappen.

Marie lächelte der Frau aufmunternd zu und hoffte, dass sie und ihr Mann am nächsten Tag nicht zu hart mit der Tochter ins Gericht gehen würden.

Margaux erzählte weiter. »Wir haben die Karten aus den Handys entfernt und sind losgefahren. Der Scooter hat dann aber in der Nähe von Bergerac den Geist aufgegeben, und wir sind mitten im Nirgendwo liegen geblieben. Zum Glück war es da superschön, und ich hatte ja Proviant mitgenommen. Wir haben einen einsamen See gefunden und nahe am Wasser unter freiem Himmel geschlafen. Ich war noch nie so glücklich!« Sie griff nach Emmas Hand. »Am nächsten Tag sind wir wieder losgezogen. Erst zu Fuß und dann per Anhalter. Wir waren frei wie die Vögel.« Margaux strahlte ihre Freundin an, deren Augen bei der Erinnerung ebenfalls aufleuchteten.

Marie fiel das Zitat wieder ein:

Tous les oiseaux font de leur mieux, ils donnent l'exemple.

»Irgendwann am Samstag habe ich dann Papa angerufen, damit er uns hilft«, beendete Emma den Bericht. »Wir wollten nicht durch ganz Spanien trampen.«

Vincent Jardel schaute zu seiner Ex-Frau und sagte: »Es war das erste Mal, dass Emma mich um etwas gebeten hat. Ich konnte nicht Nein sagen, wollte ihr zeigen, dass sie auf mich zählen kann. Ich habe sofort François angerufen und ihn gebeten, dass er dich über Emmas spontane Spanientour informiert. Damit du dir keine Sorgen machst.«

Darum war es Durand also bei dem geplanten Treffen mit der Winzerin gegangen, dachte Marie.

»Hat er dir das denn nicht erzählt?«, fragte Emma ihre Mutter verwundert.

»*Non, ma chérie*. Ich erkläre dir später, warum.«

»Aber mach ihm bitte keine Vorwürfe, versprochen?«

»Es ist gleich halb zwei, ich denke, wir sollten jetzt alle nach Hause gehen«, schaltete Marie sich ein. »Alle weiteren Fragen können wir dann morgen klären.«

Sie wollte verhindern, dass Emma hier vor versammelter Mannschaft von Durands Tod erfuhr. Außerdem hat sie genug über diese »Spanientour« der Mädchen erfahren. Es wurde Zeit, die Runde aufzulösen.

Als die beiden Mädchen sich auf der Straße voneinander verabschiedeten, umarmten sie sich noch lange und zärtlich. Margaux hauchte einen Kuss auf Emmas Mund. Die zwei hatten ein sehr besonderes Wochenende erlebt, das sie wahrscheinlich ein Leben lang nicht vergessen würden. Zugleich war Marie nur zu bewusst, dass Emma noch ein großer Schmerz bevorstand. Der Tod von François Durand würde sie hart treffen.

Jeanne Laroussine kam auf Marie und Richard zu. »*Merci!*

Sie waren großartig – beide –, und ich war leider nicht immer freundlich zu Ihnen.«

»Ich fand Sie heute Abend ziemlich bemerkenswert«, antwortete Marie. »Emma kann stolz auf ihre Mutter sein.« Sie reichte ihr die Hand.

Jeanne Laroussine drückte sie mit beiden Händen und sah Marie mit klarem Blick an. Es bedurfte keiner Worte mehr. Schließlich gab die Winzerin auch Richard die Hand. Er wirkte so gerührt, wie auch sie selbst sein musste.

Als Marie Emma und ihrer Mutter hinterhersah, fiel ihr auf, dass Vincent Jardel ebenfalls in den Transporter von Robert Pinçon einstieg. Seine Ex-Frau, die mit ihrer Tochter vorne Platz nahm, schien das gelassen hinzunehmen.

Die Deckenleuchte des Fahrzeugs strahlte auch das Gesicht des Kupferschmieds an, der hinter dem Steuer saß. Marie merkte, dass er zu ihr schaute. Als sich ihre Blicke trafen, faltete er beide Hände zusammen und neigte den Kopf nach vorn, so als wolle er ihr mit dieser Geste danken.

»Mit dieser Art von Familienzusammenführung hatte wohl niemand gerechnet«, stellte Richard fest.

»So, und jetzt dürfen auch Sie zu Ihren Lieben«, sagte Marie.

Sie wartete noch, bis Richard und Visla weggefahren waren. Sie hatten sich nur kurz verabschiedet. Vor Erschöpfung fehlten ihnen die Worte. Marie hatte das Gefühl, mit den beiden an diesem Wochenende Berge versetzt zu haben.

Bevor sie sich ebenfalls zu ihrem Wagen begab, schickte sie Pauline eine SMS, obwohl ihre Freundin bestimmt schon schlief: *Das Mädchen ist wohlbehalten zurück.*

Super! Wo war sie?, antwortete Pauline gefühlt in derselben Sekunde. Sie schaltete nie ihr Telefon aus und hatte einen leichten Schlaf.

Auf einem Abenteuertrip mit ihrer ersten großen Liebe.

Klingt großartig! Da könnte ich gleich auf Ideen kommen …

Halt mich auf dem Laufenden 😉, schrieb Marie. *Gute Nacht.*

Okay, bonne nuit et bravo, Madame la Commissaire!

Kapitel 31

Saint-André-du Périgord, Montag, 3. Juli

Es war zwei Uhr morgens, als Léonie hörte, dass Marie endlich nach Hause kam. Sie hatte absichtlich ihr Schlafzimmerfenster weit offen gelassen, um ihre Rückkehr auf keinen Fall zu verpassen. Sie wollte sich eigentlich nur freuen, dass Marie diesen sonntäglichen Arbeitsmarathon hinter sich gebracht hatte, und dann selig wieder einschlafen. Doch jetzt war sie mit einem Satz auf den Beinen, eilte zum Fenster und sah zu, wie Marie im Mondschein mit César herumtobte. Woher nimmt sie bloß diese Energie?, fragte sie sich.

Plötzlich legte Marie sich zu dem Hund auf den Boden und regte sich nicht mehr.

Léonie war sogleich in heller Aufregung. So schnell sie konnte, lief sie im Nachthemd die Treppe hinunter und nach draußen. Wahrscheinlich war Marie vor Erschöpfung in Ohnmacht gefallen. Oje!

In ihrer Hast übersah Léonie jedoch den kleinen Metalltisch, den sie am Nachmittag von seinem angestammten Platz verrückt hatte, um die letzten Scherbenreste von Josephs Attacke auf die Aprikosentarte gründlich aufzufegen. Sie stolperte und warf dabei den Tisch und einen der Stühle um, was in der Stille der Nacht einen Höllenlärm verursachte.

Im nächsten Moment bemerkte Léonie, dass auch sie am Boden lag, und kam sich dabei reichlich lächerlich vor. Sie horchte in ihren Körper hinein, bewegte Beine und Arme, verspürte aber nirgendwo einen Schmerz. Das war schon mal ein gutes Zeichen. Anscheinend war sie für ihre zweiundachtzig immer noch einigermaßen gelenkig.

César schlug sofort an und bellte wild.

Léonie sah, wie Marie sich mit einem Ruck aufrichtete – Gott sei Dank – ihr ging es also gut – und auf sie zugerannt kam.

»Léonie! Was ist mit dir? Wieso bist du nicht im Bett?«, fragte sie besorgt und half ihr aufzustehen.

»Nichts, alles gut. Ich wollte nur ganz diskret nach dir schauen.«

César hörte nicht auf zu kläffen, und inzwischen grunzten auch die Schweine im Akkord.

Marie lachte. »Das ist ja mal eine originelle Definition von ›diskret‹.«

»Aber was hast du auf dem Boden gemacht?«, wollte Léonie wissen. »Ich habe dich von meinem Fenster aus dort liegen sehen.«

»Ich habe in die Sterne geschaut und den ersten ruhigen Moment des Tages genossen. Obwohl … nein, es ist ja schon weit nach Mitternacht, und der besagte Tag ist längst vorbei.« Marie lachte erneut.

Im Hof gingen jetzt alle Lichter an. Auch Michel und Georges waren aus ihrem jeweiligen Haus gekommen und eilten nun besorgt zu ihnen.

Nachdem er sich ebenfalls vergewissert hatte, dass nichts passiert war, stellte Michel den Tisch und den Stuhl wieder auf. Auch er wirkte vergnügt.

Léonie fand, dass er in T-Shirt und Boxershorts eine gute Figur machte, während Georges in seinem viel zu großen karierten Schlafanzug und mit dem verschlafenen Blick trotz seines hohen Alters fast jungenhaft wirkte.

Sie konnte einer zärtlichen Geste nicht widerstehen und schob eine rebellische weiße Strähne aus seinem müden Gesicht.

Damit überforderte sie ihn aber sichtlich. Er räusperte sich und blickte verlegen zur Seite.

César hatte sich inzwischen wieder beruhigt, nur die Schweine gaben keine Ruhe.

»Augustine und Joseph haben sich auch ganz schön erschrocken, die Armen«, sagte Georges hastig. »Ich geh die dann mal beruhigen. Gute Nacht zusammen!«

Léonie blieb noch für einen Moment stehen und sah zu Michel, der ihre Großnichte im Arm hielt. Marie sah erschöpft, aber zufrieden aus.

»Das war auch eine unerwartete Familienzusammenkunft«, stellte sie mit einem Lächeln fest.

Léonie verstand nicht wirklich, was sie damit meinte, spürte aber, dass es allerhöchste Zeit war, wieder ins Bett zu gehen.

»Bonne nuit, les chéris!«

*

Marie und Michel lagen eng aneinandergeschmiegt auf dem Bett. Die Balkontür von Maries Schlafzimmer stand weit offen, und die kühle Nachtluft streichelte ihre Körper.

Marie drückte ihr Gesicht an Michels Hals, atmete den Duft seiner Haut ein und spürte seinen Pulsschlag.

Michel hob mit dem Zeigefinger zärtlich ihr Kinn an. Seine Augen glänzten im Mondlicht, und sie las Liebe und Verlangen darin.

Sie war einfach nur glücklich. Er küsste sie, und sie erwiderte seinen Kuss, lang und leidenschaftlich. »Morgen reiche ich als Erstes Urlaub ein. Ich will jetzt erst mal nur noch dich und das Meer sehen«, sagte sie dann leise.

»In dieser Reihenfolge?«, fragte er.

»Genau in dieser Reihenfolge.«

Danksagung

Meiner Lektorin Iris Gehrmann, die sofort von der deutsch-französischen Kommissarin aus Saint-André-du-Périgord überzeugt war, sind Marie und ich zu großem Dank verpflichtet.

Großer Dank geht auch an Ulrike Brandt-Schwarze und an Arno Hoven – mit Adleraugen und immer hilfreichen Anregungen tragen sie erheblich zur Bereicherung der Romane bei.

Un grand merci an Margret, Vera, Marie und Richard. Ihr wisst schon, warum.

Und nicht zuletzt danke ich meinen Leserinnen und Lesern und den Bewohnerinnen und Bewohnern des Périgord Noir, die mich immer wieder aufs Neue inspirieren.

Julie Dubois
Januar 2024